わが上海

1942-1946

My Shanghai, 1942-1946

伊藤恵子
Keiko Itoh
麻生えりか＝訳

小鳥遊書房

First published in English in 2016 by Renaissance Books,
PO Box 219, Folkestone, Kent CT20 2WP.

わが上海 1942-1946

目次

一九三〇〜四〇年代の上海租界地図 6
第一部 一九四二年一月一五日―一九四四年三月三一日 9
第二部 一九四四年四月三日―一九四六年三月二八日 201
結び 一九四六年四月九日 350
訳者解説 麻生えりか 362

※文脈上、必要に応じて［　　　］内で訳註を施してある。

わが上海 1942−1946

MY SHANGHAI, 1942-1946: A NOVEL

伊藤恵子 著
麻生えりか 訳

虹口公園（魯迅公園）
施高塔路（スコット・ロード）
日本海軍
特別陸戦隊
本部
狄思威路（ディクスウェル・ロード）
内山書店
（租界の境界ライン）
北駅
茂海路（ミューヘッド・ロード）
ユダヤ難民指定地区
北四川路
（ウースン・ロード）
呉淞路
虹口《ホンキュー》
公済医院
塘山路（トンシャン・ロード）
熙華徳路（セワード・ロード）
エンバンクメント・ハウス
虹口マーケット
ガーデン・ブリッジ（外白渡橋）
黄浦江
外灘（バンド）
南京路
パブリック・ガーデン（黄浦公園）
横浜正金銀行
キャセイ・ホテル
パレス・ホテル
香港上海銀行
ホーリー・トリニティ教会
旧県城
浦東
南駅
哈爾濱
奉天
北京
天津
神戸
東京
横浜
南京
長崎
上海
広東
香港

1930～40年代の上海租界
閘北《ギホク》
蘇州河
聖ジョンズ大学
ジェスフィールド公園（中山公園）
愚园路（ユー・ユエン・ロード）
◀虹橋《ホンチャオ》
豊田紡織職員宿舎
共同租界
競馬場
西部越界築城区域
グローヴナー・ハウス
フランス・クラブ
淮海中路（アヴェニュー・ジョッフル）
フランス租界
迈尔西爱路（ルー・カルディカル・メルシェ）
贝当路（アヴェニュー・ペタン）
汶林路（ルート・ウィンリン）
瑞金医院
ピカルディ・アパート
（租界の境界ライン）

第一部

一九四二年一月一五日—一九四四年三月三一日

1

一九四二年一月一五日　キャセイ・ホテル、上海

こんなに解放感を味わったら不謹慎かしら？　でも日本を離れ、この豪華なホテルにいられる幸運が心からありがたい——真珠湾攻撃以来、精神的優越感に浸っていた日本にいるのは本当に窮屈だったから。

これから思いきりおめかしして、結婚二周年のディナーに出かける支度をする。今回は、廣さまが昇進して上海赴任になったときの歓送会みたいに湿っぽくしないわ。あのときはお祝いだったのに、ほとんど何も喉を通らなかった。いまの日本では、厳粛さこそが美徳であり、戦争に勝利をもたらすサムライ精神に貢献すると信じられている。でも、今日の私は、ロンドンの上流社交界にいたころクラリッジ・ホテルでそうしたように、豪華なパレス・ホテルに優雅に入っていき、きらめき輝くダイニングルームでハリウッド女優みたいに席につくのよ。

結婚式からまだ二年しか経っていないなんて。不安と居心地の悪さを必死に抑えて完璧な花嫁を演じた、あの結婚式。重たい絹の着物の花嫁衣裳を着て、頭にはずっしりしたかつらに髪飾り——西洋で教育を受け、大阪の商家の跡継ぎに嫁ぐためにロンドンから帰国した私にとって、まるでなじみのない伝統的な日本の作法にしたがうのは、まさに試練だった！

それでも、岸本の両親に長男の嫁として丁重に温かく迎え入れてもらえたおかげで、私は生活の激変におしつぶされなくてすんだ。岸本のお父さまがベンジーの誕生日会のためにお仕事の会合をキャンセルしてくださったときは、本当に驚いた——嫁の飼い犬のお茶会のために！　私は、廣さまとではな

く岸本一族と結婚したような気分だった。じっさい、廣さまとより岸本のお母さまと一緒に過ごす時間のほうが長かった。

でも、いまここにいるのは廣さまと私の二人きり。外灘《ワイタン》（バンド）と黄浦江を見下ろし、ローズカラーの装飾とクリスタルガラスの照明を施された、キャセイ・ホテル七階の美しいこの部屋に。私の前に広がるのは、まったく新しい世界とたっぷりの自由時間――日記をつける絶好のチャンスだ。これから始まる生活で出会う出来事と印象を記録して、すべてを憶えておきたい。年老いたある日、日記を読み返して、二〇歳の自分を思い出すかもしれない。孫やひ孫がこの日記を見つけるかも。ああ、英語で好きなことを書ける幸せ！

上海に到着したときの期待感は、いまもはっきり憶えている。日本の支配下にある東洋のパリで生活するのはどんなに素敵なことでしょう、と日本の知り合いは口をそろえて言っていた。日本を出航して四日目の朝、海水が濁っていよいよ上海に近づいたとわかったとき、興奮がいちだんと大きくなった。濁った海がいつまでも終わらないと思っていたら、突然、船が左へ旋回し、西洋風の壮麗な建物が立ち並ぶ外灘が堂々と目の前に現れたのだ。ロンドンを思い出した私は、懐かしさに胸がうずいた。

でも、上陸したとたんにたちまちアジアに引き戻された。上海の埠頭の騒がしさに比べたら、大阪いちばんの市場の賑やかさも半分以下だ。車の警笛、自転車のベル、行商人の叫び声、シーク教徒の警官の吹く笛の音――すべてがその場の不協和音に重なっていた。もっとすごかったのはにおい。排気された煙、汗、それに魚が腐ったにおいが加わった空気に吐きそうになった一方で、ニンニクを揚げるにおいや炒めもののいい香りも漂ってきた。そこには、動いている人たちの活力――戦争に熱を上げる暗い日本とは大違いの活気があった。

ヒロ（この日記では「廣さま」ではなく「ヒロ」と呼ぼう、解放されたのだから！）も、ここにいられる解放感と喜びを感じているみたい。朝、出勤準備をするときにスーツとネクタイを念入りに選んで軽やかに歩く、その様子を見ていればわかる。

この日記は親友として、私の悩み――心をくもらせる二つの気がかり――を共有してくれるだろう。生まれてからずっとそばにいた愛しいカズに会えないことが、なによりもつらい。生後一四ヵ月の赤ん坊を神戸に残してきたのは、本当に正しい判断だったのかしら。でも、病弱なカズは船旅に耐えられない、という岸本のお母さまの言葉はたぶん間違っていないのだろう。それから、ロンドンの自宅に軟禁中で銀行のお仕事ができないお父さまのこと。三つ揃えのスーツに身を包んで懐中時計の金鎖をきらめかせ、毎朝九番バスでシティー［ロンドンの旧市街で、商業・金融の中心地］に出かけていらした姿が目に浮かぶ。どんなに元気をなくされていることでしょう。

でも、悲しいことも日記に書けば耐えられそう。結婚二周年のディナーの夜だもの。

一月一七日　土曜日

岸本のお父さまの仕事の知り合いに招かれた夕食の席で私たちの結婚のなれそめを振り返ることになるなんて、思ってもいなかった。でも、そうなったのだ、日本人居留区にある野口家で。さっそく上海でのお付き合いが始まる期待に胸をふくらませた私は、少しでも良い印象を持ってもらいたくて、チャコールグレーのぴったりしたスーツにピンクのシルクブラウスを選んだ。ヒロによると、野口氏は上海で最大級の紡績工場の経営者だそうだ。

明るいうちに近所を散策しようとヒロとホテルを早めに出て、ガーデン・ブリッジ（外白渡橋）

――ラクダの背の二つのこぶにも似た鉄製の構造物が、冬の澄んだ青空にくっきり映えていた――まで外灘沿いに、中国銀行、そしてお父さまがお勤めの横浜正金銀行の前を通り、散策を楽しんだ。橋を渡る前に日本軍の歩哨に通行証を提示しなければならなかったのには驚いたけれど、ロンドンの街なかにも警官がいたことを思い出し、かえって安心感を覚えた。

橋を渡って虹口《ホンキュー》側に入ったところで人力車を拾い、リトル・トーキョーを通りぬけて賑やかな北四川路を走った。背中を丸めて小走りする苦力《クーリー》［荷物の運搬などに従事した下層労働者］の頭と肩の向こうには、たくさんの日本の商店が――森永製菓などよく知っている名前を掲げた店、旅館、喫茶店、質屋まで――見えた。橋を隔てただけのところに、こんなに完全な日本人街があったなんて。私たちが滞在している共同租界とは別世界だ。

角を二回曲がり、野口夫妻の住む狄思威路《ディクスウェル・ロード》に入った。ヴィクトリア朝風のレンガのテラスハウスが立ち並ぶ街並みは、ロンドン郊外を思わせた。新たな交際が始まる高揚感もあいまって、冷たい風に当たった私の頬は紅くなった。

でも、野口夫人に会ったとたんに私は不安に襲われた。目鼻立ちがはっきりしていて優越感に浸っているような中年の夫人は、私たちの来訪中、ずっと私を値踏みしているようだった。「あなた方のことを聞かせてくださいな。ご結婚して長いの?」などと、あけすけに訊ねてこられてびっくりした。私が若いのをいいことに、礼儀を無視して個人的なことを訊いてもかまわないと思われたのだろう。

「日本人が住みやすくなってからこちらにいらしたのは、若い主婦の方にとっては幸運でしたわね」と、夫人が続けた。「私たちが来たころはすべてが西洋人向けだったんですよ。いまでは日本人が一〇万人以上に増えたおかげで、なに不自由なくなりましたけどね。このごろではめずらしい魚だって手に入るし、指圧マッサージから盆栽の剪定まで、どんなサービスだって受けられますもの」

もしかしたら西洋人向けだった以前の上海のほうが私には快適だったかもしれないと考えていたら、一八歳くらいの元気な娘さんの喜美代さんが、甲高い声で唐突に言った。「ここが日本だと考えている日本人もいますよ。木の床材を畳に替えて家主と大喧嘩した一家もいるんです」愛想がよく鷹揚な野口氏はクスッと笑ったけれど、夫人は喜美代さんを一瞥しただけで、前の話題を蒸し返した。

「大阪での結婚式は豪華だったんですってね。なれそめは?」

赤面した私は、廣さんがケンブリッジに滞在していた時分にロンドンで出会いました、と小さな声で答えた。堅苦しい面接を受けている気分になって、早口で続けた。「銀行家の父、神田義久が岸本商事の相談役だったご縁で、イギリス滞在中の廣さんの後見人になっていました。私たちが初めて会ったのは一九三四年で、廣さんは二三歳でした。日本の大学を卒業後、一年間のテニスツアーに出ていました。そのとき私は一三歳でした」このくらい形式ばって答えたら満足してもらえるのかしら、と話しながらも不安だった。

「あら、お見合い結婚ではなかったの」野口夫人は少しがっかりしたようだった。

夫人がそれ以上詮索しないようにと、すかさず野口氏がヒロのテニスの話題に乗ってきてくれた。「廣さんはデビス・カップの日本チームのメンバーとしてウィンブルドンでプレーされたそうですね。お父上から伺いました」と、彼は言った。「上海の商社や繊維工場に勤める日本人たちのコミュニティーにもテニス選手がたくさんいますから、みんなあなたとプレーしたがりますよ」

野口夫人は眉をひそめて私を見ていた。名家出身の前途有望なテニス選手をうまい手を使って射止めた西洋かぶれの嫁という先入観を、私が壊してしまったからだろう。

夫人にもっと思いやりがあったら、私だって本当のことを話しただろうと思う。私は当時のヒロをほとんど憶えておらず、ロンドンのわが家にときおり訪ねてきたヒロをお母さまが歓待するのをちょっと不思議だな、と思って見ていたのだ。

だから、その四年後に母が亡くなって私の人生が急変したあと、岸本家が私をヒロの嫁に望んでいる、と仲人が伝えてきたときの驚きといったらなかった。先方は私が一八歳になるまで待つ、と言ったのだ。

お父さまがそのことを初めて私に話した日のことも憶えている——ベンジーと散歩中、二人でハイド・パーク［ロンドンの公園］のベンチに座っていた。「英子もそろそろ結婚のことを考えてもいい年ごろだ。ふさわしい相手を見つけるよう、お父さまはお母さまから託されている」と、お父さまが神妙な顔つきで言った。「家風はまったく違うけれど、岸本家には文句をつけようがない。裕福だし、廣くんのこともよく知っている。今回の結婚申し込みを僕は嬉しく思っているし、ほっとしてもいるんだ」お父さまの言葉を私が一字一句正確に憶えているのは、まさに青天の霹靂《へきれき》だったからだ。

それまで私は、結婚について考えたことさえなかった。お父さまのお眼鏡にかなう方といつか結婚するだろうと思ってはいたけれど、会ったことのないお見合い相手ではなく岸本廣さんとは、想定外だった。ヒロが私を選んで結婚を申し込んでくれたのは嬉しかったけれど、私がヒロに抱いていた印象といえば、甘やかされて育ったよそよそしいお金持ちの息子、というくらいのものだった。それに一三歳だった私には、彼はずっと大人に見えた。結婚して二年経ったいまでもヒロはずいぶん年上の感じがしていて、いくぶんよそよそしさが減ったかなという程度だ。

こういったことを、野口夫人には話さなかった。夫人は、あら探しをするようにずっと私を観察していた。今後、ご夫妻にお会いすることはないだろう。野口夫妻は、仕事上の知人の息子を接待するという義務を果たしたのだ。結局、残念だけれど、今回のご招待は知り合いを増やす機会にはならなかった。お嬢さんの喜美代さんとはもっと話してみたいと思ったけれど。

一月一八日　日曜日

ヒロが職場の同僚とゴルフコンペに出かけてしまったので、私は一人で時間をつぶさなければならなかった。かわいいカズが元気いっぱいでそばにいてくれたら……。そして、多美子お姉さまが六郎お兄さまの南京出張に同行していなければ、私たち姉妹は子どもたちと一緒にとても楽しい時を過ごせただろうに。上海に来て一週間以上になるのに、まだお姉さまに会えていないなんて――八年ぶりに、やっとお姉さまの近くで過ごせることこそ、私が上海に来たかったいちばんの理由なのに！　歳が離れていても、お姉さまと一緒にいるのは本当に楽しかったから、お父さまお母さまとロンドンへ発つときは恋人を失うような気持ちになったっけ。ロンドンでの生活は楽しみだったけれど、結婚したお姉さまと大学生のお兄さまたちから離された末っ子の私は、そのとき突然、一人っ子になってしまった。

一月一九日　月曜日

ヒロの出勤を見送ったあと、一人で散歩に出てみた。ホテルの静かなロビーから一歩外に踏み出した瞬間、雑踏と騒音の渦に襲われた。外灘と南京路が交差する角で位置を確かめようとぐずぐずしていた私は、整った身なりの西洋人の男性二人組を盾にして、その後ろに立った。人力車を引いていた苦力が歩道の縁石近くにいた身体障害者の物乞いに危うくぶつかりそうになり、私は思わず飛びあがってしまった。そのあと動けずにいた私は、外国人にしては身なりがみすぼらしいブロンドがかった髪の中年女性が、おぼつかない早足で行く中国人女性を急いで追い越していったのを見て、勇気をふりしぼって散歩を再開した。

するとすぐに、汚らしい浮浪児数人が寄ってきて、汚れた細い腕をこちらに向かってさしだしてきた。私は背筋がぞっとして、情けないことに、くるりと向きを変えて一目散にホテルに逃げ帰ってしまった。

心の中で、浮浪児たちの汚れた顔とカズの上品な顔立ちが重なる――カズの大きくてまん丸い瞳と愛らしい小さな口。自家中毒症［小児にみられる同期性嘔吐症］で弱っていたときでさえ、カズの頬はあの子たちのようにこけることはなかった。私には温かい気持ちがないのかしら。浮浪児たちに同情したいけれど、彼らの不潔さと病原菌のことを考えると、カズをなんとしてもそれから守らなければ、と思ってしまう。もっと丈夫になるまでカズを日本に置いておくべきだ、という岸本のお母さまの言葉は、やはり正しかった。

一月二〇日　火曜日

とうとう多美子お姉さまに会えた。ガタゴト音を立てて走る路面電車に乗って虹橋《ホンチャオ》まで行く長い道中、幼いころの私が何をするにも敬愛していたお姉さまの真似をしたがったことを思い出していた。いよいよ電車が駅に近づくと、期待で胸がどきどきした。

お姉さまは、スカーフで覆った頭を改札口の向こうからつきだしていた。私を見つけたとたんに自分のほうへ引き寄せて、お姉さまはいたってふつうにそっけなく、「こんにちは」と言った。まるでずっと近くにいたみたい。お姉さまの家までの道すがら、二人で腕を組んで歩いた。

家では、ほとんどずっと台所で過ごした。

蒸し料理を作るために生きている蟹を苦労しながら調理していたお姉さまが、唐突にこう言った。

「お父さまが再婚なさって本当によかったわ。こんなにたいへんなとき、そばに奥さまがいると心強いでしょう。そうでなければ、あなたが日本に帰国してしまって、お父さまはとても寂しかったでしょうから」

「うーん」と私は言った。その女性がいきなり現れ、さっさとお父さまと結婚したことを思い出した。

「イギリスがドイツに宣戦布告するほんの二ヵ月前、おおかたの日本人家族がロンドンを離れていたときに、あの人はなぜわざわざロンドンに来たのかしら。私はあの人が乗ってきた船で日本に帰ったのよ——まるでお父さまがお一人になるのを知っていたみたいじゃない」と言ってお姉さまの目を見た。私の非難に同調してもらいたかった。

「英子、『あの人』なんて言わないで、『幸子さん』とお名前で呼んだら？　サチと同じ漢字でいいお名前じゃない？」と、お姉さまが愉快そうにほほえんだ。

「口の悪いお兄さまたちが、幸子さんは西洋びいきのお父さまを改宗させるために日本軍が送りこんだスパイだ、と言ったらしいわ。もちろん、冗談だってことはあなたにもわかるでしょう。幸子さんはロンドンの日本大使館にお勤めだったんですから」

スパイ説が本当であってほしいとさえ思う。どう見ても、あの人は軍のスパイという感じではないけれど——大使館のパーティーで一度だけ見かけたときは、肌の綺麗な小柄で肉感的な女性という印象だった。お父さまを見る目つきが貪欲で攻撃的だった。

「あなたはそのときのことをあとづけで想像しているんでしょう？」と、お姉さまが言った。「幸子さんはとってもおしゃれで魅力的らしいから、お父さまが惹かれたのね。お父さまが幸せなら、それでいいでしょう？」

そう言われると、もう何も言えなかった。それでも、私があの人を好きになることは絶対にない。私のいらだちがお姉さまに伝わったようだった。

「英子、こういうのはどう？　幸子さんがスパイの仕事を遂行しようとするのに、お父さまの強い愛が彼女の軍事的策略を抑えこんでしまうの！」と言ったお姉さまの目が、いたずらっぽく笑っていた。お父さまが——愛嬌のあるしし鼻で、頭が禿げかかっているお父さまが——ロマンチックなヒーローだなんて、想像しただけで吹きだしてしまった。涙が出るまで二人で大笑いした。

お姉さまと一緒にいると、離れていたときに寂しかった理由がよくわかる。人の気持ちを深いところで理解しながらその重荷を軽くしてくれる力が、お姉さまにはある。

一月二三日　金曜日

ホテル暮らしにもだんだん飽きてきた。通りにいる群衆——買うなんてとんでもなくて、触りたいとすら思わないような商品を売る行商人たち、ひっきりなしの往来と格闘する人力車の苦力たち、建物の出入り口でうずくまる物乞いたち——を見ていると、こんな贅沢な環境にいるのに心が満たされていないことがうしろめたくなる。それでも少しだけうらやましい——外でやることがある人たちが。

こんなふうに思うのは、ここでは孤独だからだろう。神戸にいた時分は、次から次へと知り合いが増えていった。ヒロのことはまだよく知らなかったのに！　若干一八歳で跡取りの嫁として敬意をもって扱われること、それはなかなかできない経験だった。

ホテルの部屋に一人でいると、岸本のお母さまといろんな場所に出かけた日々を思い出し、あらためて驚嘆する――親戚宅での贅を尽くした昼食会のあと、商人がやってきてさまざまな品物を見せてくれた。ある日は着物、別の日は宝石、また別の日は家具。岸本のお母さまは鑑識眼を持つ大物高官のように、岸本家の未婚の姪っ子たちの花嫁箪笥に入るべきものを選びながらも、いつでもいちばん美しいものを私のために選んでくださった。

カズが生まれると、岸本の本家とわが家の往来はさらに増えた――人、食糧、贈り物などがつねに行き来していたから、退屈や孤独を感じる暇はなかった。

物足りないこの気持ちも、自分たちの家に落ち着いたら消えるだろう。家の中をゆったり歩いて家具を整え、紅茶をいれ、かわいいカズが昼寝から目を覚ましたかどうか見にいって……

一月二五日　日曜日

今日は、お姉さまとお兄さまのお宅で夕食をごちそうになった。私がこれまで上海の状況を何一つ理解していなかったことがよくわかった。

お兄さまと銀行の同僚の関根次郎さんが昨年一二月八日の出来事を振り返ったことで、話が始まった。「その前の金曜日は、すべてが驚くほどいつもどおりだったんだよ」と、お兄さまが言った。お兄さまは、次郎さんと日本人クラブから浦東《プードン》を見下ろしながら、いつものように戦艦の出雲が黄浦江の虹口側に錨を下ろし、数隻のイギリスとアメリカの小型砲船が川のなかほどに停泊しているのを見ていた。

小柄な体から誠実さがにじみでているような次郎さんは、その週末の平穏さを思い出してうなずいた。そして急に勢いづいて、「月曜の朝、上海じゅうから聞こえてくる爆音で起こされたときは本当に驚きました」と言った。

「ここ虹橋では爆音は聞こえなかったが、何か様子が違うと思ったんだ」とお兄さまが言った。お兄さまが外灘に着くと、交差点ごとに武装した日本兵が配置されていて、会社に行くのも一苦労だったそうだ。その臨場感あふれるお話で、私は霧雨の中で銃の煙のにおいを吸ってパニックにおちいった群衆の一人になったような気になった。お兄さまがやっとのことで会社にたどり着くと、会社の人たちがみな窓にはりついて外を見ていたそうだ。

「そのころには僕たちも、四時間前に日本軍が真珠湾を攻撃し、アメリカとイギリスに事実上の宣戦布告をしたというニュースを聞いていました」と次郎さんが言った。二人が聞いた爆音は、出雲がイギリス軍艦のペトレル号に向けて撃っていた大砲の音だった。

お兄さまが眉を寄せて言った。「黄浦江の上にも火の手がいくつかあがっていて、川面に何か浮いていた——人間だったと思う」

皿数の多い中華料理をいただきながら、ヒロと私はおそろしさに震えて話を聞いた。日本でも真珠湾攻撃は話題になったし興奮の種でもあったけれど、物理的には遠い出来事だった。上海での衝撃がこれほど現実的で戦争の実感がこんなに痛烈だったとは、想像もしていなかった。

「宣戦布告と同時に、日本軍がすぐさま共同租界を乗っ取りにきました」と、次郎さんが言った。「海軍は世界一長いバーカウンターで有名な上海クラブを、陸軍はイギリスのカントリー・クラブと競馬場を接収しました」

お兄さまがしかめ面でつぶやいた。「何を接収するかをめぐっても、陸軍と海軍は対立するんだ」

お姉さまが、沈んだ表情で顔を上げた。「私がいちばん心配しているのは、これからどうなるのかということよ」上海に来て一年近くになるお姉さまには、さまざまな国籍の友人がいる。すべての「敵性国民たち」は日本の当局に登録しなければならないという命令が、先週出されたばかりだ。

上海が過ぎ去った古き良き時代を保持する国際色豊かな大都市だなんて、私はなんとねぼけたことを考えていたのだろう。お父さま――イギリスでは「敵性国民」だ――の運命にも、急に暗雲がたちこめてきた。

一月二七日 火曜日

ついに自分の目で日本軍の行いを目撃した。外灘を歩いていた私は、江海関《こうかいかん》のてっぺんにあってロンドンのビッグ・ベンのレプリカといわれる時計台ビッグ・チンと香港上海銀行の巨大な白いドームを見上げていた。堂々たるその銀行の入り口の前で立ち止まるまで、騒動には気づかなかった――日本人将校二人が叫んでいるそばで、日本兵に囲まれた中国人の苦力たちが全力で縄を引っ張っていた。顔から汗がしたたり落ち、縄を握る手から出血している人もいた。

その縄が繋がれているものを見て、びっくり仰天してしまった。銀行のコリント式の柱の間に鎮座している二頭の立派なライオンの銅像だったのだ。苦力たちは、ライオンたちをそこから動かそうとしているらしかった。

私は、口をぽかんと開けたままその場でつっ立っていたに違いない。というのも、日本兵がシッと言って私を追い払おうとしたからだ。好奇心をそそられた私はすぐには指示にしたがわず、遠慮がちに丁重に、何をなさっているんですか、と訊いてみた。私が日本語を話したのに驚いた日本兵は、とたんに不機嫌な表情を顔から消し、胸をふくらませて言った。「これらのライオンはいまや日本のものであり、我々の戦争遂行に貢献する。それを誇りにすべきである！　我々はライオン像を船で日本に運び、溶かして武器を作るのだ」

私は小さくお辞儀をして、その場を急いで立ち去った。動揺を兵士に見られたくなかった。私が日本人だと知って彼が態度を豹変させたことにも心を乱された。もし私が中国人だったら、兵士は威嚇するような態度をとり続けたのだろう。ライオン像の銅まで使わなければならないほど日本が金属を必要としているなんて、とても信じられない。日本の権力の誇示に過ぎないと思いたい。

一月三〇日　金曜日

朝食時にホテルのダイニングでヒロと私がいつもの席につこうとしたとき、三人の日本人の陸軍将校が案内されてきたため、私たちは立ったまま彼らが通り過ぎるのを待っていなくてはならなかった。いちばん年長の将校はいつもここで朝食をとっているので、私は彼に会釈をした。でも、首が目立つほど太く短くて髪を短く刈り上げた若い将校の一人が、六〇センチも離れていないところでいきなり立ち止まり、ヒロの頭からつま先までをじろじろ見た。

それから、彼はくるりと体の向きを変え、これ以上ないほど侮辱的な大声で言った。「西洋かぶれのきざな男だ。着飾った女房と朝飯を食っている。こういう輩が日本を弱体化させ、堕落させるのだ」

その将校のあまりに無礼で傲慢なふるまいに動転した私は、頬が真っ赤になるのが自分でもわかった。怒りを感じただけでなく、いまだかつて誰からもこんなふうに話しかけられたことがない岸本財閥の御曹司ヒロの心中を思って心が痛んだ。ヒロの表情を確かめる勇気はなかった。ヒロはその将校の言葉を聞かなかったふりをして、年長の将校に向かって丁重に頭を下げ――年長の将校も動揺を隠そうとしていた――席についてメニュー表を手に取った。メニューを眺めているヒロの顔を見て、私は初めてそこにわずかな困惑の表情を読み取った。注文を済ませたあと、私たちは何事もなかったかのように朝食をとった。

今朝の出来事を思い返すと、ますます嫌な気持ちになる。日本軍の将校たちだってこの贅沢なホテルに滞在しているのに、なぜ私たちにあんな侮蔑的な態度をとったのだろう。ロンドンでお父さまが知り合ったイギリス軍将校たちは、みな立派な紳士だった。小さな島国である日本にとって、すでに海外で地位を確立している西欧諸国が持っているような大きな市場と資源の獲得がいかに重要であるかを彼らが話していたことを憶えている。でも、その行きついた先が戦争だとわかり、お父さまはどんなに困惑されているだろう。それでも戦争を始めてしまったからには、早期終結に希望を託し、日本が名誉ある行動を示して少しでも利益を得ることを願っていらっしゃるだろう。私もそう望んでいるし、そうなると信じたい——だからこそ、今朝の将校たちの態度に不安を感じてしまう。

2

一九四二年二月三日　火曜日

「カズオ　ウバノ　ミヨト　タイヨウマルデ　シャンハイヘ　シュッコウシタ」

岸本のお父さまからの電報を何度も何度も読み返し、心に刻む。あと数日でカズに会えるなんて、まるで夢みたい。

待ち焦がれながらも、不安に襲われる。つい先週も、東シナ海でアメリカ軍の潜水艦の動きが活発化しているというニュースがあった。なんといっても、カズはまだ小さくて弱い。太陽丸に何かあって、カズが深く冷たい海に投げ出されたらどうしよう。だめ、だめ、そんなことは考えない。

二月四日　水曜日

一人でいると気が気でなくなるので、電車に乗ってお姉さまを訪ねた。カズがこちらに向かっていて喜ぶべきときになにをやきもきしているの、と先輩らしく私をいなしてくれたお姉さまの目は優しさに満ちていた。すかさずお姉さまは、日本で通っていた女子修道院附属学校での規律の厳しい生活について話し始めた。ロンドンで私が通った学校グレンダワーとは、まったく違う。グレンダワーでは、たいてい午後は近隣の美術館に行くか、ハイド・パークでスポーツの試合をしていた。

「学校での「おふだ」という儀式のことを話したことがあったかしら？　毎週月曜の朝、マザーからおふだと呼ばれる素行表を受け取るときに、全校生徒の前で名前と優、良、可の評価のどれかが読み上げられるの。とってもお行儀が悪い場合は、「記載なし」。膝を曲げてお辞儀をして、マザーからおふだを受け取るの」

お姉さまが両手でぐいと私の体を引き寄せて、「こんなふうにね」と膝を曲げるお辞儀をやってみせてから、私にもやってみて、と言った。私たちは順番にマザーの役をやりながら、どんどんふざけていって、最後にはお姉さまが膝を曲げすぎて床に倒れこんでしまった。二人で笑い転げる様子をアマの膝の上で見ていたサチが手足をばたつかせ、キャーキャー声をあげて喜んだ。

とっても楽しかった。帰るとき、金曜日にクエーカー教徒の友人のジョイスとキース・リー夫妻のところに一緒に行きましょう、とお姉さまが誘ってくれた。私が不安におしつぶされないように、予定を作ってくれたのだ。

二月五日　木曜日

神戸と上海間の航路で、事故のニュースなし。心配する日が一日減った……

二月六日　金曜日

「クエーカー教徒ってどんな人たちなの、お姉さま？　絶対禁酒主義で質素で生真面目？」路面電車でフランス租界へ向かう途中、私はお姉さまの腕をとって訊いてみた。車窓から見える風景がどんどん住宅街らしくなっていき、ロンドンと同じプラタナスの街路樹がある。まだ葉が出ていないこの季節、優雅な西洋風のアパートやタイル張りの屋根の上にある頑丈そうな煙突がよく見えた。

リー家はレンガ製のこぎれいな二階建てテラスハウスの端の家で、まさにイギリス人という感じの――二人とも栗色の髪で背が高くがっしりしていて、人に元気と安心感を与えてくれる――二〇代後半のご夫婦が私たちを出迎えてくれた。たちまち緊張がほぐれた私は、クエーカー教徒に関してお姉さまに失礼な質問をしたことを反省した。

居間にはお茶が用意されていて、ティーポットにウールのカバーがかかっていた。「私たちの家はクエーカー教徒の集会場なんです。教えを学び話をするために、さまざまな国から来た人たちが毎週ここへやってきます」と、キースが言った。柔らかいソファーに深く腰かけた私は、こんなに居心地のいい住まいがあるなら、宣教師としてイギリスから上海へ来るのも悪くないな、と思った。

「一九四〇年の夏に上海に来たころ、私たちは孤児院に住んでいたんですよ」とジョイスが陽気に言った。「民生委員に保護された子どもたちのためにクエーカー教徒が孤児院を作った直後で、私たちが初代の住み込みの「母」と「父」になったんです。得難い経験だったわね、キース」

「本当に」と、キースが柔らかな笑顔で応じた。「それ以前の戦闘［上海事変］で壁が崩れていて、警察車両から降りてきた子どもたちの体を、「清めの場」と呼んでいたあのガレージで、ホースの水をかけて洗いました！」と、キースが思い出に青い目をきらめかせた。でも私は、崩れかかった孤児院でたくさんの汚らしい子どもたちと一緒に生活するなんて、考えただけでぞっとした。

「かわいい子どもたちでした」とキースが続けた。「扱いにくい子もいましたけれど、みんなお互いの面倒をよく見ていましたし、必ず一人か二人はリーダー格の子がいて、ほんものの家族みたいでした。あの子たちのそれまでの過酷な人生を考えると、驚くべきことです」

そういう子どもたちをいちばん避けたいと思っている私にとって、リー夫妻が孤児たちに深い愛情を寄せることは、驚き以外のなにものでもなかった。通りに一歩出たとたんに群がってきて金をせがむ浮浪児たちのことを、私が人間として見るようになる日が来るのだろうか。

私はこれまで、浮浪児たちとは正反対の特権的な世界にいるカズのことしか考えてこなかった。リー夫妻に会ったことでカズへの気持ちが減ることはないものの、自分の世界の狭さを思い知らされた。

二月七日　土曜日

ヒロはテニスに出かけていった。彼は結婚後も独身時代の習慣を変えなかったから、ふだんなら私だって気にしない。でも、いまは違う。私たちの息子が危険だらけの海上で過ごす最後の一日に、どうして一緒にいてくれないのかしら。人生をあるがままに受けいれるヒロの生活スタイルはたしかに素敵だけど、それでも……

そういえば、昨日お姉さまが言っていた――クエーカー教徒と交流したいと言いだしたのは六郎お兄さまだったと――お姉さまの結婚について考えてみる。私はお兄さまが信心深いとか、ましてやキリスト教徒だと考えたことはなかった。「信者ではないのよ。関心はあるみたいだけれど。信心深いということもないし」と、お姉さまがほほえんで言った。

「ロッキーは戦争で苦しんでいるの――中国を愛しているから、いまの状況が悲しくて仕方がないのね。国籍が異なる人たちの心を一つにして相互理解を促進する目的でクエーカー教徒の集会所ができると聞いて、とても勇気づけられたのよ」

私はお兄さまのことを、ほとんど何も知らない。結婚して間もなく慢性病を患って、お姉さまがそのあと何年も苦労されたことくらいしか。これまでお姉さまとお兄さまの関係について考えたことはなかったけれど、あの二人はお互い本心を打ち明けて深く理解しあっている。結婚して一〇年近くになるから当然なのかしら。ヒロと私も歳月を経たら、もっと多くを共有できるようになるのかしら。

二月八日　日曜日

何度もカズのベビーベッドをのぞきこみ、息をしているかどうか確かめてしまう。カズがここ、私のそばで眠っている！

太陽丸が接岸するまでの時間が異様に長く感じられた。その後も下船する乗客の長い列が続き、さらに長い間待たされた。私は顔を確かめもせず、赤ん坊を抱いている女性を必死に目で追って探した。埠頭は、下船してくる人たちを待つ人々でおしくらまんじゅう状態で、行商人や用のない人たちも場所を求めて押してきた。心臓が飛び出しそうになりながら、私は人々の頭の向こうを見ようと背伸びしていた。

とうとう、ボーイに付き添われて乳母車を押すグレーの服を着た年齢不詳の女性が現れた。私たちは同時にお互いを指さしてすばやくお辞儀をし、女性は慣れた手つきでカズを抱き上げて私の腕に抱かせてくれた。待ち望んでいたこの瞬間！

カズはきょとんとしていて、私のことがわからないようだった。でも狂喜していた私はそんなことにはかまわず、カズを思いきり抱きしめたかった。前かがみになって体を左右に揺らし、赤ちゃんの頭の甘いにおいを吸いこんだ。間違いなくカズは喜んでいた。体をよじって私を見上げ、みごとな笑顔を見せてくれた。やっぱり私を憶えていてくれた！

カズはヒロを見て、私を見て、まるで私たち二人に話しかけるように喉をくっくっと鳴らした。そのとき感じた喜びを、瓶に詰めてとっておきたいくらい。自家中毒症の発作が収まるまでカズを日本に残すべきというお母さまの判断は、やっぱり正しかった。

私は天使のようなカズの寝顔を見ながら、上海ですくすく育ちますように、と神さまに祈る。生まれたときからずっと虚弱だったこの子が、いま無事に私のそばにいるのだから、どんなことがあっても不衛生な街のばい菌から守らなければ。油断大敵だ——美代にはあらゆるものを消毒させよう。

二月一八日　火曜日

ついに家が見つかった！　すべては、六郎お兄さまの親切な同僚の関根次郎さんのおかげだ。

アール・デコ調の高層アパート、グローヴナー・ハウスに足を踏み入れた瞬間に、ロンドンのプリンス・ゲートの家を思い出した。ガラスと真鍮でできた重厚な扉をいくつも抜け、大理石で仕上げられた玄関に入った。見れば見るほど好きになった。寝室が二部屋ある一階の一角で、おもだった部屋は広い中庭に面している。格調高い居間、独立した食堂から台所、そしてその先にある使用人用の小さな部屋を見て、ヒロも感動したようだった。主寝室付きの広々した浴室には息をのんだ――全体が黒い大理石製で水道の蛇口が金色、浴槽はターコイズブルー。

私たちがひととおり家の中を見たところで、やっと現在の住人である三〇代前半の素敵なご夫婦が玄関に姿を現した。ベイカー夫妻はこちらへは近づいてこないで、両手を体の横に下げたまま、疑い深そうに私たちを観察していた。ご主人はネイビーブルーのブレザー、奥さんは上品なウールのスーツを着ていて、私たち夫婦のアメリカ版みたいに服装が似ているのにどうしてかしら、と思ってから、わかった。私たちが日本人だからだ。

日本が上海の支配権を握ったために、アメリカ人の彼らが追い出される。私たちは支配国の国民として、ベイカー夫妻の家を乗っ取ろうとしているのだ。

気まずい沈黙が長く続いたように思われた。私は勇気をふりしぼり、ベイカー夫人に手をさしだして言った。「じつに美しいお宅ですね」

夫妻は、とまどった様子で顔を見合わせた。ついにベイカー氏が口を開いた。「たいへん失礼しました。完璧なイギリス英語を話す魅力的な日本人女性にお会いするとは思ってもいませんでした」

さらに、その場を打ち解けさせようとするように、ご主人が言った。「私たちは故郷アメリカのニュー・ジャージーに帰ります」

「まあ、私の両親と兄と姉は、私が生まれる前、ニュー・ジャージーに住んでいたんですよ。父にはいまでもあちらに友人がいます」と、共通点を見つけて嬉しくなった私が言うと、夫妻がリラックスするのがはっきりわかった。

「戦争が終わったら、またここに戻ってこようと思っています」とベイカー夫人が言った。「私たちは本当に上海が好きなんです。テッドはこの地で仕事を再開したいと望んでいます」

「いい考えがある！」と、唐突にベイカー氏が言った。「私たちが上海を離れるのは一時的なことだと考えています。じっさい、家具をすべてニュー・ジャージーに持って帰ることはできませんし。よろしければ、あなた方がお使いになりませんか？」

ヒロが目を輝かせた。「あなた方の家具はじつに上質です。たいへん光栄なお申し出です」と言った。そして、私にはめったに見せたことのない仕事人の顔をのぞかせた。「家具の借用に関する契約書にサインをしなければいけませんね。不安定な状況下では、正式な書類を残しておくのが賢明です」

ヒロとベイカー氏が書類とサインを交換したあと、私たちはおいとました。互いの無事を祈り、平和時の再会を願って。「まさか日本の民間人が自分たちの家に引っ越してくるとは想像していなかっただろうね。軍の将校が来ると思っていたんじゃないかな」とヒロが言った。

戦争とは、なんと因果なものだろう。素敵なアメリカ人夫妻と知り合いになり、良い友人になれそうだと思いながら友好的に家の契約をするなんて。日本人の私たちを不快にさせないよう、ベイカー夫妻は無理に愛想よくしたのかしら。いや、きっと二人は私たちに好意を抱いてくれたんだと思う。そうでなければ、自分たちの家具を託したりしない。

彼らが再び上海に戻る日が遠くないことを願う。それまでの間、ご夫妻の家具を自分たちの家具よりも大切にしよう。

二月二〇日　金曜日

カズは美代とパブリック・ガーデン（黄浦公園）に午後の散歩に出かけた。カズに付き添いがいるのは妙な感じだ。カズと離れていた間は、一緒に暮らせるようになったらヒロも割りこめないほど強い母と息子の結束感を味わえるようになると思っていた。ところが、一緒に暮らせるようになっても、カズのそばにはぴったり美代がついている。美代は感情をまじえずプロ意識を持ってカズに接し、けっして大げさな愛情表現をすることがない。それでも上海への船旅で美代に頼りきりだったカズは、こちらに来てからも、欲しいものがあるときは私ではなく美代を求める。母親が私だとわかっていて注意を引きたがるけれど、なぐさめや満足は美代からもらう。カズは私のために息子の役を演じているのだ。

私は極端に神経質になり、カズと美代を監視してしまう。ホテルの床に落ちたおもちゃを、美代はにこにこ笑ってカズに手渡す。上海の街の通りがじつに不潔で、その通りを歩いた靴で人々がホテルに入ってくることが、美代にはわからないのだろうか。この街のばい菌のことを考えただけで、私は身震いしてしまうのに。

それ以外の点では、美代は完璧だ。でも、想像していた人物とは違った。私はどんな人を思い浮かべていたのかしら。もっと年配でお母さんらしい、ロンドンで私たちに仕えてくれた懐かしいウィニフレッドのような人かしら。お母さまを深く愛していたウィニーは、お母さま亡きあとのわが家に安定をもたらし、お父さまと私が滞りなく日常生活を送れるよう努めてくれた。それは、当時の私たちにいちばん必要なことだった。

お父さまが主催する晩餐会の準備を私に任せたとき、ウィニーはまだ一五歳の私を女主人として扱い、私の権限に一切口をはさまずにサポートし続けてくれた。でもおそらく、いまではウィニーもお父さまのもとを去らなくてはならなくなっただろう。自宅軟禁されている日本人に仕えることはできないから。いま、お父さまはどんな毎日を送っているのかしら。私が憶えている生活とはまるで違うのだろう。何といっても、新しい奥さんがいる。お姉さまが言うとおり、このような困難なときにお父さまのそばにいてくれる人がいるのは良いことなのだろう。私の印象では、幸子さんは、お父さまに安心感というより無理難題を与えそうだけれど。それでも、外務省の高官と親しくつきあっていたおかげで、真珠湾攻撃の直後に拘留された多くの日本人ビジネスマンとは違い、お父さまは少なくとも自宅にいられるのだ。

話がそれてしまった。乳母の適性を持ちつつもどこかよそよそしい三〇歳前の美代は、優しかったウィニーとは大違いだ。正直なところ、私は美代といるとリラックスできない。ホテルからアパートに移って新生活が始まれば、美代との関係も変わってくるのだろう。

3

一九四二年三月八日　日曜日　グローヴナー・ハウス

春が来た。プラタナスがちょうど葉を開く時期、フランス租界全体が淡い緑色の輝きに包まれて、じつに美しい。私はいま、子守や中国人のアマ［女中］たちに見守られて敷地内の中庭で遊ぶ子どもたちを眺めている。その中にカズもいる。ここにはいまでもさまざまな国籍の人たちがいて、日本で私が抱いていた国際都市上海のイメージそのものだ。

キャセイ・ホテルでの生活は、ずっと前に上海を数日間訪れたときのことのようで、いまとなっては別世界だ。私はアパートに移ってすっかり気持ちが落ち着き、上海が自分の家だと思えるようになった。

わが家の素敵なことといったら！　高い天井が与える広々とした開放的な雰囲気に、ピカピカに磨かれて黒光りする寄せ木造りの床が重厚さと温かみを加えている。ベイカー夫妻の家具は、このアパートに合うように念入りに選ばれていた――角ばっていてがっしりしていて一つとして同じものがないのに、全部を合わせると完璧に調和がとれている。私のお気に入りのソファーにはクルミ材の縁がついていて、座り心地の良いしっかりしたクッションがついている。このソファーのおかげで、居間がスタイリッシュながら家庭的な雰囲気になる。カズが美代と寝ている部屋のカーテンはブルー、かわいらしいおもちゃがたくさんあって、いかにも男の子の部屋という感じだ。足を滑らせないように敷いた絨毯は、どんなゴミが落ちていてもすぐにわかる淡いブルー。

ボーイ［コック］とアマの中国人夫婦が、わが家にやってきた。とても慎み深い人たちで、まったく気にならない。ボーイである夫のほうは、中国名を日本風に発音した「チョクゲツケン」と呼んでほしいと言う。以前の日本人の雇い主にそう呼ばれていたのだろう。幅の広い丸顔の彼が笑うと、大きな口が耳まで届きそうだ。小柄で無口なアマは、見るからに人が良さそうだ。美代と仕事が重なるところについては、アマは喜んで美代の指示にしたがい、美代は親切かつ丁寧にアマに接している。

美代は、いまだに不可解な人だ。最初、彼女がよそよそしいのは、私たち夫婦との生活になじめないせいだろうと思っていた。でも、彼女が上海に来てからすでに一ヵ月経ち、私たちは彼女を家族の一員として扱っている。それでも、まだ他人行儀だ。何か不満があるのかしら。それとも、もともとそういう人なのかしら。

三月一一日　水曜日

迈尔西爱路《ルー・カルディナル・メルシエ》沿いにある私たちのアパートの斜め向かいにフランス・クラブがあるので、ヒロはその美しい芝のテニスコートに気軽に行ける。お姉さまが、友人の毛《マオ》みどりさんを紹介するからフランス・クラブで昼食をとりましょう、と誘ってくれた。「あなたたちも新しい家に落ち着いたんだから、お友達を増やさないとね」と、まぶしい日差しの中を白いクラブハウスに向かって歩きながらお姉さまが言った。

お姉さまは新鮮な空気を満足げに吸いこんで、フランス租界には日本軍の歩哨が少ないからほかよりも雰囲気がのどかね、と言った。「いまやフランスは日本の同盟国ですものね」

クラブハウスに着いてまもなく、みどりさんがやってきた——息をのむほど美しい女性だ。ぴったりしたチャイナドレスが背の高さと体の曲線美を強調している。みどりさんが日本人だと知らなかったら、てっきり中国人だと思ったことだろう。チャイナドレスのためではなく、背が高くスッと背筋を伸ばした彼女の振る舞いがそう思わせる。その場にいた数人、とりわけテーブルに座っていた日本人のビジネスマンたちは、席につこうとする彼女に目を奪われていた。みどりさんはお姉さまの肩を親しげに軽くたたいてから、「ニーハオ」と言って私に手をさしだした。

「私は毛の太太《たいたい》［奥さん］です。でも、みどりと呼んでくださいね。ご想像どおり、私の主人は中国人です。私よりずっと年上の。私は彼の三番目の妻なの」と、彼女が自己紹介をした。

中国語の表現が混ざるみどりさんの日本語の会話は異国風に聞こえた。「英子さん、ドゥ・ブー・チィー［すみません］、お塩をとってくださる？」とか「このブッフ・ブルギニョン［ビーフ・シチュー］はすごくおいしい、ヘンハオ［いいわね］！」などと言うのだ。

「私も中国語を習いたいな」とため息まじりに私が言ったら、驚いたことに、みどりさんがすかさず自分の継子《ままこ》を私の家庭教師につけようと申し出てくれた。大学生の息子さんが英語力に磨きをかけたがっているそうだ。

「息子が英子さんに中国語を教え、英子さんが彼に英語を教えてくれたらいいじゃない」と、みどりさんが契約成立を手振りで宣言し、息子の欣楚《シンツウ》から連絡させるわね、と言った。

腕時計に目をやったみどりさんが同じ口調で、もう行かなくちゃ、と言った。お姉さまと私には、息をつく間もなかった。

三月一六日　月曜日

一二時ごろ、お姉さまから電話があった。「ねぇ、私たちもフランス租界に引っ越すことになったわ。あなたたちのお隣、グローヴナー・ガーデンよ！　虹橋は不便だったもの」

五日前には何も言っていなかったのに。私を驚かせたくて、お姉さまは確実になるまで黙っていたようだ。私はあんまり嬉しくて叫び出しそうだった。

三月一八日　水曜日

またお姉さまからお電話。引越しのことかと思ったら、違った。

「英子、お父さまが三月一二日にマン島［イングランド北西部と北アイルランドの間のアイリッシュ海にある英領の島］の収容所に拘留されたの」お姉さまの声が、めずらしく動揺していた。

虹橋から駆けつけたお姉さまと抱き合って、気持ちを落ち着けた。

ロンドンにいたころ、外務省での長い会合からお父さまが疲れきって帰宅していたことを思い出す。それから夜遅くまで、天皇陛下に近しい日本の政府高官たちに理性的な判断を求める手紙を書き、短気な軍部の人たちが日本を戦争に導こうとするのを必死に阻止しようとしていた。平和維持のために尽力していたお父さまが拘留されることはないと信じてきたのに。

「なぜ急にこんなことになったのかしら」と、お姉さまが私の目をのぞきこんで言った。

お父さまの拘留生活なんて、想像もできない。イギリス人には理性があるから少なくともお父さまを丁重に扱うはずだ、と私は自分に言い聞かせた。

「幸子さんと離れるのはお父さまにはつらいでしょうし、幸子さんにとってはもっとおつらいわね」と、お姉さまが言った。お父さまの新しい奥さんのことは私の頭にはなかった。お姉さまと違って、お父さまと奥さんが離れ離れになるのがちょっと嬉しいと思ったくらいだ。

でも、きっとお姉さまの言うとおりなのだろう。お父さまにとっては大打撃だ。お母さまが亡くなったときは私がそばにいたし、お父さまには責任を持ってやるべきお仕事もあった。それでもお父さまは深い孤独に沈んでいた。だからこそ、自分を持ちこたえさせるためにますます仕事に打ちこんでいたのだ。マン島の収容所にいるいまのお父さまには、仕事もなければ奥さんもいない。なんとか乗り越えてくださると思うけれど、さぞかしつらい思いをされているだろう。奥さんが、どんな知らせでも私たちに伝えてくれる親切な人だといいけれど。

三月二三日　月曜日

午前中、柔らかい茶髪のイギリス人らしき女性が、スコティッシュ・テリアを連れて散歩していた。犬が尻尾を振って私に駆け寄ってきたので、私はかがんで体を撫でてあげた。すると、女性が顔をしかめてリードを引っ張り、「ジェイン！　ジェイン！」と呼んだ。それでも犬は私から離れなかった。とうとう女性がこちらに来て犬を抱き上げ、私の顔を見もせずに「すみません」と小声で言い、足早に去っていった。私は傷ついた。女性がイギリス人だと思ったからこそ、友達になってロンドンやお互いの飼い犬について話したかったのに。私を疑うような女性の態度に接して、急にお父さまを思い出した。イギリス人にとって、私たち日本人は敵性国民なのだ。

そのあと、アパートのエレベーターで、やや年配の素敵なドイツ人のご夫婦、シュミット夫妻に会った。「おはようございます」と、ご主人が小さくお辞儀をして声をかけてくれ、私は奥さんとちょっと堅苦しい握手をした。「あなた方ご一家の上階に住んでいます」と、奥さんがドイツ語なまりの強い英語で言った。私がエレベーターを降りるとき、ご主人はまたお辞儀をして、「ご機嫌よう。いつかご一緒しましょう」と言ってくれた。

二つ目の出会いが、一つ目の出会いの後味の悪さを少し打ち消してくれた。でも、なんの不思議もない。日本とドイツは味方どうしなのだから。

三月二五日　水曜日

中庭でカズと午後を過ごしていたら、七歳くらいのベティというかわいい女の子がカズの相手になって、カズの手を引いて辛抱強く庭をぐるぐる歩きまわってくれた。

そこへ一人の日本人女性がやってきて、ベティのお母さんだと名のった。ベティのどことなく人目を引く容貌――肌が白く髪は栗色の巻き毛なのに、明らかに東洋風の顔立ち――の理由がわかった。「ベティがお邪魔していませんでしょうか。私はリングハウゼン綾子と申します。主人はドイツ人で、私たちはグローヴナー・ガーデンに住んでいます」と言って、お母さんが上品なお辞儀をした。

少しずつ近所に知り合いが増えるのは国際的ですばらしいこと！　一週間もしないうちにお姉さまたちが越してきたら、ますます楽しくなりそう。

三月二六日　木曜日

荷造りを手伝う口実でお姉さまの家で洋服をまとめていると、お兄さまがドアから顔をのぞかせた。その険しい表情を見た瞬間、軽口を言い合っていた私たちは口をつぐんだ。「今日、銀行に届いたんだ」と、お兄さまがお姉さまに一枚の紙を渡した。お姉さまはそれをすばやく読んで顔をくもらせ、私に手渡して言った。「これも郵便の検閲を受けたなんて驚きね」

それは、三月一一日付の『デイリー・エクスプレス』紙の切り抜きだった。まっさきにお父さまの写真――三揃いのスーツを着て穏やかな笑顔で両手を少し広げて立つ、いつもの姿――が目に入り、懐かしさで胸がいっぱいになった。見出しにはこう書いてあった。「それでも子爵は動じない――ロンドンのアパート在住の日本人はイーデン外相の言葉を信じない」見出しのそばに、地面にうずくまる男性に向かって一人の日本兵が銃剣を突きつけている写真があった。それ以上読めなくなった私は、手を震わせて切り抜きをお姉さまに押し戻した。

「英子、これでお父さまが拘留された理由がわかったわね」と言って、お姉さまが記事を読み上げた。

「いまだに自由の身である子爵は、ほぼこれまでと変わらない生活を送っている。彼は、イーデン外相の日本軍への激しい非難を聞いたはずだ。それでも神田子爵は平然と、日本軍の残虐行為に対するイーデンの告発はイギリスの宣伝活動なのだと言う」

記事を読み進めたお姉さまが言った。「こんなことも書いてある。お父さまの言葉を引用しているわ。『残虐行為？　日本人はそんなことはしません。私たちはそのような性質を持ち合わせていないのです。その報告は、おそらく中国の宣伝活動家に吹きこまれたものでしょう。中国人は日本人についておぞましい虚偽の噂を流してきましたから』ですって」

お姉さまと私は台所のテーブルに向かい合って座り、見つめ合った。記事の中でひどく愛国的に書かれているお父さまの口調は、まるでお父さまらしくなかった。私は「こんなことを本当にお父さまが言うわけがない」と言って頭を振り、唇を噛んだ。お姉さまは記事をさらに読み進めた。

「書き方が巧妙よね。日本は戦争はしないだろうというお父さまの以前の発言を引いてくることで、お父さまが間違っていた、あるいは嘘つきだ、と言いたいのでしょう。そのあとで、お父さまが住んでいるアパートの豪華な調度品のことを書くの。それで最後にこう問いかける。なぜ神田子爵は拘留されないのか？　とね」お姉さまが大きなため息をついた。

「それでお父さまはマン島に送られたのね」と、お姉さまがつぶやいた。「新聞は、あらゆることを白か黒かで書きたがる。お父さまに勝ち目はないのよ――ロンドン在住の日本人なんて、敵以外のなにものでもないから。何が真実かということは関係なくなるのね」

私は、お姉さまの顔をにらんだ。「そんなのフェアじゃない！　日本が対中戦争を始めたとき、お父さまは本当に衝撃を受けていたわ。私は見ていたのよ！　一九三七年七月七日、日付けも憶えているわ。

スカンジナビアに船で向かっていたお父さまと私は、ノルウェーに到着したときに日本の中国侵攻を知って、お父さまはその足で切符売り場に行って次の船便を予約した。だから私たち、ノルウェーに一泊もしないでロンドンに戻ってきたのよ。『デイリー・エクスプレス』に書いてあることは、全部でたらめよ！」

泣き叫ぶように言ってから、私はおそろしい考えに襲われた。「お姉さま、お父さまは収容所でひどい扱いを受けないかしら？　こんな間違いだらけの記事を読むと、イギリス人が理性を持っているのかどうかわからなくなる」と口走った。

少しの間、お姉さまは黙って窓の外を見ていた。それから優しくほほえんで言った。「お父さまはきっと大丈夫よ。希望を持ちましょう」お姉さまの言葉を信じよう。

三月二八日　土曜日

一日の出だしはいま一つだった――お父さまのことで心が重く、とくにすることもない日。そうしたら突然ヒロが、天気も良いことだし、自分たちのテニスを見にこない？　と誘ってくれた。

それで一緒に聖ジョンズ大学へ出かけた。蘇州河が急カーブする辺り、共同租界の西の端に、広々とした大学のキャンパスがあった。公園にあるようなテニスコートで、私はカズを膝に抱いてベンチに座り、テニスボールが左へ右へと行き来するのを見ていた。ボールの動きに合わせて頭を動かすカズの髪の毛が私の顎に触れてくすぐったかった。

セットの合間の休憩時間中、コットンの美しいワンピースを着た素敵な女性がやってきて、私たちに声をかけてきた。「ご一緒してもよろしいですか？　お二人がテニスの試合をすごく楽しんでいらっしゃるご様子なので、ご一緒できたら嬉しいなと思って」中国人らしく快活に話すその女性の英語は完璧だった。

「私はモナです。ご主人とテニスをしているS・P・陳《チェン》の妻です」

彼女が指し示した男性は、私が素敵だなと思って見ていた人だった。テニスがうまいだけでなく、よく日焼けして少し東南アジア人の雰囲気があるかっこいい人だ。ヒロのテニス仲間に中国人はいないと思いこんでいた私は、てっきり彼も日本人だと思っていた。

「主人とダブルスを組んでいるアラン・チャンと主人は、二人ともこの大学の教員です」と、モナが言った。「聖ジョンズ大学は、アメリカのアングリカン・チャーチの主教によって創設された歴史あるキリスト教系の大学です。S・Pは法律を教えています」

モナとの会話は弾んだ。出身国は違っても、互いの出自に相通じるものを感じたといってもいい。モナは西洋風の考えを持つ裕福な中国人キリスト教徒の家庭の出身で、お祖父さまは輪船招商局《りんせんしょうしょうきょく》の重役だった。彼女は、私の祖父に興味を持った。九州のとある県の進歩的な知事だった神田のお祖父さまは、父を含む子どもたちに英語と聖書を学ばせようと、西洋の宣教師のところへ通わせたのだ。

モナと私はテニスの試合そっちのけで、自分たちの子ども時代や受けた教育について語り合った。モナがアメリカの名門女子大学スミス・カレッジに通っていたと聞き、私は感嘆した。

「でも、卒業はしていないのよ」と彼女が言った。「成績不良だったわけじゃないんだけど。オールド・ミスになってしまう前に上海に戻ってきてほしいと両親が望んだの！」とさらりと言った彼女は、私に詳しいことを訊かれる前に話題を変え、結婚前は何をしていたの？　と私に訊ねてきた。

「ロンドンの学校の最終学年に在籍していて、社交界デビューの準備をしていたの。一九三九年にヨーロッパで戦争が勃発する前、最後に宮廷でお披露目したグループにいたのよ」と言ってから、気がついた。モナがアメリカの大学を中退したのは、アジアの戦争が原因だと——もちろん、日本が引き起こした戦争だ。彼女は私に気を遣って、意図的に話題を変えたのだ。

「なんて素敵なの！　上流社交界にいるってどんな気分なのかしら」と、大いに好奇心をそそられた様子でモナが言った。本当に素敵な経験だった——綺麗なドレスを着てパーティーに行き、新聞の社交界ページに紹介された——でも、振り返るとそれは幸せな時代の終わりだったから、いまとなっては甘くて苦い思い出だ。当時のロンドンの日本人コミュニティーは、ヨーロッパ情勢に加え、日本の対中政策をますます激しく非難するイギリスの態度に圧倒され、その対応で消耗していた。

「イギリスの伝統行事に参加できたことは、文化を知る上でもすばらしい経験だったわ。でも私は外国人だから、結局社会的にはなんの成果もなかったし、廣と結婚するためにすぐに日本に帰ってきてしまったの」と私が言った。

自分たちの結婚式が三日間も続いたと言ったら、モナが「私も！　もうくたくたになったわよね！お食事しか楽しめなかった」と叫んだ。

いたずらっぽく笑う彼女の姿に、神経質になりすぎていた私と違ってモナは結婚式を楽しんだんだなと思った。

私はモナという中国人の友人ができたことが嬉しくて、ヒロにテニスコートに連れて行ってくれたお礼を言った。でも、ヒロの眉間に浮かんだしわを見て驚いてしまった。「S・P・陳のことは僕もよく知らないんだ。だから注意して。上海のような街で外国人と付き合うときは慎重にならないとね」その意味は正確にはわからないけれど、出ばなを折られた気分だ。

三月三一日　火曜日

キミヨさんという人から電話です、とチョクゲツケンが伝えにきたとき、知らない人かなと思った。でもすぐに、あの気まずい夕食に招いてださった野口さんのお嬢さんだと思い出した。喜美代さんが、私を上海の西の地域へ案内してくれるという。

迎えにきた喜美代さんは、パーマをかけた黒髪に縁なしの青い帽子を鳥の羽根つきのピンで留めていて、とてもおしゃれだった。彼女は通りの縁石に列を作っていた三輪自転車の一台を指さして、「人力車《レンリーツー》に乗りましょう」と言った。「人力車は上海では新顔なんですよ。タクシーはもう走っていません――ガソリン不足ですから」と説明してくれた。

喜美代さんは、観光ガイドのような丁寧な日本語で話しかけてくれた。私のほうが年上で既婚者だから敬意を示してくれているのかしら、と思った。でも、喜美代さんのお母さまが私に街を案内するように喜美代さんに言ったのだろうと思うと、ちょっと緊張してきた。

ちょうどそのとき、乗っていた人力車が道路の隆起部分にぶつかり、私が持っていたバッグが膝から道路へ滑り落ちそうになった。私は「おっと、あらら！」と英語で叫び、バッグをつかんだ。喜美代さんもバッグを握り持ち、「危なかったわねぇ」と英語で叫んだ。二人ともとっさに日本語ではなく英語を口走ったことに気がつき、私たちは顔を見合わせて笑った。それですっかり打ち解けた。とたんによそよそしさが消え、歳の違いも忘れてしまった。

「キミーって呼んでね。親しい友達はそう呼ぶの」と喜美代さんが言った。「もうすぐ着くわ。塔が二つあるあの大きな赤い建物、あれが徐家匯《ジョカカイ》聖イグナチオ大聖堂よ」いろんなお店に寄って散策しながら、キミーは、イギリス政府が運営する女子校のパブリック・スクールに通ってケンブリッジ大学の入学資格試験を受けたことも話してくれた。「私はこれまでに二度、日本で暮らしたことがあるの。一九三二年と三七年に戦い［上海事変］があって、上海にいるのは危険だったから。でも、どちらの時期もインターナショナル・スクールに通ったから、日本語はあまりできないの」と肩をすくめた。キミーのほうが優れた教育を受けているけれど、なんだか私たちは境遇が似ているな、と思って私はほほえんだ。

「西洋の教育を受けたなんて言うと、日本人が大勢いるいまの上海では嫌な顔をされる」とキミーが言った。「大多数の日本人は「井の中の蛙」よね——外の世界のことを何も知らない——いらいらするわ。私は年下の日本人の女の子に、彼女が言うところの「外国人の」学校に行ったことをひどく非難されたことがあるのよ。「敵性国民と交際するなんて非愛国的だ」と、何でも知っているかのような顔をして、その女の子が言ったの」キミーが怒りで頭を振ると、頭の上の小さな青い帽子も一緒に揺れた。

「だけど、中国人の立場はもっと複雑」とキミーが続けた。「同じ学年に中国人の生徒が二人いたんだけれど、そのうちの一人はいつも私に意地悪でね。ある日、エッセイを読み上げている私を何度も邪魔してきて、最後には先生が彼女を教室から追い出したの」イギリスのパブリック・スクールでそんなことが起きるとは信じられず、私は目を丸くした。

「もう一人の生徒はとてもおとなしくて、学校の居心地が悪そうだった。彼女は汪精衛《オウセイエイ》政府の高官の娘だったの。意地悪な子のお父さまは蔣介石《ショウカイセキ》に近い人だったのよ。その意地悪な子は公然と抗日感情を示すことで、もう一人の中国人生徒を困らせようとしていたから、私がちょうどいい標的だったのね。イギリスが運営する学校の教室で、現実の武力衝突どおりのことが実践されていたというわけなの！」

キミーの中国人クラスメートの話を聞いて、上海の状況の複雑さが理解できた。ヒロの忠告の意味もわかるけれど、モナといい友達になれそうだという私の直感は正しいと思う。

4

一九四二年四月一日　水曜日

お姉さま一家の引っ越しが終わり、私たちは事実上のお隣さんどうしになった。

引っ越しの日は私たちがサチを預かったので、カズは一日じゅうサチに親分風を吹かされていた。本当にかわいらしい二人組！　歩くのも話すのもカズよりずっと上手なサチは、カズをすばらしいおもちゃであるかのように扱っている。カズはかまってもらえるのが嬉しくて、サチのあとをとことこついてまわっていた。

四月五日　日曜日

復活祭の祝日。ベティのお母さんのリングハウゼン綾子さんが、アパートの子どもたちのために中庭にエッグ・ハントを仕掛けてくれた。カズは自力で卵を一つ見つけられた。ものすごく喜んで、明るいブルーと黄色に色づけされた卵を胸の前で大事そうに両手で抱えていた。この家に越してきてからの一ヵ月で、カズはずいぶん成長したようだ。ほかの子どもたちから刺激をもらうのだろう。

午後は、お姉さまとお兄さまについて、クエーカーの礼拝集会に行った。教会の厳粛な雰囲気の中で、拘留中のお父さまの無事をお祈りし、上海のこの快適な環境で生活できることを神に感謝したかった。

お母さまのお葬式以来、ずいぶん長い間教会に行っていなかったから、復活祭の礼拝が楽しみだった。

でも意外なことに、お姉さまはフランス租界の西の端にある小ぎれいなレンガ造りの一軒家まで歩いていって、「着いたわよ！」と言った。礼拝集会は年配のアイルランド人女性アグネス・フリンの自宅で行われるという。アグネスは銀髪で小柄なとても上品な女性だった。家の中にも同じく気品があふれ、玄関ホールにイースターの百合の花が活けられていたが、その雰囲気はまったく教会らしくない。案内された居間にはすでに数人が集まっていて、その中にリー夫妻もいた。

穏やかな静けさがいきわたる明るい部屋で、礼拝集会が始まるのを待った。その後は誰も来なかったのでもうすぐ始まるのだろうと思って待ち続けていたけれど、何も起こらなかった。たっぷり三〇分は完全な沈黙が続いたところで、アグネスが澄んだ声で、日本と中国を含むさまざまな国から来た人々とともに復活祭を祝えることへの感謝を述べた。そのあとは、また沈黙。最後にアグネス、キース、ジョイス、そしてほかの人たちと握手をして全員が立ち上がり、礼拝集会が終わった。

なんて風変わりな礼拝！　お父さまと捧げた復活祭の祈りを思い出した私は、てっきり讃美歌を歌ったり聖書を朗読したりするものと思っていた。私はすかさずお姉さまに近寄って、どうして前もってクエーカー教徒の礼拝集会について教えておいてくれなかったのよ、と小声で文句を言った。お姉さまはそれを予期していたようだった。その陽気な笑顔から、私の反応を楽しむために礼拝のことをわざと秘密にしておいたのだとわかった。

「だけど英子、あなたはまさに礼拝集会ですべきことをしていたのよ。静かに期待して待つこと！」

たしかに礼拝集会が生みだした安らかな満足感は、そのあとのお茶の時間にも共有されていた。私はアグネスと、ドイツからのユダヤ難民で、グレーがかった赤い巻き毛の優しそうな中年女性のイルマに紹介された。

私は、ユダヤ人がクエーカーの礼拝集会に来ていると知って驚いた。

私の両手を包みこんだイルマの手には、人をなぐさめ、かつ励ます力があった。「私はタミコを尊敬しています。だから、あなたに会えてものすごく嬉しい！」イルマが私の両手を勢いよく揺らすと、大きな巻き毛とふくよかな体が一緒に揺れた。

「イルマは、難民に衣料を提供するフレンド会〔「フレンド派」はクエーカーの正式名称〕の衣料センターの責任者です。理想的な責任者なんですよ」とキースが言った。

イルマが笑って言い返した。「あなたが私のことをヘリッシュ、つまり偉そうにしていると思っているからそう言うんでしょう。私自身も難民だから、生きていくためには押しが強くないとだめだけど、強すぎてもだめだということもわかっているのよ！」

帰り道、私はお姉さまに駆け寄って言った。「思っていた復活祭とは違ったけど、この困難な時期に平和と喜びの雰囲気を生みだせるクエーカーの人たちはすごいわね」

「本当よね」と、お姉さまが言った。「ジョイスの体が大きくなったのに気づいた？　赤ちゃんが七月に生まれる予定なの。ジョイスとキースはすごく喜んでいて、私も嬉しい。でも英子、西洋人にとって上海の状況は悪くなっていく一方よ。彼らはそのうち、「敵」国民であることを示す腕章を身につけなければならなくなる。日本軍の支配が厳しくなっているわ」

どういう意味なのかしら。西洋人の行動が制限されるということ？　私たちも簡単には友人たちに会えなくなってしまうのかしら。

四月八日　水曜日

雨で濡れた中庭がまだ乾かないからと、綾子さんが自宅で、母と子のために小さなお茶会を開いてくれた。お姉さまとサチ、私とカズのほかには、順子さんという日本人と、彼女とドイツ人のご主人の四歳の坊ちゃんヴォルフィくんが来ていた。中国人のアマたちが見守る中、ベティが年下の子どもたちの面倒を見てくれた。

「グローヴナーにもドイツ人の隣人が何人かいるわよね。英子さんの上階にはシュミット夫妻がお住まいでしょう？」と綾子さんが言った。「シュミット氏は有力なビジネスマンよ。ご夫妻は一〇年以上も上海に住んでいて、夫人はドイツ人クラブの婦人会でご活躍なの」

「もう一人、ドイツ人女性にお会いしたわ」と、機知に富むイルマのことを話したくて、私が言った。「若くはないけどとってもエネルギッシュな人で、クエーカー教徒の難民支援事業に力を入れているの」

とたんに、その場の空気が凍りついた。順子さんは不快なものを飲みこんだような顔つきになった。私の言葉は間違いなく失言だったようだけど、いったい何がいけなかったのかしら。運よくそのとき子どもたちが走りこんできて注意がそちらにそれ、空気は元に戻った。でも、そのあとすぐ、順子さんがもう帰らなくちゃ、と言って急いでヴォルフィくんを連れ戻しにいった。彼女は綾子さんに簡単なお礼を言い、お姉さまと私にちょっとうなずいただけで帰ってしまった。

しばらく落ち着かない様子でいた綾子さんが、とうとうこう言った。「英子さん、あなたに悪気がないのはよくわかっています。でも、ドイツ側の人がいるところでは、発言に気をつけてくださいね。敏感に反応する人がたくさんいるので」

綾子さんは、私の目に当惑を見てため息をついた。「順子さんのご主人はドイツ大使館に勤務していて、ヒトラーにとても忠実です。だから、ユダヤ難民には寛大ではないんです。順子さんがご主人と同じ考えだとは思っていなかったので、私も驚きましたけど」

「じつは、私の夫フレデリックのようなドイツ人にとっても、最近は生きづらいんです」と綾子さんがあきらめたように言い、ご主人の立場を説明してくれた。ドイツ人のキリスト教徒によって創設された大学の教授フレッドはヒトラーの考えに反対しているものの、自分が誰を支持しているかを公言することはできないという。ドイツ人コミュニティーの有力者の中にはナチス党員が多く、ナチスに忠誠を誓っていないとみなされたら最後、キャリアが断たれることもあるそうだ。

私は順子さんを不快にさせただけでなく、ドイツ人コミュニティーにおける綾子さんとご主人の立場まで危険にさらしたかもしれないことに気がついた。リングハウゼン夫妻の友人がユダヤ難民に同情している、と帰宅した順子さんがご主人に話したらどうなるのだろう。ナチスがフレデリックさんを疑いの目で見るのだろうか。私は頭に血が上り、恥ずかしさで頬が燃えるようだった。

自分がしたことに対する不安がつのり、お茶会のその後のことはよく覚えていない。綾子さんの家を出てから、お姉さまが私に近づいてきて言った。「英子は意図的に悪いことをしたわけじゃないわ。でも、これからは話すときに気をつけなくちゃいけないってことを学んだわね」お姉さまが私をなぐさめるように腕をさすってくれて、やっと少しだけ気分が回復した。

四月一一日　土曜日

今日は、関根次郎さんと佐夜子さんご夫妻に夕食に招かれた。上海に来たばかりの次郎さんのお兄さまの正也さんにもお会いした。

正也さんはお姉さまに会ったとたんに満面の笑みになり、「多美子さん、あなたが上海にいらっしゃると知って、僕もここに来ることにしたんです！」と言って、お姉さまの手を強く振り動かした。それから正也さんは、私のほうを向いてこう言った。「英子さん、僕を覚えていますよね？　一九三七年冬、カンタベリー〔イギリスのケント州にある都市。カンタベリー大聖堂は、イングランド国教会の総本山〕の大主教に会う特別使節の一員として渡英したときにお目にかかりました」知っている人だったかしら？　と思いながら、私は正也さんの顔を見た。

正也さんは次郎さんよりも背が高くがっしりしていて、カリスマがある。突然、思い出した。女学生だったころ、ロンドンの日本大使館で開催された歓迎パーティーで正也さんにお会いしたことを。でも、目の前にいる正也さんは、聖職者用のカラー〔襟〕を身につけていたそのときの正也さんと同じ人には見えなかった。

「僕はもう聖職者ではないんです」と正也さんが言い、私は心の内を読み取られて頬を赤らめた。「僕が上海に来たのは、帝国海軍の武官府特別調査部で働くためです。聖職を辞したことを後悔してはいません。日本の聖公会〔アングリカン・チャーチ。イングランド国教会の系統に属するキリスト教の教派〕は、日本政府にますますこびへつらうようになっていましたから。でも、海軍に入隊すると決心するのは、さらに勇気がいりました。類まれなる優れたキリスト教徒である実吉《さねよし》〔敏郎〕海軍大佐の個人的な要請をもってしても、そうでした」

最終的に正也さんにその任務を引き受けさせたのは、難民に仕えることで神に仕えることになるという信念だったそうだ。

日本の軍部にユダヤ難民を支援する部署があるとは知らなかった。ドイツに迫害されたユダヤ人が上海に逃げてくる一方で、ドイツと同盟を組んでいる日本がユダヤ難民を支援するとは、込み入った話だ。それでも、正也さんや実吉大佐のような人たちが責任を持って難民支援を担っていることは、イルマやほかの難民たちにとっては良いニュースに違いない。このことがドイツ軍当局に知られませんように。綾子さんが先日言っていたことからすると、ナチスが難民に同情的な武官府特別調査部を容認するとはとても思えないから。

四月一三日　月曜日

カズが何かの病気にかかった。上海に来てからずっと私がおそれてきたことだ。また自家中毒症だとしたら、何週間も寝かせておかなければならないのだろうか。ありがたいことに、美代がとても落ち着いて仕事に徹し、ひたすらカズに水分をとらせてくれている。いま彼女は、台所でお湯を沸かして哺乳瓶を消毒している。明日までに熱が下がらなかったら、病院に連れていかないと。

四月一四日　火曜日

一晩でカズの容態が悪化したので、美代と一緒にカズを端金医院に連れて行った。道中、非衛生的な上海とばい菌を呪いながら。

私たちの登録を受け付けた日本人の看護師長はかなり尊大だったけれど、お医者さまは西洋人で、私はロンドンの一般開業医の先生を思い出した。それで安心してカズの症状や病歴について、とくに衛生に関して非常に気をつかっていたのに発熱と嘔吐で苦しんでいることを英語で説明できた。

お医者さまは、カズの目を見て聴診器をお腹と背中に当て、膝を数回つついた。それからカズの頭をポンとたたき、「明日には良くなるよ」と笑顔で断言した。

「清潔な水をたくさん飲ませてあげてください。それから、万が一に備えてこれも持っておくと良いでしょう。おそらく坊ちゃんには必要ありませんが、最近は薬を手に入れるのも難しくなっていますから、あると安心です」と言って、私にアスピリン錠剤の小さな束を渡してくれた。

お医者さまは私の顔をじっと見て、それから優しく言った。「岸本さん。お母さんも少しリラックスしたほうがいいですね。赤ちゃんはとても敏感にお母さんの感情に反応します。子どもが病気になるかもしれない、といつもお母さんが心配していると、よけいにそうなりやすくなるんですよ」

私はあぜんとした。美代があまり英語を理解できなくてよかった。

四月一六日　木曜日

カズが元気になったので、お姉さまと外灘へ散歩に出かけたら、白い豪華客船が陽を浴びながら、ちょうど港に入ってくるところだった。船体の真ん中に引かれた一本の緑のラインがじつに優美だ。

「コンテ・ヴェルデ号よ。イタリアのジェノヴァからはるばる極東の上海まで、大勢のユダヤ難民を送り届けたの」と言って、お姉さまはマストの上に翻るイタリア国旗を見上げながら片手で日差しをさえぎった。

この客船に乗れるのは、チケットを手に入れた幸運な難民だけだそうだ。彼らはドイツを出国するために想像を絶する困難に耐え、オーストリアを抜けてイタリアに着くころには所持品の大部分を失っているという。「ヨーロッパの贅を尽くしたコンテ・ヴェルデ号に乗船した難民たちがどんなにほっとしたか想像できる、英子？」と言って、お姉さまがため息をついた。

四月一九日　日曜日

お姉さまと淮海中路《アヴェニュー・ジョッフル》沿いのカフェ・ウィーンに着いたとき、正也さんが、大きな口髭をたくわえた威厳のある年上の海軍士官と連れだって店から出てきた。彼は私たちを見つけて顔を輝かせた。

「多美子さん、英子さん、こんなところでお会いできるなんて嬉しいなあ！　こちらは僕の上司の実吉大佐です」と、正也さんが言った。深いお辞儀をしたお姉さまと私は、大佐の靴がピカピカに磨かれているのに気がついた。顔を上げると、大佐はおじいさまのような優しい笑顔でほほえんでいらした。お父さまがロンドンで知り合った海軍士官たちに雰囲気が似ている。日本軍の人たちがみな大佐みたいならいいのに。

大佐が帰られたあと、正也さんがこう言った。「実吉大佐はたいへん善良な方なのですが、軍事的な対立に関しては力が及ばないんです。品が良すぎて権力闘争の中でどう振る舞えばいいのかわからず、そこに陸軍がすばやくつけこんできて大佐の責務を奪おうとしています。これまでもずっと、陸軍は海軍の権威をはぎ取ろうとしてきました。実吉大佐の前任者である犬塚［惟重《これしげ》］大佐がユダヤ人問題に関して日本軍の中で最重要の専門家とみなされていたおかげで、どうにか支配権を奪われずにすんできましたが」

「日本人は、外国の宗教や文化をまったく理解していません」と正也さんが言った。「日本人がユダヤ人について知っていることといえば、一九〇四年の日露戦争のときにユダヤ人が金銭的に日本を支援したおかげで、日本が白人の先進国にみごとな勝利を果たしたということだけです。ロンドン市場で資金調達の試みに失敗したアメリカのユダヤ人大物投資家ジェイコブ・シフが二〇億ドルの資金を工面して日本の英雄になったのです」

たしかに私自身も、ユダヤ人については何も知らない。ジェイコブ・シフの名前も、今日初めて聞いた。ロンドンにいたときも、誰がユダヤ人で誰がそうでないか、などと考えたこともなかった。グレンタワーの同級生レベッカが学校の教会礼拝をよく休んでいたので、彼女がユダヤ人だということはなんとなく知っていた。でも、それで何が変わるわけでもなかった。イギリスでの私の友達は全員イギリス人だった。ユダヤ人であることがとりわけ不利な意味を持つと知ったのは、ここ上海に来てからだ。イルマやクエーカーの人たちと知り合ったことで、ユダヤ人問題が私にとって身近になった。

「シフの行動を鑑みた犬塚大佐は、中国にいるユダヤ人を丁重に扱えば、影響力のあるアメリカのユダヤ人投資家たちが日本を援助してくれると考えました。でも、真珠湾攻撃でその計画は粉砕されました。犬塚大佐は職を追われ、陸軍は海軍の管理下にある武官府特別調査部を攻撃の的にするのです」

お姉さまが冷静にこう言った。「それでも、日本がユダヤ難民を人道的に扱うなら、それはいいことよね」

お姉さまが正也さんの腕を軽くたたくと、正也さんが嬉しそうに笑い、お返しにお姉さまの腕をぎゅっと握った。この二人はどういう関係なのかしら。

四月二〇日　月曜日

野口キミーが電話をかけてきて、勤め先の日本の会社が外灘にあるから、ガーデン・ブリッジを渡った虹口にある小さなうどん屋でお昼を食べましょう、と誘ってくれた。

キミーがネイビーブルーのタイトスカートのスーツに白いブラウスを着てきりっとしていたのに比

べ、私はベージュのフリル付きの洋服を着ていかにも既婚女性というでたちで、恥ずかしくなってしまった。それでも、虹口では私たちは二人とも目立った。ほとんどの日本人女性は、日本で買い物に出かけるのと同じように、着物と下駄でちょこちょこ動き回っていた。

うどん屋の中は、ほとんど日本だった。脂っこい中華麺のにおいとは違う鰹節の出汁《だし》の香りが、混雑している店いっぱいに広がっていた。紛れもなく日本の麺のにおい。私たちは肘が壁にぶつかりそうなくらい狭苦しい角の席に座った。

「英語で話せるのが嬉しい」と、キミーが言った。「ここにはたくさん日本人が来て、ぎゅうぎゅう詰めに座るでしょう。喋っていることを他の人に聞かれたくないもの」

最後に会った先月と比べても、キミーはずいぶん大人びた印象だ。きっと外で働くことで自信がついたのだろう。私には経験がない。家以外の場所に自分自身の生活があるのは刺激的なんだろうなあ、と思わずにいられない。

「政府関連の会社の調査部で働くっていうと、なんだかすごそうでしょ。でも私がやっていることは、研究員のためにものを持って動きまわるだけ。「野口さん、お茶をお願い」とか、「野口さん、この報告書を誰それさんに届けて」とか、「野口さん、この本を僕のために保管しておいて」とかね」と言って、彼女は笑った。「でもね、それでも母の目が届かないし、少しでも人の役に立ってお小遣いをもらうのはいい気分よ」

「もう一つ良いことはね」と、キミーが続けた。「そろいもそろって日本のエリート大学を卒業した頭の良い若い男性たちに囲まれていること。私は彼らよりも英語だけはできるから、ただのお茶くみとは違って、ある程度敬意を持って接してもらえるの。ときには英語の文章の意味を教えてほしい、なんて頼まれることもあるのよ。たいていは内容が難しすぎて、何が書いてあるのかちっともわからないんだけど」

キミーはきっと謙遜していたのだろう。そのとき、彼女がさえない色の表紙に小さな文字が書いてある一冊の本をバッグから取り出した。「エイコ、これは彼らから手助けを求められる本の一冊なの。必要になるまで私が保管しているんだけれど、家にはこんな本が五冊もあるから、エイコに一冊持ってきたの。あなただったら英語の解読を助けてくれると思って」

キミーにわからないことが私にわかると思われたことに気を良くした私は、お手伝いできる日まで喜んで預かるわ、と言った。本をバッグに入れるとき、キミーを通じて働く人たちの世界と直接つながりを持ち、重要な任務を背負ったような気持ちになった。

四月二四日　金曜日

暖かい日差しを浴びてカズと美代と中庭に座っていると、犬のジェインを連れたあのイギリス人女性がいることに気がついた。二、三週間見かけない間に変わり果てた女性の姿を見て、私はあっけにとられてしまった。ずいぶん痩せて疲れて見えた。スコティッシュ・テリアは、前と同じく女性を引っ張って私のほうへ近づいてきたが、女性にはもう抵抗する気力も残っていないようで、注意深く周りをうかがいながらこちらへやってきた。

私はかがんで犬の背中を撫でてやり、思いきり親しみを込めた笑顔で女性を見上げた。

「ジェインでしたよね？　ロンドンで飼っていたベンジーを思い出します。エキジビション・ロードに住んでいた時分、いつも父と私でハイド・パークに散歩に連れていっていました」と私が言った。

女性は私の顔をまじまじと見て、生け垣のほうへ数歩あとずさった。私に話しかけるところを他人に見られないよう、視線をさえぎろうとしているのだとわかった。

「あなたがそんな完璧な英語を話されるとは知りませんでした」と、彼女はうろたえつつ言った。「冷たい態度をとってごめんなさい。いまの上海でイギリス人が生きていくのは簡単ではありません。日本人にはうんざりしていました。私はアンです。イギリス人とアメリカ人にとって、ここでの生活はますます緊張を強いられるものになっています。いまでは、誰もがどうやって中国を脱出するかを考えています」

私はどう答えていいのかわからなかった。同じアパートに住む隣人たちの窮状に気づかなかったことが恥ずかしかった。ジェインも痩せてしまったなあと思いながら、その背中を撫で続けた。

「父はまだイギリスにいるのですが、いまはマン島の収容所に拘留されています」と、私は言った。深く考えることなく言ってしまった——私たち日本人にとっても状況が良くないことを知ってもらい、彼女に共感を示したかった。お父さまの拘留生活はもう一ヵ月になるのに、お父さまがどうされているのか、私には何もわからないのだ。

アンは長い間黙っていたあと、弱々しい笑みを浮かべ、葉を広げつつある、ロンドンを思い出させるプラタナスの枝々が落とすまだらの影の中へ歩き去っていった。

5

一九四二年五月三日　日曜日

ヒロとS・Pの顔に夜の南京路のネオンの光が当たり、きらきら輝いていた。テニスのあとで中華料理のご馳走を食べにいく期待に満ちた、健康的な輝き。私たち四人は、有名な広東料理レストランの新雅粤菜館《シンガエッサイカン》に向かっていた。この集まりを企画したのは、外国人と付き合うときには用心するようにと私に忠告したヒロだった。S・Pと親しくなった彼は、モナのことが大好きな私を喜ばせようとしてくれたみたいだ。

巨大なレストランは、大勢の中国人家族で満員だった。みなが同時に食べたり話したりするので、とてつもなくやかましい。私たちが案内された大きな丸テーブルでは、すでに年配の中国人夫婦たちが食事をしていた。女性たちはシンプルなチャイナドレス、男性たちはグレーのガウンといういでたちだった。彼らは、テーブルに近づく私たちをじっと見ていた——S・Pとヒロはとてもしゃれたスポーツブレザーを着ていて、モナと私は色鮮やかなコットンのワンピースを着ていたから、たしかに目立っていた。私たちが着席するときに男性の一人が眉をつり上げたのを見て、自分たちがどう思われているかを意識した。中国人である彼らは、日本人に自分たちと同じテーブルについてほしくないのだ。

それに気づいたのかどうかわからないけれど、モナが優しい笑顔で男性に一言話しかけた。そうしたら、眉をつり上げた男性が満足そうにクスッと笑った。何を言ったのかわからなくても、モナが明るく丁重に男性たちに話しかけたその振る舞いに感嘆せずにいられなかった。男性たちは、私たちのことを忘れてしまったように、自分たちの食事と会話に戻っていった。

モナとS・Pが食事を注文してくれて、私たちは次々に出てくるすばらしい料理に舌鼓を打った。私たちの会話はスポーツの話題に移った。

「ヒロシ、君のボレーはみごとだね。テニスで君を負かすためには、僕にはまだまだ練習が必要だ。でもゴルフだったら、僕にも勝ち目があるんじゃないかな」と、S・Pが声を響かせた。「僕たち夫婦は最近、ゴルフクラブに入会したんだ」

モナがほほえんでこう言った。「エイコ、率直に言っても気にしないでね。この席につこうとしたときにあなたの顔を見て、あなたが中国人の感情にとても敏感になっていることがわかったわ」

「あのね、中国人――西洋の教育を受けた比較的裕福な中国人――である私たちも、以前なら西洋人専用のゴルフクラブに入会できなかったの。それが、日本軍が共同租界を占領してから、できるようになったのよ。知り合いの中には私たちの入会を批判する人もいるわ。敵に寝返って相手を有利にしていると言って」とモナが言った。その先が知りたくて、私は彼女の顔をのぞきこんだ。

「聖ジョンズ大学も同じなの。日本軍に接収された大学で教えているS・Pを非難する人もいるわ。敬虔なキリスト教徒である二人の日本人教授のご尽力で、大学がキリスト教に則った自由な組織として存続できているから、S・Pも良心の呵責なく教育活動が続けられるのよ」私は、正也さんと彼のユダヤ難民支援のことを思い出した。日本人のキリスト教徒が日本軍支配の過酷さを和らげようと努力していることを。

「だけどね、エイコ、私たち中国人はぴんと張られた綱の上を歩いているようなものなの。重慶に行くほどの熱烈な国民党支持者でない限り、生活の糧を得るためには日本軍を受け入れなければならない。一方で、日本人と少しでも関わることを屈服ととらえる中国人もいる。善意で行われる日本人の人道的な行為も、中国人に良い印象を持たせるための宣伝工作だと受け取られるわ。いま上海で生活していくためにいちばん必要なのは共存することなのに、そういう人たちにはそれがわからないのよ」

そう言って私の目をのぞきこんだモナは、ちょっと言い過ぎたと思ったようだ。でも、私にはありがたかった――教えてもらわなければ、そんな複雑な状況を自分で理解することはとうていできない。私はため息をついて、モナの手を軽く握った。モナは申し訳なさそうな笑みを返してくれた。

五月七日　木曜日

イギリス人のアンに会った。犬のジェインが、また私の足のにおいを嗅ぎつけて近寄ってきた。アンが声を落として早口で言った。「私はあの低木の後ろのベンチに座ります。ちょっとだけお話しできますか?」

私は、学校の校長室に呼ばれたときのように心臓がどきどきした。

彼女の隣に座ると、すぐにアンが言った。「エイコさん、お父さまがマン島に拘留されているとおっしゃいましたよね? いま、本国送還の交換が行われています。つまり、極東にいるイギリス人が船でイギリスに戻り、それと交換でイギリスにいる日本人が日本に帰ります。お父さまも船に乗れるかもしれません」

アンが言ったことを理解するまでに、しばらく時間がかかった。「それは、父が収容所から解放されて日本に帰れるということですか?」と、こわごわ訊ねてみた。もっと詳しく教えてくれないかしら、と固唾をのんで彼女の次の言葉を待った。

「本国送還の交渉は複雑で、準備に時間がかかります――ヨーロッパとアメリカに向かう別々の船が必要ですし、船のスペースに限りがあるため、送還対象になる人を選ばなければいけません。私の夫はイギリスの外交官で、その交渉に関わっています――まさに悪夢です、とくに下層階級の人たちにとっては。要職についているお父さまのお名前は、きっとリストの上のほうに来るでしょう。船は夏のどこかの時期に出港する予定です」とアンが言った。

太陽が動いたせいで、一瞬、私たちの顔に日差しが当たった。アンの顔にしわが目立つのは痩せてしまったせいだろう。

「本国送還までここで待てる私たちは、まだ幸運です。多くの人たちは、もう高額な家賃を払えなくなっています。私たちが上海を発つとき、あるいはそれより前に、エイコさん、あなたにお願いしたいことがあります」とアンが言って、遠くを見つめた。

私は体をこわばらせた。お父さまに関する情報と引き換えに日本の情報が欲しいのかもしれないと思ったけれど、私はそんな情報は持ち合わせていない。

アンがこちらに向き直り、私の目をまっすぐに見た。「私たちがもう一度ジェインと暮らせるようになるまで、この子の面倒を見てくださいませんか？　子どものいない私たちにとって、ジェインは誇りであり喜びでもありました。私たちと一緒にいられないなら、ジェインはあなたと一緒にいたがるはずです」

あんまり驚いた私は目をそらし、かがみこんでジェインの頭をくしゃくしゃに撫でた。懐かしい犬のにおいを吸いこんで落ち着きを取り戻してから、「ありがとうございます、アン」と答えた。

数秒間、私たちは見つめ合っていた。アンはそれ以上何も言わずに立ち上がると、影の中へと歩き去った。ジェインがその後ろをついていった。

五月九日　土曜日

東シナ海でのアメリカの潜水艦による魚雷攻撃で太陽丸が沈没したことを、ラジオのニュースで知った。カズと美代を上海に乗せてきた太陽丸と聞いて、私は膝ががくがくしてしまった。カズはたった二ヵ月の差で、沈没事故を逃れたのだ！　そして今度は、まもなく日本への船旅に出るかもしれないお父さまを思い、私はほんもののパニックに襲われた。本国送還の望みを得たところだったのに。戦争はほんとうに嫌だ。

五月一二日　火曜日

お母さまの八回目の命日。お父さまはお母さまのことを思っていらっしゃるかしら？　この日の記念に、お姉さまが私と二人きりで出かけようと提案してくれて、内山書店――お姉さまによると、「中国と日本の知識人によく知られた上海の名所」――へ連れていってくれた。共同租界の西端にあるジェスフィールド公園（中山公園《ちゅうざんこうえん》）から虹口へ向かう九番バスの二階席に座った。活気にあふれる上海の雑踏が過ぎ去っていくのを見下ろしながら、まるで女学生のように二人ではしゃいだ。

お姉さまと一緒にいると、私は一四歳でお母さまを亡くして以来封印してきた、子どもらしい無邪気な気持ちを思い出す。あのころの私はお父さまに突然一人前の女性として扱われ、大人の世界に押しこまれた。その難しい役割を喜んで引き受けた私は、成熟した落ち着きで社交を取り仕切っていると賞賛されもした。けれどもそれ以降は、こうしてお姉さまといるときのように、またお母さまがいらしたときのように、何をしても愛され受け入れられると信じてのびのびと振る舞うことは一度もなかった。

お姉さまは私にお母さまを思い出させてくれ、お母さまの死の悲しみを私と共有してくれる。

お母さまの最期について、これまでお姉さまに話したことはなかった。とても手紙には書けなかった。お母さまはそれまでいたって健康で、前日の土曜日午前中にはいつものようにハイド・パークで乗馬レッスンを受けていた。お父さまは月に一度の銀行の会合に出るため、スイスのバーゼルに出張中だった。あの日曜日、お母さまと私は聖書を読んで讃美歌を歌った。編み物をしていたお母さまが、サイズを確認するために編みかけのセーターの身ごろを私の背中に当てた。そのとき、お母さまは突然意識を失って床に崩れ落ち、そのまま亡くなってしまった。

私はお姉さまにもたれかかり、その肩に自分の頭を載せた。こうした思い出を話しても悲しくならず、お姉さまとお母さまへの感謝の気持ちが大きくなっていった。

しばらく黙っていたあとで、お姉さまが言った。

「お母さまが亡くなったとき、廣さんはまだケンブリッジにいらしたのよね」

意外なことを言われて驚いた。混乱したあの時期の思い出の中にヒロは入っていなかった。お母さまが亡くなった直後、日本への帰国を控えたヒロがお父さまに会いに来ていたかしら。大勢の弔問客があって憶えていない。

「廣さんはあのたいへんな時期に英子に会ったことを憶えていらっしゃるのよ。落ち着いていたあなたに感銘を受けたそうよ」と小さく笑って、お姉さまが私をつついた。私にはまったく心当たりがなかったけれど、その三年後に仲介者が縁談を持ってきたことを考えると、そのとおりなのかもしれない。自分の夫のことも、私はほとんどわかっていないみたいだ。

バスは渋滞している南京路をのろのろと進み、ガーデン・ブリッジを渡って北四川路に入った。通り沿いの日本の店々に着物を着た女性たちがあわただしく出入りしている。私たちは終点でバスを降り、内山書店まで少し歩いた。日なたから入った本屋は暗く感じられたが、ところ狭しと背の高い本棚が並ぶ店内は、よりいっそう暗かった。紙と革と埃のかびくさいにおいの向こうから緑茶の良い香りが漂ってきて、私たちを誘《いざな》った。

年配のご夫婦が、湯飲み茶碗を両手で包みこんでテーブルに座っていた。ご主人がお姉さまに気づいて手招きした。「やあ、多美子さん！　どうぞどうぞ、お茶を召し上がれ」

肉づきのいい顔に髪の毛がほとんどなくてずんぐりしたご主人の動作や物腰は、ハンプティ・ダンプティ［イギリスの伝承童話『マザー・グース』に登場する卵型の人物。ずんぐりむっくり］を思わせた。にっこり笑うと目のあたりにしわがたくさん寄って、とてもかわいらしい印象だ。同じくふくよかな奥さんがお茶をいれてくれて、「さあさあ、お座り！」と私たちをくつろがせてくれた。

ご主人は、南京路にあるアメリカの出版社の経営を日本の軍部に引き継がされてから忙しくなってしまいましたよ、と言った。接収された敵国の会社を引き継ぐのは嫌だ、と断ろうとしたそうだ。「そうしたら彼らは、僕に愛国心がないと言うんです。『お前は自分の商売を大きくしたくないのか？お前も得をするんだぞ』と。まるで僕が、この悲しい戦争から利益を得ようとしているみたいじゃないですか」

内山夫妻はたしかに魅力的だけれども、こんなに気取りのないお店が上海で有名な場所とは信じがたい。

「見かけで判断してはだめよ、英子」と、お姉さまが言った。お姉さまの話では、おじさんは日本の目薬会社の巡回セールスマンとして一九一二年に中国に来たそうだ。出張がとても多いので、おじさんはおばさんにも何か仕事を始めるよう勧めた。それでおばさんは、自宅の入り口でビールの空の木箱の上に讃美歌の本やキリスト教関連の出版物を置いて店を始めたそうだ。

「一九二〇年代、三〇年代までに、内山書店は中国と日本の左傾の知識人の文学サロンになったのよ。内山さんは、自らを知識人ではないと認めた最初の人なの。でも、おじさんの中国と中国文化に関する知識は並外れている。ロッキーも内山さんを尊敬しているわ」とお姉さまが言った。

ハンプティ・ダンプティみたいなあの男性が、そんな立派な人物だとは。

五月一五日　金曜日

夕食後、ヒロがけげんな顔で訊いてきた。「英子、居間の棚に置いてある英語の本は、この前行った内山書店で買ったの？」

内山書店では本を買わなかった。でも、ヒロに言われて思い出した。私の助けが必要になるかもしれないから、とキミーに預けられた本のことを。

めずらしくヒロが本の表紙をじっくり見ていた。そして、「これは特高〔特別高等警察〕のブラック・リストに載っている本だ」と言った。私は驚いて彼を見返した。心臓が止まりそうになった。

「ここには誰も捜索に来ないだろうけど、もっと目立たないところに置いておくほうがいい」と、ページをめくりながらヒロが言った。「ギュンターの『インサイド・アジア』か――お兄さんが読みそうな本だ。お兄さんがここに置いたのかと思った」私は、ヒロが口にした「捜索」という言葉に縮みあがった。私みたいな者が日本の当局から疑われることがあるのだろうか。

キミーはブラック・リストのことを知りながら、私に本を押しつけたのかしら。彼女の自宅にあると言っていたほかの本はどうなるのかしら。私は傷ついていいのか怒っていいのか、それともキミーの身の安全を心配すべきなのか、わからなかった。電話をかけて訊ねる勇気もない。

クローゼットのいちばん下、靴入れの下に本を隠した。もう忘れてしまいたい。

五月一九日　月曜日

今朝、チョクゲツケンが「奥さま、男の人から電話です」と言ったとき、私はその場で凍りつきそうになった。ヒロはすでに仕事に出かけていたので、特高からの電話だったらどう答えたら良いのかわからない。震える手で受話器を取り、相手が日本人だと思いこんでいた私は、おそるおそる「もしもし」と言った。

「ハロー？　キシモトエイコさんですか？」という、若い男性の流麗な声が返ってきた。ほっとした半面、同じくらい面食らった。

「私は毛欣楚《マオシンツウ》です。みどりママが、あなたと中国語のレッスンを約束しなさいと言いました」そうだった！　中国語と英語の語学レッスンのために継子から私に連絡させるとみどりさんが言っていたのをすっかり忘れていた。フランス・クラブで彼女とランチをしたのは何ヵ月も前だ。

「みどりママが、今週末、家族と一緒に競馬にいかないかと言っています。日曜日の朝、あなたとご主人を迎えに行きます。お会いできることを楽しみにしてます」と欣楚が言い、私は大喜びで電話を切った。競馬に行くのは初めてだ。

五月二六日　月曜日

昨日、約束どおり、毛一家が二台の運転手付きの車で私たちを迎えに来て、みんなでそろって競馬場へ出かけた。お姉さまとお兄さまとサチは、毛夫妻とパッカードに乗り――どうしてお姉さまはサチを競馬場に連れていこうなんて考えたのかしら！　ヒロと私は、欣楚と一緒にビュイックに乗った。もちろんカズは、安全で清潔な場所で、美代と喜んで留守番だ。

欣楚をひと目見ただけで、どんな人かわかった――上品で自信にあふれていて紳士的でハンサムな、中国の名家の御曹司。仕立ての良いブレザーを身につけ、その優しい振る舞いに傲慢なところは一つもない。こんなに上品な若者だとは思ってもいなかった。

とても大人びて落ち着いている欣楚に英語のレッスンなんて必要なさそうだ。彼のことをもっと知りたい私は、定期的に彼から中国語のレッスンを受けられると思うと、急に嬉しくなってきた。

空は少し曇っていたけれど、息が詰まるほど暑いといわれる真夏のように蒸し暑かった。それでも、戸外で過ごすのは気持ちが良かった。みどりさんのご主人の毛文楚《マオウェンツウ》氏は背が高くがっしりしていて、笑っていてもその細い目が放つ光は鋭かった。気前よく私たちにお金を渡し、どれでも好きな馬に賭けるといいと言ってくれたので、お姉さまと一緒に下見所に行って馬を確認した。どの馬も元気そうで、鼻腔から空気を吐き出しながら蹄《ひづめ》を軽く踏み下ろしていた。お姉さまが「あの馬を見て」と私をつついて、隅のほうで一頭だけ寂しそうによたよた歩いている馬を指さした。気の毒になった私たちはその馬に賭けることに決めた。「応援してくれる人が少なくとも二人いるわね」と、お姉さまが言った。

大天幕の下にいる観客の中でも、毛夫妻はとびきり目立っていた。毛氏はとても威厳があって、クリーム色の麻のスーツを着たみどりさんはほれぼれするほど美しかった。欣楚は両親の社交仲間と気楽に交わっていた。みどりさんは欣楚のお姉さんといっても通用するほど若い。何も知らなかったら、私はこの魅力的な三人の関係をどう思っただろう。

レースが始まると、完全に心を奪われてしまった。ゲートが開かれた瞬間、美しい馬たちが騎手にうながされて全力疾走するのを、私たちはつま先立ちで目で追った。そのスピード、地面を強く蹴る蹄が立てる音、観客の叫び声で、私は自分の血がどくどく体の中を巡り心拍数が上がるのを感じた。接戦を近くで見ていると、どの馬が先頭なのかわからなかった。が、最後のカーブを曲がると、一頭の馬が抜きん出て、他の馬をぐんぐん引き離した。

「私たちの馬だわ！」と私が叫び、あの馬が一着でゴールすると、お姉さまと手を取り合って何度も跳びはねて喜んだ。

毛氏は興奮する私たちを見て優しく笑い、勝利をとても喜んでくれたようだった。「奥さま方、儲かりましたね。先施《シンシア》に買い物にいきましょう！」驚いたことに彼は本気で言っていて、帰りに私たちを南京路のデパートに連れていってくれた。毛氏のおかげで、お姉さまと私は綺麗なレインコートとレースのハンカチを買えた。

6

一九四二年六月三日　水曜日

キミーから電話だとチョクゲツケンに言われたとき、動揺してしまった。何を話せばいいかしら。クローゼットの奥にしまいこんだ本と彼女が私に押しつけた不安のことしか頭になかった。

「パブリック・ガーデンに出てこられる？　お会いしたいの」と彼女が言った。おどおどしたか細いキミーの声を聞いて、私の不快感は心配に変わった。

チョクゲツケンにお弁当二つとそば茶入りの保冷瓶を用意してもらった。あの本を返そうかと一瞬考えたけれど、途中で捕まったらどうしよう、危なすぎると思ってやめておいた。私は不安でいっぱいのまま、外灘へ向かう路面電車に乗った。窓の外に目をやりながらも、街の様子は目に入らなかった。

キミーが青白い顔で震えながら公園の入り口に立っていた——この前会った自信に満ちた女性とはまるで別人のようだった。私たちは黄浦江を見渡せる場所で、大木の陰になったベンチに座った。幸い風が逆方向に吹いていたため、濁った川の水のにおいを嗅ぐことなく、綺麗な景色を見渡せた。

ベンチに腰を下ろしたとたん、キミーがたまりかねたように、「エイコ、とてもおそろしかった、本当に怖かったわ！」と、泣き出さんばかりに言った。

「私がいちばんに会社に着いたの。部屋の窓を開け放して空気を入れ替えるのも私の仕事なの——仕事場は大部屋で、ヘビースモーカーの研究員が多いから。そのとき、足音が聞こえてきて振り返ると、知らない男の人が二人立っていて仰天したわ」彼女は箸を下ろして私の目を見た。

「その二人は、研究員のことや机の持ち主のことを聞いてきたの。そんなこと話していいのかわからなくてとまどっていたら、一人がこう言ったの。我々警察官の質問に答えるのがお前の義務だって」

もし彼らがキミーのあとをつけているとしたら、私のこともつけてくるかもしれないと思うと、私は腹が立ってきた。

「キミー、どうして警察が来たのか、心当たりはないの？」と、私は心なしかきつい口調で訊ねた。彼女はおどおどと私を見た。「『有害な思想』を持つグループに対して厳重取り締まりがあるという噂はあったわ。最近も、満州鉄道のある部局の研究員たちに左傾の疑いがあるとされて家宅捜索を受けていたし。うちの研究員たちも手入れを受ける可能性を考えて、書類や本を処分し始めていたの」

「それであなたは、あの本を私に預けたのね」と、私はますますつけこまれたような気がして言った。

「いえ、違うわ。エイコ、信じてちょうだい。あのときは何が起きてるかわからなかった」と、キミーが目に涙をためて私を見つめた。「研究員たちが書類を処分し始めたのはつい最近で、何が起きているのか教えてほしい、と私が問い詰めたの。正直に言うと、私は会社でどんな研究が行われているのかも知らなかったの」

キミーが嘘をついていないことはわかったけれど、私のいらだちは収まらなかった。

「そうだとしても、わかったらすぐに私にも教えてくれるべきだったんじゃないかしら」と言った。

彼女の頬に涙が伝うのを見ると、それ以上は責められなかった。少なくとも、家にあったあの本を見ても、ヒロはそれほど困惑していなかった。キミーの両親はどうなんだろうと思って訊いてみた。

「父は比較的のんきにかまえているわ――地位のある日本人の一般家庭に家宅捜索は入らないって言ってた――でも、母は取り乱したわ。家にある本をすぐに処分したがったけれど、どうすればいいかわからなくて。そのとき、母はほんものの日本のお風呂が備えつけてある家に住んでいる知人のことを思い出したの。お湯を沸かすための薪を燃やすかまどが外づけになっているお風呂ね。母はその知人に電話をしたあと、本を全部風呂敷に包んで出かけていった。煙のにおいをぷんぷんさせて帰ってきたけれど、満足そうだったわ」

野口夫人の反応と本の焼却処分の話で二人の間の緊張が解け、キミーも私もとても陽気になった。それでも私の心が晴れたわけではなかった。キミーの家の本は処分されても、わが家にはまだあるのだ。

別れ際に、キミーの会社の仕事内容を訊ねてみた。「私が知っている限り、共産主義的な思想を持っていて抗日感情を広めそうな中国人の学生たちを、研究員たちが監視しているの」と彼女が言った。

「研究員たちが日本政府の命令にしたがっているのに、どうして捜索が入るの？」と混乱した私が訊いた。

「そう。おかしいわよね。研究員の一人が教えてくれたんだけど、中国人学生と接触する研究員たちは、情報収集のために共産主義的な本をたくさん読むの。だから特高が研究員たちに疑いの目を向けるんですって。おかしいわよね――私たちの会社の研究員たちは政府から抗日要素を摘発する任務を請け負っているのに、別の政府機関から危険な思想を抱いていると疑われるなんて」

私はこのねじれた関係についていけず、疲れてしまった。

六月九日　火曜日

欣楚が四時きっかりにやってきた。外は暑いのに、彼は涼しげでさわやかだ。

お茶を飲みながら、英会話のレッスンを始めた。このとき、欣楚と彼の家族について教えてもらった。

「僕たち、フランス租界の大きい家に住んでいます。家に人がたくさんいます――父さんの奥さん三人、コック、庭師、ほかの召使いたち。第一夫人が僕の母さん、みどりママは第三夫人です。僕が一〇歳のとき、みどりママがうちに来ました」私は興味津々で耳をかたむけた。

「みどりママは父さんと結婚したとき、いまの僕と同じ年でした。とても美しかった。僕にたくさん話しかけてくれて、僕は嬉しかったです。僕は寂しくなくなりました。みどりママが来る前、父さんも一ママも二ママも忙しくて、いつも家にいなかった」文法間違いをちょっと直しただけで、英語レッスンは無事に終わった。欣楚のピジン［異言語の話者が交流して生まれる混成語］がかった英語を急いで正す必要はなさそうだ。

反対に、私の中国語のレッスンはたいへんだった。欣楚は優しくも厳しい先生だった。私は「マ」という音を何度も発音させられた。音を上げる、そのまま伸ばす、落としてから上げるなど、いろんな発音がある。「四つの音、とても大事、言葉の意味が変わります」と、彼が大真面目に言った。フレーズはおろか、単語一つも学ばないまま、私がおかしな音を出し続けていたら三〇分が経っていた。でも、今日はレッスン初日だし、ハンサムな欣楚の顔を見て美しい声を聞けただけで満足だ。私が同じ音を再現できるように彼が何度も発音してくれたけれど、徒労に終わった。「違います、英子さん、僕のマは馬、あなたのマは麻です。馬と言ってください！」

レッスンが終わると、ヒロの帰宅時間が近づいていた。夕食をうちで食べていかない？　と欣楚を誘ってみたが、礼儀正しく断られた。友達に会う約束があるそうだ。もちろん大学生には大学生の予定がある。欣楚がわが家でご飯を食べたいはずもない。

六月一七日　水曜日

昨日の朝、アマが真っ青な顔をしてあまりに具合が悪そうだったので、すぐにベッドで休ませた。彼女は台所に入ろうとしたところで大きなうめき声を漏らし、体を半分に折って床に崩れ落ちそうになった。「奥さま、すみません、すみません」と繰り返した。

どうすればいいだろう。いろんな考えが頭の中をかけめぐった。家族や日本人のお客さまだったら、迷わずお医者さんや病院に電話をするところだけれど、日本人や西洋人のお医者さんに診てもらうのを中国人のアマが嫌がらないだろうか。

途方に暮れていると、美代がアマを台所の椅子に座らせ、彼女の脈をとって優しく症状を訊ねた。これまで美代とアマが話しているところをよく見たことがなかったけれど、英語と日本語を交えつつ二人が手振りでコミュニケーションをとる姿に感心した。

痛む箇所をアマに教えてもらった美代が、私のほうを向いて言った。「奥さま、おそらくアマは子宮外妊娠をしています。お医者さんに診てもらわなければいけません」

さらに美代は、虹口にいる知り合いの中国人漢方医の名前をあげて私を驚かせた。アマを輪タクに乗せてただちにそこへ連れて行くように、と私はチョクゲツケンに言った。夕方帰ってきた彼らの話を聞いて、美代の見立てが正しかったことを知った。中国人のお医者さんがアマに流産を誘発する特別な漢方薬を飲ませたあと、もともと体の丈夫なアマは驚くべき早さで回復した。

美代のプロ意識と臨機応変の才に脱帽だった。美代は私たちといるのが気づまりで無口なのだと思っていたが、生来思慮深いようだ。仕事が休みの日に内山書店に行った際に、この中国人漢方医のことを聞いていたそうだ。美代にも虹口に友達や知人がいると知って、私は嬉しくなった。

六月二三日　火曜日

今日は、欣楚との二回目のレッスン日だった。

英会話の時間に、友達について訊ねてみた。「友達、僕の「トモダチ」、たくさんの場所から来ていて説明が難しいです」彼の口から「トモダチ」という日本語が出てきて驚いた。

「エイコさん、僕は日本語「スコシ」話します。みどりママが内山書店に何回も連れて行ってくれて覚えました。内山おばさんは日本のお菓子をくれて、おじさんが日本の昔話を読んでくれました」と欣楚が言った。華やかで魅惑的なあのみどりさんが内山書店を頻繁に訪れていたとは意外だ。

「みどりママが来たとき、彼女は家があまり楽しくなかったです。一ママも二ママも意地悪しました。日本人だからここにいるべきじゃないとか、ひどいこと言いました。父さんは家にいなかったから、それを知らないです。それで、みどりママは友達の内山おばさんに会うために本屋に行きました。内山おじさんは、日本の子どもたちに中国の話を読み聞かせていました。そこに僕も入れてくれて、大きくなったら僕が好きな作家の魯迅を紹介すると言ってくれました」

欣楚は私の目をまっすぐ見つめて話した――ハンサムな顔に、見るものを射るような二つの瞳。私と打ち解けようとしてくれていると思うと、胸がどきどきする。

欣楚といると、レッスンだということを忘れてしまう。気取らない純真さと深い知性をあわせもつ彼と話していると、その話し方よりも話す内容に注意をひきつけられる。私は中国文学について知りたくなった。魯迅の作品を読めば、欣楚のことをより深く理解できるようになるのだろうか。

六月二四日　水曜日

このところの暑さには苦痛を感じるほどだ。高い天井に扇風機がついているわが家はましなほうだけれど、一歩外に出たとたんに熱と湿気で体がべたついてしまう。カズは全身にチクチク痛むあせもができ、タルカム・パウダーのにおいをぷんぷんさせている。サチはまったく平気なのに。外が暑すぎるので、子どもたちは家の中でサチの最近のお気に入りのおままごとをして遊んでいる。サチが奥さんで、カズは口うるさい奥さんの尻にしかれる旦那さん。

ままごと遊びをしている二人を見て、お姉さまと私は大笑い。サチが「これをして」「あれをして」と言うと、言われたカズは「はいはい」と忠実に部屋を走り回る。いつもはカズを守るアマもこれにはあぜんとし、クックッと笑って、「小さい上海の奥さんね」と言った。上海の既婚女性はでしゃばりで有名なのよ、とお姉さまが笑いながら説明してくれた。お姉さまと私が喜ぶと、サチはますますはりきってカズをあごで使った。

アマの体調はすっかり回復した。以前の優しい彼女に戻っただけでなく、さらに献身的に尽くしてくれて、ことあるごとに、「奥さまが私の命救ってくれた」と言っている。

六月二六日 金曜日

スウェーデンの客船グリップスホルム号が、先週、千人以上の日本人を乗せてニューヨークを出港したというニュースを、お姉さまがクエーカーの友人から聞いてきた。いよいよ本国送還が始まったのだ。

「一ヵ月のうちに、グリップスホルム号、コンテ・ヴェルデ号、そして日本にいるアメリカ人を乗せて横浜を出る浅間丸といった客船が、ポルトガル領東アフリカのロレンソ・マルケスの港に集結して、そこで交換が行われるそうよ」と、お姉さまが言った。「英子、きっと奇妙な光景でしょうね。仕事上の知り合いや友人である日本人とアメリカ人の外交官やビジネスマンが、列をなして一つの客船から降りてきて、別の客船に移るのよ。その間、敵国人だからという理由で、互いに話すことを禁じられているなんて」

お姉さまは、じっさいにその場を目にしているかのように遠くを見つめた。「本国送還の交換」という概念が、急に私にも具体的になってきた。東アフリカの港でアメリカ人を降ろしたコンテ・ヴェルデ号が、今度は日本人を乗せて上海や横浜に向かうということだ。

六月二九日　月曜日

昨日、お姉さま、お兄さま、ヒロと私で、虹口にある日本食レストランで昼食をとりにいこうと歩いていたら、重たそうな荷物を背負った港湾労働者たちが歩道を歩き、長い列を作っているのに出くわした。何百人という人たちが、落胆したような不安そうな表情で動き回っていた。空はどんよりしていて湿気が耐えがたく、川の水のにおいで吐きそうになった。

そこに集まっていた人たちはみな背が高い白人で、港のその場所だけに日よけ帽とパナマ帽が集まっていた。彼らがコンテ・ヴェルデ号への乗船を待っているアメリカ人たちだと知って、私は電光を浴びたように驚いた。でも、そこに停泊している船がコンテ・ヴェルデ号だとはわからなかった。船体を飾っていた緑の一本線の上に、大きく真っ赤な日本の「旭日」とそれと同じくらい大きな白いバツ印が二つつけられていたからだ。いちばん驚いたのは、船体の上部に組み立てられた、何百個もの小さな電球で飾られているようなやたらと派手な二つのバツ印だった。

「暗闇の中でも交換船であることがすぐにわかるようにしてあるんだ」と、お兄さまが言った。その言葉は私を安心させるどころか、海上の危険を強調した。積み荷の量は想像を超えていた。何百人という苦力たちが背中に重たい荷物を載せ、体をくの字に曲げて船に向かって行進していった。それを見ていると、長旅に出る大勢の人たちにどれほど多くの食料が必要なのかという現実を思い知らされた。

友人を見送りに来ていたクエーカーの知り合いを群衆の中に見つけたお姉さまが、その場を離れた。

戻ってきたお姉さまは、気持ちが少し沈んでいるようだった。

「いま会ったミルドレッドというアメリカの未亡人は、ロレンソ・マルケスに着いたら、一二歳の双子の女の子を探さないといけないんですって。双子のご両親が日本の刑務所から釈放されるのが間に合わなくて、その子たちは二人きりで船旅をしているそうよ」

「どうしてご両親が刑務所にいるの？」と私が訊ねた。

お姉さまは悲しそうにため息をついた。「理由はないのよ。アメリカ人のご両親はクエーカー教徒で、長年、日本の大学で教えていて高い評価を受けていたの。でも、真珠湾攻撃後にスパイ容疑で逮捕された。アメリカ国務省が二人を解放するよう交渉し、日本政府も同意したの。それなのに、まだ刑務所の中にいる。クエーカー教徒たちもみんな心配しているわ」

ヒロは、その間に日本人の役人と話をして、客船に積みこむ食料のリストをもらってきた。「牛肉・豚肉一万二千ポンド［一ポンドは約四五四グラム］、鶏肉四千ポンド、魚二万ポンド、フルーツ二万ポンド、小麦粉八百袋、卵二〇万個……」

六月三〇日　火曜日

昨晩、奇妙な夢を見た。私は、ロンドンから日本へ向かう客船に乗っていた。いまよりずっと幼い私は寂しくてたまらず、お父さまとお母さまを探していた。気も狂わんばかりになって船内のあらゆるところを探し回っている。お母さまはどこか遠くにいて見つけられないとわかっているけれど、お父さまは近くにいると信じている。それなのに見つけられなくて絶望していた。不安が最高潮に達したところで目が覚めた。

一瞬、自分がどこにいるのかわからなかった。が、夢だとわかってほっとした。一二歳の双子の少女たちについてお姉さまが話したことと、一八歳で日本に帰国した私自身の船旅が混ざって、心をかき乱すこんな夢になったようだ。

昨日の出来事をよく考えてみればみるほど、夢の中で味わった不安な気持ちを振り払うことができなくなる。アメリカ人たちはコンテ・ヴェルデ号に乗れただろうか。日本にいるクエーカー教徒たちのことを考えると、キースとジョイスのことが気がかりで――赤ちゃんはいつ産まれてきてもおかしくない――双子の少女の運命と重ねてしまう。

そうやって考えごとをしていると、電話が鳴った。欣楚からだった。次回のレッスンの代わりに、みどりさんがお姉さまと私を自宅に昼食に招いてくれるという。欣楚と二人きりのレッスンがなくなるのは残念だけど、毛ご夫妻のご自宅にお邪魔できるなんて、なんて素敵なこと！

7

一九四二年七月五日　日曜日

ジョイス夫妻にかわいい女の子の赤ちゃんが生まれた！　あの不安な夢を追い払ってくれる嬉しいニュースだ。

次郎さんと佐夜子さん夫妻が、お祝いのお茶会を開いてくれた。イルマは、まるで自分の孫が生まれたかのように興奮して喋りまくっていた。「本当に美しい女の子の赤ちゃんなの！　お産もとっても楽で、一時間もしないうちに生まれてきたのよ！」言葉をはさむこともできないキースは、嬉しそうににこにこしていた。

　まもなくキースがジョイスと赤ちゃんのアナ・メイのお見舞いに病院に出かけると、イルマが急に口調を変え、正也さんに向かって言った。「キースがいるところで憂鬱なニュースを話題にしたくなかったんだけど、教えて、マサヤさん。いま上海にいる［ヨーゼフ・］マイジンガーという人のこと、何か知ってる？　ドイツと同じようにユダヤ人を扱うよう、日本に圧力をかけるのではないかと難民たちはおそれているわ。ドイツではユダヤ人が貨物列車に乗せられて強制収容所に送りこまれているという噂があるの」

　イルマが正也さんの目をのぞきこむと、正也さんはうつむいてウイスキーグラスに視線を落とした。長い沈黙のあと、彼はとうとうこう言った。マイジンガー氏は自分の職場の人たちに会いに来たけれど、その目的はよくわからなかった、と。

「たぶん彼はドイツ人に関する情報を集めるために上海に来たんだと思います」と、正也さんが言った。「反ナチス的なスパイ活動を根絶するために。何千人というユダヤ難民やロシア人がいて、さまざまな地下活動が行われ、何もかも非常に込み入っている上海で、誰が何に忠誠心を抱いているか、見当もつきませんから」

　そして「彼が来たのは、ユダヤ人問題のためではないと思います」と言い添えた。

　それでもイルマはしつこく食い下がった。

「だけどマサヤさん、いろんな噂があるのよ。難民たちは本当に動揺しているの！」

　正也さんがあまりにつらそうで、見ていられなかった。彼がしばらく両眼を閉じていたのは、涙を抑えるためではなかったかと思う。そのときふと見ると、お姉さまの手が正也さんのほうに伸びて、彼の前腕を優しくぎゅっと握りしめた。でも、無言で途方に暮れていた正也さんは、それにも気づかないようだった。

イルマは自分が正也さんを動揺させたことをすばやく見てとり、いつもの優しい彼女に戻った。「愛しいマサヤさん。あなたはできる限りのことをしてくれているわ。難民たちは、自分たちを親身に心配してくれるあなたの職場の方々に心から感謝しています」と言って、正也さんの肩を力強く、でも優しくたたいた。

イルマが帰ったあと、正也さんが言った。

「ナチスが日本政府にどんな圧力をかけているのか、僕たちには本当にわからないんです。陸軍は我々の仕事に疑念を抱いているから、こちらには情報が来ません。それに、陸軍の若くて短気な連中の目には、マイジンガーの強硬路線は魅力的に映っています。僕たちはユダヤ人を守りたい。だけど、僕たちが彼らに過度に同情的だと思われると逆効果なんです――本当にバランスが難しい。僕には祈りを捧げることしかできませんが、文字どおり毎日、一日じゅう、祈りを捧げています」

感情があまりに激しく揺らいで、私も疲れてしまった。アナ・メイ誕生の喜びが、ドイツの状況に対するイルマの嘆きと心配でかき消されてしまった。もしマイジンガー氏がドイツ人について情報収集しているのなら、フレデリック・リングハウゼン氏も疑われるのだろうか。リングハウゼン氏の奥さんの綾子さんのお茶会で、無知な私はイルマとその難民支援のことを口にしてしまった。ドイツ政府が自国民の管理を厳しくしているなら、日本政府も同じように私たち国民を締めつけるようになるだろうか。わが家のクローゼットには、キミーの本がある……

七月七日　火曜日

今日は毛家での昼食会だった。

ものすごい豪邸を想像していたけれど、それほどではなかった。四階建ての灰色の上品な石造りの家には、二つの低層の翼《よく》がついていた。造りの凝った鉄門を抜けて敷地に入り、私道の砂利をザクザク踏みしめながら、お姉さまはサチを留守番させてくるべきだったのに、と私は思っていた。突然、大きな七面鳥が二羽、喉をゴロゴロ鳴らしながらどこからともなく現れた。一羽がまっしぐらにサチに突進してきて、サチは叫び声をあげて泣き出した。お姉さまはすばやくサチを抱き上げ、愉快そうに笑った。

広い食堂で着席すると、すばらしく豪華な上海料理が次々に出てきた。毛氏は社交的なホストで、中国国内のサトウキビ農園の視察旅行の話や、一九二〇年代の日本留学以来抱いている日本と日本人に対する深い思いを語ってくれた。気のせいか、欣楚がふだんより無口で引っ込み思案だった。まるで父親を恥じているみたいで、これまで私に見せたことのない苦痛を感じているように見えた。

食事が終わると欣楚はそそくさと席を立ち、サチもテーブルから解放されて歩き回った。たっぷり三〇分は経ったころ、サチの姿が見えないことに気がついた。お姉さまがにこやかに会話を続けているので、私がサチを探そうと席を立った。

家の外はとても暑いのに、高い天井についている扇風機がくるくる回る家の中は驚くほど快適だった。私はまず立派な階段を二階へ上がったが、サチがいないのでそのまま三階に上がると、ドアが半開きになっている部屋があった。近づくと低い声が聞こえてきたので、そこにサチがいるのかと思い、ドアを軽く押して中をのぞいてみた。

シルクガウンを着た厚化粧の中年の中国人女性二人が、真ん中にテーブルをはさんで大きなプラットフォーム・ベッドにもたれていた。うら若い召使いの少女が、せっせとセラミックの壺の中に編み針のようなものを浸したあと、その先をランプの青白い炎に当てて燃やしていた。その間、女性たちは満足そうに目を半分閉じたまま、華奢な長いパイプから何かを吸いこんでいた。かすかな香りが漂う、やや病的な雰囲気のその光景を見つめながら、私はここにいてはいけないと思いつつも強く惹きつけられ、その場から動けなくなった。毛氏の第一夫人と第二夫人がアヘンを吸って日中を過ごしているなんて、想像もしていなかった。どちらの女性が欣楚のお母さんだろうか。

階下に戻ると、サチはちゃんとテーブルについていて、私たちも帰る時間になった。毛氏もみどりさんも、私が家の奥までさまよい歩いたことにはまったく気づかなかったようだけれど、私はこの家の暗い秘密をのぞき見てしまったような気がしている。

七月一一日　土曜日

私はいま自宅に一人でいて、すばらしく静かな時間を楽しんでいる――ヒロはテニスに出かけ、美代とカズとサチは中庭にいる。

アリューシャン列島やニューギニアで日本の戦線が前進しており前途有望だ、と新聞で伝えられている。もうすぐ戦争が終わるのだろうか。だとしたらどんなにいいだろう、戦いが終わって、日本人と西洋人と中国人が仲良く生きていくことができれば。美しい夏の景色を見渡しながらこの快適な家にいると、可能性があるように思えてくる――日本が有利なまま戦争を終えることが。もし日本が、政府の言うところの大東亜共栄圏の真の精神にしたがって公正な統治を行えば、誰もがともに再出発できるのだろうか。これが希望的観測に終わりませんように。

七月一二日　日曜日

今日は日曜だったので、内山書店は先日お姉さまと訪ねたときより混んでいた。私たちは、秘密の会合の最中にお邪魔したようだった。典型的な中国服のガウンを着た一人の男性が、私たちの到着にもほとんど注意を払わずに話を続けた。「そう、中華電影と満州映画協会が、満州の映画スター、李香蘭主演で合作映画を製作するんです」

李香蘭の名前を聞いた私は、李の大ファンだった岸本のお母さまを思い出して興味をそそられた。李香蘭がコンサートツアーで来日したとき、お母さまは新聞をむさぼるように読んでいた。李は中国人ではなくてじつは日本人だとほのめかす記事を読んだお母さまは、大きな声でこう言っていた。「絶対違うわ。彼女の顔を見てみなはれ。あんなに目が大きゅうて頬骨の高い女性は日本人にはおらへんわ！」と。

「大助さん、先にお客さんを座らせてあげて」と、元気の良い女性が私たちにお茶を注ぎながら言った。「ごめんなさいね、主人は映画のことになると我を忘れてしまうんです。私は大塚美智子です。チーコと呼ばれています。こちらが主人の大助です。みんな主人を中国人だと思うんですが、日本人なんです！」と彼女は早口で気さくに喋った。せわしなくチーチーと鳴くひな鳥みたいな人だ。

あとでお兄さまが説明してくれたところでは、北京の大学で学んだ大助さんは、北京の京劇一座で働いていたこともあるそうだ。「大助くんは、京劇歌手だけでなく俳優や批評家とも交流があるから、映画にも詳しいんだ。とても自由な考え方の持ち主で純粋に映画製作に打ち込んでいる中華電影の日本人代表とも仲がいいんだよ。でも、一方の満州映画協会は日本の宣伝機械として有名なんだ」

お姉さまが笑顔で言った。「大助さんの本業は、日本でいちばん大きい繊維会社の販売管理部長よ」

七月二一日　火曜日

欣楚がレッスンに来てくれた。毛家での昼食会以来だ。あの日に私が感じた不安そうな様子は、今日は微塵もなかった。

裕福な実業家の一人っ子として、欣楚は大きなプレッシャーを感じているのではないだろうか——お父さんの前で不安そうに見えたのは、そのせいかもしれない。

「大学を卒業したらお父さんの会社で働くつもり？」と訊いてみた。そのとき初めて、穏やかな欣楚の顔に激しい怒りの表情が浮かんだ。

「絶対に嫌です」と彼が言った。「父さんのビジネス、とても複雑です。日本人と一緒に仕事すると、僕たちはいい生活を送れます、だけど……」

言葉を切った欣楚は、次の言葉を探しているようだった。彼は日本が戦争に勝つと信じていないのかしら。日本人の継母と仲の良い欣楚が日本の支持者でないなんて、私には考えられない。

とうとう欣楚は、「中国人、西洋人、日本人、みんな戦争で苦しみます。僕は、戦争が早く終わってほしいです」とだけ言った。

欣楚に会うたびに、その若さに似合わない聡明さを感じる。彼の考えをもっと知りたくなるし、弟がいない私には、彼がまるで弟のように思える。

帰り際、八月は留守にするのでレッスンに来られない、と欣楚がさりげなく言った。寂しい。

七月二八日　火曜日

今日で二一歳！　ヒロが私の誕生日を覚えてくれていると思っていなかった私は、大きな赤いリボンがついた自転車が玄関ホールにあるのを見てびっくりした。リボンは多美子お姉さんの発案だよ、とヒロがすかさず言った。

このところ燃料削減の影響でバスの便数がどんどん減らされていて、自転車が欲しいなあとじつは思っていたのだ。ヒロに深々と感謝のおじぎをしたら、ちょっと照れくさそうに、とても優しい笑顔で応えてくれた。

午前中、自転車でジェスフィールド公園のほうに行ってみた。日本食料品を売るトラックが毎週火曜日に豊田紡績の社宅近くに来ることを思い出したのだ。荷台にキャンバス地の布がかけられたトラックは、いまにも壊れそうな古くて錆びた車だったけれど、食品の質は良かった。大根を選んでいたら、私の肩をトントンとたたく人がいた。内山書店で出会ったお喋りな女性、チーコさんだった。

「英子さん、こんなところで何しているの？」と訊いてきたチーコさんは、私が答える前に高い声で早口で喋りはじめた。

「私たち、この社宅に住んでるの。大助さんは豊田紡績に勤めているのよ。トラック商店で英子さんに会うのは初めてよね。もっとたくさん来てちょうだい！」賑やかなお喋りに元気をもらった私は、チーコさんのことが好きになった。

日記はここまでにして、誕生日の夜のお出かけの支度をしよう。ヒロとお姉さまとお兄さまとで、人生初のナイトクラブに行くのだ。

七月二九日　木曜日

上海一のナイトクラブ、パラマウントのきらめきとゆらめきに、いまでも目がくらみそうな気がする。ボールルームに入っていくときに感じた興奮の波が、まだ私の体内に残っている。そこは、魅惑的な光を放つたくさんのシャンデリアの柔らかい光で輝いていた。私は大勢に注目されているのを意識しながら、ちょっとした映画スター気取りで、シフォンのドレスが広がるように、できるだけ背筋を伸ばして歩いた。

生バンドがチャールストンを演奏していて、ダンスフロアは盛装した人たちでいっぱいだった。中国人の女性たちは、体にぴったりしたシルクのチャイナドレスを着ていてとても綺麗。薄暗さに慣れてくると、ほかのテーブルの人たちの姿も見えてきた――西洋人は少ししかいなかったが、着飾った中国人と、美しい女性に囲まれて気取っている軍人を含め、たくさんの日本人がいた。

新しい曲のバンド演奏が始まるたびに、数人の男性が美しく着飾った一群の女性たちがいるダンスフロアの脇へ行き、チケットと引き換えにそのうちの一人の手をとった。女性たちを見ていて、ふと毛みどりさんのことを思い出した私は、みどりさんと毛氏がどこで出会ったかがわかった気がした。ふだんは学者のように生真面目なお兄さまが勢いよく席を立ってお姉さまの手を引いたのには驚いた。あっという間に二人はフロアに入り、よりによってタンゴを踊っていた！　席に残されたヒロと私は、テンポの速い曲が演奏されている間、気まずい思いで座っていた。やがてワルツが始まると二人で席を立ち、私は初めてヒロと踊った――とても不思議な気分だった。ヒロが踊れるなんて知らなかった。

だけど、ヒロにとってこの夜のいちばんの喜びは、私と踊ったことではない。ワルツを踊っている最中に、満州の歌手で女優の李香蘭がいるのを見つけた。彼女は日本軍の士官と踊っていた。スクリーンで観るよりもじっさいのほうがずっと綺麗だ。ヒロと私は急いで席に戻り、彼女を観察した。もう一曲踊り終えると、李香蘭が私たちからほど近い席に戻った。彼女と一緒にいたのは、ほとんどが中国人の俳優だった――全員おそろしくハンサムだったが、その中に一人だけ年配の日本人紳士がいた。

ヒロが急に立ち上がり、知り合いがいる、とつぶやいた。その知り合いとは、李香蘭のテーブルの日本人紳士だった。お姉さまとお兄さまと私は、ヒロがテーブルに近づいていくのを興味津々で見ていた。ヒロがテーブルの人々と自己紹介をしあったあと、信じられないことが起きた。ヒロが李香蘭の腕をとり、ダンスフロアに向かったのだ！

そのときの曲はフォックス・トロットだった――李香蘭はヒロよりもはるかにダンスがうまかったが、ヒロもなかなかのものだった。ダンスをしているヒロの表情を見て、お姉さまと私は笑いをこらえられなかった――ヒロは明らかに有頂天になっているのに無頓着なふりをして、でも同時にダンスのステップにも集中しなければならなかった。テーブルに戻ってきたとき、ヒロは紅潮した顔に浮かぶ勝ち誇った表情を隠しきれなかった。

平然を装って、ヒロが「彼女の日本語、うまかったよ」と言った。でも、私たちには彼が子どものように舞い上がっているのがわかった。お兄さまが優しく彼をからかい、ヒロも含めてみんなで楽しく笑った。私はヒロへの愛情がわきあがるのを感じた――どこかよそよそしかったヒロが急にふつうの人間に見えて、自分が大人になったような気がした。

最高に楽しい夜だった――とっても幸せな二一歳の誕生日。

七月三一日　金曜日

今朝、お姉さまがあわてて家にやってきて、お父さまがリバプールからロレンソ・マルケスへ向かう送還船エル・ニール号に乗ったと知らせてくれた。私たちはしばらく抱き合っていた。

「英子、信じる心を失わずに、お父さまのご無事を祈りましょう。日本に帰れば、お父さまもお仕事に戻れるはずよ。銀行の本店でお仕事をされるでしょうし、ロッキーが行内のルートでお父さまと定期的に連絡を取れると思う。本当によかった」と、お姉さまは意思の力でお父さまの帰国を実現できるかのように言い、私の手を握った。

八月四日　火曜日

お父さまの本国送還の知らせを受けて以来、本国送還の交換によってまもなく上海を発つだろうアンから連絡があるかもしれないと思っていた。けれど、彼女に会うこともなければ、彼女からの連絡もなかった。

自転車で埠頭に行き、イギリス人たちを乗せていつでも出港できる状態で停泊していた龍田丸を見に行ったら、すでに船が出たあとだった。

間に合わなかったのだ。

落胆した私は、この不運はお父さまの船旅の悪い前兆ではないかと不安になったけれど、そんなことはないと自分に言い聞かせ、ばかげた考えを振り払った。本当に落ち込んだ原因は、イギリス人たちがいなくなったことだった。アンが上海を去り、結局、私はジェインを預かることができなかった。再び犬を飼えることをこんなに楽しみにしていたとは、自分でも意外だった。アンが私を信頼してくれたことにも希望をもらっていた。でも、しょせん私たちは敵国人どうし、期待した私が甘かったのだ。

八月一〇日　月曜日

語学レッスンがなくなって寂しいと思っていたところへ、ちょうどみどりさんから電話があり、欣楚から連絡がなかった？　と訊かれた。なんだか変だ。

「いいえ、三週間ほど前のレッスン以来、連絡はないわ。大学の友達と田舎に行ったんでしょう？」

「あら、そんなことを言ってたの？　私には、内山さんの店で知り合った人たちと出かけると言ったのよ。でも内山のおじさんは何も知らないの」とみどりさんがつぶやいた。

私は動揺して、大丈夫？　と訊いた。「欣楚には関係ないんだけど、家で起きたちょっとしたトラブルのことを欣楚に知らせて、私たちの無事を伝えたかったの」みどりさんはそれ以上は言わず、突然の電話を詫びて電話を切った。

心配になった私があわててお姉さまの家に行くと、お姉さまはすぐに二人でみどりさんを訪ねましょう、と言った。

「みどりさんも私たちに会えば喜ぶはずよ」と、お姉さまがきっぱりと言った。ハンドバッグを手にしたお姉さまが、ついてきて、と私の肘をつついた。

毛家の邸宅前で輪タクが停まったとき、そこはわずか一ヵ月前に私たちが訪ねたのと同じ場所とは思えなかった。造りの凝った鉄門の格子は内側から濃い色の金属板で遮られていて、外から家の中がのぞけないようになっていた。素敵な家の魅力が失われていた。

お姉さまは門をドンドンとたたき、臆することなくつき進んでいった。がっしりした体つきの中国人男性が小さな四角い隙間から私たちの姿を確認し、閂《かんぬき》を開けてくれた。急ごしらえの守衛所に険悪な表情で立っていた浅黒い細身の男性の肩にはライフル銃がかかっていた。

玄関で私たちを出迎えたみどりさんは、シンプルで上品な花柄のコットンのサマードレスを着ていて、とても美しかった。目の下のクマだけが、何かが正常でないことを物語っていた。お姉さまが言ったとおり、みどりさんは私たちを見て嬉しそうな明るい表情になった。

家の壁に空いたいくつかの穴を指さして、みどりさんが言った。「轟音を響かせて一台の車がわが家の敷地に入ってきたと思ったら、帽子を目深にかぶって顔を隠した二人組の男が、持っていたピストルを手当たり次第に発砲してきたの。単なる脅しなのか、それとも実際に文楚が標的だったのか、わからない。そのとき文楚は入浴中だったんだけど、もし男たちがすべての部屋を襲っていたら、殺されていたかもしれない。文楚は日本人と一緒にビジネスをしているから、蒋介石側から見たら明らかに目障りな存在よね。そして食料不足のいま、砂糖は貴重な品物なの。日本の占領下にない中国と占領下の中国の間で盛んに行われている密輸入で莫大な利益を得る人たちもいる。文楚が不法取引に関わっているという意味ではないけれど、彼が所有する砂糖をどんな手を使ってでも手に入れたい人は、軍人を含めて大勢いるのよ」

私はみどりさんの冷静さに、競馬場での艶やかな姿とは異なる一面を見て感心した。毛氏の刺すような目つきと謎めいた雰囲気を思い出し、この夫婦は私の知らない世界の住人なのだと思った。

「それに、共産主義者もいる」と、みどりさんが続けた。「誰が地下の活動家かなんてわからないけど、そういう人たちがいちばん抗日的なの。共産主義者たちは、知識人の間で幅広いネットワークをもっている……」

共産主義者という言葉を聞いて、私は身震いした。ヒロはつねづね共産主義者を軽蔑しているようだし、ロンドンで定期的にフェビアン協会［一八八四年に設立されたイギリスの社会主義団体］の会合に参加していた進歩的なお父さまでさえ、共産主義者に関しては悪いことしか言わなかった。

帰り際にみどりさんが私の手をとって言った。「欣楚から連絡があったら私に教えてね。息子は英子さんのことが大好きで、語学レッスンを楽しみにしているのよ」

八月一四日　金曜日

膝に載せた小さな動物の硬い毛をくしゃくしゃに撫でて、彼女がほんものであることを確かめる。そして、今日の驚くべき出来事を思い返す。

午前中の半ばに玄関のベルが鳴ったので、ドアを開けると、大きな箱を両手に抱えたアンが立っていた。足元にはジェイン。アンはもう上海にいないと思いこんでいた私は、信じられない光景に目をパチクリさせた。

「前もってお電話しなくてごめんなさい。いろいろ立てこんでいたのですが、やっとチャンスがきてお邪魔しようと思い立ったんです」と、アンが私の驚きの意味を誤解して言った。

「いよいよ上海を発つことになりました、エイコさん。ほっとしています。本国送還の交渉がようやく終わり、大きな肩の荷が降りました。日本政府は上海を発つイギリス人のリストを完成し、イギリスにいた日本人はすでにリバプールから出航しました！」

私はお父さまがエル・ニール号に乗っていることをアンに伝え、「だからあなたも龍田丸で上海を発ったと思っていました」とつけくわえた。

「いえ、私たちは中国にいるイギリス人九百人を乗せて帰る鎌倉丸で戻ります。上海に寄港した龍田丸は日本で乗船したイギリス人ですでにいっぱいだったので、上海では少数のイギリス人しか乗せませんでした」とアンが言った。

それから彼女は悲しそうに笑って、「ジェインを預かっていただくために伺いました」と言った。アンはジェインを抱き上げ、私の腕に託した。アンの顔を見て震えていたジェインは、ここから新しい生活が始まることを感じとったようだった。

「自分たちのことで頭がいっぱいで、私は長い間エイコさんを訪ねないまま、連絡もしませんでした。こんなぎりぎりになってあなたにジェインを押しつけることになってしまって」と、まるでジェインが私たちにとってお荷物であるかのようにアンが言った。

私はとまどいながらも、アンに打ち明けた。ジェインが来るのを心待ちにしていたこと、日本とイギリスが敵国どうしだからアンが自分にジェインを預けずにイギリスへ帰ったのではないか、と少し疑ってしまったことを。

アンは両手で私の手を包みこみ、優しい笑みを浮かべた。「エイコさん、ジェインは最初からあなたの性格を感じとり、あなたと私を引き寄せたんですね。私はあなたを尊敬しています。国籍は関係ありません」私は彼女の手を握り返し、ジェインをぎゅっと抱きしめた。

「ここにジェインのものが入っています」とアンが言って、大きな箱を私に手渡した。「もう行かなくてはなりません」

アンが帰ったあとでその箱を開けると、ジェインのバスケット、リード、ボウルだけでなく、イギリスのお茶やビスケット――とくにお金に困っている西洋人にとって、最近はとても入手困難な品物

――も入っていた。私は心の中でアンにお礼を言って、イギリスへの船旅の無事を祈った。

八月一五日　土曜日

今日は一日、ジェインとカズを眺めて過ごした。ジェインはカズをライバル視しているようだ。私が少しでもカズのすることに興味を示そうものなら、すかさず駆け寄ってきて私の脚に体をすりつける。一方のカズはすっかりジェインに心を奪われて、彼女を触ろうとしてしじゅう手を伸ばしていた。ジェインはできるだけすばやくその手から逃れようとするけれど、カズは「ジェイジェイ、ジェイジェイ」と言って手を伸ばす。

いちばんおもしろかったのは、ヒロの反応だ。昨日の夕方、仕事から帰宅したヒロを出迎えにジェインが駆け寄ったときの、ヒロの驚いた表情といったら。ヒロは満面の笑顔になって目を輝かせ、腰をかがめてジェインの背中を優しく撫でた。今朝もテニスの試合に出かける前、カズと私にはさっと手を振っただけなのに、ジェインには長々といってきますの挨拶をしていた。

八月一七日　月曜日

今日、上海交響楽団のサマー・コンサートを聴きに競馬場跡の芝生に集まった人々を見て、多くのイギリス人とアメリカ人が上海を去っても、なおこの街が国際色豊かなことに驚かされた。みな夏のお出かけ着を着ていた――着物やチャイナドレス、流れるようなドレスによく合う美しいショールを羽織った女性たち、麻のスーツや上品な中国服のガウンを着た男性たち。

私たちは星空の下、デッキチェアに座って演奏に耳をかたむけた。ジャズから『メリー・ウィドウ』

『椿姫』といった有名なオペラ曲まで、さまざまな曲が演奏された。ハイド・パークでの美しい夏の夜を思い出した私は両目を閉じ、すばらしい雰囲気を心ゆくまで味わった。

休憩時間に、わが家の上階に住むドイツ人夫妻とばったりお会いした。「コンサートを楽しんでいますか?」と、シュミット氏がドイツ語なまりの英語で訊ねてきた。「こんなすばらしい場所でのコンサートの開催許可を出す日本軍は寛大です」と言い、小さくお辞儀をしてくれた。シュミット夫人は私をほぼ無視して、近くにいたドイツ人グループのほうへご主人を引っ張っていった。

自分でも、何が起きたのかわからなかった——人を怖がらせるほど高慢なこの年上の女性に好かれたいという衝動に駆られた私は、「近々わが家で開くパーティーにいらしていただけたら嬉しいです」と、思わず言ってしまったのだ。

夫人は驚いた様子だったけれど、すぐに落ち着きを取り戻し、堅苦しく言った。「ありがとうございます。楽しみにしています」

帰り道、なぜよく知りもしない人たちを夕食会に招くような無謀なことをしたのだろう、と自分に問いかけながら南京路に出た。大通りのネオンの灯りが消えていて、不気味なほど暗かった。

「灯火管制だよ」とヒロが言った。「上海も空襲が増えてきたから、夜一〇時以降は灯りをつけてはいけないことになったんだ」

8

一九四二年九月一日　火曜日

欣楚が帰ってきた。みどりさんの心配をよそに、約束どおり九月初めに戻ったのだ。日焼けした欣楚には新たな自信がみなぎっていて、その目には何か決意のようなものがあらわれていた。「みどりママは僕の話をしましたか?」と、彼は心配そうに私を見た。

私が首を振ると、ほっとしたようだった。

「みどりママは鋭いです、僕が父さんのビジネスに賛成しないことを心配します」と、以前と変わりなく気取らず正直に話してくれる欣楚に安心した。

「僕が小さいとき、みどりママは僕を内山書店に連れていきました。おじさんと魯迅、いつも展覧会の仕事していました——木版画の。版画には、強い労働者たち、父さんの周りにいない人たちがいました。魯迅は労働者たちに共感するから、国民党に疑われます。そのころ蒋介石がたくさんの人を逮捕していたので、いつも内山おじさんが通りを見張って、不審な人いたら魯迅に教えました。僕は蒋介石が大嫌いです。つねにお金と権力の側にいるから」

私は彼に訊いてみた。「それであなたはお父さまに批判的なの? お父さまが蒋介石寄りだから?」

欣楚は私の目の前で手を振り、ぶんぶん頭を振った。「いえ、いえ、エイコさん。父さんは蒋介石寄りではありません。汪精衛寄りです」

当然だ。わかっていたはずなのに。毛氏は日本人と緊密に仕事をしているのだった。

欣楚がいつもは穏やかな顔に深いしわを寄せて言った。「じっさいには父さんは用心深いので、汪精衛と日本人、両方についていて、たぶん少し蒋介石にもついています、安全のためです。汪精衛政権は日本の傀儡《かいらい》政権と言われています。でも、日本が彼を信用しているかどうかはわかりません」

私は欣楚の言うことすべてを理解したわけではないけれど、彼が高度な政治の知識を持っていることに驚いた。「あなたはどの立場なの、欣楚？」と、ためらいがちに訊ねてみた。

ぎこちない間があったあと、欣楚は顔を上げ、私の目を見て言った。「僕は日本人がとても好きです。みどりママ、内山おじさんとおばさん、そしてあなた、エイコさん、大好きです。でも、日本が中国にしてることは憎いです。日本軍も憎いです。僕は汪精衛を評価しません。中国に自立してほしいです」

欣楚のまっすぐな気持ちは、日本人の私でもそっくり共有できた。

汪精衛は平和のために戦っていると日本の新聞には書かれているけれど、欣楚はそうは思っていないようだ。写真で見る汪精衛はハンサムで教養があって穏やかそうだ――ひねくれた雰囲気で人を不快にする蒋介石とは違う。これがこの戦争なのだ。過去の戦争には数々の英雄がいて、人々はその人たちを信じ、守るべき大義を持っていた。でも、この戦争には英雄が見当たらない。

九月九日　水曜日

シュミット夫妻を招く夕食会の招待客一覧がやっと完成した。正也さん、次郎さん、佐夜子さん、お兄さまお姉さまに加えて、毛夫妻、それに大塚チーコさんと大助さん夫妻。ジョイスとキース夫妻とイルマは呼ばないことにした。シュミット夫妻がイギリス人夫妻やユダヤ難民と同席できるかわからないから。それから、モナとS・Pの名前もしぶしぶ外した。毛夫妻との相性が悪そうだから。

上海の人間関係は、つくづく複雑だ。

九月一三日　日曜日

疲労困憊《こんぱい》したけれど、昨夜の夕食会が成功し、ほっとして満足感に浸っている。

昨日は午後じゅう、ずっと神経が張り詰めていた。開始予定時刻の二分前に玄関のベルが鳴り、飛び上がってしまった。一番乗りはシュミット夫妻。まっすぐ背筋を伸ばした背の高い二人は、夕食会のために盛装していた。ヒロがシュミット夫妻に挨拶をしているとき、私たち夫婦が自宅で西洋人を夕食に招くのは今回が初めてだということに気がついた。

居間に用意された飲み物で、ロンドンでの日々を思い出した。気軽な笑い声がちりばめられつつ同時進行する数々の会話が織りなす喧騒《けんそう》、氷の音、香水とアルコールのにおいが混ざった温かい空気。

チョクゲツケンが完璧なタイミングで食事の開始を宣言し、私たちを食堂に案内した。そこに並べられていたのは、中国と西洋のすばらしいビュッフェ料理だ。五種類の前菜のうち、ドイツ人夫妻は春巻きと柔らかい肉入りゆで団子がお気に入りだった。毛夫妻でさえ、龍井茶《ロンジンチャ》の茶葉と海老で作った料理を含む、凝った上海料理のメインディッシュに感動していた。

サイドボードに載っている見慣れない食器一式を見て、私は驚いた。チョクゲツケンはこんな美しいお皿のために食費を使ったのかしら？　私は少々腹を立てながらも、並んでいるお客さま方にお皿を手渡した。シュミット夫人が眉をつり上げて部屋に入ってきて、皆が食事に夢中になっている間に私のそばに来て言った。「食器はお気に召しましたか？　わが家の食器です」

私はその場で凍りついた。シュミット夫人は背筋を伸ばしたまま、真顔で言った。「このアパートのボーイたちは、雇い主がお客を呼ぶときに協力し合います。食器や銀器が行き来するんです。私たちのものは人気があります」夫人の目に困惑の色がなかったら、私は間違いなくショックで打ちのめされていただろう。

「中国人の召使いに慣れるのには時間がかかりました」と、彼女が続けた。「ドイツでは召使いは規則を守り、社会通念に合わないことは絶対にしません。でも、ここの召使いたちは口うるさくて狡猾です。ドイツ人の知り合いは、家の中の物がしょっちゅう行方不明になると言っています。私も上海に来た当初は毎週、銀器の数を数えていました。でも、いまではうちの召使いのことが好きになりました」そう言って夫人は頭を高く上げ、もう一方の部屋にいるご主人のほうへ去っていった。私はシュミット夫人に親近感を覚え、おかげでその後はくつろいだ気持ちで過ごせた。

外国人のお客さまが帰ったあと、日本人のお客さまが残った。女主人としての私の腕前をチーコさんがほめてくれた。ヒロは鼻高々で満足そうだった。私は夕食会の興奮に刺激されて、あらためてエネルギーがわきあがるのを感じ、パーティーが終わってほしくないとさえ思った。

大塚大助さんが、こんなことを言い出した。「ここにいる僕たちは素敵なグループですよね。素人劇を上演して日本兵を慰問してみませんか?」その夜の高揚した気分に押されて、全員が賛成した。その後も興奮の中で話が進み、結局、正也さんが海軍との日程調整、佐夜子さんとチーコさんがダンス・ステップの編成、お兄さまと大助さんが演出と監督を担当することになった。

夕食会とその後の話し合いで、神経が高ぶってしまった。私は、規則正しいヒロの寝息を長い間聞いてから、ようやく眠りに落ちた。

九月二二日　火曜日

今朝、日本食料品トラックのそばでチーコさんと落ち合った。「英子さん、夕食会、すごく素敵だったわ。東洋と西洋がみごとに調和して、とても洗練されていて！　お若いのにすばらしいわ」と、甲高い声で喋りながら、チーコさんはご自宅へと私を案内してくれた。

「大助さんは素人劇のことで頭がいっぱいよ。そろそろ六郎さんに電話をかけて準備を始めるらしいわ。きっと楽しいわね、私たちもしょっちゅう会えるようになるし」賑やかに喋りながら、チーコさんが香りの良いジャスミンティーと竹製の皿に入ったおいしそうなアーモンドクッキーを出してくれた。

チーコさんの家の中は完璧に中華風だった。本棚には読みこまれた中国語の本が並び、彫刻入りの黒檀《こくたん》［インド南部およびセイロン島原産の常緑高木］の家具は褪せた朱色と金で彩色され、中華香辛料のにおいも漂っていた。チーコさんが日本語を話すのが不思議なくらい。日本人の家庭がここまで中華風になるのはすごいことだ。

チーコさんが笑って言った。「ぜーんぶ、大助さんの影響よ。評価してくれて嬉しいわ！　でも、近所の日本人の中には、中国人を下に見ていてこういうのをよく思わない人もいるの。そういう人たちは、日本の文化の多くが中国伝来だってことを忘れているのね。中国人の友人に囲まれてここに住むのが、私はとても楽しいの」

帰り際、チーコさんにこう言われた。「英子さん、日本兵のための出し物でどんな役をするのか考えておいてね。あなただったら素敵な踊り子になれるわ！」私は劇の上演が日本兵のためだということを忘れかけていた。中国のこんなに快適な環境にいながら、対中戦争を戦う日本兵の士気を上げるために劇を上演しようとしているなんて、矛盾しているような気がする。

九月二八日　月曜日

「お父さまが無事に日本にお戻りですって！」と、お姉さまがわが家に着くなり叫んだ。抱き合った私たちの体に安堵感が沁みわたっていくようだった。カズとサチにも私たちの喜びが伝わったらしく、二人で手を取り合って飛びはねだした。

「お兄さまたちが、お父さまと幸子さまを迎えに行ってくださったのよ」と、お姉さまが続けた。

その一言でお父さまが一人でないことを思い出した私は、喜びという名の風船にトゲを刺された気分だった。お父さまが、あの広い神田の家屋敷にお母さまではない女性を伴って帰るなんて。お母さまが威厳を持って優雅に切り盛りしていた、何代も続く忠実な召使いがいるあの家に！

「彼女はお兄さまたちに歓迎されないでしょうね」と、私はふくれ面をして言った。

お姉さまが優しく笑って言った。「そうね、お兄さまたちはきっととんでもなく失礼な態度を取るでしょうね。でも英子、お父さまが愛する女性にお世話をしてもらえたら、お兄さまたちも安心できるはずよ」

私は、ますます大きく頬をふくらませた。

一〇月二日　金曜日

新聞は、りすぼん丸沈没のニュースでもちきりだ――日本の客船がアメリカ軍の潜水艦の魚雷に攻撃されたというニュースはめずらしい。「近くにいた日本の巡視船がみごとな救出作業を行なったと書いてある。日本がいかにすばらしい仕事をしたかということしか新聞には載らない」と、目の前に広げた新聞越しにヒロが言った。洋上の危険を知った私は、お父さまの日本への無事の帰国が当たり前のことではなかったことにあらためて思いいたり、お父さまの奥さまのことを悪く言ったことが少しだけ申し訳なくなった。

一〇月六日　火曜日

今日は欣楚が来てくれた。けれど、いつもより元気がなかった。

「エイコさん、日本が新しい政策を出しました」と彼が言った。それが質問なのか説明なのかわからず、私は首を横に振った。

「中国の学校すべて、小学校から大学まで、日本語を教えさせます。中国人は全員、日本語を学ばなければいけなくなります」と彼が言った。

「そう」私には、何が問題なのかわからなかった。欣楚はすでに日本語を少し話しているのに、何がいけないのかしら。

欣楚は、私が彼の思いを共有していないことがわかったに違いない。「エイコさん、もし中国人が学びたかったら日本語を学べばいいですが、強制はダメです。日本に支配されて、多くの中国人が仕事を失い、投獄されて拘束されます。中国人に日本語を学ばせるのは、大きな侮辱です」

私は自分の無神経さに落ちこんでしまった。

一〇月一二日　月曜日

昨日は、お姉さまが小籠包《しょうろんぽう》で私たちをもてなしてくれた。上海蟹の季節ならではの蟹肉と豚肉が入った小籠包のおいしいスープがこぼれないように、みんなで大騒ぎしながらいただいた。

食事の最中に、お兄さまが唐突に言った。「大塚大助くんと僕は、素人劇の企画案をまとめました。全員に仕事があります」本好きなお兄さまが劇にこれほど夢中になるとは意外だった。

「私は大役がいいわ！」と、お姉さまがお兄さまの熱意に応えて言った。これまでもたびたび感じていたけれど、お姉さまとお兄さまが同じことに興味を持って一緒に楽しんでいるのが、私にはちょっぴりうらやましい。

次郎さんが宣言した。「佐夜子は日本舞踊が上手です。なので、女性の踊りの一団をまとめてもらいます。僕は裏方に回ります」

「君は演じないほうがいいね、次郎」と、うなるように正也さんが言った。「家族で劇をやったとき、君は台詞を忘れて間に合わせの舞台の真ん中でつまずいて顔から転んだからね！」

「僕はまだ七歳だったんだよ。それにあそこがいちばん盛り上がったんだ。みんなが憶えているんだから」と、次郎さんが言い返した。

弟への愛情を込めて笑う正也さんを、お姉さまが嬉しそうに見つめていた。マイジンガー氏の上海訪問についてイルマが正也さんを問いつめて以来、お姉さまが正也さんを心配しているのが私にもわかっていた――「正也さんは仕事で大きな重圧を感じているの」と、お姉さまが言っていた――だから、正也さんが元気だと安心するのだろう。

「英子さんはどうする？　どんな役をやりたい？」と、はす向かいに座っていたお兄さまが訊ねてきた。私はもじもじしてヒロのほうを見た。「君もだよ、廣くん」とお兄さまが迫った。

ヒロは陽気に笑って、「僕はテニスとゴルフで忙しいんです。テニスとゴルフに熱心な人として特別出演することはできますが、そんなのは軍人に受けが悪い。英子が僕の分までがんばってくれますから」と小さく肩をすくめて言い、最後の小籠包に箸をのばした。

私は笑うことしかできなかった。「考えてみて、あとでお伝えしますね」と言いつつ、自分は逃れておいて私に役を押しつけるヒロにとまどっていた。

一〇月一七日　土曜日

フランス・クラブの前を通ったら、見覚えのない貼り紙を見つけた。「アメリカ人とイギリス人　お断り」ショックを受けた私は、お姉さまの家に飛んでいった。

「まぁ、フランス租界にもその貼り紙があったの？　数日前、共同租界の映画館とダンスホールの入り口に貼り出されたのよ」と、深いため息をついてお姉さまが言った。

明日二人でリー夫妻のところに行きましょう、とお姉さまが言った。「イギリス人の移動が制限されているなら、私たちから会いに行きましょうよ。それに、私は二人に謝らなくちゃいけないことがあるの」

いぶかしげに見返した私に、お姉さまが口走った。「ひどい話。日本は敵性国民の財産を凍結したの。つまり、クエーカー教徒たちは財産を登録させられて、銀行口座から自分のお金をおろせなくなるの。最悪なのはね、英子、凍結を行なっているのがロッキーの銀行で、ロッキーがその責任者だということよ」

一〇月一八日　日曜日

生活がどんどん不便になっているのに、リー家の平穏な雰囲気は健在だった。私たちがお邪魔したとき、アナ・メイはバラ色のふっくらほっぺの天使のようにぐっすり眠っていて、家の中には温かく神聖な空気が満ちていた。

「映画館やナイトクラブに行けないのは不便ではありません。たいした財産もない私たちには、財産凍結だって問題ありません」と、ジョイスが言った。

キースはむしろ、お姉さまとお兄さまのことを心配していた。「敵性国民の財産凍結の責任者だなんて、ロッキーには重荷ですね」と、大きな手を組んで彼が言った。「タミコさん、心配しないで。僕たちはいずれこうなることがわかっていたから、物心両面で準備していましたから」

「唯一、本当に不便なのが、義務化された赤い腕章です」とキースが言った。「日本の歩哨たちが僕たちの身分証明書の確認に躍起になっています。書類の点検が増えたために、とくにガーデン・ブリッジを渡るのがますます難しくなりました。それで僕たちは、さらにイルマに頼るようになってしまいました。腕章をつける必要がない難民の彼女が、僕たちの代わりに難民たちと支援団体と当局との間を走り回ってくれています」

アナ・メイを見つめながら、キースがほほえんで言った。「困難に見えることも、ときには喜びに変えられます。僕たちが外に出かけにくいなら、より多くの人に自宅での集まりや活動に参加してもらえばいいんです。毎月ここでシェイクスピア劇の朗読をしていることを話しましたっけ?」お兄さまと大助さんの上演劇のこともあり、私は耳をそばだてた。

「以前はもっと沢山の「出演者」がいたのですが、いまでも、難民、中国人、ドイツ人、それからアメリカ人とイギリス人と、かなりの参加者がいるんですよ」

「私たちもいま、劇の上演を計画しているの。日本兵を慰問するための出し物の準備をしているのよ」

と、お姉さまが言った。私は信じられない気持ちでお姉さまを見た。彼らにとって敵以外の何ものでもない日本兵のための上演劇のことを、どうしてクエーカー教徒に向かって話せるのかしら。

驚いたことに、キースとジョイスは、声をそろえて「なんて素敵なアイデア！」と叫んだ。

「故郷と家族から遠く離れている兵士たちの大きな励ましになりますね。最近はアナ・メイを見るたびに、自分の息子を戦争に送らなければならなかった母親たちのことを思い、母と息子のために胸を痛めていました」と、ジョイスがため息をついた。

その瞬間、私は思いがけない事実にハッとした。日本兵を楽しませるのは戦争支持のためではなく、兵士たちに喜びとなぐさめを与えるためだということに。欣楚よりも幼い、まだ少年といっていいほど若い大勢の兵士たちが母国のために命をさしだしている。他人がどう考えるかではなく、自分が本当に大事だと思うことに精神を集中させるのが、クエーカーの人たちの信仰なのだろうか。深く感銘を受けた私は、見かけにとらわれずに物事の本質を見抜けるようになりたいと心から願った。

一〇月二四日　土曜日

素人劇企画の最初の会合があった。まずは役割分担の発表だ。

「えへん」大助さんが威厳をつけて咳払いをしてから、リストを読み上げた。監督・脚本＝大助、演出＝六郎、主役＝多美子、踊りのまとめ役＝佐夜子、衣装・予行演習＝チーコ、場所取り・宣伝＝正也、資金集め＝英子。

私がお金を集めて回るなんて、とちょっとおじけづいて笑ってしまったけれど、結構得意かもしれないと思った。

出し物は、おばあさんが孫娘に日本の昔話――『花咲か爺さん』、『浦島太郎』、『かぐや姫』、『雪女』――を語り聞かせる形式で、一つの話が終わるごとに踊りが入る。お姉さまがおばあさん役で、大塚夫妻の八歳のお嬢さんの花子さんが孫娘役だ。

一〇月三一日　土曜日

出し物の準備が急ピッチで進んでいる。本番は一二月二九日、虹口北部にある海軍特別陸戦隊の兵舎で行われることになった。「兵士たちにはちょうど年末のお楽しみになるし、僕たちにはたっぷり二ヵ月の練習期間があるし、絶好のタイミングです」と正也さんが言った。

私は初めて花子さんに会った。典型的な日本の女子児童という感じで、おかっぱ頭の髪は首筋まで短く刈り上げられていて、プリーツスカートからガリガリの膝をのぞかせている。ご両親と違って、花子さんが中国人と間違えられることはなさそうだ。

「私は日本人学校の三年生です」と、花子さんが学校集会で話すような口調で言った。「兄の太郎は五年生で、戦闘機のパイロットになってお国のために戦いたいと言っています。私は女子なのでパイロットにはなれませんが、父の劇に出ることで、兄よりも早く戦争遂行に貢献できるのが嬉しいです！」

花子さんが熱狂的に愛国心を表現するのを見て、私は心の底から驚いた。チーコさんは私の表情を見ていたに違いない。「英子さん、日本の学校で教えられるのよ――西欧の帝国主義から中国を解放するために日本は勇ましく戦っている、とかそんなことをね」と言った。

「私たちはキリスト教徒だし、子どもたちが覚えてくる好戦的な態度は好きになれないけど、学校に行かせている限りはどうしようもないのよ。少なくとも太郎と花子は、中国人を見下したりしない。二人にとって、この戦争は西洋との戦いなの」と、チーコさんはあきらめたように肩をすくめて申し訳なさそうに笑った。

カズを上海の日本人学校に行かせたくない、と私は思った。

9

一九四二年一一月八日　日曜日

今日、カズが二歳になった。セーラー服を着たカズはとてもかわいらしくて、みんなに注目されてご機嫌だった。私にとっては出産記念日、この日にさまざまな感情を味わったことを思い出す。出産経験を共有してくれるお母さまがいないほろ苦い寂しさ、岸本の両親の優しさと気遣いを受けたこと、岸本家の跡継ぎを産んだ安心感と責任感、そして、生まれたての赤ん坊に対するあふれるような愛情。カズがもう二歳！

カズの三歳の誕生日に、世界はどんなふうになっているだろう。

一一月一二日　木曜日

お兄さまが私に資金集めの仕事を思い出させてくれたので、毛みどりさんに電話して、寄付をお願いしてみた。

「なんて素敵なアイデア！　すぐに文楚にお金をもらうわね」と言ってくれた。

笑いながら、みどりさんがつけくわえた。「楽しそうね。私も参加したいくらい。だけど無理よね、素人の踊り子の中にプロが入っちゃだめよね、プロと言っても私は場違いだし！」その言葉を聞いた私は、ナイトクラブでチケット制ダンスの相手を待っていたチャイナドレス姿の若くて魅力的な女性たちを思い出した。みどりさんがからりと明るく私の直感を肯定するのはみごとだった。

一一月一五日　日曜日

今日、花子さんと太郎くんが通う日本人小学校で、上演劇の予行演習をした。学校は殺風景な灰色の建物で、暖房がなかった。でも、佐夜子さんが日本舞踊に参加する二人の素敵な日本人女性――久子さんと京子さん――を伴って現れると、その場の空気がぱっと華やいだ。同じ年ごろの日本人女性の仲良しグループの一員になれて、私は嬉しくて舞い上がってしまった。初めての経験なのだから。

練習を終えると、チーコさんと大助さんの家のコックとアマが、シューシュー音を立てている熱々のジャスミンティーの大きなポットと餡入りの月餅《ユエビン》を差し入れてくれた。疲労困憊していた私たちは、大喜びでぱくぱくいただいた。途中で、誰かが最近の日本に関する話題を持ちだした。上海で最高級の日本の料亭が火事で燃え、ほかの施設でも似たような火事があったそうだ。

チーコさんが言った。「歓楽街のど真ん中で起きた火事の炎で、空全体が明るくなったのよ！　内山さんは、軍の将校の贅沢三昧に反感を抱いた日本の民間人の仕業じゃないかと考えているわ」

上品で繊細そうな久子さんが静かに言った。「幸いけが人はいなかったけれど、料亭のご主人の小さい娘さんは、学校の制服以外に着るものがなくなってしまったの」

有名な実業家の美しい奥さまである京子さんが、ちょっとした噂話のようにこう言った。「主人の仲間うちでは、最高級の料亭を独り占めする海軍のことを快く思わない陸軍の軍人が火をつけたという冗談があるんですって。でも、それってなるほどと思わない？　だってどの施設も海軍か陸軍かどちらかの専用になっていて、今回の二つの火事が起きたのは海軍用の場所だから、きっと陸軍の報復よね」

軍にまつわる噂を陽気に却下してくれることを期待して、私は正也さんのほうを向いた。

でも、ティーポットが置いてあるテーブルに行っていた正也さんの青白い横顔とわずかに震える手から、彼がこの会話に激しく動揺しているのがわかった。私のほかにそれに気づいていたのはお姉さまだけだった。お姉さまはすぐに正也さんのそばに行き、彼を守るようにそばに立った。そして、私たちに明るく「お茶のおかわりはいかがですか？」と訊ねた。もう帰宅時間だったので、みんな荷物をまとめるのに気を取られ、火事の話を忘れたようだった。

一一月二〇日　金曜日

お姉さまがサチを連れてうちにやって来て、みんなで一緒にグローヴナー・アーケードのそばを通り、道を渡ってフランス・クラブのほうへ散歩した。子どもたちは落ち葉に足をうずめてよちよち歩いていた。ジェイジェイに引っ張られて頭を上に反らせると、優しい日差しが私の顔にふりそそいだ。するとお姉さまがそっと私の腕を引っ張り、顔を近づけてこう言った。「英子、私、妊娠したみたい」

私の顔を見たお姉さまは笑いだし、「どうしてそんなに驚くの？　まだ二九歳なんだから、私だって赤ちゃんを産めるのよ、おばかさん！」と言った。我に返った私は、おめでとう、と言ってお姉さまと抱き合った。

それにしても、私はどうしてあんなにショックを受けたのかしら。いまの私たちの——私たち姉妹とサチとカズの——心地よい関係が変わってしまうのが嫌だから？　それともうらやましいから？　きっとそうだ。

一一月二四日　火曜日

顔を見た瞬間に、欣楚が気分を害していることがわかった。心当たりがあったとはいえショックだった。私がみどりさんに寄付をお願いしたことが欣楚に知られていないといいなと思っていた。でも、もちろん彼は知っていた。

いつものように窓際のテーブルに座った。欣楚がノートと筆記用具を取り出す間、私のせいでくもってしまった欣楚のハンサムな顔を何度も見てしまった。

「欣楚、私のこと、怒っているんでしょう」この件を持ちだそうと思うより先に、言葉が出てきた。

驚いた欣楚は、ためらいつつも衝動的に答えた。「はい、エイコさん、どうして両親に戦争遂行の寄付を頼んだのですか？　これは日本が中国にしかけた戦争です——私の同国人、私の国に対して！」

そこで欣楚は自分を抑えた。「すみません、エイコさん。怒鳴るつもりはなかったんです。本当にごめんなさい！」

「謝るのは私のほうです、欣楚」と私が言った。「先にあなたに相談すればよかった」

そう、欣楚の考えを聞いておけばよかったのだ。賛同していない戦争を戦う日本兵たちのために手の込んだ出し物をすることに対する自分の気持ちを、彼に助けてもらって整理しておけばよかった。

私は欣楚に、劇の上演は故郷を遠く離れた若者たちを楽しませる善行だ、と平和を愛するクエーカー教徒たちに教えてもらったことを話した。でも同時に、日本の戦争遂行に貢献できて鼻高々になっている八歳の花子さんのことも頭の片隅にあった。

欣楚は私の話を聞いて考えこみ、すぐには返事をしなかった。けれど、とうとうこう言った。「エイコさん、あなたはとてもいい人です。私はあなたを困らせたくありません」その言葉に私は涙ぐんでしまった。

「みんながあなたみたいだったら、物事うまくいきます。だけどじっさいは、中国人の生活は厳しくなっています。短波ラジオもカメラも双眼鏡も全部禁止されて、ニュースを聞くのはもっと難しいです」はるか遠くを見つめるように、欣楚は窓の外を見た。

「そして、憲兵隊が僕たち中国人を捜索しています」と、彼はつけくわえた。

「僕たち中国人」という言葉に、思わず私は欣楚の顔を見つめてしまった。

一一月二八日　土曜日

練習でくたくたに疲れたけれど、とっても楽しかった。お兄さまの指示にしたがってお姉さまと花子さんが何度も台詞を練習するのを見るのは本当におもしろかった。「親切なおじさんのことを話すときは、小鳥を優しく撫でるような手の動きをして」とお兄さまが言うと、お姉さまがそのとおりの手振りで場面に命を吹きこんだ。お兄さまとお姉さまが劇に入れこんでいるのがうらやましい。

練習が終わるころ、花子さんのお兄さんの一〇歳の太郎くんがやってきた。髪の毛を短く刈りこみ、歳のわりに大人びて見える真面目な男の子だ。戦闘機のパイロットになりたいと言っていたことをすぐに思い出した。鳥のような優しいお母さんのチーコさんと違って、ずいぶん頑固そうなお子さんたちだ。

一二月三日　木曜日

劇に出演する女性陣との昼食会がパレス・ホテルであった。日本の有名なホテル経営者一家の出身でパレス・ホテル支配人の金谷《かなや》さんを知っている京子さんの発案だった。私たちは着飾らないようにしていったけれど、立派な食堂の一角にあるテーブルに案内されるとき、ほかのお客たち、主に日本の陸軍将校と実業家たちに注目されているのがわかった。

金谷さんは愛想の良い三〇代半ばの男性で、わざわざ挨拶に出てきてくださった。京子さんの説明によると、金谷さんのお祖父さまが日光に創設した有名な金谷ホテルは、一九世紀に西洋からの旅行者のためのサービスを日本で初めて提供したホテルだそうだ。

コース料理の半ばに、金谷さんが申し訳なさそうな様子で再び現れた。私たちの場所を確保するためにテーブルの周りに衝立《ついたて》を何枚か立てても良いでしょうか、と詫びるような困った顔で訊ねてきた。とまどった人もいたけれど、すばやくお姉さまが安心させるような笑顔で答えた。「ご親切にありがとうございます、金谷さん。お願いいたします」

ほっとした金谷さんは、近くにいた給仕たちに衝立を立てる位置を指示し、たちまち私たちは木枠のついた四枚の衝立で囲まれた。病院で着替える場所を仕切る衝立に似ていた。

私たちは衝立の間から外をうかがいながら、苦情を言ったのはどのお客さんかしら、と思いをめぐらせた。戦時下に公の場で女性が昼食会を開くなどけしからんという考えを、目をきょろきょろさせて笑って打ち消したかった。

お客がほとんど帰ってしまったデザートのころ、金谷さんが戻ってきた。私たちがご機嫌なのを見て明らかにほっとした彼は、百人を招待して開催したお茶会の話を始めた。

「日本文化を紹介したくて、民謡を演奏するオーケストラを用意しました。大勢の中国人と幾人かのドイツ人、それから日本の政府高官の代表団がいらして、みなさん大いに楽しまれました。私は日本の戦争遂行に貢献している気持ちになりました」と、彼が言った。「その日の夕方の出来事で、お茶会の意義を再確認したんです。赤い腕章をつけたアメリカ人のご婦人が、ロビーで私に近づいてきました。「今日、ここでパーティーを開いていましたね」と彼女が言って、こう続けました。「お招きいただけなくてがっかりしたわ。あの音楽、ケーキ、紅茶、ウイスキー……ボールルームから漂ってくるにおいを嗅ぐことしかできなかった」と」

私はアメリカ人女性の話を聞いて元気をなくし、デザートを喜んで食べている自分が恥ずかしくなった。その女性がケーキを食べられたならいいなと思いつつ、話の続きを聞こうと身を乗り出した。でも、金谷さんは私の考えとは正反対のことを言おうとしていた。

深く息を吸いこんで彼が言った。「私は、そのご婦人の顔をまじまじと見てしまいました。私が開いたお茶会は軽食を少しお出ししただけの簡素なもので、趣向を凝らしたものではありませんでした。ですが、戦争に負けている国の人々の目には、つつましいお茶会もはるかに豪華に映るのですね。昔は、お茶会に招かれず西洋の豊かな食べ物のにおいで満足しなければならなかったのは日本人でした」

目を輝かせた金谷さんは感情を込めて言った。「日本と西洋の関係が逆転したことをアメリカのご婦人に教えられた私は、日本政府の偉大な功績に感銘を受けました」

私は、あぜんとして言葉が出なかった。テーブルのほかの女性たちを見る勇気もなく、みんなが金谷さんの考えに賛同していないといいな、と思った。

お姉さまと二人きりになると、すぐに訊ねてみた。「アメリカ人とイギリス人の苦しい状況を悲しんでいるのは、お姉さまと私だけなの？」

「みんなが同じ環境で育ったわけではないし、考え方は人それぞれですものね」とお姉さまが言った。「私たちは金谷さんと同じ意見ではないけれど、彼は立派な人で、ご自分にふさわしい仕事をしていらっしゃる。だから敬意を払わないとね。もちろん賛同できないけど。行きましょう、ふくれっ面はやめなさいったら！」

一二月八日　火曜日

ヒロが読んでいた新聞は真珠湾攻撃の一周年を祝い、「亜細亜《アジア》の人々を西欧の帝国主義支配から解放する」日本が戦う神聖なる大東亜戦争を激賞していた。

「パレス・ホテルの金谷さんも、きっと日本人のお客さまたちと一周年をお祝いしているでしょうね」と私が言った。

新聞に目をやったまま、ヒロが「どうして彼が？」とつぶやいた。

「金谷さんは、日本の戦争が過去の不公平を覆していると信じているの」と言い、私は赤い腕章をつけたアメリカ人女性の話をした。

ヒロは新聞を読み続け、私の話を聞いているのかわからなかったが、ついに新聞越しに顔を出してこう言った。「金谷さんがそう言ったの？　金谷ホテルの歴史を考えたら、金谷家の人がそんな反西欧的なことを言うのはおかしいね。アメリカ人のご婦人が、せめてお茶会の残りものをもらえたならいいけど」ヒロは、再び新聞の後ろに頭を隠した。

一二月一三日　日曜日

忙しい午後を過ごしたあと、劇に使う衣装や小道具を佐夜子さん宅の台所で仕分けながら、静かで穏やかな時間を過ごした。物価上昇と食料不足のためにユダヤ難民の生活がますます過酷になっていると正也さんが話していた。「それでも彼らは、ハヌカー［聖殿献堂の記念日］やクリスマスがある祝祭の季節を心待ちにして、気分を盛り上げようとしています」と彼が言った。「僕は小さなピアノコンサートに招待されているのですが、きっとすばらしいと思います――難民の中には才能のある音楽家がたくさんいるんです」

私に、ある考えが浮かんだ。劇の本稽古にクエーカー教徒や難民たちを招待してはどうかしら、と言ってみた。

「すばらしい提案です！」と、正也さんが手をたたいて言った。

でも、次郎さんが心配そうな顔になり、ほとんど謝るように小声で言った。「どこで本稽古ができるのですか？　日本人学校はつねに日本軍の歩哨が見張っていて無理だし、赤い腕章をつけた人たちを招くのは不可能です。公の場所はどこも使えないと思います」

弟をにらみつけた正也さんのこめかみがピクピク震えた。正也さんの急変に驚いた私は息をのんだ。「それじゃ、うちでやりましょうよ」と、自分が招いた緊張状態に責任を感じて申し出た。

「それがいいわ！　英子さんは超一流の女主人だし、岸本家の美しいアパートなら完璧だわ」と佐夜子さんが言った。そのあとで一緒に着物を片づけているとき、佐夜子さんが静かにこう言った。「英子さん、正也お兄さまにとって、あなたと多美子さんは鎮痛剤みたいな存在ね。あなた方がいると、お兄さまが笑うのよ。だから、この劇の上演は天からの賜物みたいに思えるの。正也お兄さまは、海軍の事務所で戦況についてたくさんの情報を受け取るの。ほとんどがひどいことらしいわ。次郎さんも短波ラジオを聴いている中国人の友達からニュースを聞いていて――日本の新聞に書いてあるのとは正反対で、この戦争はそれほど日本に有利ではないようなの。もちろん、その情報だって半分は疑っているけれど」

佐夜子さんの穏やかな性格の奥には秘められた強さがあるとつねづね感じていたけれど、彼女は賢い人でもあるようだ。

「お兄さまを悩ませるのは、日本の戦局より人間の残虐行為に関することなの。信仰と信念に厚い人だから、ニュースに打ちのめされてどうしようもなくなることがあって。お兄さまはりすぼん丸のことを聞いて以来、とくに沈みがちになっていて、よく眠れないみたい」

私はりすぼん丸についての新聞記事を思い出した――アメリカ軍の魚雷攻撃で日本軍の移送船が沈没したが、類まれなる軍の救出作業により犠牲者はわずか数名ですんだという記事だった。

「それで終わりじゃないのよ」と佐夜子さんが言った。「客船の船倉には一八〇〇人以上のイギリス兵の捕虜がいたんですって。日本軍は甲板の昇降口を板でふさぎ、日本兵を救出してイギリス人の命を見捨てたの」

うつむいて話す佐夜子さんの声は、ほとんど聞き取れなかった。「結局、半数のイギリス人が自力で船倉から出たけれど、今度は日本の巡視船が彼らの上陸を阻止したの。捕虜への虐待を目撃した人たちを、海軍は生かしておきたくなかったのね」

私はおそろしい出来事を話す佐夜子さんの静かな話しぶりにショックを受けたというより、信じていたものが押し流され、疑念や疑問が次々と浮かんでくるのを感じた。私の中では、帝国海軍は日本軍の教養ある人たちの集まりだった――ロンドンでお父さまが知り合った海軍将校たちは、教育も訓練もイギリスで受けたほんものの紳士だった。どうしてこんなことが起きたのだろう。

佐夜子さんが、悲しそうに私に笑いかけた。「英子さん、私たちにできるのは祈ることだけね――この戦争で苦しんでいるすべての人たち、溺死したイギリス兵たち、それから正也お兄さまのために。人々を助けることがお兄さまの望みであり使命なのよ。身近なところでも恐怖を感じるのは、お兄さまには二重の重荷でしょうね。なんとか困難を乗り越えてくださると思うけれど、いまは本当につらい思いをされているわ。クリスマスに向けて準備をする降臨説の祈りが、私たちに必要な強さを与えてくれますように」

私は佐夜子さんの両手をとり、二人で祈るように目を閉じた。

一二月一七日 木曜日

このところ、寒くて雨続きだ。こんな天気でなかったら、寄付集めのためにキミーに連絡しようとは思わなかっただろう。雨の日の外出用の靴を探していたら、おそろしい禁書を見つけてしまった。忘れていたかったのに。でもそれで、キミーの会社に警察の手入れがあってから長い間彼女に会っていないことを思い出した。本を返すついでに寄付をお願いしてみようと思い立った。

キミーの会社の近くで短い昼食をとった。出し物の話をすると、彼女はすぐにお母さんに話してみると請け合ってくれた。「戦争のこととなると、母は誰よりも気持ちを入れこむの。正しいことをしたいと切望しているから、日本兵を楽しませることにきっと大賛成するわ」

キミーは、前かがみになって声を落とした。「禁書のことを母がものすごく心配して焼いてしまったことを覚えているでしょう。あれが母のやり方なの」その言葉につられて私は、茶色い無地の紙に包んだ本をバッグから取り出し、テーブル越しに彼女のほうへ押しやった。

「この本をお返ししてもいいかしら、キミー」と言った。

「エイコ、それは無理」と、彼女がきっぱり言った。「会社がつねに監視されているときに、この本を返せるわけがないでしょう。いつまた警察の手入れがあるかわからないんだから」打ちひしがれた私は、本を持っていることが不安でたまらなくなった。

その後の自分の行動は、我ながら信じられない。小さなレストランを出てすぐ、外灘を越えてパブリック・ガーデンに入った。ひどい天気だったから誰もいなかった。私はベンチのそばに本を落とし、歩き去ったのだ。

本がどうなったか、いまでも心配だ。でも、たとえ誰かが拾ったとしても、それがどこから来たかはわからないはず……

一二月二三日　水曜日

最近は、日記を書く暇もない。予行演習に時間が取られる上に、クリスマスの準備もある。カズがサンタクロースに手紙を書くのを手伝ったら、なんと、プレゼントにおもちゃの銃が欲しいという。

「バン、バンってするおもちゃ」と、カズは小さな腕を構えて、「ママ、ママ、バン、バン！」と繰り返す。怖くなってしまった――戦時下だからそうなのか、それとも小さい男の子はそういうものなのかしら。

二五日はリー夫妻のクリスマスのお茶会に呼ばれていて、二八日はわが家で本稽古、そして二九日がいよいよ「本番」。本当に全部、無事に終わるのかしら。

一二月二九日　火曜日

間に合わせの舞台だったけれど——居間に椅子を並べ、玄関ホールをステージにした——部屋を暗くするとその場が静まり返り、本稽古を行う劇場のような雰囲気が生まれた。

観客は、リー夫妻、イルマ、アグネス・フリン、それから出演者の家族たち。

お客さまの反応から、本稽古は成功したようだった。でも、イルマとアグネスが驚くほどやつれていて、とくにイルマの両目の下には黒いクマがあった。彼女たちの窮状について、私はほとんど何も知らなかった。この劇も、その後の会のためにチョクゲツケンが用意してくれたテーブルの上のおいしいごちそうの数々も、日本の豊かさをひけらかしているだけなのかもしれないと思うと、急に不安になってしまった。もちろん、お客さまたちは本稽古への招待を友情の証だと思ってくれるだろうけど、お互いの置かれた状況が違いすぎて、どうしたらよいのかわからなくなってしまう。

一二月三〇日　水曜日

全部終わった——この二ヵ月間やってきたこと、すべてが。
午後早く、軍のバスに乗った私たちは、海軍特別陸戦隊本部に到着し、体育館兼講堂として使われている建物に入った。巨大な場所だった——何百という椅子が、大きな会場いっぱいにぎっしり並べられていた。

舞台装置や小道具の準備に三時間あまりを費やし、自分たちの化粧や着替えをすませたころにはアドレナリンが出てきていた。お姉さまが着替えを終えると、みんなで「ああー」と大声を出した。すると、魔法がかけられたように、しなびた老婆が杖の上に体をかがめて目の前に立っていた。その正体を物語っていたのは、いたずらっぽい目だけだった。すぐに「おばあちゃん」とその人に呼びかけた花子さんは、老婆がお姉さまであることにまったく気づいていないみたいだった！

私は花売りの少女の一人としてフィナーレで小さな役があるだけなのに、ホールに人が入ってきて着席する音を聞くと、どんどん緊張してきた。ついにステージの照明がつき、お姉さまと花子さんが舞台の前方で会話を始めた。舞台袖から観客席をのぞいた私は凍りついてしまった。どの席にもカーキ色の軍服を着た短髪の若い男性が座り、舞台に釘づけになっていたのだ。私はその場で崩れそうになった。

お姉さまと花子さんの桜のお話がひとしきり大きな拍手をもらったあと、艶やかな着物姿の女性たちが踊りの舞台に出ていった。そのときのうなり声とブーツを踏み鳴らす音といったら、ものすごかった。それとは対照的に、最後の雪の踊りの間は誰もが神妙になり、日本特有の冬景色の中にいる不気味な雪の妖精たちが、少しの間、兵士たちの心を故郷に戻したようだった。演目が終わったときに講堂を満たした感情を、私も共有できた気がした。

でも、感傷に浸ってはいられなかった。場面がさっと現代に切り替わり、フリルのついたドレス姿の私たちがステージに立った。その前の控えめな踊りと対照的だったせいもあるのだろう、幕が上がると、観客のどっという笑いの爆発に驚いた。そのとたん、不安でたまらなかった私も舞い上がって楽しくなり、声を限りに歌を歌った。

「紅いランタン　仄《ほの》かに揺れる　宵の上海　花売り娘　誰のかたみか　かわいい耳輪……」数年前の

流行歌［「上海の花売り娘」］のおなじみのメロディーがその場の雰囲気を作り、兵士たちの腕の動きに合わせて私の体もなめらかに揺れた。立ち上がったり口笛を吹いたりする兵士もいた。観客がなかなか終わらせてくれなかったので、私たちは最後の一二小節を三度も繰り返さなくてはならなかった。

この大成功で、私たちの気分は最高潮に達した。大助さんでさえ、いつになく高揚した声で話した。ほかの部隊にも劇を披露しようという彼の提案にみんなが賛成した。

成功に有頂天になっていた私たちは、バスまで見送りにきた年配の海軍将校が口にした大助さんとお兄さまへのお礼がおざなりだったことには気づかなかった。

家に帰り、お姉さま夫婦、関根夫妻と正也さん、そして私たちだけになると、ヒロが「すばらしい出来だった！　花売りのダンスがとくによかったなあ」と言った。

「英子さんが出ていたからでしょう。廣くんは英子さんがいちばん綺麗だと思っていたんだろう」とお兄さまにからかわれ、ヒロが困ったような含み笑いで応じた。

私が劇に参加することにほとんど興味を示していなかったのに、ヒロが本心では私のことを自慢に思ってくれていたなんて！　嬉しい気持ちがこみあげた。

お気に入りのウイスキーをちびちび飲んでいた正也さんが、静かに話しだした。「僕は、前線から戻ったばかりの若い将校の隣に座っていました。その将校は三人の同僚を亡くしたそうです――自分より若い徴用兵たち。講堂じゅうの兵士がはやし立てたり拍手したりしている間、その将校はため息ばかりついていました。そして、最後に僕にこう言いました。ここ二年間でもっとも心がなぐさめられました、と」

握りしめた自分の両手を見ながら、正也さんが続けた。「その将校は言っていました。「ふつうの世界がどんなだったかを思い出しました――子どものころのこと、綺麗な着物や一生懸命な女性たち。とくに最後、いつ終わってていいのかわからなくなり、ステップを間違えて顔を見合わせ、頭をうしろに反らせて大喜びで笑っていた女性たち。ああいう自然な衝動は、僕たちの世界にはもうありません。僕たちは、ただ命令にしたがうだけです」と。その言葉を聞いて、僕たちは良いことをしたんだなと実感しました」正也さんの言葉に、私は涙ぐんでしまった。

「ほかの部隊にもこの劇を見てもらいましょうよ」と、お姉さまが熱心に言った。それを聞いた正也さんの顔がくもった。

誰にも目を合わせずに、正也さんが言った。「みなさんが後片づけをしているときに、僕は海軍中佐に呼ばれて言われました。この厳しい状況下であんな派手な出し物をするのは、はなはだ不適切だったと。中佐は「裕福な女性たちが綺麗な衣装を見せびらかして、まったくの面汚しだ」と言い捨てて、僕に退出を命じました」

正也さんはグラスに残っていたウイスキーを飲み干して、自分の世界に閉じこもってしまった。お姉さまと佐夜子さんが心配そうに顔を見かわした。

＊　＊　＊

一九四二年もあと一日を残すのみ。なんという一年だったんでしょう――新しい街、新しい友達、そして、お姉さまとの再会。恵まれた環境に感謝の気持ちがあふれ、戦争が早く終わりますように、と心から願う。それまでの間、どうぞ神さま、私が正しいことと間違ったことをきちんと見分け、戦争の偏見や気分に支配されない強さを持てるよう、お導きください。敬意を持って公正に周りの物事を考えられる心の勇気をください。

10

一九四三年一月一日　金曜日

すがすがしく晴れた、日本の冬の日のような元旦だった。近所の友人たちのお宅へ新年のご挨拶に伺うため、歩いて出かけていった。関根一家は正装していて、海軍の軍服を着た正也さんは見違えるほど立派だった。正也さんがいちだんと輝いて見えたのは、服装のせいだけではなかったようだ。正也さんの部署がユダヤ難民の支援事業に乗り出したのよ、と佐夜子さんが教えてくれた。佐夜子さんは過労気味の義兄の心が穏やかになることを願っている。

最後に、お姉さまとお兄さまの家へ行った。過ぎ去った年への感謝と新年のお祝いの言葉を仰々しく交換した。着物姿のお姉さまの大きくなったお腹が、帯のせいでよけいに目立っていた。お辞儀をしながらお姉さまがおどけた顔つきをするので、私は真面目な顔でいるのが難しかった。それでも、お姉さまへの新年のご挨拶には、健康な赤ちゃんの誕生と幸せを祈る気持ちを込めた。

一月一二日　火曜日

今日、かっこいいネイビーブルーのブレザーを着た欣楚が、さっそうと現れた。

「どうして今日はそんなに決まってるの、欣楚？」と私が訊ねると、欣楚が、

「ええ、大学でちょっと式があります」と、そっけなく答えた。取るに足らないと言われれば言われるほど、彼が何かで表彰されるか賞を取ったのだろうと思い、私はますます知りたくなった。

とうとう欣楚が苦しそうな顔で白状した。「中国の租界の返還と治外法権の終結の祝賀会が、大学でありあます」私はどう反応していいのかわからなかった。

「ねえ、エイコさん、つい昨日、アメリカとイギリスが、中国のすべての領土を中国人に返還する協定に署名しました」たしか先週の新聞に、中国の独立実現のために日本が尽力しているという記事が載っていた。

「それは日本のおかげなの？」と訊ねた。

欣楚が大きなため息をついた。「日本は、以前の協定で定めた古い権利を中国に返還します。それで中国人を尊重しているふりをします。でも、汪精衛政権に権利を返しても、汪政権を支配しているのは日本です。アメリカとイギリスは以前の条約の権利を放棄しました――蔣介石の国民党政権に返しました――自分たちを帝国主義者と思われたくないからです。今日は、中国がすべての権利を取り戻したことを大学で祝います」

これまで欣楚の顔に浮かぶと想像したこともないような嘲りの表情がそこにあった。弱々しい笑顔で彼が言った。「「皮肉な」という言葉はふさわしいでしょうか、エイコさん？　中国は、もうどの国の植民地でもありません。それなのに、中国人は外国の支配で苦しみ続けます」

一月一三日　水曜日

一二月は出し物の準備に忙殺されていて、生理のことを忘れていた――だけど、先月は来なかった気がするし、今月も気配がない。もしや妊娠している？　お姉さまと私は、また同じ年ごろの赤ちゃんを育てることになるのかしら。だめだめ、まだ期待しないでおこう。あと数日で生理が来るかも……

一月一五日　金曜日

結婚三周年のお食事にヒロとパレス・ホテルに出かけ、一年前と同じ席に座った。上海に来たばかりだったあのときからずいぶん時間が経ったような気がする。

一年前とは何という変わりよう！　パレス・ホテルのメインダイニングは、いまや日本人のたまり場になっていて、ヒロは休む間もなく立ち上がっては知り合いに挨拶をしていた。でも男性方は、ここには場違いな女性である私を見ると、そそくさと立ち去っていった。ホテル支配人の金谷さんが如才なく言った。「お二人おそろいでいらしてくださって、たいへん光栄です、岸本さん。お美しい奥さまはみなさんの賞賛の的ですよ」

社交的なヒロを見られて嬉しかったし、二人でたくさん話す必要がなかったのは好都合でもあった。もしも周りに人がいなければ、妊娠しているかもしれないの、とヒロに言いたくなってしまったかもしれないから。確実になるまでは言いたくない。

食事が終わるころ、一人の年配の陸軍将校がまっすぐこちらへやってきて、小声でヒロと二言三言交わしたあと、そっけないお辞儀をして去っていった。けげんそうな私の顔を見て、ヒロが言った。「岡田大尉が、来週事務所で僕と面会したいそうだ」用件がわかっているんだなと思ったけれど、それ以上は訊かないでおいた。

ヒロが私に教えなかったのは、いまは話すときではないと思ったからだろう。私が妊娠のことをまだ言いたくないのと同じだと思う。ヒロのために私が黙っているのと同じで、きっとヒロも私を思いやってくれているのだろう。

一月二〇日　水曜日

確実になった――八月に赤ちゃんが産まれる！　ヒロはどんな顔をして驚いて喜ぶかしら。楽しみ。

一月二九日　金曜日

イルマがお茶の時間にお姉さまの家に来たけれど、いつもの元気がなかった。「日本軍が会社の資産を接収し始めたわ。クエーカーの事務所の接収も時間の問題でしょうから、目下、私が事務所のものをまとめているの。キースとジョイスは赤い腕章をつけて家に閉じこめられているから、私に申し訳ないと言ってる。街はもうたいへんな混乱よ。日本軍の歩哨たちが通りを歩きまわり、人々に建物から出るようながして、出てきた人たちを収容所に送りこんでいる」

お姉さまがイルマの腕をとって言った。「クエーカーの人たちはあなたが頼りね、イルマ。私たちにできることがあったら教えて」

「愛しい日本の友達、あなたの友情が私に力をくれる」と、イルマの表情が明るくなった。そして彼女はハッと気づいて叫んだ。「タミコ、お腹が大きくなった！」

お姉さまは笑顔になって、訳知り顔でうなずきながら私を指さした。イルマは飛び上がり、私の頬にキスをした。「赤ちゃんが生まれてくることは、この世でいちばんすばらしいことね。ほかのことは全部吹き飛んでしまう」

二月五日　金曜日

今日は、ヒロの勧めで上海公済医院に行ってきた。「公済医院の産科病棟は、瑞金医院よりもいいらしいよ」と言ってくれた。このところの疲労感と倦怠感を隠してきたつもりだったけれど、ヒロには気づかれていたのだ。

何か悪いことが起きているに違いないと確信していた私は、診察室に入るときは不安でたまらなかった。けれど大柄な中年の産科医ルーベン先生は、私の症状は妊娠初期によくあることだと言って安心させてくれた。私はそのとたんにほっとして元気になった。冷たい風を頬に感じながら輪タクで帰宅する道中も楽しめた。

輪タクが江西路《チャンシー・ロード》に入ると、足をひきずってよろよろと港へ向かって歩く西洋人の長い列に沿って、銃剣を腰に下げた日本軍の歩哨が配置されていた。老若男女の西洋人たちが、服を何枚も重ね着して荷物や寝具を運んでいた。

そのとき、イルマの言葉を思い出した。彼らは家を退去させられたのだ。どこの収容所に向かっているのだろう。

暗く陰気な表情の大人たちとは対照的に、二人の小さな男の子がクスクス笑いながら追いかけっこをしていた。たくさん重ね着しているので動き方がぎこちなくて、綿を詰めこみすぎたぬいぐるみのクマみたいだったのがおかしくてたまらないのだ。状況を理解していないその子たちの楽しげな様子がその場全体の陰鬱な雰囲気をかえって強調し、私は不吉な予感に襲われた。

二月一二日　金曜日

今日は美代の休日だったので、私はなんとか元気を出してカズと楽しく過ごそうと努めた。美代はカズの世話をしてくれるだけでなく、私に落ち着きと安心感も与えてくれていたことがよくわかった。だから、帰宅した美代がいつものようにカズをめがけて走っていかず、私に話がある、とためらいがちに言ったときは驚いた。

私の心はぐるぐる回った。私が何か美代を動転させるようなことをしたために、彼女は辞表を出そうとしているのだろうか。

席についた美代は、うつむいて膝の上のスカートのひだを直しながら、言葉を探しているようだった。

「こんなに快適な環境で生活させていただけて、奥さまと旦那さまには心から感謝していますし、お二人にご不便な思いはさせたくありません。ですが、ちょっと事情ができてしまいました。内山さんご夫妻は、自分たちから奥さまに伝えるとおっしゃいましたが、私からお伝えしたいと思います。ご夫妻が長い間信頼してきた主任の一人をご親切に私に紹介くださって、私はその人と結婚することになりました。でもご安心ください、奥さま。私は赤ちゃんが生まれるときにはここにおりますし、奥さまが必要としてくださる限り、お仕事を続けます」

私はほっとして舞い上がってしまい、もう少しで美代にお祝いを言うのを忘れるところだった。

でも、心の中ではいろいろな感情が渦巻いていた。いちばん大きいのは、良かったなという気持ち。いわば私たちの責任で美代に上海に来てもらったのだから、彼女が自分の家庭を持って幸せになるのはいちばん喜ばしいことだ。でも、結婚した美代と私たちの関係は変わるのではないかしら。当然、もうここで暮らしてもらうわけにはいかない。次の子どもが生まれるというときに、私たちはそれでやっていけるだろうか。

二月一四日　日曜日

ますます多くの西洋人たちが収容所に入れられているという噂を聞きつけたお姉さまが、リー夫妻のところへ行こう、と言い張った。私は体調が悪かったけれど、お姉さまは「散歩は体にいいわよ」と、私の腕をとった。お腹が大きくなってきた私たちは、ゴミが散乱する道をよたよたとぎこちなく歩いて出かけていった。

淮海中路《アヴェニュー・ジョッフル》を曲がったところの薄暗い一角に、ひときわ大きなゴミの山があった。それを避けるために、私はお姉さまの腕から手を離し、足を滑らせないよう地面に目を凝らして通った。突然、そのゴミの山から一対の目が私をじっと見つめた。吐き気に襲われた私は、お姉さまの肩をつかんだ。

お姉さまはすばやく私を死体から遠ざけ、背中をさすってくれた。「路上生活者には、冬は厳しすぎるわね」とお姉さまがつぶやいた。「工部局も戦争で忙しくて、以前のように早朝に死体を処理できないから」

ショックから立ち直った私は、死体が元は人間であったことを忘れて不快感に襲われたことが恥ずかしくなった。私には同情心というものがないのだろうか。

リー夫妻の居心地の良い家に着いて、心からほっとした。

キースとジョイスの心には敵国人収容所のことが重くのしかかっていたに違いないけれど、話題に上らなかった。そのかわり、私も妊娠していることを知ったジョイスが、別れ際に、「私たちの子どもたちが一緒に遊ぶところを見たいわね！」と言った。それは決してやせ我慢や禁欲から出た言葉ではなく、心から信じて口にされた言葉だった。私は、クエーカー教徒の生きる姿勢にあらためて感銘を受けた。

二月一八日　木曜日

関根家で、今日出されたユダヤ難民に関する声明をお祝いする夕食会があった。

正也さんがウォッカの瓶を掲げて言った。「ユダヤ人の優れた指導者が、友情の証としてこれを僕にくれました。難民を守るための声明に乾杯しましょう」目のまわりにしわが増えていたけれど、正也さんは元気そのものだった。

「声明って何のことですか?」と、無知をさらけ出す覚悟で私は訊ねてみた。

「いい質問です」と正也さんが優しい笑顔になると、歳のわりに多すぎるしわが目立った。「難民たちが虹口の指定地区に移動しなければいけないこの政策は、一見、不自由を強いるものに思えますよね。賛同を得る政策を提案するのは困難を極めましたが、難民を虐待から守る最善の方法を、ついに獲得できました」それでもよくわからない私は、首をかしげた。

「あのね、英子さん、陸軍の中には強烈にドイツを支持する一派がいるんです」と、正也さんが説明してくれた。「若くて短気な日本の軍人たちは、ナチスが望むとおり、日本がユダヤ人に対して厳しい政策を取るべきだと主張しています。陸軍と海軍の間で何度も激しい議論がありました。そんな中でも実行可能な解決策にたどり着いたと僕は自信を持って言えます。指定地区に難民を集め、そこを日本の管理下におけば、彼らに害が及ぶことはありません」

ウォッカがまわった正也さんは、いつものようにからかったり冗談を言ったりして上機嫌だった。

でも、お姉さまはめずらしく口数が少なかった。正也さんが満足そうな顔でグラスをもてあそんでいるのにも気づかないようだった。妊娠中の疲れがついに出てきたのだろう――お姉さまのお腹が突然大きくなったように見えた。

二月二二日　月曜日

今日はお姉さまが、もう一度リー夫妻のところに行きましょう、と意気揚々と私を連れ出しにきた。「もうすぐ二人は収容されてしまうのよ。できるだけたくさん会いに行かなくちゃ」とお姉さまが言った。

ジョイスとキースの家の中には箱が散乱していた。「つつましく生活してきたつもりなのに、見てちょうだい、こんなにものを溜めこんでいたの！」とジョイスが言った。「たくさんは持っていけないの。それらをどうするかが問題。最初はユダヤ難民に寄付しようと思ったんだけれど、あの声明のおかげで難民たちも大急ぎで移動しなくちゃならなくなったから、ある意味で彼らは、私たちよりも先行きが不透明でしょう。だから、どうしようもないのよ」

私は耳を疑い、驚いて顔を上げた。ジョイスが話している声明というのは、先日私たちが祝った声明のことなのかしら。お姉さまがジョイスをじっと見て、とても穏やかに訊ねた。「イルマはどうしてる？」

その問いに答えたのは、いつになく心配そうな表情のキースだった。「二日前にここに来たけれど、世界を相手に喧嘩するみたいな勢いでした。この困難に直面して、もともと元気なイルマはさらにエネルギッシュになっていました。それにしても、この新しい政策は大打撃です。彼女個人にとってもそうですし、これまで彼女がクエーカー教徒のためにやってきた仕事をするのもさらに難しくなります。イルマはもう指定地区の外でアグネスと一緒に暮らせなくなりますが、すでに人が多い指定地区の中に住まいを見つけるのは簡単ではありません」

「指定地区ってどこなの?」と私が訊いた。漠然とした概念に過ぎなかった声明が、急に現実味を帯び始めた。

「虹口の東のほうの、工場や市役所があるあたりです。日本軍の本部から遠くない、中国人居住区にも近いところです」とキースが答えた。

「声明の発効は五月です。いったん指定地区に入れば、難民たちは地区を出入りするたびに許可が必要になります。僕たちの衣料センターと図書館は地区外にあるので、難民が来られるようにするために、地区内に新たな場所を見つけなければいけません。それが全部、イルマの肩にかかっているんです。本当に頭も心も痛みます」

こんなにつらそうなキースを見たことはなかった。お姉さまには声明の意味がわかっていたのだと私はそのとき思った。だから、お祝いの会で何も言わなかったのだ。お姉さまは、正也さんにこのことを問い詰めるのかしら。私が勘ぐってしまうほど二人は親密で、ふつうの友情よりもずっと深い絆で結ばれている。異性の誰かとそんな関係になることが、私にもあるのかしら。

二月二七日　土曜日

淮海中路《アヴェニュー・ジョッフル》で漂ってきたコーヒーの香りに誘われてウィーン・カフェのウィンドウをのぞくと、湯気で雲った窓の向こうにお姉さまが座っているのが見えた。ガラスをコツコツたたいて合図しようかと思ったけれど、お姉さまが誰かと深刻な話をしているのに気づいてやめた。

お姉さまの向かいに正也さんが座っているのを見ても、私は驚かなかった。正也さんは少し背中を丸め、テーブルに身を乗り出してお姉さまの目をじっと見つめていた。お姉さまがリー夫妻を訪問したことを話しながら、声明の実態について言いにくい話をしていたのは間違いない。この新しい政策のまさに責任者である正也さんに、どうしてそんなことが言えるのかしら。でも、お姉さまの正也さんへのまなざしを見ていると、彼を心から心配して思いやっているのがわかった。あの二人は、正直な思いを百パーセント共有している。

二月二八日　日曜日

イルマとアグネスの家へ行きましょう、とお姉さまが迎えにきた。私は去年のイースターのクエーカー教徒の沈黙の集会以来、アグネスのところには行っていない。フランス租界の静かな一角にひっそりたたずむ、こぢんまりしたあの魅力的な家にまた行けるのは嬉しかった。あの声明のために、二人の女性——小柄で上品な一人と、エネルギッシュで活動的なもう一人——の心地よい家から、イルマ一人が出て行かなければならないことが信じられない。

「ねえ、アグネス、部屋が見つかったのよ。小さくて素敵な部屋。最初に見に行ったところを借りられたのは幸運だったわ。ロマンチックな屋根裏部屋で、私専用の梯子があるの！」

イルマがアグネスを思いやって、から元気を出しているのが私にもわかった。アグネスやイルマのような人たちに苦痛をもたらす人々への怒りが急にこみあげてきた。

「あの声明がユダヤ人たちにどれほど大きな苦労を強いているのか、正也さんはわかっているのかしら？」と、私は帰り道にお姉さまにぶちまけてしまった。

お姉さまは私の手を優しく包み、見たことがないほど悲しい目をして言った。「英子、正也さんはものすごく悲しんでいるわ。ずっと以前、私たちの結婚後まもなくロッキーが病気になったとき、正也さんは私を励まして、物事の明るい面を見させようとしてくれたの。彼にしてもらったことを、私も彼にしてあげたいのに」

自分の無力さを追い払うかのように、お姉さまがゆっくり頭を振った。

11

一九四三年三月三日　水曜日

正也さんが病気になった。「佐夜子さんはあんまり詳しくおっしゃらないけれど、神経衰弱よ、英子」とお姉さまが言った。

「ずっと苦しんできたところに、難民支援活動を調整していたアメリカ人女性が収容所に入れられて、ついに正也さんの心が壊れてしまったの。自分が尽くしてきた軍に裏切られたと思ったのね。これまで難民のためにとひたすら信じてやってきたのに、こんなことになって」と、お姉さまは大きなため息をついてうつむいた。大きくなったお腹のわきに両手をだらりと下げている。こんなに落胆したお姉さまを見たことはなかった。私はお姉さまを抱きしめた。

三月八日　月曜日

リー夫妻が収容所に入った。

収容所に入る人たちを、イルマたちと一緒に見送りましょう、とお姉さまに誘われた。収容所は、愚園路《ユー・ユエン・ロード》にあり、元はイギリスのパブリック・スクールだった場所だ。日本の食料品トラックが来る場所のすぐ隣で、わが家からも歩いていける距離にある。春らしい天気で、リー夫妻も明るく、最初はピクニックにでも行くような雰囲気だった。

けれども、収容所の建物が見えてくると、現実が始まった。敷地の周りには有刺鉄線が張られていて、管理の行き届かない母屋と周りの小屋は荒れ果てていた。

「可哀想なアナ・メイ、刑務所みたいなこんな場所で大きくなるなんて！」と、イルマが泣き叫ぶように言った。

収容所がこれほど近くにあるのは残酷な皮肉だ――物理的には近いのに、完全に外から遮断され、孤立している。

三月一五日　月曜日

ヒロが会社から帰宅するなり寝室に私を呼び、部屋のドアを閉めた。結婚記念日の食事のときにヒロに話しかけてきた軍人と関係があるんだろうな、と私にはピンときた。あれから二ヵ月間、ヒロは沈黙を守ってきたけれど、きっと何かあると思っていた。

私が不安げにベッドの端に腰を下ろすと、ヒロが、「日本軍が上海にある外国の会社を接収しようとしている」と話し始めた。「岸本商事は、かつてのイギリスの造船所の経営を引き継ぐように軍部から言われた。近いうちに僕はそちらに出向する。造船所で勤務することは、厳密に言うと、海軍に出向することになるんだ」

私はまだヒロの話が終わってないと感じ、黙っていた。

「軍は僕を東南アジアへの二ヵ月間の視察旅行に派遣しようとしていて、二週間後に出発することになった」

まるで体に衝撃を受けたように、私は反射的に大きくなったお腹を両腕でかばった。それに気づいたヒロが言った。「出張の間、僕はちゃんと面倒をみてもらえるから、心配しないでほしい。英子はお腹に赤ちゃんがいるんだし、自分の体を大切にして」

ヒロが戦闘地域を移動する――私の心は、数々のおそろしいイメージであふれた。戦闘機から落とされる爆弾、肩にライフル銃を背負って埃まみれの戦場を走り抜ける兵士たち――新聞に掲載される写真のイメージ。それらを振り払うために目を覆いたくなったけれど、あからさまに悲しむとヒロを困らせてしまう。だから、私は黙ってうなずいた。ヒロは、感謝するようにうなずき返してくれた。

三月一六日　火曜日

ヒロがまもなく出張に出かけると思うと、何も手につかない。欣楚がやってきて中国語の発音を私に教えてくれるときだけは、このままの生活が続くような気持ちになれた。

私は、英語の「シー（see）」と発音される「シ」の音節をうまく発音できずに行き詰まった。がっかりした欣楚が、とうとうこう言った。「エイコさん、「シー」は高い一音節で発音して「考える」です。間違った抑揚をつけて「死ぬ」と言わないでください！」

このところずっと恐れていた「死ぬ」という単語が突然現れた偶然に、私はクスクス笑いが止まらなくなり、しまいには涙が流れてきた。欣楚は困惑して私を見ていた。

緊張の糸が切れて元気になった私は、妊娠していることを欣楚に打ち明けた。そうしたら、彼は意外なほど喜んでくれた。「とても嬉しいです！　自分の弟妹が生まれるみたいです！」と、私の手を取ってお祝いの握手をしてくれた。ヒロの出張中も欣楚が私を励ましてくれると思うと心強い。

三月二三日　火曜日

ヒロの出発まで、あと一週間足らず。午前中に公済医院でヒロが出張に持っていく薬をもらい、私はルーベン先生の健診を受けた。妊娠経過には何の問題もないという先生の言葉に、ヒロははた目にもわかるほどほっとしていた。出張準備の用事をしていると、私は心配ごとを忘れられるし、役立つことをしている実感が味わえる。

三月二九日　月曜日

ツイードのジャケットを着てアクアスキュータムのレインコートを腕にかけたヒロが待機していた軍のジープに乗りこむさまは、じつにかっこよかった。カーキ色の軍服を着た兵士が私たちに軍隊式の挨拶をしてから運転席に乗りこみ、車を発進させた。私たち——私道に整列した美代、アマ、チョクゲツケン、カズと私——は、深いお辞儀をした。顔を上げたときに目に入ったのは、ジープの排気ガスだけだった。

昨晩の壮行会の席で、ヒロの仕事について少し詳しいことがわかった。

お兄さまが、「ベトナムとシンガポールとタイに行くんだね！　きっとおもしろいだろうなあ」と言った。

「明日は飛行機でベトナムに向かいます。僕は飛行機に乗るのも初めてなんですが、海軍の飛行機、三菱のK3M〔九〇式機上作業練習機〕に乗るんですよ」と、興奮を隠しきれないヒロが答えた。それから、おそらく私を安心させるために、こうつけくわえた。「しょっちゅう運行しているルートです。ベトナムは安全です。あちらには、ヴィシー〔フランス中部の都市。ドイツ占領時、一九四〇年から四四年までフランスの臨時政権が置かれた〕政権の総督側につく三万の日本の軍勢がいます」

「日本の支配下にある安全な国に行くんなら、ディナー・ジャケットが必要だね」とお兄さまが言った。お兄さまが真面目に言っているのかふざけているのか、わからなかった――ヒロが着るものに細心の注意を払うことを知っているはずだから。

「夕食はほとんど日本の施設で軍が提供してくれるらしいので、ジャケットはいりません」とヒロが大真面目に答え、お姉さまが陽気にクスッと笑った。

壮行会でのみんなの明るいムードにほっとした。東南アジア諸国への出張は特別なことではなく、これまでほかの人たちも経験してきたことなのだ。ヒロの出張も、通常の長期出張のように思えてきた。

でも、みんなが帰ったあと、先ほどの会話の断片が心の中で蘇ってきた。「ベトナムの米とゴムが重要だから、日本軍が輸送経路を守ろうと警戒している」「幸運なことに、シェンノート〔アメリカ空軍の軍人〕の空軍はハイフォン〔ベトナム北部の港湾都市〕より先の地域へは到達できない」「タイは日本の同盟国なのに、イギリスとアメリカの供給物資が北部の反日的な駐屯地に届いているようだ」「昭南島《しょうなんとう》と改名されたシンガポールでは、相変わらず抗日運動が盛んだ……」など。

戦時中の男性どうしのありふれた会話だ、と私は自分に言い聞かせた。それでも、不安がつのって夜遅くまで眠れなくなった。ヒロは大きくなった私のお腹を優しく撫でると、すぐに深い眠りに落ちていった。

ヒロがいなくなると、ぽっかり穴があいたようになってしまいそう。

三月三一日　水曜日

佐夜子さんが電話で、正也さんの入院を知らせてくれた。

「お医者さまによると、正也お兄さまの不調は、すべて精神的なものから来ているらしいの。でも、外国人の先生でよかったわ――日本人の先生だったら、精神を病んでいる人の扱い方が違うでしょう。主治医のツィーグラー先生はウィーン出身で、精神医学の訓練を受けた方なの」佐夜子さんが正也さんの状態について包み隠さず話してくれるのに驚いた。

「英子さん、私がこんなことまでお話しするのは、廣さんが軍部に出向されているからよ。一般市民が軍の価値観を受け入れるのは、ときにものすごく難しいことなの。正也お兄さまのように海軍で働くことで、廣さんがつらい思いをされないように、心からお祈りしているわ」

私は佐夜子さんの心遣いに感動しつつも、ちょっとおもしろいとも思った。物事をそのまま受け入れるおおらかさ――私がますますその良さを実感している性質――の持ち主であるヒロが、ツィーグラー先生のお世話になるなんて、絶対なさそう。

四月二日　金曜日

ヒロがいなくて寂しがっている私を元気づけようと、お姉さまがお茶会を開いてくれた。一緒に上演劇に参加した女性たちが集まった。みんなで会うのは数ヵ月ぶりだったから、お互いの近況を知りたくてうずうずしていた私たちは、いっせいにお喋りを始めた。それでもときおり戦争が話題に上り、戦時中であることを忘れることはできなかった。

「太郎は相変わらず戦闘機のパイロットになりたいと言っているの」と、チーコさんが言った。「まだ一一歳なのに、三菱の零戦《ぜろせん》を操縦したいと言い続けていて。深緑色の翼と機体に大きな赤い丸印がついた零戦機に夢中になっているわ。私は、零戦は本当にかっこいいわね、なんて相づちをうたなくちゃならないのよ。航空機の話をするなんて考えたこともなかったけど、男の子を育てるとそうなるのね」

「男の子といえば」と、チーコさんの言葉に、私はカズがサンタクロースにもらったおもちゃのライフル銃を思い出した。

というチーコさんの言葉に、私はカズがサンタクロースにもらったおもちゃのライフル銃を思い出した。

「わが家は愚園路にある収容所のすぐ近くでしょ。近所の人たちが、収容所の壁の向こうから家の窓めがけて石が飛んでくる、と文句を言ったの。それを太郎に話したら、太郎は友達を集めて犯人を見張ることにしたのよ。もちろん犯人なんて見えなかったわ――高い壁も有刺鉄線で覆われているんですから。だけど、足音や声が聞こえてきて、それから石が飛んできたんですって」私は固唾をのんで、あの近寄りがたい場所に収容されているリー一家たち西洋人のことを思った。

「壁の向こうにいるのが同じ年ごろの子どもだとわかって、太郎の友達が石を投げ返そうとしたんですって。でも太郎が「やめろ!」と言ったのよ」ここでチーコさんは言葉を切り、自慢げに言った。「戦闘機のパイロットになりたがっている息子がそんなことを言ったの。それから太郎は、石ではなくて、ポケットに入っていたボールを投げ返したの！　太郎はもっとたくさんのボールを家から持っていって壁の向こうに投げたがったんだけど、近所の人たちの苦情のおかげか、もう石が飛んでこなくなったのよ。それ以来、太郎も壁の向こうの男の子たちの音を聞いていないの」

太郎くんと壁の向こう側の男の子たちとの交わりがそんなにすぐに絶たれてしまったことが切なかった。外の世界と敵国人収容所の間にせっかく生まれたつながりが、消えてしまった。

四月五日　月曜日

四六時中、カズがヒロのことを訊いてくる。私のスカートを引っ張って、「パパどこ？　パパどこ？」私だって知りたい！　私の立場もカズと同じなのだから。「ヒロはどこ？」と、誰かに訊きたい。タイ、ベトナム、あるいは昭南島のニュースがないかと新聞を毎日見ているのに、何も見つけられない。

出かけてから一週間、ヒロから連絡がない。軍の仕事だから、会社に電話して訊くわけにもいかない。私は落ち着いて気を強く持とうと努め、パパは大事なお仕事をしてからお帰りになるのよ、とカズに言っている。便りのないのは良い便り、と心の中で念じつつ。

四月九日　金曜日

お姉さまから電話があった。「もしもし、英子」という声のトーンが低いので、私は正也さんの病状が悪化したのかと思った。ところが、お姉さまが知らせてくれたのは、予期しないすばらしいニュースだった。「三週間後にお父さまが中国にいらっしゃるんですって。中国担当の取締役に昇進なさったそうよ」と、お姉さまが言った。

「いつからお会いしていないのかしら？　ロンドンに行かれる前からだから、そのあとお母さまが亡くなって、お父さまが再婚されて、サチとカズが生まれて、戦争が始まって、お父さまが収容所に入られて。とてつもなく長い時間が経ったような気がする」と言って、お姉さまがため息をついた。

お姉さまはお父さまの来訪を純粋に喜ぶというより、途方に暮れているようだった。あまりに長い時間が経って多くのことが変わってしまったために、お姉さまにとってのお父さまは、抽象的で偉大な存在になってしまったようだ。

だけど、私にとってはお父さまはお父さまだ。規律正しいのにいたずら好きでユーモアのセンスもあって、とくにお母さまが亡くなったあとの数年間は、私の同志であり支えでもあったお父さま。そのお父さまともうすぐ会える——明るい光が差しこんできた！

四月一九日　月曜日

ご主人さまの会社から電話です、とチョクゲツケンが知らせに来たとき、私の心臓の鼓動が速くなった。身構えつつ、電話の向こうの声を聞いた。「もしもし、私は岸本商事の山田と申します。海軍の随行員が、バンコクからのニュースを知らせてまいりました」私は受話器を両手でつかみ、このあとに続くニュースを落ち着いて聞こうと心の準備をした。

「岸本さんはベトナムで上首尾に仕事を終え、昨夜、無事にバンコクに到着されました。日本軍将校のクラブになっているオリエンタル・ホテルに滞在中です。お元気でいらっしゃいます。奥さまもどうぞ気をつけてお過ごしください。また連絡が入りましたら、お電話を差し上げます」

私は壁に寄りかかり、安堵感が体に沁みこんでいくのを感じた。瓦礫の中を行くヒロのイメージが頭から離れなくて心配ばかりしていたのに、あの有名なバンコクのオリエンタル・ホテルに滞在中だなんて！

パパのことをカズに教えてあげようと思ったら、電話が再び鳴り出した。私はその鋭い音に飛び上がり、一瞬、いま喜んでいるすばらしいニュースを取り消す電話なのではないかと思ってしまった。

それはお姉さまからの電話だった。私がヒロの無事を伝えるより先に、お姉さまが言った。「昨日、お父さまが横浜港を出られたわ。明後日、こちらにご到着よ」

嬉しくってたまらない。

四月二〇日　火曜日

ヒロの無事を知って急に安心したことと、お父さまがいらっしゃる期待感に、私の体が反応しているのかしら。元気になっていいはずなのに。まるで全精力を使い果たしてしまったような感じだ。

四月二一日　水曜日

朝起きると力が入らず、骨まで凍えそうな気がしたけれど、埠頭にお父さまをお迎えに行かない理由にはならない。埠頭のあの混乱が耐えがたかったのは、体調のせいだったのかしら。たくさんの人でごった返していて、いたるところにゴミが落ちていて、行商人が叫び、物乞いが歩道をふさいでいた。

群衆の中からお父さまだけを引き抜いて家に連れ帰り、ロンドンで一緒に過ごした楽しい時間を追体験できたらいいな、とどれほど思ったことか！　けれど、銀行からはお兄さまを含めた大勢の代表団が出迎えに来ていて、黒光りするクライスラーが滞在先のキャセイ・ホテルへお父さまをお連れするために待機していた。お父さまの自由時間だって、私が独占できるわけではない。お父さまをもてなす最初の家族の食事は当然自分が準備するものと思っているお姉さまは、この二日間準備をしていた。

ついに姿を現したお父さまは、前の列にいるお姉さまと私にすぐに気づいて喜びで顔を輝かせ、私の心をたちまち溶かしてしまった。歳をとられたけれど、品格がさらに増してますます素敵になっていた。お父さまの娘であることを誇りに思う。

あれよあれよという間に、銀行の代表団がすばやくお父さまを車に乗せて連れ去ってしまった。「私たちも行こうかしらね」と、お姉さまが言った。「お父さま、とてもご立派だったわね。銀行の方々とこのあとどう過ごされるのか、あとでロッキーに聞いておくわね。さあ、行きましょう、英子!」

私は騙されたような気持ちだった――あんなにがんばって埠頭まで出かけてきたのに、ほとんどお父さまと接触できなかった。お姉さまには夕食の準備とお兄さまから聞くニュースがあるけれど、私には何もない。

四月二三日　金曜日

お姉さまのお宅で、お父さまを囲んで豪勢な家族の食事会があった昨晩、私は泣きながら寝入った。体調不良で元気がないせいで、あんなに感情的になってしまったのかしら。

始まりはいい感じだった。お父さまは上機嫌で、おそらく孫たちも一緒にいたからだろう、見たことがないほどリラックスしていた。お父さまの注意を引きたくてしかたがないサチとカズは、飛んだり跳ねたりしていた。サチがズルズル音を立ててスープを飲んでも、お父さまはクスッと笑っただけだった。

「お父さま、お歳をとって丸くなられたわね！　食事の作法には鬼のように厳しかったのに」と私がからかうと、

「ははは、孫は違うよ」とお父さまが笑った。

食事中は、もっぱらお父さまが話の輪の中心だった。マン島での拘留生活については、「最低レベルの生活だったけど、過酷ではなかった。自分たちで講演やスポーツ行事、クイズ大会、ありとあらゆることを企画して忙しかった。掃除の日には、僕が床の上でモップを動かして、何の漢字を書いたかをみんなが当てるんだ。けっこう楽しかったなあ！」

お父さまの話術にかかると、日本の陰鬱な状況までが愉快そうに聞こえる。「日本ではいま「ゴルフ」が何と呼ばれているか知ってるかい？　「ゴルフ」とは言っちゃいけない――敵国語の使用は禁止されているからね。「打球」だよ。文字どおり「球を打つ」だ。先日の銀行のゴルフコンペでは、「ティー」とか「パター」とか「グリーン」を日本語に置き換えて楽しんだんだ。ははは」

食事中、お父さまがお姉さまを気づかっているのがわかった。お姉さまが食事の準備で席を立ったびに、お父さまが「英子、多美子を手伝ってあげなさい」と言った。私だって妊娠中でお姉さまより経過が悪いのよ、と言いたくなってしまった。

食後のコーヒーを飲みながら、お父さまが言った。「銀行の仕事のほかに、いくつか買い物があるんだ。ねぇ、英子に手伝ってもらえないかな」

「廣さんがいらしたらよかったのに」と私が言った。「男性の洋服のことは、廣さんがいちばん詳しいのよ」ヒロがいないことが、急にとても寂しくなった。

「いやいや、僕のじゃないんだ。ブラジャーのブランド名とサイズはちゃんと教わってきた。上海のブラジャーは種類がとても豊富らしい。こういうことは英子が得意だよね。多美子は忙しいから」

私は耳を疑った。お父さまがブラジャーという言葉を口にするなんて、ぜんぜん似合わない。それに、妻の下着の買い物を娘に頼むなんて。私はすっかりつけこまれた気分になった。

もちろん、そんな感情を顔には出さなかった。承諾のしるしにうなずいた私は、喜んでいないことをお父さまにわかってもらいたかった。つねにほかの人の感情を思いやってくれるお姉さまが私の気持ちを察してくれないかな、とも思った。だけど、お姉さまは魔法にかかったように、完全にお父さまに魅了されていた。

「英子はおしゃれなお店を本当によく知っているのよ。私なんて、いつももっといい服を着なさいって言われているの。明日、英子と一緒に行ってきますね――きっと楽しいわ。幸子さまのお望みのものが見つかるといいわね」とお姉さまが言った。

お姉さまが心からそう思っていることがわかるだけに、私はますますいらいらした。お父さまは奥さんのためにどれだけ分別をなくしているのか、わかっていらっしゃるのかしら――戦時中にそんな頼み事をするなんて、とんでもないことだと思わないのかしら。

四月二四日　土曜日

お姉さまと私は、黙って同孚路《イエイツ・ロード》を歩いていた。私は気分が悪かったけれど、お姉さまは暖かい春の日差しを楽しんでいるようだった。シルクやレースが飾ってあるいろいろな店のウィンドウを見て盛り上がった気分は、最高級のお店の一つで頬骨の高いロシア人の店員を前にすると、急にしぼんでしまった。私たちは、いったい何のためにこんなことをしているのかしら。

お姉さまがその店員に探し物を伝えた。

「あら、奥さま方、ご自分用ではないんですね！」と、店員は私たちの胸をジロジロ見ながら言った。日本人の私たちの胸は、妊娠中でもCカップにも届かない。それで幸子さんはお父さまにブラジャーを買ってきてほしいと頼んだのかしら——自分の胸が大きいことを娘たちに思い知らせるために？

お父さまに渡されたお金では二枚しか買えないことがわかった。すると、お姉さまはすばやく自分の財布からお金を取り出し、頼まれたとおり三枚買いましょうよ、と言い張った。女性店員は綺麗に包装した下着を手渡したあと、ほっとした様子で私たちを見送った。アメリカ、コネティカット州のワーナー・ブラザース・コルセット社製の三四インチ、Cカップのブラジャー。

店の外に出ると、お姉さまが言った。「英子、どうしたの？　昨日の夜からあなたらしくないわよ。幸子さんが欲しいとおっしゃるものを買ってあげることが、お父さまにとってどれほど大事なことか、考えてごらんなさいよ」

私は、あふれてくる涙をもう抑えられなかった。

「お母さまがいらしたときは、お父さまはあんなじゃなかった」とぶちまけた。「お母さまがお父さまをどれほど支えていらしたか、お二人がどれほど品の良いご夫婦だったか、ロンドンでの生活をご存じないお姉さまにはわからないでしょう。お母さまが亡くなったあと、私の知る限り、お父さまはお母さまがおっしゃっただろうことにしたがって行動していらしたわ。なのに、新しい奥さんのブラを娘たちに買いにいかせるなんて！」

お姉さまの目には私への同情があふれていた、と同時に、何か別の感情も浮かんでいた——お姉さまは傷ついただろうし、私のことがうらやましかっただろうと思う。「そうよね、英子はお父さまお母さまと、そしてお父さまと、私よりずっと長く一緒に過ごしたものね。うらやましいわ。だから、いまのお父さまの状況に英子が動揺するのもわかるわ。だけど英子、お父さまだってよりよい生活を送らなくちゃいけないことは、あなただってわかるでしょう。たしかにお母さまがいらしたときとは違うけれど、お父さまはいま、幸せでいらっしゃる。たくさんのものをお父さまから与えていただいた私たちは、愛情深い娘として、今度はお父さまの幸せを受け入れてお祝いしましょうよ」

私たちは腕を組んで家に帰った。行きと同じく黙っていたけれど、自分の感情を打ち明けた私は、ときどき優しく腕をつかんでくれるお姉さまがそばにいてくれて心が楽になった。お姉さまと一緒だと、長い間怒ったりすねたりできなくなる。そうだ、お父さまは私たちがいい買い物をしたことをきっと喜んでくださる。

四月二五日　日曜日

今日はイースターの日曜日、お父さまの上海での最後の昼食をご一緒した。食事前に聖書を読み、讃美歌を歌った。かつてロンドンでしていたように。お祈りのとき、さまざまなことを思い出した。お母さまが亡くなった日――お父さまは出張中で、お母さまと私は飼い犬のベンジーのそばで聖書を読み、讃美歌を歌った。今日と同じように、晩春の日差しが窓に揺れていた。その平和な時間が、突然の悲劇に見舞われた。だからこそ、私はお父さまの無事を必死に祈った――中国出張中にお父さまの身に何か起きるかもしれないと考えただけで耐えられない。お父さまにいらいらさせられたことなんて、全体から見れば本当にささいなことだった。

帰るときにお父さまが言った。「多美子、家族がいるんだから休まないといけないよ。廣さんがいないことだし、英子が駅まで僕を見送ってくれるさ」

車の中で、お父さまは満足そうだった。「二人の娘が上海で元気に仲良く生活しているのがわかって、本当に嬉しい。英子、君がここで多美子を支えてくれていて安心したよ」その言葉にびっくりした。私は自分がお姉さまの支えになっていると思ったことはなく、むしろ逆だと思っていた。私が年上のお姉さまをいつも頼りにしている、と。

「多美子が元気にしていいて、心からほっとした。結婚直後に六郎くんが重い病気になって困難な時期が数年続いたとき、僕は自分が許せなかった」車窓から外をぼんやり眺めながら、お父さまは私にというよりもご自分に語りかけているようだった。

「良い縁談だと思ったんだ。六郎くんの実家は名家だし。多美子は六郎くんのことをほとんど知らなかったけれど、僕たちがいいと思うことに喜んでしたがってくれた。もちろん、僕たちも六郎くんと結婚することが多美子にとっていちばんいいことだと思ったんだよ。だけど結婚式の直後、六郎くんが病気になって、多美子は妻というより看護師の役割を背負わされた。入院生活は長く、自宅療養も長期に及んだ。お金にもたいへんな苦労をしたんだよ。それでも多美子は、一言も文句を言わなかった。一九歳から二五歳までの若かったころ、ずっと」

少し間をおいて、お父さまが私のほうを向いて笑顔で言った。「だけど英子がいてくれると、心を痛めなくてすむ」お父さまが私の体を優しく撫でた。「ははは、英子を大阪の商人の家にお嫁にやることは、階級の違う東京の僕らにとっては大事件だった。だけど、いまや君はとても洗練されて落ち着いて幸せそうだ！　英子が元気なのを見て、お父さまは最高に嬉しいよ。結婚についてお母さまに相談できなかったし。お父さまは鼻が高いよ」

「私のことが？　それともご自分のことが？」と笑った私は、お父さまの賞賛のまなざしに少しとまどっていた。

クスッと笑ってお父さまが言った。「サチとカズは同学年だし、今年じゅうには下の子たちも生まれてくるから、英子と多美子の歳の差はなくなってしまったようなものだね。英子は本当に立派になった。今回は会えなかったが、廣くんが英子にとてもよくしてくれているのがわかるよ」

お父さまがお姉さまをあんなにかばっていたわけが、やっとわかった。私を自立した大人の女性として見てくれているからこそ、用事を頼んだのだということも。

駅が近づいてきて、お父さまと二人きりの時間も残り少なくなった。子どものころ、たまらなく欲しいものがあるときにいつもそうしていたように、私はお父さまの手を強くぎゅっと握った。「痛いよ、英子。君の落ち着きと成熟をほめただけじゃないか。話すのが早すぎたかな。ははは、何が欲しいんだい！」

「お父さまがご無事でお元気でいらっしゃること、そしてお父さまの上海訪問がすばらしいプレゼントだったことを知ってくださることよ」と、私は精いっぱい落ち着いた口調で言った。お父さまはいたずらっぽい笑みを浮かべてウィンクしてから車を降り、自分を見送るために整列している銀行の代表団のほうへ向かっていった。

列車が汽笛を鳴らし、ガタンと揺れて出発した。私は背中が痛くなるまでお辞儀をしていた――お父さまを乗せて去っていく列車と銀行の人たちに。

12

一九四三年五月一四日　木曜日

「私が動けるうちに、指定地区のイルマのところに行きましょう」と、お姉さまが言った。

お姉さまが熱心に行きたがったたし、初夏の美しい日だったので出かけたものの、道中は最初から不穏だった。二人でガーデン・ブリッジの検問所の長い列に並び、やっと順番が回ってくるというところで、日本軍の歩哨が私たちのすぐ前の西洋人に何やら叫び始めた。そして、私たちの目の前で男性が地面にひざまづかされ、顔をたたかれた。歩哨はうつぶせに倒れた男性を汚いブーツをはいた片足で踏みつけて、最後は彼を蹴って転がした。

虹口の指定地区に入っても、状況は改善しなかった。東虹口は、西側の日本人居留区に比べてもさらに混雑している。通りや路地の端まで人々、ゴミ、汚い犬、うずくまった子どもたちや壁に向かって立ち小便をしている男たちであふれていた。天気まで暑く不快になったように感じられた。

イルマの部屋は、塘山路《トンシャン・ロード》を入った狭い路地に隠れるように建つ建物の中にあった――緑の多いフランス租界でアグネスと暮らしていたあの素敵な家とは正反対の、薄汚くて荒れ果てた建物だった。

「お嬢さんたち！」とイルマが叫び、大喜びで腕を振った。半分白髪になった彼女の髪の毛は、湿気を吸いこんだように四方八方にはねていた。

建物の中の廊下には窓がなく、真っ暗だった。私たちは建物の裏側へ進んでいくイルマの後ろを用心深くついていった。突き当たりで廊下が狭くなり、薄暗い裸電球が小さな木製の梯子を照らしていた。

「これを上るのよ。私が先に行くから、そのあと多美子が来て。英子は最後に来て、多美子がたいへんそうだったら下から押してあげてちょうだい」

梯子を上る前に、思い出したようにイルマが言った。「もしトイレを使いたかったら、上る前に行っておいたほうがいいわ。廊下の反対側にあるの」

先にトイレに入った私は、ひどいにおいに吐きそうになった。トイレは木の樽のような「蜜壺」とひび割れた洗面器だった。水洗もなければ浴槽もなく、お湯も出ないようだ。お姉さまと順番を代わるときに顔をしかめた私を、お姉さまは涼しい顔でやりすごした。

イルマの部屋は、やっとベッドとテーブルが置けるほどの広さで、天井近くに小さな窓が一つあるだけだった。

イルマが携帯用の小さな木炭ストーブでお湯を沸かすと、息苦しいほど暑くなった。

「お茶もおいしいし、あなたは魔法のように部屋を綺麗に整えたのね」と、お姉さまが明るい色のベッドカバーと花柄のカーテンを見ながら言った。

イルマが嬉しそうにほほえんだ。「ええ、一人で部屋を使えるのは運がいいのよ。一部屋で生活する家族は多いし、大きい部屋をシーツで区切って二家族で共用することだってあるんだから。もともと人口密度が高い中国人居住地に、何千人ものユダヤ人が、四日後に迫った移住期限までに引っ越してくるのよ。私はほんとうに幸運だった」

帰り道で、私はお姉さまに言った。「あの建物にはトイレが一つしかないのかしらね？」

「ええ、きっとね。あなたはそんなことしか考えられないの？」と、お姉さまが優しく私をつついた。

でもそうなのだ、指定地区の生活を思うときに私が真っ先に思い浮かべるのは、あの陰気なトイレだ。

五月一九日　水曜日

今日、お姉さまの家にやって来た正也さんは、驚くほど元気そうだった。減った体重を少し戻したらしく、白髪になったこめかみが正也さんに威厳を与えていた。

「僕は自由な人間になりました。病院からも海軍からも」と、正也さんがソファーにゆったり座って言った。

「解雇されたの？」と、お姉さまがからかうように訊ねた。

「ええ、そうなんです！」と正也さんが答えた。「無職の身になりました」

けげんな顔のお姉さまに、正也さんも真面目になった。「陸軍が武官府特別調査部を完全に引き継ぎました。海軍は難民たちを見捨てたんです。僕は、祈ることで彼らを救いたいと思っています。キリスト教信者のいくつかのグループから、聖書講読と祈りの集いをまとめてほしいという依頼を受けました。僕はそちらに専念することにしました」と彼が言った。

正也さんの穏やかな顔つきは、自信を得た人のものだった。正也さんが回復したことで私は楽天的になった。これでヒロが帰ってきてくれれば、以前のように幸せな日々が戻るだろう。

五月二五日　火曜日

私の祈りに応えるかのように、二七日にヒロが帰国するとの電話が会社からあった。たったの二日後！　行きと同じく軍の飛行機で、ヒロがシンガポールから帰ってくる。

「到着時には時間がありません。奥さまはご自宅で待機するようにと海軍から指示がありました」と、電話をくれた人は申し訳なさそうに言った。

五月二七日　木曜日

ヒロが帰宅するまでの何も手につかない時間の所在なさを、カズが紛らわしてくれた。カズはヒロのことをちゃんと覚えているかしら――ヒロが不在だった二ヵ月間は、子どもにとっては長い時間だ。「パパはあのお椅子に座って新聞をお読みになって、いつも足元にいるジェイジェイの頭を撫でてあげるのよね。パパがお帰りになったら、ジェイジェイが喜ぶと思う?」カズが勢いよくうなずいた。「覚えてる? パパは缶に入っているチョコレートが大好き」と言って、私が缶を開けて口の中にチョコレートを放りこむ仕草をすると、カズが声をあげて笑った。

それで時間が早く経つわけではないけれど、こうやってカズと遊んでいると元気が出てきて、落ち着かない気持ちを忘れることができた。お茶の時間の少しあとに玄関のベルが鳴ったとき、私はちょっと胃が縮むような気がしたけれど、落ち着いて玄関に向かった。

ヒロが家に入ってきた。よく日焼けして、いつもより少し大きな笑顔。ヒロが、「ただいま。帰りました」と言い、お辞儀をする代わりに、いつものように軽くうなずいた。私はふつうのお辞儀をして、「お帰りあそばせ」と挨拶した――ふだんヒロが会社から帰ってくるときとほぼ同じだった。だけどジェイジェイは、ヒロに会えた喜びに尻尾を振り回して、その小さな体に喜びが収まりきらないといわんばかりに大声で鳴いた。カズもジェイジェイに負けるものかと飛んだり跳ねたりして悲鳴をあげた。「パパ、パパ、パパ、パパ!」

ヒロは、整列して自分を出迎えてくれた美代、チョクゲツケン、アマに、自分が不在の間に家を守ってくれたことに対して、仰々しくお礼を伝えた。最後に、私のお腹に目をやって優しく言った。「英子は、自分の体も家のことも、きちんと守ってくれたようだね」感謝の言葉をかけられて嬉しかった。

そのあと荷解きにとりかかったヒロが、スーツケースの底に手を伸ばした。「ああ、これだ！　英子にお土産。タイの宝石は質が良いんだよ」

ヒロが、私の手に美しいスターサファイアのついた指輪を載せてくれた。私が指に指輪をはめると、ヒロが嬉しそうな顔で言った。「ぴったりだ。思ったとおり」

お礼を言う間もなく、ヒロが言った。「夕食の準備はできてる？　お腹がすいた！」

ヒロの無事の帰宅を記念して、チョクゲツケンが丹精込めて日本のお祝い料理――いいにおいがするお頭つきの鯛の煮付け――を用意してくれた。あとはヒロの好物ばかり――醤油とみりんで軽く味をつけたそら豆、旬に入ったばかりの水茄子、揚げ出し豆腐――ヒロは料理を堪能し、食事が終わるころには半分寝かかっていた。

いま私のそばでぐっすり眠るヒロの規則正しい寝息を聞いていると、感謝の気持ちでいっぱいになる。ヒロが無事に帰宅したことを神さまに感謝する。気楽な様子で帰ってきたヒロの額の深いしわや明らかに体力を消耗した様子から、見かけよりもずっとたいへんな仕事をしてきたのだろうと思う。ヒロがゆったりかまえているので、その経験のすべてを私が知ることはないだろう。でも、ヒロが前よりも大きな存在になったような気がする――そして、幸せな安心感で私を満たしてくれる。

五月二九日　土曜日

ヒロが帰国して二日しか経っていないのに、まるで出張なんてなかったみたい――すっかり以前と変わらない快適な生活に戻った――ヒロはゴルフに出かけ、私はお姉さまの家に出入りし、中庭で子どもたちが遊んでいるのを見ながらチョクゲッケンと夕食の献立を相談する。明日は、正也さんの回復とヒロの帰国を祝う夕食会だ。

五月三〇日　日曜日

いつもどおりの明るい始まりだった。「東南アジアの埃と暑さの中を旅してきても、なお完全無欠の装いなんだね！」と、到着するなり、お兄さまがヒロのネクタイをしげしげと見て言った。

友人や家族と一緒の気安さと温かさが、嬉しくてたまらない。たっぷり夕食をいただいたあとにコーヒーとブランデーをおともにくつろいでいると、次郎さんが言った。「忘れるところだった！　ラジオで大本営からの発表があるらしい」

「相変わらず事実を誇張して日本の勝利を伝える単調な声を、本当に聴きたいのかい？」と、正也さんがお兄さんらしく次郎さんをなじると、

「ふだんなら聴かないけど」と、次郎さんが真面目に答えた。「重慶からの短波ラジオを聴いている中国人の友達は、何か進展があると考えているんです」

私たちは期待してラジオを聴き始めたが、バチバチという音しか聴こえてこなかった。もうあきらめようと思ったそのとき、雑音に混じって男性の声が聴こえてきた。

「五月一二日以来、アッツ島の帝国陸軍の北軍が……」バチバチ、バチバチ……「…非常に困難な状況下で、数において優勢な敵軍との間で激しい戦闘……五月二九日の夜……敵軍の主力に驚くべき攻撃を……帝国軍の真の精神を見せつけた……」バチバチ、バチバチ……「連絡が途絶え、すべての軍が玉砕したと認識……」

誰も口を開かないなかで、混信するラジオの音だけが響いた。ヒロがスイッチを切った。

お姉さまはすべてを理解したようだった。「全滅したのね、気の毒な兵士たちが、氷点下のアリューシャン列島に閉じこめられて。政府は「玉砕」という言葉で立派に見せようとしている」

お兄さまはソファーの肘置きを拳でたたき始め、「まただ」とつぶやいた。「あたかもすばらしい死であるかのように言う。でもじっさい、政府は何もない遠い島にいる兵士たちを見捨てたんだ。増援部隊も物資も送らず、捕虜になるくらいなら死ねと言い、玉砕という言葉を使う。恥ずべきことだ」

次郎さんはしょげているようだった。ニュースの内容にだけでなく、歓迎会の雰囲気を壊してしまったことに。

「ラジオをつけてよかったよ」と、元気をなくした弟に向かって正也さんが重々しく言った。「僕たちは現実に向き合わなければいけません。いまここに集っている僕たちで、亡くなった兵士たちのために祈りましょう。彼らの冥福を祈りましょう」深みと威厳のある正也さんの声になぐさめられ、私たちは頭を垂れて祈りを捧げた。

と、急にお姉さまが鋭いうめき声を上げた。一瞬、私はニュースのせいだと思った。

「ごめんなさい」と、お姉さまが努めて明るく言った。「陣痛が始まったみたい」

それが二時間前だった。お兄さまはすぐにお姉さまを公済医院に連れて行った。それ以降、連絡がない。私は眠れなくなってしまった。

五月三一日　月曜日

女の子が生まれた。午前五時四三分。七時にお兄さまが知らせてくれて、私はやっと眠りにつこうとしている。体はひどく疲れているのに、神経が高ぶっている。

六月一日　火曜日

小さな朝子を腕に抱いたお姉さまは輝いていた――かわいい丸顔の大きな赤ちゃんが、おとなしく眠っていた。形の整った小さな指やそれより小さな爪、数ミリしかないまつげを見て驚いてしまう。私も出産まであと三ヵ月、待ち遠しいけれど、耐えがたく体が重くてだるい。

健康そのもののお姉さまが言った。「朝子と名づけたの。夜明けに生まれてきたから「朝の子ども」よ」

六月四日　金曜日

力が出てこない。長い昼寝をしていた間に、正也さんが立ち寄ってくれたそうだ。正也さんが届けてくれた一本のピンクのバラに元気をもらったけれど、会えなかったのが残念。

六月九日　水曜日

私の具合が良くないと聞いたチーコさんが、うちに立ち寄ってくれた。「私たち、李紅蘭の新しい映画『萬世流芳《ばんせいりゅうほう》』を公開初日に観てきたの」と、着くなり彼女が高い声で喋り始めた。

「李が「賣糖歌《マイタングァ》」を歌うの。満州の出身だけど、彼女はきっと中国全土の大スターになるわ」と、興奮してチーコさんが続けた。

「この映画は、満州映画協会と中華電影の合作なの。中国側は満州側から出てきた俳優には疑心暗鬼よ。だけど、李紅蘭は本当は日本人だと多くの人に思われているから、ちょっと違うの。おもしろいのはね、李が中国人だったら中華電影は彼女を裏切り者扱いして、日本人だったら味方扱いするってことなの！」

私には難しくてよくわからないけれど、中国人だとしても日本人だとしても、李紅蘭は二つの国が戦争していることをどう思っているのだろうと考えた。私はイギリスで生まれ育ち、イギリスのパスポートも持っている――パスポートのことは、このご時世にほかの人には言えないけれど――同時に日本人でもあり、両方の国に忠誠を感じている。李紅蘭に親近感を覚える。チーコさんによると、李は私の一つ年上だそうだ。

六月一五日　火曜日

朝、ベッドから起き上がるのがとてもつらかった。でも、ヒロのためにちゃんと着替えてできるだけ明るい顔をしようと思ってがんばった。

正也さんが訪ねてきて、私の気分を上げてくれた。

今日はいいタイミングで来てくれたので、お茶を付き合ってもらえた。「八月末から聖ジョンズ大学で教えないかと誘われました」と彼が言った。「また学生に教えるのは良いことだと思うんです。そろそろ収入のある仕事につくべきだって多美子さんにも言われていますしね」

六月二二日　火曜日

欣楚の中国語レッスンのためにエネルギーをふりしぼったら、開始早々、彼がお父さんの会社で働くことにしたと言うのでびっくりした。

「僕はいまでも砂糖ビジネスに興味ないですが、会社で働いてみたいんです」と彼が言った。お父さんの仕事を辛辣に批判していたのを知っている私は、何と返していいかわからなかった。

欣楚は、私のそんな思いを読みとったに違いない。「英子さん、父さんの会社で働いてもいいと思う偶然の出来事がありました。刘博如《リュウベンロウ》という人が勉強会にいて、その人が父さんの会社の部長でした！僕より一〇歳年上で、とても頭がいいです。パーク・ホテルのバーで一緒に飲んだとき、自分の部署に来ないかと誘ってくれました」

欣楚がバーに行ったと聞いて、私はなぜかひどく驚いてしまった。品が良くて礼儀正しい欣楚が、タバコの煙が充満する知的な人たちの溜まり場で夢中で議論しているところを、どうしても想像できなかったからだろう。

「刘博如は内山おじさんと同じで、中国の将来について考えています。戦争で何が起きているか、国民党と共産党の間で何が起きているか、教えてくれます。僕は、彼のもとで働くことに決めました。でも父さんは、僕を違う部署に行かせたいと思っています。刘博如の部署の仕事は、零細業者からものを買うだけだからおもしろくないと言います。家族のために食料を買う僕の家の召使いみたいだからと」

欣楚は肩をすくめ、あきらめたように笑った。

「だけど、みどりママが全部解決してくれました。みどりママが話せば、父さんは言うこと聞きます」

六月二三日　水曜日

全身が痛くて熱っぽい。怖い。まさか、流産するのではないかしら。神さま、どうか勇気をください。

六月二七日　日曜日

目を開けると、ヒロとお姉さまが心配そうに私の顔をのぞきこんでいた。自分がどこにいるのか、すぐにはわからなかった。

見慣れない薄緑色の壁と消毒薬のにおい。ここが病院だとわかり、私はパニックに襲われた。高熱で苦しみ、救急車に乗せられたことをぼんやり思い出した。

経験したことがないほどだるくて、体を動かせなかった。それより、赤ちゃんがどうなったか聞くのが怖かった。私はヒロとお姉さまから顔を背けた。

お姉さまが私の手をとった。「やっと目が覚めた！　ずっと眠っていたのよ」と優しく言った。そして、ヒロに向かってこう言った。「廣さん、英子も目を覚ましたから、少し休んでいらしてください。お茶でも飲んでいらしたら」

ヒロが感謝するようにお姉さまを見たので、病室を出られて彼が大いにほっとしていることがわかった。目が合った瞬間、ヒロが申し訳なさそうにひるんだ気がして、私の気持ちは沈んだ。では、お姉さまが悪い知らせを私に伝えてくれるのだ。

お姉さまの次の言葉を聞くのが怖くて、目をぎゅっと閉じた。

「英子、いったいどうしたの？」とお姉さまが明るく言った。「目を開けられないの？　それとも何かのゲームのつもり？」

私は頭を振って泣き出した。「本当のことを教えて。私、流産したんでしょう？」お姉さまは優しく私の顔にかかった髪の毛を払いのけ、涙にぬれた私の目を見つめた。

愛情のこもった声で「おばかさんね」と言って、お姉さまが優しく私の手をとり、毛布の上からお腹の上に置いた。ぴんと張った大きなお腹を撫でると、ほっとしてあふれた涙が枕に落ちた。

退院するときに、ルーベン先生が言った。「お腹の赤ちゃんは元気ですが、あなたの体は弱っています。ですが、強い薬はあげられません。つらくても赤ちゃんのために我慢してください」

体の中で育っている大切な命を守るためなら、どんなことでも我慢しよう。

七月一日　木曜日

まだベッドで寝ているので、美代に頼りきりだ。美代は私を元気づけるため、遠慮がちにカズをベッドのそばに連れてきて、私が水分不足にならないように気をつけてくれる。美代の結婚式まであと一〇日――彼女がいなくなってもやっていけるだろうか。

元気になって美代の結婚式に出席したい。楽しみなことがあると気持ちが強くなるような気がする。

七月一九日　月曜日

美代が新婚旅行に出かけてから一週間以上が経った。結婚式に出席できなかったのはとても残念だったけれど、あのころはまだ起き上がれないほどつらかった。

幸いなことに、カズは美代のいない生活に適応している。たぶん私よりも早く。そして、想像もしなかったふうにアマになついている。アマの優しい性格を逆手にとって、注意を引きたいときには前よりも大げさにクスクス笑いをして彼女をからかう。でも同時に、アマが美代より傷つきやすいこともわかっていて、ちゃんとアマの言うことを聞いている。のびのびと子どもらしくなった面と、前よりも自立して賢くなった面が共存していておもしろい。

出産準備がたくさんあるのに、考えるだけで疲れてしまう。

七月二七日　火曜日

お腹が大きくなりすぎて体力もないから中国語のレッスンを続けるのは無理そう、と欣楚に言わなければならなかった。「僕にとってもちょうどいいです、エイコさん。夏、父さんが砂糖農園に僕と一緒に行きたがっていますから」と彼が言った。

「父さんとの旅行は、勉強会の旅行とは違います。今回はいいホテルに泊まってごちそう食べます」

欣楚にとっては、喜びより不安のほうが大きいようだ。

「たくさんの中国人が苦しんでいるときに快適な旅行をするのは、嬉しくないです」と彼が言った。

「去年、僕たちは怪我をした女性が故郷の揚子江の南の村に帰るのを助けました。山や湖がある美しい場所でした。でも、住んでいる人たちはとても貧しかったです。僕たちはいろんなところを歩いて、素朴な野菜や米を食べました。厳しい旅でしたが、勉強会の友達はたくさん学びましたし、僕たちが助けた老女は頭の良い先生でした。彼女は長い間、藝友社――私たちの勉強会の名前です――の先生でした。蒋介石が国民党の指導者になったとき、彼は左翼支持者を排除して共産主義者に対抗しました。だから、国民党と共産党はいつも対立していました。でも、日本が中国に戦争を起こしたとき、国民党と共産党は協力して日本と戦うことに決めました。共同戦線と呼んで、共産党の新四軍《しんしぐん》［正式名称は国民革命軍新編第四軍、別名陸軍新編第四軍］と八路軍《はちろぐん》［日中戦争時に華北で活動していた中国共産党軍の通称］が国民党勢力に加わりました。それなのに、蒋介石は革新主義勢力の力を弱めようとします」

日本の陸軍と海軍の対立と似ているな、と思った。

「一九四一年一月、信じられないことが起きました。国民党が新四軍を攻撃し、ほとんど全滅させました」欣楚は私の目を見ながら言った。

「それ以来、僕は国民党を憎んでいます。彼らは、中国の独立よりも自分たちの権力のほうが大事です。僕の友達もみんな同じ考えを持っていて、それで僕たちは藝友社の会合に行くようになりました」

私は欣楚の顔をじっと見た――こんなにハンサムで優しい顔に、想像もできない情熱と決意を秘めている。欣楚は私より幼いと思ってきたけれど、もう立派な大人だ。私のように最近まで比較的平和な環境で育った者とは違い、彼の人生は中国の動乱の中にあるのだ。

「勉強会は、たくさんのことを僕たちに教えてくれます。その老女は、都会の学生が知らない中国の地方の状況をいろいろ教えてくれました」と言って、彼は何かに焦がれるように窓の外を眺めた。欣楚と会えなくなるのは寂しい。

七月二八日　水曜日

今日、私は二二歳になった。だけど、体がだるくて疲れていて、まるで四二歳みたいな気分。お茶の時間にお姉さまが来てくれた。明るい笑顔だったけれど、私のことをとても心配してくれているようだった。

今年の夏は記録にないほど雨が多く、気温の低い夏になるらしい。出産に何か間違いがあるのではないかという思いを振り払うことができない。

八月一三日　金曜日

ペンをとるのもやっとだ。だけど、愛する人たち、愛してくれる人たちとともに生きてきたことへの感謝を書きとめておきたい。私は心の眼で一人ひとりの顔を思い出し、ほほえんだり涙ぐんだりする。ほんとうに幸せな人生だった。この出産間際の時期に何が起きても後悔はない。耐えがたいほど体がつらいけれど、心は落ち着いている。

13

一九四三年九月九日　木曜日

隆雄が誕生してから三週間、私たちが退院して一〇日になる。出産前の数日間のことはよく憶えていない。あまりに具合が悪く疲れていて、苦痛から早く解放されたいと、ひたすらそれだけを願っていた。

お産が始まったとき、無事に出産まで持ちこたえられる自信がなかった。でも、ルーベン先生の巧みな誘導のおかげで、たった三時間で赤ちゃんがするりと生まれ出てきた。

八月一九日、隆雄が誕生した。

隆雄を腕に抱いた瞬間、カズが生まれたときと同じように喜びと安らぎがこみあげてきて、私は一気に愛情の波にのみこまれた。生まれたときから顔立ちの整った美しい赤ちゃんだったカズに対し、隆雄はいたずらっ子のように目が釣り上がっていて、猿みたいにしわくちゃな顔だ。

とにかくかたときもじっとしておらず、しじゅうもぞもぞ動いている。たぶんお腹の中にいたときもこうやって私を疲れさせ、体力を使い果たさせたのだろう。隆雄がお腹の外に出たとたん、私は元どおり元気になり、新しくやってきたこの赤ん坊に楽しまされている。タカが生まれる前は、自分がカズ以外の赤ちゃんを愛することなど想像できなかった。けれど生まれてみると、タカもカズと同じくらい愛しい。神さまは、私に愛する力を無限に与えてくださったようだ。

「隆雄」という名前はヒロが考えた。出世して成功するという意味の漢字で、この困難な世界に生まれてきた男の子にふさわしい名前だ。生後三週間のタカは、まるでもう何か悪いことを企んでいるかのように断固とした目つきをしている。ほんものの闘士みたい。

九月一〇日　金曜日

「イタリア　コンテ・ヴェルデ号を撃沈!」今日の新聞の一面の見出しだ。傾いて半分沈みかけている船体のぼやけた写真も載っている。「自分たちの客船を沈めるなんて信じられない」と言いながら、ヒロが新聞を熱心に読み続けた。

「イタリアの降伏後、乗組員が寝返ったんだ。明らかに彼らは客船を日本に渡したくなかったんだね」マーマレードを塗ったトーストをむしゃむしゃ食べながら、信じがたい、とヒロが頭を振った。

どうしてそんなことになるのだろう——イタリアが降伏して枢軸国から抜けた。それでイタリア人にとって急に日本が敵国になったのだろうか。コンテ・ヴェルデ号の乗組員たちと同じなのだろうか。

九月一四日　火曜日

夕方早くにやってきた欣楚は、薄いグレーのスーツでスマートに決め、赤いバラの花束を抱えていた。

「おめでとう、エイコさん！　中国では男の子を出産することはいちばんの手柄です。僕もとても嬉しいです」彼が厳粛な年上の人のように見えたのは、玄関の明かりの陰になっていたせいだろう。

窓際のいつもの席につくと、欣楚の笑顔がいつもどおり明るく若々しいので安心した。

「刘博如との仕事は楽しいです。上海じゅうに出かけて、紙やインク、印刷機器を買います。業者と会って工場に行き、労働者たちと知り合います」欣楚の目は情熱で輝いていた。

「だけど欣楚、上海じゅうを駆けずり回るにしては、あなたの服はずいぶんおしゃれじゃない」と、私がからかった。

欣楚の目が不安に揺らめいたようだったけれど、すぐに「エイコさんは何でもわかるんですね！」と答えて大声で笑った。「ここに来るために着替えました。仕事着は埃っぽいから、あなたのお宅に着てこれません。昼間はスーツを会社に置いて、仕事終わってから着ます」

茶目っ気たっぷりの笑顔で欣楚がつけくわえた。「お父さんに会うときはスーツのほうがいいし、パーク・ホテルのバーもそうです」からかっているのか真面目に言ってるのか、私にはわからなかった。たぶんこの二ヵ月間で欣楚が大人になったということなのだろう。

九月一七日　金曜日

午前中の半ばに玄関ベルが鳴り、出てみると、上の階に住むシュミット夫妻がドアの前に直立していた。二人の厳しい顔つきに、子どもたちが騒がしいと苦情を言いに来たのだと思って動揺した。

「お邪魔していないといいのですが」と、私の不安を察したシュミット氏が言った。夫人が綺麗に包装された箱を私に手渡して言った。「赤ちゃんへのプレゼントです。私たちの召使いから赤ちゃんのご誕生を聞きました」

私は感激してしまった。赤ん坊の泣き声で彼らが眠れないのではないかと心配していたのだ。

「いえいえ！　何にも聞こえませんよ。日本人の赤ちゃんは泣かないのかと不思議に思っていました」と言って、シュミット氏がにっと笑った。

「遠くから赤ちゃんの泣き声が聞こえると、ドイツにいる私たちの幼い孫を思い出します」と夫人が言った。この優しい隣人にもっと頻繁に連絡を取ってこなかったことが申し訳なくなった。

九月二〇日　月曜日

いまでは通いの乳母になった美代が、日本人街で起きていることを教えてくれた。

「奥さま、このところ虹口の雰囲気が悪くなってきています。日本の私服警官が住宅街にまで入ってくるんです。先日も洗濯物を干していたら、私服警官の一人が近づいてきました。愛想をふりまいて話しかけてくるんです。私はすぐに、彼が私たちの隣人の中国人について情報を得たがっているとわかりました。案の定、大家さんの大学生の息子さんについていろいろ訊かれました」

美代が中国人の大学生と口にしたとき、私はなぜか欣楚を思い出し、不安に襲われた。「警官の目的は何だったのかしら？」と訊ねてみた。

「わかりません。私がいつ大学生を最後に見たか、彼はよく出かけるのか、などと訊かれました。もちろん、私が教えられることはありませんでした。内山さんによると、こういうことは何年も前からあって、目新しいことではないそうです」

美代の言葉で私が思い出したのは、内山さんが嫌疑をかけられた多くの中国人を助け、おじさんの仲裁のおかげで彼らが釈放されてきたことだ。当然、欣楚にも内山さんがついていてくれるはずだ。

九月二八日　火曜日

欣楚とのレッスンが、以前のように午後のゆったりしたひとときに戻ればいいのに。逆に、いまはとてもあわただしい。今日は中国語のレッスンから始めましょう、と彼が主張し、私に厳しい発音指導をした。

欣楚がなんだかいらいらしているようだったので、私はよけいに混乱し、音節の高低をつけることができなかった。

「ごめんなさい、エイコさん、今日、僕はとても疲れています」と彼が言った。「ガーデン・ブリッジを渡るとき、親日的な会社に勤めていることを証明する書類を出したのに、歩哨が中国人を嫌いました。それに、今日は重い機械を運びました」

私はガーデン・ブリッジの横柄な歩哨に欣楚が侮辱される場面を想像し、胸が痛くなった。そういえば、欣楚は疲労困憊している様子で、体全体が少し前かがみになっているようだし、こわばった両手に汚れが染みついている。その荒れた手が、仕立ての良いスーツの下の綺麗な白いシャツに似合わない。

そんな重労働をしながらレッスンを続けられそう？　と、ためらいがちに訊ねてみた。

「続けます、エイコさん。ここに来るのはいつもすごく楽しいです。今日だけ、とても疲れています。そんなにたいへんでない仕事が、僕にとってはいちばんいい仕事です」と、決意したように欣楚が言った。

一〇月七日　木曜日

お姉さまがサチと朝子を連れてやってきたので、わが家はたちまち保育園と化した。子どもたちの金切り声、赤ちゃんが喜んで喉をゴロゴロ鳴らす音、叫び声、そしてジェイジェイの鳴き声がすさまじい不協和音となり、お姉さまと私は顔を見合わせて大爆笑。お姉さまと私が近くにいて、子どもたちが一緒に大きくなる、なんてすばらしいんでしょう！

昼食後、お姉さまと私は、イルマに会うために博物院路《ミュージアム・ロード》沿いのフレンド会の新しいセンターに行った。日本軍に接収された以前のセンターと比べると、新しいセンターは狭苦しくて殺風景だけれど、せっせと衣類の仕分けをしているイルマと二人の中国人女性のおかげで、居心地の良い温かい雰囲気があった。イルマは私たちを見たとたん、弾むようにドアまでやってきて私たちを抱きしめ、驚いたことにプレゼントを渡してくれた。「これはタミコのお嬢ちゃんに、そしてこれはエイコのお坊ちゃんに」

私は胸が締めつけられた。プレゼントはとても美しいウールの手編みの赤ちゃん用ブーツだった。朝子にはピンク、タカにはブルー。「器用な隣人が作ってくれたの」とイルマが言った。

「指定地区はいつも悲しくて陰鬱なわけじゃないのよ。密集して生活しているけれど、才能のある人がたくさんいて、詩や本の朗読、音楽の催しもあるの。コンサートのようなものもいたるところで開かれていて――ベートーベン、シューベルト、メンデルスゾーンが私たちを励ましてくれる」

イルマがとても楽しそうに話すので、もう帰らなくちゃ、と急に彼女が言ったとき、何か楽しい文化行事があるのかなと思ってしまった。

「ああ、本当に、エイコ」と、イルマがクスッと笑った。「ゴウヤ軍曹は、どんな文化グループにも属さないと思う。指定地区を出るときには、こういう証明証が必要なの」イルマは青いカードを私たちに見せ、胸につけた薄いコインのようなメダルを指さした。

「この小さなピンをつねに身につけていないといけないの。こういう外出許可証を渡してくれるゴウヤさんは門限にとっても厳しくて。かなり変わった人だから怒らせたくないのよ！」

私たちには気楽な態度を装っていたけれど、イルマは大あわてで帰っていった。

一〇月一五日　金曜日

「一一月から工場で働くことになった」と、仕事から戻ったヒロがさらりと言った。「東虹口の工業地帯まで通うことになるから遠くなる」と言った。「だけど、工場だから終業時間が早いと思う。大きな工場じゃなくて労働者が百人くらいのところで、中国人の優秀な作業長がいる。軍部の指示にしたがって木製の船を作るんだ。僕の下には、岸本商事から来た知り合いの日本人の監督がいる。いまの仕事よりいいかもしれない――仲介者として軍の将校たちにペコペコしなくて良くなるから」と言って、チョコレートの缶に手を伸ばした。ヒロはチョコを一つ口に放りこむと、新聞に戻っていった。

一〇月二六日　火曜日

今日の欣楚は元気だったけれど、このあと数ヵ月間、出張に行くからレッスンに来られなくなるそうだ。「地方にある会社の倉庫に行かないといけません。毎日物価が上がるので、いまのうちにものを買って倉庫に入れます」と言っていたけれど、嘘をついているように見えなくもなかった。

「短い間です。帰ってきたら、おもしろい報告をします」と言い添えて、彼は無理に笑顔を作った。

欣楚が帰るとき、私たちは握手を交わした。彼は私を安心させようと一生懸命で、短い出張だからすぐ帰ってくる、と繰り返した。言えば言うほど逆効果で、彼がもう帰ってこないのではないかと私は不安になった。そんな考えがばかげているといいけれど。

14

一一月六日　土曜日

フランス・クラブにみんなで集まり、ヒロがバーから飲み物を持ってきてくれることになった。彼はずいぶん経ってから戻ってきて言った。「バーは大騒ぎになっています。以前ここに勤めていたバーテンが、今日の真っ昼間、ここから遠くないところで殺されたそうです」

「私たちも知ってる人かしら?」とお姉さまが訊ねた。「そうかもしれません。一九四一年の半ばにフランス・クラブからパーク・ホテルに移ったそうです」とヒロが答えた。私はパーク・ホテルと聞いて動揺した。欣楚が上司と一緒に飲みに出かけた場所だ。欣楚は殺されたバーテンを知っているかもしれない。このニュースを知ったら、どんなにショックを受けるだろう。

お兄さまもバーでさらに詳しい情報を仕入れてきた。「今日のランチタイムのあと、午後二時ごろだったらしい。洪《ホン》が掃除を終えて空になったビールの木箱を出そうと一瞬外に出たとき、誰かが背後から近づいて銃弾一発、それだけだった。犯人は雑踏の中に消えたそうだ」

「洪は超一流のバーテンだったらしい。すべての客の好みを知り尽くし、バーで交わされる会話の言語を覚えるのが得意だったそうだ――フランス語、英語、ロシア語、日本語まで。ギャングやスパイが絡んでいるという噂もある」

まるで映画の中の出来事みたいだ。欣楚がこの洪というバーテンのサービスを受けているところを想像してみた。ありえないと思うと同時に、欣楚がこの怪しいバーテンダーに魅了されたかもしれないとも思った。それにしても、こんなおそろしい事件が自分たちの近くで起きるなんて！

一一月九日　火曜日

今朝、みどりさんが電話をくれた。「英子さん、欣楚から連絡あった？」と心配そうに訊ねてきた。

「いいえ、最後のレッスンのあとはないわ。でも、欣楚は出張に行くと言っていたから、連絡はないと思っていたのよ」と答えた。

「ならよかった、留守だと思っていらしたのね」と、彼女は安心して小さなため息をついた。「先週末に欣楚が帰ってこなくてちょっと心配しただけなの。火曜日にはあなたのところへお邪魔することを知っていたんだけど、来ないとわかっているならよかったわ」

少し明るい声で、みどりさんが続けた。「文楚はできるだけそう見えないようにしているけれど、欣楚のこと、とても喜んでいるわ。それに、欣楚もずいぶん大人になったのよ。主人から賛同しがたいことを言われても、不機嫌になったり嫌な顔をしたりすることもなくなって。家族で囲む食卓も明るくなったの」

私はほほえんだ。欣楚がどう思っているのか、聞いてみたい。

一一月一〇日　水曜日

美代が懐妊した――美代とご主人にとって、最高に嬉しいニュースだ。これで私たちは彼女を失うことになる。やっていけるかしら。中国人のアマは、充分すぎるほど二人の息子たちの面倒を見てくれる。一日じゅうアマの背中におぶわれているタカは、いまや彼女の体の一部のようになっている。カズは扱いやすい子どもで、言うことをちゃんと聞き、機嫌よく一人で遊んでくれる。そして私は元気そのものだ。何よりも、お姉さまと姪っ子たちがいつも相手になって、支えてくれる。だから、きっとやっていける。私たちは大丈夫だから、自分の体とご主人のことを最優先するように、と言って美代を安心させてあげよう。

一一月一二日　金曜日

今朝早く、みどりさんからまた電話があった。でも、その声は暗かった。「英子さん、困ったことが起きたの」

お姉さまと一緒にみどりさんの家に駆けつけた。秋の冷たい風が不吉な予感を大きくした。

「欣楚が誘拐されたらしいの」とみどりさんが言った。

「嘘でしょ！」私は口を押さえて息をのんだ。

お姉さまが声を押し殺して言った。「みどりさん、何があったのか、始めから話してちょうだい」

「先日英子さんと電話で話したあと、会社に電話をして欣楚の上司の刘博如と話をしたの。英子さんが言っていたとおり、欣楚は数日間上海を留守にして遠方にある倉庫に物品を保管しに行ったと刘博如も言っていたわ。だから問題ないと思ったの」みどりさんは喉をごくりと鳴らし、空中に目を泳がせた。

「そうしたら昨日、文楚がとても動揺して帰宅したの。彼が言うには、その前日に欣楚が刘博如に電話をかけてきて、問題が起きたので刘にこちらに来て助けてほしいと頼み、刘がすぐに飛んでいったそうよ。それが一昨日。それ以来、刘からも欣楚からも連絡がないの」みどりさんはソファーに沈みこみ、両手で顔を覆った。

「刘さんも誘拐されたということ？」とお姉さまが訊ねた。

「ええ、そうなの、文楚は二人が一緒に誘拐されたと確信している」とみどりさんが言った。「電話をかけてきたとき、欣楚はすでに捕らわれていたのかもしれない。物資が不足している昨今は闇取引が盛んに行われているから、欣楚は格好の標的になったのね」

私たちは黙って座り、このおそろしい出来事についてよく考えてみた。私は頭を振り、それが事実でなくて欣楚が無事でありますように、と願った。

「問題は、誰の仕業なのかがわからないことよ。つまらない泥棒とかギャングが自分たちのため、あるいはもう少し強い権力者のためにやっているのかもしれない。誰の仕業かわかりさえすれば、欣楚を取り戻すことができると文楚は考えているわ。だけど、誰も行動を起こさないからそれがわからない」とみどりさんが言って、シーッと低い声を出した。「まったくいらだたしい！」

お姉さまがみどりさんの手をとった。「みどりさん、どうしたらあなたの力になれるか教えて。欣楚さんを探し出すお手伝いはできないけれど、あなたの苦しみを和らげることはできるはずよ」と言った。

みどりさんはお姉さまの手を強く握り、感謝のまなざしでお姉さまの目を見つめた。それから、私のほうを向いて言った。「欣楚はあなたのことが大好きなのよ、英子さん。あなたとのレッスンの話をするときは、いつも欣楚の顔が明るくなるの」

欣楚とのレッスン中にみどりさんのことを話題にしたのよ、とか、ユーモアと知性と感性を備えた欣楚が軽率なことをするはずがない、と言ってみどりさんをなぐさめられればよかった。

なのに私は何も言えず、ただわっと泣き出してしまった。

一一月一五日　月曜日

電話が鳴るたびに、飛び上がるほど不安になる。二日間がのろのろと過ぎた——欣楚から連絡がない。ほかのことは考えられない。

ヒロがズボンに油の染みをつけて帰ってきた。まるでヒロらしくない。木材や機械の積み下ろしを監督するために波止場に行ったそうだ。「船を作る材料を買わないといけないから。この染みは、あのさびれた工場でついたんだろう」と言って、ヒロはズボンをしげしげと見ていた。

ヒロが欣楚と似たようなことをしていると知って、私はパニックに襲われた。「あなたが誘拐されたらどうすればいいの？」と口走ってしまった。

「きっと大丈夫だよ。僕は日本軍のジープに乗って軍人に付き添われて移動しているから」と、ジェイジェイを撫でながらヒロが答えた。彼ののんきな態度に救われる。

一一月二五日　木曜日

美代がわが家を去ってから、私の仕事が増えた。でも、不足している生活必需品を手に入れるのが難しいなか、誰もがこれまでよりよけいに働いているのだから、そんなことは気にならない。今朝はカズの下着を買おうと南京路に出かけたら、どの通りも以前に増して混乱していた。

私は何度か自転車を降りて、手足を投げ出して大の字になっている不快な物乞いたちを避けなければならなかった。通りのこんな風景にもすっかり慣れてしまった！　以前は吐き気に襲われるほどむかついたのに、いまでは表情一つ変えず、注意深く神経を集中させて通り過ぎる――最近は、浮浪児やスリがいたるところにいるのだ。

永安《ウィンオン》デパートへ行く途中で大きなダンスホールの前を通ると、焚き火のようなものの周りに集まった群衆を追い払うよう、二人の日本兵が中国人警官たちに命じていた。騒ぎを避けようと急いだ私は、細身の中国人の若者にぶつかりそうになった。その青年が欣楚に似ていたので、私は彼をじっと見つめてしまった。思わずその青年にほほえみかけたら、激しい憎悪と怯えを込めた目つきで見返された。彼が手にしていた紙に書いてある漢字から、それが抗日のビラだとわかった。

あの学生のまなざしを、いまも思い出す――日本人の私に対する突き刺すような憎悪。あれは何のための焚き火だったのだろう。

一二月一〇日　金曜日

欣楚がいなくなって、ちょうど一ヵ月。みどりさんがうちに来て、その後のことを話してくれた。最初の数週間、毛氏は身代金要求がある場合に備えて、自宅で一日おきに待機していた。でも、連絡も情報もないまま日々が過ぎ、つのっていく毛氏の怒りといらだちに耐えられなくなったみどりさんは、会社に行くよう毛氏をうながしたという。

「文楚は会社でも落ち着かなくて、刘博如と欣楚の二人の机と書類を調べだしたの」と、みどりさんが言った。「そのとき、文楚は説明のつかない伝票を見つけたの。彼らが買いつける量よりもはるかに多くの物品に対する借用証書」毛氏がすべての書類を丹念に調べた結果、正しい量の物品が買いつけられていたものの、いくらインフレが激しいとはいえ、買ったもののゆうに二倍の金額を支払っていたことをつきとめたそうだ。

「文楚は、欣楚と刘が、紙とインク、それから印刷機などの物品を会社から横領したことを確信したの」と、みどりさんが言った。

その言葉の意味がわかるまでしばらくかかり、わかったあとも信じられない私は言葉が出なかった。お姉さまが静かに訊ねた。「それでご主人は、欣楚さんと刘さんがどうしているかわかったの？」

「夫が一つ確実だと思っているのは、彼らが誘拐されていないということよ。示し合わせて姿を消した二人は、自分たちがしていることをわかっている、と」と言って長いため息をついたみどりさんは、あきらめているように見えた。

帰るときに、みどりさんが言った。「英子さん、欣楚はあなたと仲良しでしょう。もし欣楚が自分の行動や気持ちについて何か言っていたのを思い出したら、私に教えてちょうだいね」

みどりさんが帰ったあと、お姉さまが声を出して考えるように言った。「もし欣楚さんが本当に会社の物品を不正に集めていたのだとしたら、誰のためかしら？　日本人のためでもないし、汪精衛政権のためでもないはず——毛氏は彼らと一緒に働いているのだから。もちろん、お金のためでもない。とすると、国民党か共産党、それともそれ以外の組織のため？　いずれにしても、毛氏はさぞかし心を痛めているに違いないわ」

穏やかな欣楚が政治活動に身を投じているなんて、とてもありそうもない。たしかに欣楚は中国の運命を熱く語っていたけれど、自分の家族に対しても同じくらい深い愛情を抱いていた。故意に人を傷つけるようなことをする人ではない。いったいどういうことなのかしら。欣楚が行うからには、それなりの理由があるはずだ。

一二月一二日　日曜日

今日は、お姉さまの家で夕食をご馳走になった。シーズンが終わりに近づいた長江蟹がヒロの大好物だと知っているお姉さまが、半日かけて準備してくれた。調理中に蟹の足がもげないよう藁《わら》で縛り、ふっくらした仕上がりになるように鍋の底にゴマを敷いて、その上に蟹を入れるのだ。

蒸し器の蓋が開き、ジューシーな蟹が登場すると、ヒロが満面の笑顔になった。お兄さまが、温めておいてくれた黄金色に輝く中国のお酒を私たちの杯に注いでくれた。

最後の蟹を食べていたとき、お兄さまが突然言った。「ああ、ところで、パーク・ホテルで殺されたバーテンは、共産党のスパイだったそうだ。重慶からの短波ラジオで次郎くんが聴いたらしい」

私は重たいもので頭を殴られたような気がした。みどりさんが家に来て以来、私は欣楚の話の断片をつなぎ合わせてじっくり考えていたのだが、欣楚が刘氏とパーク・ホテルのバーに行ったと言っていたことが引っかかっていた。でも、それと殺人事件は無関係だと自分に言い聞かせ続けてきた。だけど、これで無関係でないことがほぼ確実になった。「お姉さま」と、絶望的な気持ちで私が言った。「欣楚は刘氏と一緒にパーク・ホテルのバーに通っていたのよ」

目を見開いたお姉さまは、それでもさりげなくこう言った。「そんなこと、言ってなかったじゃない」

私の不安を見てとって、お姉さまが明るく言った。「欣楚さんが言っていたことを、私たちに話してみたら」

私は緊張して喉をごくりとさせた。「パーク・ホテルのこと以外は思い当たることはありません。もちろん、欣楚は中国の運命にとても強い感情を抱いていました。お父さまに対しても日本に対しても批判的でした。中国の学校で日本語が必修になったときは、ひどく怒っていました」私は必死で欣楚が言った細かいことを思い出そうとしたけれど、うまくいかなかった。

「欣楚は、内山のおじさんと魯迅を崇拝していました――内山のおじさんの勇敢さについて話すときには目が輝いていました――魯迅や中国の知識人たちが国民党のスパイから逃れるのをおじさんが手伝ったこととか」と、私は小さな声で続けた。

お兄さまがいつの間にか身を乗り出して、私の一言一言を反芻していた。「ほかには？　英子さん」とお兄さまがうながした。

私は目を閉じて頭を働かせようとした。「そういえば、勉強会のことを話していました――名前は藝友社です。そこで刘氏と知り合ったと言っていたと思います。話してくれたのはだいぶ前で、たぶんタカが生まれる前でした」

タカが生まれる前のことはすべてぼんやりとしか記憶に残っていなかったけれど、お姉さまがお兄さまと同じくらい心配そうな顔をしているのを見て、懸命に思い出してみた。「ああ、思い出しました。欣楚は新四軍のことを話していました。新四軍に対する国民党の攻撃をきっかけに、国民党を憎むようになったと。勉強会に年配の女性がいて、その人を田舎まで送り届けたとか……」話をしながら、私は自分の愚かさに気がついた。欣楚の話には、彼が共感しているものに関するたくさんのヒントがあったのだ。

私にもちょうどそのときわかったことをお兄さまが言葉にした。「英子さん、間違いなく欣楚さんは共産党の下で働いている。藝友社は共産党の地下組織だ——欣楚さんが勉強会の名前を出したのは驚きだが、きっと英子さんには言っても大丈夫だと思ったんだね」

私は頭がクラクラした。欣楚が共産党員と働いているとお兄さまが言ったとき、ヒロがたじろいだように思えた。もっと前にこのことがわかっていたら、何かが違っていたかしら。共産党とつながることは危険なこと?

「お兄さま、欣楚の身に何が起きたとお考えか、教えてくださる?」と私が懇願した。

お兄さまは自分の手をじっと見ていた。「まず、欣楚さんがいなくなった時期を教えてほしい——洪が殺される前だった? それともあとだった?」

思い出してみた。私たちがフランス・クラブへ出かけたのは、カズの誕生日の前の土曜日だった。みどりさんが電話をかけてきたのが、次の火曜日だ。みどりさんは週末、欣楚に会っていなかった。ということは、ちょうど同じころだ——そんなことは考えてもみなかった。

お兄さまは、背筋を伸ばして私をじっと見た。「僕が思うに、欣楚さんと刘と洪は仲間で、集めた物資の集積場所について、洪が指令を出していた。さまざまな場所に移動するありとあらゆる不法取引の地下のネットワークがある。洪の持っていたネットワークは、おそらく新四軍に物資を供給していたんだろう」

欣楚のこわばった手のイメージが蘇り、私は彼がどんな危険にさらされているのかを考えてぞっとした。「欣楚は無事でしょうか?」と訊くのが精いっぱいだった。

「無事だと思う」と、お兄さまが答えた。「国民党が彼らの組織をつぶしたとしたら、そのことを宣言するはずだ。洪を殺したことを明言したようにね。おそらく、洪が殺される前かその直後には、経験豊かな刈が警戒を怠らず、欣楚さんと二人で上海を逃れて共産党の支部に行こうとしたんだろう。僕には欣楚さんの気持ちがよくわかる。国民党内の腐敗について耳にしたり、彼らが日本と戦うことより共産党を破壊することに力を注ぐのを見ているとね」そのとき私は、それまで興味がなさそうに黙って話を聞いていたヒロが眉を釣り上げてお兄さまのほうに頭を向けたのに気づいた。

お兄さまが、我を忘れて話し続けた。「もし僕が欣楚さんのように若くて理想に燃える中国の愛国者だったら、僕だって共産党に入れこんだと思う」

ヒロがいつになく硬い表情になり、小さい声で怒ったように言った。「そんな急進的な考えは、心の内にとどめておいてくれませんか」

豪華な食事の残骸――空になって積み重ねられた蟹の甲羅、散乱した竹製の蒸し器の蓋、白いテーブルクロスに飛び散った生姜酢の染み――を見つめながら、それらが自分の感じていることを正確に要約していると思わずにいられなかった。疲れ切って、混乱の中に取り残されたという気持ち。

帰宅後、お兄さまに腹を立てていたの？　とヒロに訊いてみた。

「どうしてそう思った？」と、ヒロが意外そうに訊き返した。

「だって、急進的な思想は心の内にしまっておくようにって、たしかに怒っているように聞こえたんですもの」

ヒロがバツの悪そうな顔をした。「僕がそんなこと言った？　どんなに共産党員になりたかったかをお兄さんが話し続けるので、たぶん腹を立ててしまったんだ。お兄さんは、この戦争の資金を調達している銀行家だ。僕は軍需品の生産工場を管理している。あれでは、まるでどんな選択だってできるみたいじゃないか」

「欣楚についてのお兄さんの考えをどう思う？」と訊ねてみた。

「六郎さんは理想主義者だけれど、知識も豊富で分析にも思考にも長けている。僕は共産主義は嫌いだが、中国の共産党員は国民党員に比べたら、ずっと規律正しく腐敗も少ないと聞いている。欣楚さんが共産党のどこかの支部にいて無事だろうというお兄さんの見立ては、正しいんじゃないかな」ヒロは目を細め、小さな鼻息を出してお兄さまへの親愛の情を示し、ベッドに入った。

私もヒロみたいに早く寝つけると良いけれど。

一二月二二日　水曜日

今日、小さなクリスマスツリーを飾った。息子たちの反応を見るのはとても楽しかった。カズは拍手して、アマの背中の横から出ているタカの足を引っ張って注意を引こうとした。タカが大声で泣き叫びそうになったとき、すばやくアマが体の向きを変えてくれたので、タカはツリーを見られて狂喜の雄叫びをあげた。

二人を見ていると、欣楚のいない毛家はどんなに寂しいだろう、とつい考えてしまう。

15

一九四四年一月一日　土曜日

戦時中なので「節制」するようにという指示にしたがい、昨年のような新年のご挨拶回りはしなかった。かわりにお姉さまの家に集まって、日本と中国のおせち料理を囲み、家族で新年をお祝いした。

夜は、佐夜子さんのお正月遊び道具の箱に入っていた福笑いで遊んだ。カズとサチは、目隠しをして大きな紙ののっぺらぼうの顔の上に、眉毛、目、鼻、口と耳の紙片を置いていくゲームのルールをすぐに覚えた。一人一人順番におもしろい顔を作って遅くまで楽しんだ。とくにヒロが顔のパーツをことごとく端にかためて置くのがおかしくて盛り上がった。「超一流のテニスプレーヤーなのに、すごい空間感覚だ！」と、お兄さまがヒロをからかった。

楽しい一年の始まり。今年中に戦争が終わることを、みんなで願った。

一月六日　木曜日

浦東の波止場を自転車で通ると、以前コンテ・ヴェルデ号が停泊していた場所に巨大な貨物輸送船が停泊していた。近づいてみると、甲板の前面に生命力にあふれた若く初々しい海軍兵学校の生徒たちが整列していた。青く澄んだ空を背景にした彼らを見て、こちらが励まされるような気になった。

その場を立ち去ろうとしたとき、声をかけられた。「英子さん、こんなところで何をしているの？」チーコさんが大助さんと息子の太郎くんと一緒に、停泊している船のほうから近づいてきた。

私が挨拶もしないうちに、「あの船に乗っている末の弟の修を見送りにきたの」と、チーコさんが言った。「修は海軍のパイロットの訓練を終えて、青島《チンタオ》に配属されることになったの。大学生だから徴兵を免除されていたのが、いまはもう全員入隊しなくちゃいけないの。学生たちが一人前の兵士に成長したのを見て驚いたわ。みんな本当に威厳があって。太郎はおじさんにずっと見とれていたわ」

たしかに太郎くんは興奮していて、その赤くなった頬から発散される熱が私にも伝わってくるようだった。戦闘機のパイロットになりたい男の子にとって、軍服で正装しているおじさんとその仲間を見るのは、目もくらむばかりの体験だったに違いない。

一月九日　日曜日

湿っぽくて寒い中を、美代が訪ねてきてくれた。

「坊ちゃんたちに会えないのが寂しくてたまらなかったので、今日は一緒に過ごせるのを楽しみにしてまいりました」と美代が言って、タカを膝に抱き上げた。

「ご報告があります。奥さま、主人の田中が召集されました。一週間後に上海を発ちます」

私は言葉が出てこなくて、「美代、残念ね――お二人にとってこんなに大事なときに」と言うのがやっとだった。「私たちにできることがあったら教えてね。もちろん、ここに戻ってきてくれてもいいのよ」

美代はそのままの姿勢でタカの体をちょっと傾け、笑顔で頭を下げて感謝の気持ちを表した。「ご親切にありがとうございます、奥さま。ですが、私は虹口の小さなわが家を守って主人の帰りを待ちたいと思います。内山書店の従業員が召集されるのは、田中が初めてではないんです。これまでにも召集された人たちがいるので、境遇をともにする人もたくさんいます。内山ご夫妻も、いつもそばで私たちを精神的に支えてくださいます」

そう言うと、彼女は赤い糸の小さな縫い目と結び目がついたティータオルほどの大きさの白い布を取り出した。「じつは奥さまにも一目縫っていただきたくて、この千人針を持ってまいりました」私は一針縫って結び目を結う前に、目を閉じて田中さんのご無事を祈る言葉を口にした。美代が感謝して深く頭を下げた。

彼女はタカの頭の上に軽く顎を載せて言った。「千人針を集めるために、女性たちが街角に立っています。いまでは虹口の日本人街ではいたるところで。夫が召集される妻たちにとって、この活動が私たちを結びつけています。声をかけると女性たちがすぐに境遇に共感してくれますし、もしかしたらその人たちのご主人もすでに召集されているかもしれません。一針一針縫ってもらう時間が、無言の祈りの時間になるんです」

私も遠くないいつか、ヒロのために千人針を用意することになるのだろうか。考えただけで体が震えてしまう。

一月一四日　金曜日

朝食のとき、ヒロが新聞から顔を上げて言った。「ねえ。これからは日本人女性にモンペを履くように奨励しているよ。着物からモンペに着替えた女性たちが、「西洋の背広や日本の贅沢な服を着て歩く男性を辱め、やめさせようとしている」だって。ふん」

最近の新聞は、戦時中の女性への助言であふれている。家族の世話をどのようにすべきか、いかに贅沢を避けるか、どんな食料を備蓄すべきか、などなど。すべては「勝利への我々の決意を強固にするため」だという。

士気を高めるための助言の絶え間ない攻撃に、私はだんだんいらだってきていた。現実に適応しなければいけないことは私にもわかっている――一歩通りに出れば、誰の生活も厳しくなっているのが一目瞭然だ。なのに、新聞に書かれることはごまかしばかりで、そのことに腹が立つのだ。でも、怒りとともに罪の意識も芽生える――私には辛抱が足りず、協力的な精神が欠けているのだろうか、と。モンぺのことを考えると、ますますいらいらした。

そんなことには気づかないヒロが、お茶をすすって言った。「英子がモンペを履いたら、どんな感じだろうね」

「モンペなんて持っていないわ。買いにいったほうがいい?」

「冗談でしょう」と、ヒロが優しく言った。「英子はモンペを履いても素敵だと思うよ。でも、戦争熱に油を注ぐような命令にしたがいたくはない。国民が着るものより、もっと大事なことについて当局は心配すべきだと思うけど」とヒロが言い、また新聞に頭を隠した。

一月二〇日　木曜日

美代が、ご主人が出征したことを報告しに来てくれた。

「奥さま、いよいよ戦争の影が迫ってきました。日本人コミュニティーの班長たちは住民たちに戦争遂行への支持をうながし、日本軍の前進に貢献するために進んで犠牲を払うように呼びかけています。私たちは寒い家に住み、より多くの税金を払うことを誇るように言われます。中国人にとって、状況はさらに悪いです。日本兵たちが頻繁に捜索に入るようになり、ときには脅迫するために捜索していることもあるようです。中国人と日本人が混在している虹口には親しくしている中国人の隣人もいますが、彼らがあまりにひどい扱いを受けるので、心が痛みます」

「私の主人は中国人と戦うために出征しました」と、美代が深いため息をついて言った。「虹口の日本人の多くは、日本軍が敵性国民を残酷に扱うことを喜んで受け入れています。この険悪な空気が去ることを、私はただ目を閉じて願うばかりです。私は奥さまのお宅で働かせていただけて、本当に幸運でした——国際的な環境で過ごされて広い心をお持ちの奥さまと多美子奥さまのおかげで、私は人間の心の醜さ、偏見や憎悪に気づけるようになりました」私は美代の言葉に感動したけれど、自分がそれに値するとは思えなかった。

「内山さんの送別の言葉は独特でした」と、美代が続けた。

「『僕たちは不幸な時代に生きている。君はきっと中国の奥地に送られ、そこで戦うことになるだろう。けれども、君が構えたライフル銃の先にいるのは僕たちの兄弟であり友達だ。それを心に留め、どうか撃たないでほしい』内山さんはそう言って、握手をして主人を送り出しました。信じられますか、奥さま、私は知らない人が聞いていないかと、すばやく周りを見回しました——内山さんが非国民だと思われてしまうと思って。でも、私たちの心に響くメッセージでした。田中も内山さんの言葉を憶えているでしょう。そして良心を汚すことなく戻ってくるでしょう——もし戻ってくるならば」

美代の言葉に釘づけになったかのように、タカは驚くほど静かに彼女の膝の上に座っていた。

二月五日　土曜日

日本のお菓子屋さんが閉店し、戦争遂行に貢献するための店になると聞いた私は、重苦しい気分を振り払いたくて、お姉さまの家へ子どもたちを連れて行った。

「完璧なタイミング！　ショートブレッドを作るところなの。カズとサチは、材料を混ぜてスプーンをなめられるわよ」と、お姉さまが材料を取り出しながら言った。

「そんなふうに貴重な食料を一度に使いきってしまっていいの？」と私が訊ねた。お兄さまとヒロはドル建て［物価の変動を受けにくい］でお給料を支払われているけれど、小麦粉や砂糖といった必需品を手に入れるのは前よりいっそう難しくなっている。

「こんなときだからこそ、子どもたちが楽しめることをするのがますます大事になるんじゃない――私たちにとってもね。クリスマスに毛氏にいただいたお砂糖をとってあるの。もし食料がなくなったら、そのときに考えればいいわ」と、明るくお姉さまが言った。

お姉さまは色とりどりの飴を見つけてきて金槌でたたいた。粉々になった飴をビスケットの飾りにするのだ。

「ママ、笑って！　おばちゃま、悲しい顔して！」ビスケットの表面にいろんな顔の表情を作ろうとしてサチがせがんだ。年上の子たちの興奮が年下の子たちにも伝わり、朝子とタカもバンバン音を立てたり騒いだりしてお祭り騒ぎに加勢した。

二月一二日　土曜日

今日の午後、佐夜子さんが電話をくれた。「英子さん、正也お兄さまに召集令状が届いたの。お兄さまは二月二〇日に入隊します」私はお腹を殴られたような衝撃を受けた。

「正也さんはどんなご様子？」と、やっとのことで訊ねた。

「とても落ち着いているわ。避けられないことがわかっているみたい。召集令状を読んで一つうなずき、私たちを心配させないように、笑顔でお祈りを捧げたわ。「神さま、私はあなたがくださる次なる試練への準備ができています」と」

電話を切ったあと、私はしばらく放心状態で座っていた。正也さんの幸せだけを願っている佐夜子さんと違って、自分勝手な私は、自分が失うもののことを考えていた。タカが生まれる前に正也さんがよく家に来て、決して長居をしないで私が求めていたなぐさめを与えてくれたことを思い出した。お姉さまはこのニュースに打ちのめされるに違いない。

二月一三日　日曜日

思い立ってお姉さまを訪ねてみたら、留守だった。玄関に入ると、サチが駆け寄ってきて教えてくれた。「パパは南京に行って、ママは正也おじさんとお出かけしたの」それから彼女は、両手を広げてピョンピョン跳びはねて叫んだ。「おばちゃま、サチたちをおうちに連れてって！　カズとタカと遊びたい」それで結局、私は姪っ子二人とアマと一緒に帰宅することになった。お姉さまの家のドアに貼り紙をしておいた。

二人のアマが子どもたちを見てくれるし、ヒロは日曜でも工場に出ているし、することがない私は、こうして日記を書いている。お姉さまと正也さんはどこに行ったのかしら。誘ってもらえなかったことにちょっと傷ついた。

二月一八日　金曜日

今夜は、聖ジョンズ大学主催の正也さんの壮行会に行った——新雅粤菜館《シンガエツサイカン》での豪勢な会だった。ほぼ全員中国人の同僚や学生たちが、正也さんと言葉を交わそうと周りに集まっていて、私たちは正也さんに近寄ることもできなかった。

ヒロと私が角のテーブルに案内されて着席しようとしたときに、見覚えのあるご夫婦がこちらにやってきた。もう一年以上も会っていなかったＳ・Ｐとモナ夫妻だ。モナはさらに綺麗になっていた。髪を切って以前よりも若々しく見える。

「私たち四人が初めて食事をしたレストランでまたご一緒できるなんて素敵じゃない？　お互い近況報告しなくちゃね。あのかわいい坊やのカズは元気？　大きくなったでしょう」モナの記憶力の良さに嬉しくなった私は、クラゲやピータン、蒸し鶏の冷製をつまみながら、カズのことやタカの誕生についてぺちゃくちゃ喋った。モナは食事よりも息子たちの話のほうにずっと興味があるようだった。

前菜の大皿が下げられて北京ダックが運ばれてきたときにスピーチが始まり、私たちはそちらに注意を向けた。

「エイコ、こんなにたくさんの中国人が関根正也先生を送り出すために集まっているなんて感動的ね」と、モナが私の耳にささやいた。「関根先生がどれだけ尊敬されているかわかるわね。先生はじっさい、中国と戦うために戦争に行かれるのにね」

モナの言葉にハッとした。この夕食会にどんな意味があるか考えていなかった自分が恥ずかしくなった。率直に話してくれたモナに壮行会をどう思っているのか、勇気を出して訊いてみた。

「正直に言うと、ちょっと複雑よ」と、彼女は私の目を思慮深げにまっすぐ見て言った。「たとえば、キリスト教徒でない中国人の友達には、出征する日本人男性の壮行会に出席することは言えなかった。でもね、エイコ、関根先生はふつうの日本人とは違うの。ここに来ている中国人たちは一人残らず、関根先生が無事に戻られるのを願っていると思う。戦争が終わったあとも先生にはお役目があると信じているから。先生は中国と日本、二つの国家の国民の相互理解を促進するために多大な貢献をなさってきたわ。そう、エイコ、私たち中国人は、関根先生が戦争から無事に帰ってきてくださることを望んでいる」

私は初めて正也さんの外での顔を垣間見て、親しい家族や友人たちだけでなく、ほかの人たちにとっても彼が特別な存在であることを知り、あらためて誇りに思った。正也さんは本当に多くの人々の人生に関わっていて、だからこそあの声明がもたらした結果にあんなに衝撃を受けていたのだ。自分を信じて尊敬してくれたユダヤ難民たちを裏切ったと感じたのだろう。

二月一九日　土曜日

昨日の大規模な正也さんの壮行会とは雰囲気の違う、出征前夜の内輪の壮行会が関根家で開かれた。

「昨日はS・P・陳とモナに会えてとても嬉しかった」と私が言った。

正也さんがほほえんだ。「すばらしいご夫婦です――そういえば、英子さんと廣さんご夫婦の中国人版みたいですよね。モナさんがとてもつらい妊娠をして流産したのは本当に残念なことでした。はじめてのお子さんが生まれることを、二人ともとても喜んでいたのに」

仰天した私は、調子に乗ってカズとタカのことを喋ったことを思い出し、血の気が引いた。

そんなことには気づかない正也さんが続けた。「日本の管轄下に入った大学で中国人が教鞭をとっていると、日本人に屈服したとほかの中国人から非難されることも多いでしょうから、難しい立場にいるはずです。国際法の教授であるS・Pは、学生たちが自分自身で判断できる人間になってほしいと考えて知識を与えています。彼は外部の圧力に屈することなく、信念にしたがって行動しています――はたで見るよりずっと大きな勇気が必要でしょう」

「クエーカーの人たちみたいね」とお姉さまが言った。「アグネスの家を訪ねたこの前の日曜日、彼らに言われたことには驚いたわよね、正也さん」

「あら、じゃあ先週私が訪ねたときにお留守だったのは、それでだったのね」と私が言った。お姉さまが申し訳なさそうに笑ったので、私は無意識にとがめるような口調になっていたのかもしれない。

「急に思い立ったの。信仰を持つ人が戦争に行くことについて正也さんと話し合っていたら、突然クエーカーの人たちを思い出したの。戦争や紛争は神の意思に反していると考えている彼らは、平和主義や非暴力に身を捧げている。そんな彼らが戦争に召集されたらどうするだろうと考えて。日曜日だったから、アグネスの家で集会があると思って出かけたの！」

正也さんが優しくお姉さまを見た。「僕はクエーカーの人たちにこれまであまり会ったことがなかったんですが、引き合わせてくれた多美子さんには感謝しています。忠実なクエーカー教徒は良心的兵役拒否者になるのでしょうが、僕にはその選択肢はありません。だけど、兵士になっても自分に求められることを行うことができると彼らが教えてくれました。それは人々に話をすることです。僕は、理性を広めて平和を維持するという個人的な挑戦とともに生きていくことにしました」

この言葉で、私たちは食事を静かに終えた。明朝、正也さんが入隊する。

三月一日　水曜日

戦争遂行に向けて生産量を増やすため、日本の会社は隔週で日曜の休みを返上し、連続一三日間を勤務日とすることになったとラジオが伝えていた。

「あなたもそうなるの？」とヒロに訊いた。

「うん、だけど大して変わらない。軍から生産量を増やせと言われていて、こんな命令があってもなくても日曜を返上することになっていたから」

ヒロの口調にはあきらめが混じっていた。「お仕事が危険でないといいけれど」と私が言った。「いや、大丈夫だと思う。新しい種類の船を作って生産量を増やす必要があるだけだ」と、ヒロが冷静に答えた。

三月八日　水曜日

昼食後すぐにお姉さまが電話をくれて、子どもたちを連れてこちらで午後を過ごすわよ、と言ってきた。

嬉しかったけれど、受話器を置いたあとで不安になった——お姉さまの声がいつもと少し違う気がした。

お茶をいれていると、お姉さまがバッグからウォーカーズのショートブレッドの小さな包みを取り出した。「あら、どうしたの？」と私が叫んだ。こんなすばらしいものは近ごろ滅多に手に入らない。「あなたが喜ぶと思って。ほらね、食料品を節約しなくても、魔法のようにおいしいものが現れるでしょう！」笑顔になってお姉さまが言った。「じつはね、ロッキーの銀行の副支店長の山本さんの奥さまが、今朝これを持ってきてくださったの。銀行で年次異動があって、山本さんのご主人は天津支店の支店長に昇進されたの」

「だから召し上がれ、英子、たくさんあるでしょう！」パックの中のショートブレッドは八本しかないのに、そんなことを気にしないところがお姉さまらしい。私がひと口食べると、お姉さまがにっこりした。おいしかった——濃厚なバターの味がロンドンでの幸せな日々を思い出させてくれた。私は目を閉じてショートブレッドのかけらが口の中で溶けていくのを味わった。ふた口目を食べようとしたとき、お姉さまが、「次郎さんとロッキーも今朝、異動の辞令を受け取ったのよ」と言った。

私は耳を疑い、「なんですって？」とつぶやいた。

「ロッキーの異動は運がいいの、南京だから」何でもないようにお姉さまが話すので、私はてっきりお兄さまが単身赴任をして、お姉さまと子どもたちは上海に残るのだと思った。

「まぁ、おめでとうございます。南京はそんなに遠くないから、お姉さまとお嬢さんたちに会うために、お兄さまは定期的に帰ってこられるわね」

「何を言ってるの、英子？　もちろん家族みんなで南京に行くのよ」と、目を丸くしてお姉さまが言った。

足元が崩れそうだった。これが私にとってどれほど破滅的なニュースなのか、お姉さまにはわからないのかしら。妹と一緒にいられなくなることが悲しくないのかしら。私はお姉さまのいない上海で暮らしていくことなんて想像もできない。お姉さまにとって、私はそんなにちっぽけな存在なのかしら。傷ついた私はお姉さまが南京に行ってしまうと思うと感覚が麻痺したようになり、手にしていた残り半分のショートブレッドをテーブルに落としてしまった。

「ロッキーが出張で上海に来るし、連絡を取り合えるわよ。戦線に送られて音信不通になるわけじゃないのよ——多くの人たちがそんな経験をしているけど」

私は「すごく寂しくなる」と言うのがやっとだった。

「私だってそうよ！」と、お姉さまが私の手をとって言った。「英子が上海に来てからの生活がこれまででいちばん楽しかったし、カズとサチが一緒に遊べなくなるのは悲しいわ。だけどそんなに長期間ではないだろうし、南京も上海も日本の支配下にあるから連絡を取り合える。私には新しい知り合いができるでしょうし、あなたにもお友達が増えるでしょう。二人で話して笑うことが増えるじゃない！」

悲しみを抑えられない私はうなずき、ただ黙って笑うしかなかった。

「次郎さんは広東支店へ異動になったの」と、お姉さまが声を抑えて言った。「広東は南京より政情が不安定な上に、佐夜子さんは一〇月に出産予定なの――そのことはさっき電話してきたロッキーから初めて聞いたの――だからお引っ越しは私たちよりたいへんよ」

それを聞いた私は、お姉さま一家と離れ離れになるだけでなく、次郎さんと佐夜子さんとも別れることに気がついてショックを受けた――正也さんが出征したばかりなのに。昨年一二月に欣楚がいなくなってから、大事な人が一人、また一人と、私のそばからいなくなる。悲しみに襲われた私は、もっとも愛する人たちとは絶対に離れたくないと思い、どんなことがあってもヒロと息子たちと離れることがありませんように、と心から祈った。

三月一七日　金曜日

お姉さまが南京に持っていかない洋服を難民たちに寄付したいと言うので、二人で指定地区にあるフレンド会の衣料センターへ向かった。

「私たち、指定地区に入れてもらえるかしら？」と私が訊ねた。イルマの気の毒な境遇を思い出して気が重くなってきた。

「もちろんよ」とお姉さまが言った。「指定地区を出るときに通行証が必要なのは、国籍のない難民だけよ。中国人は自由に出入りができるし、私たちも同じよ」

けれど、指定地区に入った熙華徳路《セワード・ロード》で日本人の歩哨に呼び止められた。「おい」と歩哨が怒鳴り、何の用があるのか、と尋問された。袋を開けて中を見せるように言われ、私たちはしたがうしかなかった。運良く女性の衣類しか入っていないのを見た歩哨は、不愉快そうにシーッと言って私たちを追い払った。

混み合う通りを進んでいった。そこは地元の中国人たちの生活であふれていた──刺繍糸を売るしなびた老女、ヘアブラシの呼び売りをする男たち、家の前に置いてある背の低い椅子に座る母親たちの周りで走り回る子どもたち。ふつうの生活を営む中国人の隣人たちの姿を見て、なぜかほっとした。

衣料センターは、熙華徳路にある難民シェルター──ボロボロの二階建てのレンガ造りの建物で、たくさんのベランダから洗濯物がかかった竹竿がつき出ている──の一階の一部屋分だけだった。その部屋は、汗と埃と古い香水が混ざったような独特の悪臭がした──忘れられた衣類でいっぱいの、長い間閉めたままの引き出しのにおい。

「ようこそ、いらっしゃい!」さらに痩せたイルマが、お母さんみたいな転がるような足取りで歩いてきて、一人ずつ私たちを抱きしめて頬にキスをした。

イルマは私たちと喋りながらも、衣類を物色している難民たちにさっと目をやり、温かい口調から瞬時に大声になって叫んだ。「ハンス、それはあなたには大きすぎるわ! その服をもう一枚の下に隠しちゃダメよ」

「厳しい状況になると、人間の醜い性質が顔を出すのよ」と言って、イルマがため息をついた。「食料不足、ひどい天気、劣悪な衛生環境、これらが人々を病気にしていらいらさせるの。この状況をさらに悪くしているのがゴウヤさん。彼は自分のことを「ユダヤ人の王」と呼んで、まるで国王が命令を出すみたいに通行証を渡すのよ。私の目下の悩みの種はゴウヤさんなの」

衣料センターを出たあと、煙突のようにタバコの煙をスパスパ吐き出している小さな男性を見かけた。小柄な体格とは対照的に大きな顔は赤らんでいて、長年にわたって屋外での仕事に従事してきたらしく、日焼けしてしわだらけだった。彼は私たちに向かって、耳障りな声で何か怒鳴った。
「きっとあれがゴウヤさんね」とお姉さまが言い、私たちは急いで立ち去った。

三月二二日　水曜日

お姉さまが引っ越し準備をする間、サチと朝子を預かり、四人の子どもたちを中庭で遊ばせた。とても暖かい午後だった。カズとサチはすぐにほかの子どもたちの輪の中に入っていった。朝子を膝に抱いてベンチに座っていた私は、歩道を歩くアマの背中におぶわれて上下に揺れるタカの姿を見ていた。時が止まってお姉さま一家が南京に行かなくてもよくなり、午後を中庭で過ごせるこんな平和な日がずっと続けばいいのに、と思った。

そんな私のもの思いは、ジェイジェイによって中断された。彼女が大きく立派なジャーマン・シェパードに驚いて飛び上がり、リードを引っ張ったのだ。私は昨日の新聞の「犬にも召集令状」という見出しを思い出した。その記事は、軍用犬にする犬を選ぶ審査会に関するものだった。あのシェパードもそのうちの一頭だったのかしら。ジェイジェイは大きな犬に興奮して尻尾を振っていた。ジェイジェイが軍の関心をひかない役立たずのスコティッシュ・テリアで本当によかった。

三月二六日　日曜日

今日はお姉さま一家の壮行会だった。お姉さまたちがあと二日で出発するという事実が巨大な暗雲のように覆いかぶさり、私は上の空だった。思い出せることといえば、広東周辺の危険な状況を次郎さんと佐夜子さんがひどく心配していたことと、ヒロが車のエンジンを探さなければならないと話していたことくらいだ。「軍は新しい型の船を作ろうとしているらしいのですが、詳しいことは聞かされていないんです。何かご存じですか?」と、ヒロが次郎さんに訊ねた。

気が進まない様子で次郎さんが答えた。「いや、よくわかりません。ただ、兄の正也が出征する前、敵の戦艦を攻撃するために軍がパワー不足の戦闘機を別の手段で補いたがっている、というようなことを言っていました。廣さんの造船所がそれと関係があるのかどうかわかりませんが」その件について、誰もそれ以上は追求しなかった。

三月三一日　金曜日

お姉さまが行ってしまった。北駅でのお別れの場面は思い出したくもない。たくさんの人が見送りに来ていて、山中六郎、多美子夫妻は満面の笑みでみなにお礼を言っていた。サチとカズはその空気の中で興奮していた――すべてが私の心の中とは逆方向に流れていたけれど、お姉さまご一家が前途ある新しい未来に向かって出発するのを、私は笑顔で見送った。

昨日は、佐夜子さんが電話をしてきて、広東は危険すぎるからという理由で次郎さんが銀行に辞表を出したと知らせてくれた。次郎さんは、華北交通の北京本店で新しい仕事を始めるそうだ。

次郎さんと佐夜子さんは来週、北京に出発する。私の親しい人たちがみんな、上海からいなくなってしまう。

第二部

一九四四年四月三日―一九四六年三月二八日

16

一九四四年四月三日　月曜日

「奥さま、サチいないから、カズは悲しい。カズ、そとに連れていく」と、靴を履くカズを手伝いながらアマが言った。アマはいつもタカにべったりだけれど、カズのこともとてもかわいがり、彼の気持ちをわかってくれることに感動する。カズがサチのことをアマに話したのかしら。お姉さまがいなくて私が寂しがっていることも、みんなにははっきりわかるのかしら。

タカが昼寝から起きたとき、アマとカズが帰ってきた。カズは大事そうに手に何か握っている。息を切らせて私の膝に駆けこんだカズは上機嫌で私を見上げ、けばけばしい明るい緑色のプラスチック製のサングラスを顔にかけた。安物のおもちゃを持ってきたことを私が叱りそうになったそのとき、やっとカズに追いついたアマが言った。「奥さま、カズ選んだ。私の贈り物、お兄ちゃん喜んだ！」

カズはタカの乳母車の周りをウロウロし、つき出した顔を弟に見せた。すっかり目が覚めたタカは、カズの顔からサングラスをもぎ取ろうと手を伸ばした。カズは顔をつき出したまま、タカの手が届かないようあとずさった。タカが叫び声をあげて再び手を伸ばすけれど、カズは小さく後退するだけだ。弟をからかって大いに楽しんでいた。

サチがいない寂しさがそんな簡単に紛れるのかしら、とカズがうらやましくなった。行商人の手押し車についているばい菌のことを思い出し、カズに手を洗わせてサングラスを外させなければと思ったけれど、そのままにしておいた。小さな息子たち二人の小競り合いを見て、ちょっとだけ気が晴れた。

四月一一日　火曜日

お姉さまがいなくて人恋しくなり、チーコさんに電話をかけてみた。チーコさんが、すぐいらっしゃいよ、と言ってくれた。「今日は食料品トラックが来るわよ」という言葉に、すぐさま自転車で飛んでいった。

お茶とアーモンドクッキーを前に、チーコさんが大きなため息をついた。「ねえ、英子さん、男の子を育てるのって難しいわね。海軍兵学校のおじに会ったあと、太郎が学校を辞めて逓信省《ていしんしょう》の航空機乗員養成所［一九三〇年代後半に逓信省の外局である航空局が設置した民間航空機乗員を養成する施設］に入ると言い出したの。高校教育を受けておいた方がお国のために働けるからあきらめるようにって、太郎が慕っている理科の先生が説得してくださったのよ」

チーコさんの口調は、いつもと違って深刻だった。「日本が、国のために貢献したいと思う太郎たちのような若者の期待に応える国であってほしいわね。戦局が厳しくなるにつれて、戦闘機パイロットの年齢がどんどん下げられているのよ。たとえば太郎が航空機乗員養成所に入ったとしたら、いまは五年の訓練期間が四年、もしかしたら三年に短縮されるかもしれない。そうしたら、太郎はわずか一五、六歳で戦争に行くことになってしまうわ。英子さんは、坊ちゃんたちがまだ小さくてよかったわね」

四月一八日　火曜日

欣楚のことを考えていて、そういえばみどりさんはどうしているだろうと思って電話をしてみた。「あら、驚いた」と言った彼女はなんだかよそよそしくて、私の声を聞いてもべつに嬉しそうではなかった。

少し間があってから、いま来客中で話せないからあとで折り返すわね、会う約束をしましょう、と言われた。

私はみどりさんに拒絶された気がして、電話しなければよかったと思った。欣楚が行方不明になってから、毛家の人たちはすっかり変わってしまったのかしら。ああ、欣楚、どうか元気で、危険から遠ざかっていてちょうだい。

四月二一日　金曜日

みどりさんの冷たい反応に落ちこみながらもどうしても誰かと話がしたくて、勇気を出してモナに電話をかけてみた――モナの流産の話を正也さんから聞いて以来、いつか電話しようと思っていたのだ。私の声を聞いたとたんにモナが喜んだのがわかってほっとした。すぐにランチに来て、と言ってくれた。

モナの家を探しながらフランス租界の見知らぬ小さな道を歩く私の足取りは軽かった。近所だというのにこの街のことを何も知らないことに、我ながら驚いてしまう。これまでフランス租界を散歩するときはたいていお姉さまにぴったりくっついて話に夢中になっていて、周りにほとんど注意を払っていなかった。

私を抱きしめて出迎えてくれたモナは、明るい朝食室に案内してくれた。座るとすぐに彼女が訊いてきた。「坊ちゃんたちはお元気？」

私がおそれていた質問だ――モナの流産を知りながら、どうして自分の子どもたちの話ができるだろう。先に口を開いたのはモナだった。「私がつらい妊娠をして流産したのはご存じよね。そのときはすごくたいへんだったけど、いまはもう元気。だから、私を傷つけるかもしれない、なんて心配しないで。私は本当に坊ちゃんたちの話が聞きたいの！」

魔法のようにモナにリラックスさせられた私は、けばけばしい新しいサングラスでカズがタカをからかったことを話し、二人で大笑いした。

昼食を食べながら、モナは中国近代化の初期に貢献したキリスト教徒であるお祖父さまの話をしてくれた。

「あなたのご家族のことをよく知らなくても、私たち、なんだか似ているような気がするのよ、エイコ。西洋的でキリスト教的な環境で育った東洋人だから」と彼女が言った。私も彼女と自分の経歴が似ていると思っていたけれど、モナにこんなに親近感を覚えるのはそのせいなのかしら。

「祖父のおかげで、私たちは宋さんのようなキリスト教徒のご家族とも交流があるの。蔣介石の奥さまの宋美齢《ソウビレイ》さんのことは、もちろんご存じよね。美齢さんは気が強すぎてあまり好きではないし、蔣さんは賢くて狡猾で、それほどいい人ではないのよ」とモナが言った。彼女がざっくばらんに話してくれるので驚いた。

「小さいころに祖父の家に行くと、愛国主義的な指導者たちがたくさんいたわ。蔣介石や汪精衛を含めた人たちは権力闘争ばかりしていると言って祖父が嘆いていた。だから祖父の会社は、権力を持つどんな人からも仕事を邪魔されないように、中立を守らなければならなかったの」

彼女によると、その権力闘争はつねに敵をどう扱うかをめぐる争いで、敵とは共産主義者や日本人を指していた。「その二者のうち、どちらがより大きな敵なのかをめぐって争うのよ。かつて蔣介石は日本の言いなりだと非難されたけれど、いまでは汪が反逆者のレッテルを貼られている。経営者たちは自分の信念に関わりなく、時代の流れにしたがわなければならないの。いまは、生き残るために日本と協力しなければいけない」彼女はここで急に言葉を切った。

私を心配そうに見て、モナが言った。「私がこんなことを話してもあなたは気にしないでしょう、エイコ？　わかってくれるわよね」

「もちろんよ。教えてくれてすごく勉強になる」と、とっさに私は答えた。じっさい、モナのわかりやすい説明には好感が持てた。

「なんだか日和見主義に聞こえるわよね——しっかりした信念がなくて、ただ流れに任せているなんて」と彼女は笑った。「私は国民党派でも共産党派でもないし、日本が掲げる大東亜共栄圏を信じてもいない。ばかにされるかもしれないけれど、私はそれぞれに魅力があると思っていて、どれか一つを否定することはできないの」またここで急にモナが言葉を切った。

「つまり、私はこみいった政治の話や、ちゃんと理解してもいないし好きでもないイデオロギーにとらわれるのが嫌で——ただ正直に、心のおもむくままに、毎日正しいと思うことをして過ごしたいと思っているの」

それはまさしく私が考えていることだった。彼女は中国人で私は日本人だけれど、二人ともがまったく同じように感じていると知って、心から安心した。だけど結局のところ、私たちの祖国は戦争をしていて、勝利するのは二人のうち一人の祖国だ。それでも、少なくともモナと私に関する限りは、どちらの国が勝つかは問題ではない。私たちは日本と中国が関係を修復して将来を構築する、もっと自由な世界の友人なのだ。

五月二日　火曜日

午前中の半ば、居間でカズに本を読み聞かせていると、タカを背中におぶったアマが駆けこんできた。「奥さま、電気つかない。水出ない」ランプのスイッチを押すと、たしかに電気がつかない。「アマ、トイレの水を流さないでね」と私が言った。タンクに残っている水だけでも確保しておきたかった。

廊下で声がして、エレベーターも動かなくなったことがわかった。「アマ、家じゅうのバケツを集めて、タカをベッドに寝かせて。一緒に一階に降りて、井戸の水を汲んできましょう」と、私はあわてて言った。アマが持ってきたいくつかのバケツの中にはカズのプラスチック製の小さな手桶もあって、カズを喜ばせた。

でも、カズの興奮も長くは続かなかった。三階分の階段を降りたところで、カズが訊いてきた。「井戸、まだ?」井戸までは遠い。私たちの家は一一階にあるのだから。

途中、階段の吹き抜けで隣人たちに出会うと少し元気が出た。階段を上ってきたシュミット夫妻は息を切らしていたが、ご主人はわざわざバケツを床に置いて私と握手をし、折り目正しい挨拶をしてくれた。奥さんは階段に腰を下ろしてカズの目線の高さに合わせてくれた。「えらいわ、お母さんのお手伝いをしているのね」という言葉に、カズは誇らしげに胸を張った。

夜までずっと停電が続いた。私はあのあともう一度一人で井戸に行き、工場での仕事を終えて帰るヒロが体を洗う分の水を確保した。

五月三日　水曜日

今朝早く、ようやく停電が終わった。新聞で節電が呼びかけられている——個人宅では夏でも氷を作ってはいけないそうだ。見出しは「一塊の石炭も戦力増強へ」だった。

五月一四日　日曜日

出張で上海に来たお兄さまが夕食にいらした。私はお姉さまや子どもたちの様子が聞きたくてたまらなかったけれど、お兄さまは相変わらず政治状況の進展で頭がいっぱいらしかった。

「つい先週、汪精衛の誕生日を祝う盛大な式があって、汪の健康が回復していると多くの政府高官が話していたよ」と、お兄さまが私にというよりヒロに向かって言った。

「汪が健康を害していた間に支配力が奪われ、いま中国における彼の威信は非常に低くなっている。多くの国民は彼を日本政府の操り人形だと思っている。ああ、日本の政策がじつにいらだたしい！」

お兄さまが顔をしかめていつものように怒りを爆発させるのを見ると、お兄さまがいなくて寂しかったことを実感する。この複雑な戦争で何が起きているのか、お兄さまに近くにいて教えてもらいたかったな、と。でも、そのときはとにかくお姉さまのことを聞きたかった。

お兄さまが政治の話に深入りする前に、「それでお姉さまは、毎日何をしているのですか？」とさりげなく訊いてみた。

「僕たちの家は、日本の外交官たちの家と同じ敷地内にあってね。日本にいたときから知っている家族もいるんだ。多美子と娘たちは毎日誰かの家に行っているけど、僕はいつも銀行にいるから、三人が何をしているのかよく知らないんだ」とても楽しい毎日のように聞こえ、うらやましいと同時にがっかりしてしまった。

「じゃあ、もうすっかり落ち着かれたんですね」と、私は無理に笑顔を作って言った。

「うん、多美子はあのとおり、いつも明るく笑っていて、大したことをしていないように振る舞っている。それなのに家の中――結構広いんだ――は、あっという間にきれいに整えられて、もうずっと前から住んでいるみたいなんだよ」とお兄さまが言った。

お兄さまの話を聞けば聞くほど取り残された気分になり、私はお姉さまがいないのが身に沁みて寂しくなった。お姉さまは新しい環境の中で私を恋しがる暇もないのだろうな、と思った。お兄さまの話が政治や経済に戻っていったので、私は中座して息子たちを寝かしつけに行った。

戻ってみると、お兄さまは帰り支度をしているところだった。ヒロがお兄さまを玄関で見送っていたとき、お兄さまが突然振り返って言った。「あ、あぶない！　もう少しで忘れるところだった。英子さん、多美子から手紙を預かってきたよ」

手紙は短く、お兄さまが教えてくれたこととさほど変わらないこと、つまり日本人の外交官たちの家を行き来していることが書いてあった。

「だけど英子、ほとんどが表面的なお付き合いばかり。あなたの家に行って、ここでのつまらない儀式について冗談を言って笑いたいわ！　それに、ここはとても日本的で、本当に思っていることを口にできないの。サチもカズを恋しがっています。サチはまだ仲良しがいないの――周りの子たちはみんなおとなしくて、サチが親分風を吹かすと、すぐに泣いてしまうの。いつもあなたのことを考えています。愛をこめて、多美子」

嬉しかった。

五月二二日　月曜日

毛みどりさんが心のこもった温かい電話をくれて驚いた――私が電話した先月とは大違い。「英子さん、会いたいわ。最近は日本人とのお付き合いがほとんどなくなってしまって。英子さんと多美子さんに会えなくて寂しい」

チャイナドレスに軽やかな黒のケープをまとってお茶の時間にやってきたみどりさんは、エキゾチックな過去のある上品な日本人女性というより、中国人マダムのように見えた。相変わらず美しいけれど、みどりさんの謎めいた貴族的なところ――影のある過去と、影響力のあるビジネスマンのお気に入りの妻としての自信が混ざっていた――が、中国人マダムというはっきりした形にとって代わられていた。

「このあとに中国の奥さま方と会う約束があるからこんな格好で来てしまったけど、お茶にはふさわしくなかったわね」と、みどりさんは厚化粧と真っ赤な口紅の言い訳をするように言った。

お茶を飲むうちに気安くなったみどりさんが静かに言った。「英子さん、欣楚がいなくなってから、うちの家族はバラバラになってしまったわ。文楚は人が変わってしまった。なぜだか私にはわからない。欣楚が共産党に身を投じたことはもちろんショックだったけど、少なくとも息子にはやりたいことがあると私は思うの」みどりさんが欣楚の名前を出したとたん、私たちの距離が縮まったようだった。

「だけど、どんなに意見が違って関係がギクシャクしていても、文楚にとっては欣楚が生きがいだったのね。欣楚を失ってこれほど文楚が変わってしまうとは思いもよらなかった。文楚は抜け殻のようになってしまったわ」

みどりさんは、私の目をまっすぐ見てから視線を落とした。「文楚はほとんど家に帰ってこないの。

新しい愛人ができたみたい」私は信じられない思いで目を見開いた。みどりさんは毛文楚氏の誇りであり、喜びでもあったのに。

「ほかの奥さんとは違って、文楚は私を捨てはしないのよ。かわりに金や宝石をたくさん買ってくれて、〔汪精衛の〕南京政府の高官の奥さま方とお付き合いをしろ、と言うの。私はそんなに嫌じゃないわ——麻雀は大好きだし。主人が政府に多額の資金提供をしているから、私も奥さま方のサークルに受け入れてもらえるの。でもじっさいのところ、文楚は私を利用しているのよ。私を使って情報を集めようとしている——どの奥さまがどの奥さまといちばん仲がいいかとか、ご主人のことを奥さまがどう言ってるかとか、主人は私にそんなことばかり聞いてくるの」私はみどりさんの顔をまじまじと見てしまった。話の内容がとても信じられなかった。

「汪精衛が病気で、彼の陣営でさまざまな権力争いがあることは知っているでしょう」とみどりさんが続けた。「文楚がかつてのように狡猾で優れた戦略家なら、私はそんなに心配しない。でも、欣楚がいなくなってからの主人は心ここにあらずなの。とくに若い女性と関係を持つのが心配でたまらない——判断力が鈍って、いまの地位を失うのではないかと」

「六郎さんは南京でどんな仕事をなさっているの？」と、不意にみどりさんが聞いてきた。知らないの、と私が答えると、彼女はわずかにいらだちの色を見せた。

みどりさんが唐突に帰っていったあと、なんとなく嫌な気持ちが残った。どうしてみどりさんは私に会いに来たのかしら。毛氏の秘密を話してくれたものの、この訪問には隠された別の目的があったのではないかしら、と思わずにはいられない。もしかしたらみどりさんは、お兄さまの仕事について聞き出したかったのかもしれない。お兄さまの先日のお話をもっと注意深く聞いておけばよかった。お姉さまがいてくれたら、どう考えればいいかわかるのに。

五月二六日　金曜日

新たな電力規制についての記事が新聞に載っていた。商店の閉店時間は午後二時、夜間の外出は午後一〇時まで——その時間までにすべてのナイトクラブは閉店しなければならない。私たちには直接の影響はなさそうだ——夜に外出なんてしないから。

いちばん影響があるのは灯火管制だ——すべての窓を厚地のカーテンで覆って、敵機からまったく部屋の明かりが見えないようにする。暗い色の布を買ってきて、いまのカーテンの上に重ねなければならない。

新聞には防空警報の説明も載っていた。長いひと続きのサイレンは警戒警報、短いサイレン七回で空襲警報、その中間の長さのサイレンで警報解除。フランス租界のこんな住宅街で、じっさいにサイレンを聞く日が来るのかしら。

五月二九日　月曜日

灯火管制用のカーテンの布地を買うために永安《ウィンオン》デパートに行こうとしたら、南京路があまりに混雑していたので、汉口路《ハンコー・ロード》から回っていくことにした。それほど混んでいない道を自転車で走っていると、暖かい風が私の顔や腕を撫で、足のあたりでスカートがふくらむのを感じ、ウキウキした解放感を味わっていた。目をつぶっていたのだろうか。突然、どこからともなく現れた男性に激突しそうになった。急ブレーキをきかせたので、私の体は前につんのめった。衝撃で腕が痛くなったが、怪我はしなかった。

激突しそうになった男性は自転車のハンドルを直してくれて、ひどく心配そうに私を見た。その人は少しためらったあと、早口で「大丈夫ですか？」と言った。

思いがけず日本語で話しかけられて驚いた私は、不注意だったことをもごもごと謝りはじめた。日本人にしてはめずらしいほど体格がいいその男性は、ネクタイなしでシンプルな綿のグレーのスーツを着ていた。穏やかな笑顔が安心感を与えてくれる。

「びっくりさせましたよね？　お茶でも一杯いかがですか？」と、深みのある豊かな声でその人は言った。

「僕はこのホーリー・トリニティー教会［聖三一堂］で、日本のＹＭＣＡ［キリスト教青年会］の活動の責任者をしているのですが、教会の中にカフェがあるんです。僕は池本明と申します」

池本さんが私の自転車を抱え、教会の入り口に向かって数段の階段を上がるのについていった。ホーリー・トリニティー教会はキャセイ・ホテルの目と鼻の先にあって、その背の高い尖塔をしょっちゅう見ていたのに、赤い石造りの荘厳な教会に足を踏み入れたことはなかった。池本さんは壁に私の自転車を立てかけ、木製の重い扉を開けた。

お茶をいただくと、感覚が戻ってきた。「申し訳ございませんでした。ご親切にどうもありがとうございました。私、岸本英子と申します。お時間をとってしまって申し訳なく存じます。もう失礼いたします」と私が言った。

池本さんは日焼けした肉づきのよい顔をくしゃくしゃにして優しい笑顔になった。「やっぱり、岸本さんだと思っていました。あなたのご主人はテニスがお上手だと日本人コミュニティーの間で有名ですし、あなたは美しい奥さまとして評判です。お会いできて光栄です」

池本さんがとても自然に屈託なく話してくれたので、私は困惑しなくてすんだ。むしろ池本さんの言葉を素直に受け取って、彼の顔をまっすぐ見返すことができた。彼はいわゆるハンサムな人ではないけれど、大きな顔と切長で黒々と輝く瞳が人を惹きつけるその性格を表している。カフェの閉店時間が近づいているのを知りつつ、思わず長居をしてしまった。

「ホーリー・トリニティー教会は日本軍に接収されていて、収容所に入ったディーン・トリベット尊師に代わって、いまは日本の聖公会の阿部主教が監督しています」と、池本さんが説明してくれた。「阿部主教は、日本企業が集まるこの理想的な場所でYMCAの活動を始めることになりました。もともとYMCAは虹口で活動していましたが、日本人が昼食時に立ち寄るには不便でした。外出制限で夜の活動ができなくなりましたし。もし近くにいらっしゃることがあったら、ぜひランチタイムの講演会にいらしてください。横浜正金銀行で働く篠田さんという若い女性がいつも来てくれますし、ほかの人たちともきっと仲良くなれますよ」と言って、池本さんは自転車で帰る私を見送ってくれた。

池本さんに会って、私は正也さんを思い出した——正也さんより少しお若いだろうか。お姉さまがいたら、その足で報告に行くのに。

17

一九四四年六月二日　金曜日

気管支炎で入院中のアグネスのお見舞いに、瑞金医院へ行った。体が弱っていても相変わらず優雅なアグネスの華奢な体に柔らかな銀髪がかかっていた。「エイコ、イルマに渡したいものがあるの。

博物院路《ミュージアム・ロード》のフレンズ・センターまで届けてくださる?」と彼女が言った。

「もちろん喜んで」と答えた私は、アグネスに頼られて嬉しかった——イルマに会う口実ができた。と同時に、そのときははっきりわからなかったけれど、別の感情も抱いた。あとになって、フレンズ・センターに行くということは、ホーリー・トリニティー教会の近くを通ることになるんだと気づいた。池本さんに会って以来、教会の背の高い尖塔の姿が、私の心にしっかりと刻まれている。

六月一〇日　土曜日

近ごろは、平日と週末の違いがなくなってきた。ヒロは毎日働きに出ていて、私たちの日々の生活には外出制限や灯火管制、日中の早い時間帯の買い物、そして日没後の節電などの決まりごとが増えた。それでも、アマとチョクゲツケンがいてくれるおかげで私には時間がたっぷりある。天気がいい土曜日だったので、アグネスに託された荷物をイルマに届けにいった。

イルマは私が届けた箱を開けると、子どものようにはしゃいで、「うわー、見て見て!　アイルランド製の麻のティータオル!　私のはまだ使えるけど、お隣のブラウンさんのはボロボロだから、一枚あげたら喜ぶわ!」自分よりも他人のことを先に考えるイルマは、お姉さまにそっくりだ。

イルマに会ったあと、YMCAで講演があるかしら、とホーリー・トリニティー教会へ向かった。重たい扉を遠慮がちに押して狭い隙間から中をのぞいてみた。何もイベントがないようで、誰もいなかった。落胆しつつもほっとして、すばやくそこを出ようとした。

扉を引いて開けたとき、両手いっぱいの書類を抱え、がっしりした体でドアを押し開けようとしていた池本さんとぶつかりそうになった。飛びのいた私は、心臓が喉まで出てくるかと思った。池本さんもとても驚き、私だとわかると笑って言った。「またぶつかるところでしたね！　お待たせしましたか？」

「いいえ、近所まで来たので、もしかしたら講演会があるかなと思って寄ってみただけなんです」と、私はできるだけさりげなく言った。

「今日は役員会があるので、ホールは閉まっているんですよ」と彼が言った。「もしお時間があれば、中に入って役員たちにお会いください」

ＹＭＣＡが休みの日に来てしまったことが恥ずかしく、即座にお断りした。

「では、またの機会に。役員には、内山さんや大塚さんのように中国通の人もいるんですよ。ぜひまたいらしてください」

内山のおじさんや大塚大助さんが来ると聞いて、私はすぐに断ったことを後悔したけれど、そこで予定を変えるのもなんだか恥ずかしかった。何度もお辞儀をして、いそいそと失礼した。

自転車に乗ってから振り返ると、さっき落とした書類を池本さんが拾っているのが見えた。彼は自転車で去っていく私をしばらく見送ってくれていたに違いない。今度は私が、池本さんが頑丈な肩で重たい扉を押し開けて聖堂の中に消えていくのを見ていた。

六月一五日　木曜日

モナが昼食に来てくれた。外は暑くてじめじめしているのに、彼女は涼しげでさわやかだった。カズとタカが競うようにモナに挨拶をしに行くと、彼女は満面の笑みで喜んでくれた。

暑い夏の日に合わせてチョクゲツケンが作ってくれたちらし寿司を食べながら、二人で戦争について語り合った。日本が汪精衛政府により大きな権力を与えていると聞いた私は、それは戦争終結に向けた日本と中国の歩み寄りなのかしら、と言った。

モナは軽く首を振って答えた。「エイコ、もし平和が模索されるとしても、それは汪政府の仕事ではないと思う。汪精衛は、これまで中国人民の代表としての立場を獲得できたことがないのよ。私は蔣介石が好きじゃない。でも、蔣介石は自分が中国を代表している、とアメリカとイギリスをなんとか説得したの。夫人がアメリカで中国の理想をとても効果的に伝えたおかげでね。去年アメリカを訪問したとき、彼女はルーズベルト大統領の客人としてホワイトハウスに滞在して何度か講演し、パーティーに出席して多くの政治家たちと交流したの。アメリカの新聞も彼女が語る理想だけでなく、彼女の美しさやみごとな立ち居振る舞いを報じたわ」

上品な日本人女性が世界中の国々を訪問して日本のために話をすることができたら、どんなにすばらしいだろう。ロンドンに赴任していたころのお父さまは、資源に乏しく人口増加の著しい日本の状況を説明し、それゆえに西欧諸国と同じようなマーケットと世界の富へのアクセスが必要なのだ、とイギリスの人たちに懸命に訴えていた。蔣介石夫人のような女性だったら、もっと上手な説明で共感を得られたのだろうか。

「だけど、最新の報告によると、蔣介石夫人の贅沢ぶりが注目を集めはじめているらしいわ」とモナが言った。「アメリカにいる夫人の熱心な崇拝者たちも、彼女が身につけている宝石類や毛皮がそぐわないことに気づきはじめたのね。貧しくて餓死する人がいる上に、戦争によって引き裂かれている中国国家を助けてほしいとアメリカの人たちに援助を求める請願と落差がありすぎるって。国民党政府の臨時首都がある重慶筋の話では、中国人の士気はほとんどないに等しく、蔣介石は日本軍と戦う軍隊を派遣したがらないそうよ。アメリカが勝てば、終戦後、共産党と戦う余力が国民党に残るという理由で、彼はアメリカの勝利を望んでいるんですって。こんなこと想像できる？　本当に、誰が、誰と、何のために戦っているのかしら」

日本の支配下にある上海では、日本と中国が共同で西洋の帝国主義者と戦っているのだと信じこまされてきた。その一方で、日本軍の兵士たちが街なかでどんなふうに中国人を扱うかを見ていると、それを鵜呑みにはできない。ああ、なんて複雑！　私は声を出してため息をついた。

声と一緒に出た私のため息をモナがさらに長くして大げさに真似たので、二人そろって吹き出してしまった。彼女は私の両手をとって言った。「戦争について考えても難しすぎて結論を出せないし、私たちはほんの少ししか知らない上に、本当に起きていることをほとんど知らされていない。それでも、少なくともあなたと私は、こうして噂話をして推測したり、他の人には言えないようなことを言ったりして一緒に笑えるわ」私が考えていることを、モナがとてもさりげなく、ぴたりと言いあてててくれた。

六月二一日　水曜日

今日はＹＭＣＡで講演がある日だったけれど、私は行こうかどうか迷っていた。教会に向かって出発したあとも帰ろうかと思ったりした。二つの気持ちが私の中にあって——一方では教会に強く惹きつけられ、他方でうまく言葉にできない恥ずかしさがあった。池本さんに再会すると思うから？

田川［大吉郎］教授の講演の内容じたいはほとんど憶えていない——「国家と宗教」という講演タイトルを見て、私には難しくて理解できないだろうとはなから思ってしまったし、周りの聴衆はどんな人たちなのだろうと考えて集中できなかった。それに、お花を活けていた若い女性が池本さんの隣に座り、講演中もときおり彼と言葉を交わしているのが気になって仕方がなかった。

講演後にこっそり退出しようとしたら、背後から声をかけられた。「講演を楽しめましたか？」池本さんを見て口がきけなくなった私の頬にかっと血が上った。「はい、でも私には少し難しかったです」と言うのがやっとだった。

池本さんは愛想よくほほえんだ。「田川先生は、戦前は有力な政治家でした。が、軍部に嫌われて日本にいられなくなったんです。田川先生のことや先生の思想を知らなければ、今日の内容を理解するのは簡単ではありません。講演のない日にいらしてくださったら、今日のお話の背景を喜んでご説明しますよ」

私はお礼を言って、そそくさとおいとました。池本さんの申し出を受ける勇気があるかしら。

六月二九日　木曜日

いつもより早く帰宅して長風呂に入ったヒロが、夕食前の静かな時間に寝室のドアを閉じた。

「日本から良くないニュースが届く」とヒロが言った。「すべて箝口令《かんこうれい》が敷かれているんだが、今月、アメリカ軍がサイパン島に上陸し、一〇日前にマリアナ諸島での敗北が決定的になったそうだ」

ニュースそのものに驚きつつも、ヒロにはまだ言うことがあると私にはわかっていた。次の言葉を待ちながら、ベッドの端に座っている私の手のひらが汗ばんでいった。

「僕が小型強力エンジンを集めようとしていたのは知っているよね。今日、虹口の海軍本部に呼ばれて、これから作る船についての話があった。日本の航空母艦の損傷が大きすぎて修理できないらしい。それで、代わりに「特攻兵器」という攻撃用の特別な船の製造に専念することになるそうだ」とヒロが言った。

「まだ設計中だが、小さな船に爆薬を積んで敵の戦艦に突撃するらしい」

船と操縦士がもろとも兵器になるのだ、とヒロが話していることがわかった。誰がその船に乗って兵器の一部になるのだろう。チーコさんの言葉――「戦局が厳しくなるにつれて、戦闘機パイロットの年齢がどんどん下げられているのよ」――が蘇り、私はおそろしくなって頭を振った。

ヒロはこのニュースを私に知らせてしまうと、快活になった。「これでエンジンを探さなくてもよくなるなら、まぁいいかな」と、寝室を出る私のためにドアを押さえて言った。「ご飯にしよう、お腹がすいた」そうだ、若者たちを死に追いやる船のためのエンジンをヒロが探さなくてすむのなら、このほうがたしかにいい。

18

一九四四年七月三日　月曜日

最初は何の音に起こされたのかわからなかった――遠くからサイレンの長い音がかすかに聞こえてきた。でもすぐに、このところ空襲の話題でもちきりだった新聞を思い出した私は、それが防空警報だとわかった。灯火管制でカーテンを閉めていて時間の見当がつかなかったので、すばやく起き上がって窓の外をのぞいてみた。ちょうど空が明るくなりはじめていたから、六時ごろだったのだろう。

これからどうなるのかと緊張し、心臓の鼓動を感じながらじっとベッドに横たわったまま、遠くから聞こえてくる音に耳をすませた。三〇分ほど経ったころ、短い警報サイレンではなく警報解除のサイレンが聞こえてきた。ヒロはこの間、ずっと眠っていた。

おびえている私を見てはじめて、ヒロは私が空襲警報を経験したことがないことに気づいたようだった。

「ここではめったに警報が鳴らないんだったね」とヒロが言った。「虹口や東部の工業地帯では、もうサイレンに慣れっこになっているよ」と、安心させようと私の肩を優しくつついた。

でも、私は安心するどころではない。工場で働くヒロが、私よりずっと大きな危険にさらされているなんて。

七月七日　金曜日

昨日、入院中のアグネスを見舞ったあとでイルマを訪ね、その足でホーリー・トリニティー教会に寄ってみた。でも、本心では教会に行くことが目的で、私は池本さんにまた会いたいと思っていたのかもしれない。

着いてみるとホールは空っぽで、カフェにも人がいなかった。聖堂を見てみたくなって、ホールと教会をつなぐ横の出入り口のほうへ行ってみた。鍵のかかっていないドアから入って聖堂を見た私は畏怖の念に打たれ、お母様のお葬式をしたロンドンのアングリカン・チャーチのホーリー・トリニティー教会を思い出した。

私は祭壇のほうへ歩いていき、信者席でひざまづいた。組み合わせた手に額をのせて祈った――戦争の終結と平和を。

どのくらいの間、そうしていたのかわからない。横の出入り口のドアが開き、「おや？」という深みのある男性の声が聞こえたかと思うと、足音がこちらに近づいてきた。池本さんだった。カフェでお茶を飲みませんか、と池本さんが誘ってくれたので、私たちはテーブルに座って紅茶を飲みながら話を続けた。

「聖堂がお気に召しましたか？　ここはＹＭＣＡの活動に使えないんです。岸本さんがいらっしゃるのを見て驚きました。日本の聖公会のトップの阿部主教がこの教会を預かっています。ですが、日本の公式見解ではキリスト教は敵性宗教ですから、主教はここを教会として使うことはできません。つまり実質的に阿部主教に与えられているのは、軍部のためにここを管理する権限だけなんです」

池本さんは肘をつき、ゆっくり首を振った。「阿部主教は善良な方で、どうにかして軍部のネガティブな影響を減らそうと尽力されています。ここの施設をＹＭＣＡに喜んで貸すことにしたのもそのためです。主教は、中国人参加者たちに日本にさらに好意を持ってもらうためにはＹＭＣＡの活動が有用だと日本の当局に主張しました。本当にそう信じておられるかどうかはわかりません。ですが、阿部主教がそう言えば、日本の占領に対する中国人たちの好意を引き出すために教会が便利な宣伝手段になると当局は考えます」

池本さんは私の顔をのぞきこみ、まるで日本の教会の置かれた立場を弁解するかのように、優しく気遣ってほほえんだ。

「教会のホールを当局に認可された活動に使うことで、私たちＹＭＣＡは妥協していることになるでしょうか？」と、私にというよりも自分自身に向かって池本さんが問いかけた。「そうではない、そうであってほしくないと思います。ですが、キリスト教の価値観をひたむきに信じる平信徒として、僕はそのことをつねに自分に問いかけています」池本さんの態度には、深刻な話さえも親しい友人どうしの気楽な会話のように思わせるところがある。

「僕は東京の神学校を一九三八年春に卒業しました」と、池本さんが続けた。私は心の中ですばやく計算した。ヒロより一歳年下の三二歳だ。

「大学での最後の年に、南京の神学校から大学に一通の英語の手紙が届きました。その手紙の書き手は、日本占領下の満州でケシが栽培され、日本の軍部が中国人にアヘンを普及させていると糾弾していました。僕はこのことについて我々が何か知っているのか、その場合、どんな手が打たれているのだろうと疑問を持ちました」と池本さんが言った。この手紙に返信したくて、必死で情報を集めようと手を尽くしたが、できなかったという。つまり、彼は満州でじっさいに起きていることを日本の軍部と政府が隠しているということをつきとめたそうだ。

「真実を知りたいと思いました。自分の目で真実を確かめ、もし日本人の支配によって中国人が苦しんでいるのなら、その埋め合わせをすることが自分に与えられた使命だと考えました。それで、卒業後すぐに北京に行ったのです」と彼が言った。

人生の転機について話しているのに、池本さんの話は気楽な調子を失わなかった。彼がリラックスしていたからだろうし、その温かい人柄をいっそう強調する大きな体のせいでもあっただろう。それにしても、池本さんはすべてを捨てて自分の信念にしたがったのだ。性格は違うけれど、正也さんに似ている気がする。それで私は池本さんに惹かれるのかしら。

七月一六日　日曜日

息が詰まるほど暑い日中、子どもたちがアマと中庭で遊んでいるのを見ながら、この日記を書いている。補充兵の最初の演習から帰ってきたヒロは泥と埃だらけで、シャツは油の染みで汚れていた。

「一晩じゅう、倉庫から倉庫へ爆弾を移動させていた。ちゃんとした目的がある訓練なのか、それとも僕たちの体の鍛錬なのか、わからない。結構な年配の人もいて気の毒だったよ。何の意味があるのか、さっぱりわからない」と疲れた様子で言ったヒロは、ベッドに潜りこむ前に、ハムエッグの最後の一口を平らげた。

中庭の向こうに、フランス・クラブの敷地とテニスコート――使われなくなって雑草が生い茂り、ヒビが入っている――が見える。優雅なテニス選手だったヒロは、いまや武骨な肉体労働者になってしまった。これまで私は、悪化していく日々の暮らしや戦争の現実をあまり深く考えずに受け入れてきた。けれど、大きな変化を実感するこんな瞬間に、世界の変わりように衝撃を受けずにいられない。

七月一九日　水曜日

ＹＭＣＡに強く惹かれる自分の気持ちをおそれつつも、思いきって講演会に参加してみた。教会の入り口でチーコさんにばったり会って、二人ともとても驚いた。

「英子さん！　あなたもここに来てるの！　大助さんが常連なんだけど、私は行事のときだけ来るのよ。今日は内山さんの講演だから聞き逃せないでしょ。英子さんもいらしたなんて嬉しい。一緒に座りましょう」と、チーコさんが甲高い声で賑やかに話した。

チーコさんに会えたのは嬉しかったけれど、勇気を出してちょっとした冒険気分を味わっていたところで仲良しに声をかけられて、私は風を奪われた帆船のような気分だった。

そのとき、池本さんが入り口に現れた。

チーコさんの目の前で池本さんが私に軽くうなずいて挨拶をしたので、少しとまどってしまった。

席につくなり、チーコさんが話し出した。「日本の生徒たちが工場に駆り出されているのをご存じ？上海では、太郎の学校では生徒たちに「野外任務」を課していて、軍馬に与える干し草を作るために草を刈らせているの。男の子たちはこの暑さの中、陰のない戸外で一日じゅう、中腰で作業をするのよ。太郎は毎日の自転車通学で鍛えていたから、体力的にはなんとか耐えられるけど。今日は、内山さんが救いのあるお話で私たちを笑わせてくださるといいわね。お話上手だから」と言った彼女は、内山さんが聖書朗読台に近づくと、やっとおしゃべりをやめた。

内山さんの講演は本当に楽しかった。清朝［中国を支配した最後の統一王朝で、一六一六年から続いた。一九一一年に辛亥革命が起こり、一九一二年に最後の皇帝が退位した］のすべての男性に強制された長い編みこみの満州の弁髪についての話に、ホール全体が笑いの渦にのみこまれた。一九一一年に王朝が崩壊したときに強制的に切られた弁髪の残骸が、いまでも世界中の女性の髪飾りやヘアネットに使われているそうだ。チーコさんがはっと息をのみ、首筋できっちり小さくまとめたお団子髪を包んでいたヘアネットをつかんだ。私はクスッと笑い、隣にチーコさんがいてくれてよかった、と思った。

七月二八日　金曜日

近ごろでは遠くで鳴る空襲警報を無視するようになってきて、今日もそうしていたら、昼食の少し前にヒロの造船所から電話があった。「岸本さん、驚かないでくださいね。ご主人が帰宅されているかどうか確認させてください」と相手が言った。

「工場付近で大きな空襲があったのですが、ご主人の居場所がわからないんです。いまのところ死傷者はおらず、みんなでご主人を探しているのですが、近所の道は群衆と瓦礫でふさがれています。ご主人が帰宅されたらお知らせください」

私は深く息を吸って、壁にもたれかかった。ありそうもないことを考えたくはないけれど、心の準備をしたほうがいいのだろうか。

緊急時に備えてまとめてある重要書類一式——パスポート、出生証明書、保険の証書など——を確認した。ほかにできることは何だろう。

午後の時間が過ぎていくにつれ、不安がつのっていった。ふだんのヒロの帰宅時間になり、そして過ぎていった。私は窓際に座って薄れゆく夏の夕陽に包まれて両手を組み、ヒロがどうか無事でいてくれますようにと祈った。

どのくらいの間、そうして座っていたのかわからない。ジェイジェイが頭をピンと上げたと思うと、玄関で鍵を回す音が聞こえた。そして「誰かいる？　真っ暗で静かだなぁ！」というヒロの声がした。玄関に走っていって電気をつけようとした私は、その前に灯火管制用のカーテンを閉めなければいけないことを思い出した。

「ごめん、少し遅くなった」と、ヒロがいつもと変わらない口調で言った。

お帰りなさいのお辞儀をして、私もふだんどおりに振る舞おうとしたけれど、つい言ってしまった。

「今朝、空襲後にあなたが見つからないと工場から電話があって、心配したのよ」

「僕が見つからなかったって？　今日はほとんど外出すると監督に言っておいたのに。空襲って何のこと？」

「造船所の近くで激しい空襲があったんですって」と言うと、抑えていた感情が一気にあふれてきた。

「そうか。僕は南京路にいたんだ。大助くんと昼食をとり、彼の顔なじみの中国の宝石屋に連れて行ってもらったんだ。はい、これ。お誕生日おめでとう」

今日が何日なのか、すっかり忘れていた。私はヒロの目の前で箱を開けた。一粒の真珠の周りに花びらが五枚あしらわれた金の美しいブローチ。その場で、着ていたシンプルな白いブラウスにつけ、お礼を言うために顔を上げたら、止まらない涙で頬が濡れてしまった。

とまどっているヒロの顔が涙の向こうに見えた。「こういう不安定な時期には金を買うのがいちばんだって言われたんだ。それほど高価なものじゃないから気にしないで」

私の涙を見て、少し困ったようにヒロが言った。「夕食の前にひと風呂浴びてくるよ」

二三歳の誕生日を、私はきっときっと忘れない。

八月一二日　土曜日

二度目の補充兵の演習に出かけていくヒロを、息子たちは大興奮で見送った。カズはヒロの歩兵帽をかぶり、片手で私にしがみついていたタカはもう一方の手を激しく振った。タカはもうしっかり立てるようになり、歩けるようになる日も近そうだ。

鏡の前で最後の身だしなみチェックをしていたヒロが顔をしかめた。「これが、アマがアイロンをかけてくれた最後のシャツだ。電気製品の使用も制限されるからね。しわくちゃのシャツが戦争遂行に貢献するというわけだ」ヒロはあきらめたようにため息をついて、夜間演習に出かけていった。

八月一三日　日曜日

演習から帰宅したヒロは、前回ほどは疲れていないようだった。「あまりに暑かったから、今回は倉庫から倉庫への移動はなかった。ほとんどの時間をＹＭＣＡの裏にある広場でウロウロして過ごしたよ」ヒロが口にしたＹＭＣＡという言葉に、私は動揺してしまった。

「ああ、そういえば、君を知っているという補充兵に会ったよ。池本さんという人」今度は心臓が止まりそうになった。

「ホーリー・トリニティー教会の講演会に君が来てくれるのを喜んでいたよ」

私はヒロに講演会のことを話したことはなかったけれど、ヒロは気にしていないみたいだ。彼は新聞の紙面を目で追いながら言った。「池本さんは大柄で力が強いから、年配の人たちの荷物運びを手伝っていた。えらいよね。彼は僕のテニス歴に興味を持っていた。いつかうちにお招きしようか」

関心がないふりをしていた私の心がはやった。どうにか平然を装ってこう言った。「今週土曜日、タカの一歳の誕生日会に美代を招待しているでしょう。そのときに池本さんもお呼びすれば来てくださるかも」

ヒロは「いいね」と言って、仮眠を取りにいった。

八月一六日　水曜日

タカの誕生日まであと三日。どうして池本さんを呼ぼうなんて言い出してしまったのかと、そればかり考える。嬉しい気持ちと怖い気持ちとが半々だ。池本さんのことは私のほかの生活とは切り離して考えていた。それなのに、昼下がりに自宅で開く赤ちゃんの誕生日会に彼がやってくるなんて。こんな家庭的な環境の中で池本さんに会うのはなんだか変な気がする。

八月一九日　土曜日

玄関のベルが鳴って息をのんだ私は、緊張しているのが池本さんにわかりませんようにと願った。でも、心配する必要はなかった。池本さんは美代と同時に着いて、美代が背中から赤ちゃんを下ろそうとしている間、彼女のバッグを持ってあげていた。夢中になっていた二人は、私がドアを開けたことにも気づかなかった。

二人が家の中に入ってくると、私は生後二ヵ月の真理子ちゃんに優しく話しかけ、カズは美代の脚にまとわりついて、「みーちゃん、みーちゃん」と叫んだ。

カズが真理子ちゃんをよく見られるように美代がしゃがむと、ジェイジェイが気取って歩いてきて、真理子ちゃんの顔をなめようとするかのようにのぞきこんだ。私が本能的にジェイジェイを押さえるしぐさをすると、池本さんもまったく同じことをしていた。二人の手が触れた瞬間、私の体に電流が走った。池本さんはそんなことにはまったく気づかず、楽しそうにジェイジェイを撫でていた。私は自分が愚かでぶざまだという気がした。

夕食の席につくと、幸いにもヒロと池本さんはテーブルの一方で話に夢中になり、美代とアマと私は、チョクゲツケンの作った小籠包をカズとタカが行儀よく食べるのを手伝うことに気をとられていた。

突然、タカが片手にスプーンを持ち、幼児用椅子のテーブルをたたいて「ク、コ、ク、コ！」と喉を鳴らして言った。アマが誇らしげに、タカが喉を鳴らして言っているのは「おいしい」という意味の中国語に違いない、と言った。カズが「ク、コ」の音を真似するので、タカは張り切ってさらに大声で叫んだ。

それをおもしろそうに眺めていた池本さんが笑って言った。「隆雄くんは、今日が自分の誕生日だとわかっているみたいですね。とても賢い男の子だ」

そしてすぐにこう続けた。「こんなに素敵なご家庭にお招きいただいて嬉しいです。僕の息子も隆雄くんと同い年で、日本にいます。今日はまるで息子の誕生日を祝うご褒美をいただいたような気分です」

私は喉に石がつかえたかと思った。池本さんの隣に座っていたヒロが、いつものようにさらりと応じてくれた。「そうですか。日本のどちらですか?」

男性二人が話している間、私は池本さんの奥さんと息子さんが日本にいるという予想外の事実をよく考えてみようとした。どうしてあんなにショックを受けたのだろう。私がとまどったのは、池本さんが結婚しているという事実ではなく、それを聞いたときの自分の反応に対してだった。いったい私はどうしたのだろう。

それからあとの午後のことは、よく憶えていない。記憶に残っているのは、とても楽しかったと言ってお客さまがたが帰っていったことだけだ。

八月二八日　月曜日

「船の名前は「震洋」――「大洋を震わせる」と漢字で書くんだ」と、ヒロが工場で作ることになる船の説明をしてくれた。

「僕たちが作っている型は後発デザインなんだけど、先発の特攻兵器はまもなく大量生産に入る」疲れきった様子でため息をついて、ヒロは新聞に注意を戻した。

そのため息を聞いて、私は「特攻兵器」の意味を突然理解した――船とその操縦士から成る兵器。日本の戦況はそこまで絶望的なのだろうか。背筋がぞっとした。

新聞には、負けた戦いや物質不足について書かれることは決してなく、日本人の闘志を鼓舞するようなことしか書かれない――贅沢を慎んで緊急事態に備えるよう諭し、敵の弱さと士気の衰退を強調する。でも、よく考えてみると、これらはすべて、私たちにさらなる犠牲を強いるために書かれているのではないだろうか。その犠牲には、故意に人命を失うことも含まれているのだろうか。どんな特攻兵器も使われることなく戦争が終わり、平和が訪れることを心から祈った。

19

一九四四年九月三日　日曜日

ヒロが工場に出かけてまもなく、電話が鳴った。池本さんが、タカの誕生日会の「お礼」に南京路のトリコロール・コーヒーハウスに私たちを招待してくれるという。

私は胸の高鳴りを抑えて、ゆっくりと慎重に言った。「廣は今日も出勤していて行かれませんけれど、私だけでもよろしければまいります」

大胆な発言に自分でも驚いたが、これは徹底的に自己分析をした結果、出てきた言葉だった。池本さんが既婚男性であることを知ったときの衝撃の大きさに驚いた私は、これまで自分がのぼせ上がっていたことを自覚した。池本さんに無邪気な好意を抱くのは刺激的だった！　でも、それは私が求めていたものではない。妻子と離れて暮らしながら戦時下でキリスト教活動に専念している池本さんに、いまは穏やかな共感と尊敬の念を抱くようになった。もっと池本さんと知り合い、友達になりたいと思う。

トリコロール・コーヒーハウスは簡単に見つかった。赤と白と青のフランス風の日よけの一部が歩道にかかっている。混んでいる店内には、コーヒーのかぐわしい香りとタバコのにおいが満ちていた。池本さんを探して見回すと、彼が角のテーブルのそばに立っていて、元気をくれるあの笑顔で手を振ってくれた。日本のお辞儀と挨拶を交わしてから注文をした。池本さんとの会話が途切れることはなかった。私は奥さんのことを知りたかった――どこで出会い、結婚してどのくらい経つかなど――でも、息子さんのことを訊いてみた。「息子の誕生日は隆雄くんの誕生日のたった一週間後です。和也といいます――和雄くんと名前が似ていますね。先日はお宅にお招きいただいて、本当に光栄でした」と池本さんが言った。

次の瞬間、池本さんはものほしそうに窓の外を眺めた。それから穏やかに言った。「僕は息子に会ったことがないんです。でも、息子が健康に生まれてきて、妻と二人で元気で過ごしていると信じています。妻のハルはたくましいんです。初めて会ったのは、僕が一九三八年に北京に着いた翌月です。彼女は、スラム街にある日本キリスト教婦人矯風会が運営する施設で働くために日本から来ていました」と彼が続けた。一九四二年に結婚するまでの数年間、池本さんとハルさんはともに日曜学校で教えていたそうだ。結婚したとき、池本さんは二九歳、ハルさんは二五歳だったそうだ。

私はちょっとうらやましかった。池本さんの奥さんがではなく、故郷から遠く離れた地で互いに優れた仕事をしながら知り合ったというのが、なんともロマンチックに思えたのだ。

「僕たちが結婚したのは真珠湾攻撃後でしたから、日本が敵の資産を接収していました」と、池本さんが続けた。「僕はYMCAに託されたアメリカの大学を管理する職につくように言われ、そうしました。それは形だけのことで、じっさいの運営は以前とまったく変わりませんでした。ですが、一九四三年初めに大学長のヘイズ博士が北京近郊の敵国人収容所に送られました」即座にキース、ジョイスとお嬢さんのアナ・メイのことを思い出した私は、一瞬目を閉じた。

ヘイズ博士が収容所に入ったあと、池本さんが不法に敵の資産を利用していると日本の軍部が糾弾し、池本さんとハルさんは大学の敷地から退去を命じられた。軍部が大学の施設を将校たちのために使いたがったために、数日後には憲兵が来て池本さんを逮捕し、結婚のお祝い品を含めた私物をすべて没収されたそうだ。

池本さんは二週間独房に入れられて尋問を受け、一五日目に判決を言い渡された。敵の資産を利用したかどで有罪となり、四日以内に日本に帰国するよう命じられた。

「僕はハルとともに中国を出国させられました。そのとき、ハルは妊娠四ヵ月でした」と彼が言った。池本さんは日本に帰国してもまたすぐに北京に戻れると考えていたけれど、YMCAは彼を上海に転任させた。奥さんの出産が間近だったため、池本さん一人で中国に渡り、あとから家族が来る予定だったという。

「でも、もはや危険すぎて、二人が日本から上海に来ることはできません」と池本さんが言った。

「あなたに会えて本当に幸運でした、岸本さん。あなたは驚くほどの理解力と思いやりの持ち主です。若いのにそれだけの賢明さと落ち着きを持ちあわせていらっしゃるのは、あなたの受けてきた教育と健やかな家庭生活のおかげに違いありません。僕はご主人の岸本さんのことも心から尊敬しています」

私はいたく感動してしまい、どう答えていいのかわからなかった。「池本さん、岸本さんではなく、英子と呼んでください。でないと、あなたが私のことを言ってるのか主人のことを言ってるのかわかりませんから」と言うのが精いっぱいだった。

池本さんが温かく笑った。「では、あなたも僕のことを明と呼ばなくてはいけませんよ」

もう帰る時間になっていた。別れ際、私たちはお互いのことを「明さん」と「英子さん」と、これまでもずっとそうしてきたかのように、とても自然に呼び合った。

九月一九日　火曜日

誰かの役に立ちたいと思い、虹口に住む美代と真理子ちゃんにベビー服を自転車で届けにいくことにした。美しい初秋の気候に気分が盛り上がったものの、そのうち街が荒廃していることに気がついた——ゴミだらけの道のどの角にも行商人や物乞いがいて、人々の表情は一様に張りつめていた。

虹口の日本人街を進んでいくと、商業地の真ん中に空き地があって、大きな池のようなものを掘っている人たちがいた。その人たちのほとんどは、頭に手ぬぐいを巻きモンペを履いた日本人女性だった。私は自転車を降り、そばに立っていた年配の日本人男性に、何をしているのですか、と訊ねてみた。礼儀正しく答えてくれると思っていたら、その人は私の頭から足先までを見下すようにジロジロ見た。

「奥さん、いったいどこに行ってたんですか？　防火貯水池を掘るこの仕事が始まってから、もう随分経ちますよ。きれいなスカートとブラウスを着て自転車に乗ったりしないで、あんたもモンペを履いて掘りなさい！」

私は赤面し、ズキズキする頭をうなだれて、謝るように深くお辞儀をした。呉淞路《ウースン・ロード》から少し入った路地にある低層テラスハウスの列の中を、美代の住む建物を探して自転車をこぎながら、恥ずかしさで頬が燃えるようだった。

「そうなんです、虹口の日本人地区全体がますます独善的になってきているんです」と、この話を聞いた美代が言った。「私たちは隣組に入れられて監視し合っています。緊急時には役立つかもしれませんが、多くの人は、愛国心が不十分だと思う人を批判するために隣組を利用しています」

九月二六日　火曜日

日本食料品トラックで、偶然チーコさんに会った。「昨日、太郎が自転車を蹴られて石を投げつけられたの」とチーコさんが言った。「それでも今日は学校に行ったわ——欠席すると、先生方に闘志が足りないと思われてしまうから」

チーコさんが大きなため息をついた。「これが戦争よね。中国人たちは日本の戦況が良くないと知って、日本人に対する敵意をどんどん大胆に表すようになっている。学校の制帽をかぶっていて明らかに日本人だとわかる太郎は、攻撃の的になるのね。おかしなものね、英子さん。大助さんは京劇関係の中国人の友達としじゅう一緒にいて、よく中国人と間違えられる。なのに、太郎は中国人たちにいじめられるなんて」チーコさんが首をかしげて悲しげにほほえんだ。

一〇月一三日　金曜日

急に涼しくなり、カズが風邪をひいて下痢をした。私はカズが部屋で寝ている間に、この日記を書いている。元気なタカはアマと中庭に出ている。

今日の新聞によると、中国人たちが日本語を熱心に学び、こぞって日本語の資格試験を受験しようとしているらしい。私は欣楚を思い出した――中国の学校で日本語が必修になったときに動揺していた欣楚。「エイコさん、新聞に書いてあることを信じてはだめだ！」と、ハンサムな顔に真剣な表情を浮かべて彼が言うのが聞こえるようだ。

こんなに静かだと、いろんな心配事が心に浮かんでくる。私はいま、日本人が使うべきではない敵国語である英語で日記を書いている。これも気にしなくてはいけないのだろうか。でも、私の頼りない日本語で書くのは絶対無理だ。禁じられた物を探すために中国人の家を捜索する憲兵の姿が頭にちらつく。それから、独房で二週間も尋問を受けた明さんのことも。

それでも、私は書かずにはいられない――この日記は私の大切な相棒だ。害のない個人的な活動を続けることにも気を遣わなければならないなんて、と怒りがこみ上げてきた。

一〇月一八日　水曜日

淮海中路のDD's《ディーディーズ》カフェでモナと昼食をとったあと、近くを散歩した。食事の間、彼女の口数はいつもより少なかった。

カフェを出てからモナが話しだした。「近所の人と不愉快なことがあったの。戦争が日常生活に入りこむと、人間はとても意地悪になるのね。私たちが自分よりいい生活をしていると思ったその隣人は、私たちが敵に迎合しているとケチをつけてきたのよ」

隣人が言ったことをモナが話すのだろうと思い、私は彼女のほうへ体を傾けた。ところが、彼女は唐突にこう言った。

「汪精衛が父の友人だったと前に言ったかしら？　経営者だった祖父と違って、父は政治からはほど遠い詩人兼学者になったのよ。そしてパリで汪精衛と知り合ったの、お互い二〇代のころ。汪はいままでも見栄えのいい人だけど、健康なときはとてもハンサムだったのよ。当時、国民党内部で悪意に満ちた内部抗争があって、汪にとって父は気を紛らわすのにちょうどいい相手だったのでしょうね」と、足で落ち葉をかき混ぜながらモナが言った。「汪は才能豊かな詩人で、父は彼のことが大好きだった。汪がいま中傷されているのは悲しいわ」と、モナがため息をついた。汪は日中戦争の勃発後、国民党内での自らの権力強化を始めた蒋介石に干されてしまったそうだ。「だけどエイコ、孫逸仙《ソンイッセン》［孫文。初代中華民国臨時大統領で、「中国革命の父」と呼ばれる］が唱えた愛国的で民主的な理想の実現を純粋に目指しているのは、蒋介石ではなく汪のほうだと父は信じてきたのよ」

彼女が私に謝るような微笑を浮かべたので、日本のことを話すのだろうとわかった——私はもちろん気にしなかった。「中国にとって都合が悪かったことは、ちょうどそのころ日本が中国で勢力を伸ばしていたことだったの。一九三七年夏に上海で残虐な戦闘があって、一二月に日本が南京を占領したの。北京はすでに日本の手に落ちていたわ。そのときに蒋介石がとった行動を見て、汪は蒋介石と意見を異にするようになったの」とモナが続けた。「蒋介石は、日本の前進を遅らせる目的で黄河の堤防を破壊したの。それによって中国の町や村が壊滅し、多くの中国人の命が奪われることになると知りながら」

モナの話では、蒋介石のその決断によって、汪精衛は、中国の人々の苦しみを終わらせるためには日本と友好関係を結ぶしかないと信じるようになったという。彼は一九三八年末に蒋介石と袂《たもと》を分かち、日本と交渉することにしたそうだ。

「いまでは蒋介石が有利な立場にいるから、汪は多くの中国人から裏切り者だと思われている。でも、汪は自分が日本に寝返ったと考えてはいないと思うの」と、モナが静かに言った。

彼女は再び足で落ち葉をかき混ぜた。「とにかくいま汪は重い病気にかかっていて、誰もが互いを警戒しながら自分の身を守っている。お金持ちの中国人マダムの最新流行を知ってる？」と、モナは急に声の調子を変えて私に訊いてきた。

「黒いケープを羽織って、おそろしくたくさんの宝石をつけるの」と彼女が笑った。「きわめつけは、首の周りにしっかり巻きつけたケープの上に、分厚い金の二連ネックレスを巻く。そんな格好で麻雀するの。四羽の光り輝く黒いカラスが、翼のようなケープの袖から腕を出して麻雀牌をパタパタいわせたり混ぜ返したりするところを想像してみて！　金や宝石はみせびらかすためだけのものじゃなくて、戦時にはもっとも持ち運びやすい財産になるの。高い地位にいる中国人たちは、将来の不測の事態に備えて、できるだけたくさんの金や宝石を手に入れようとしているわ」

やっぱり！　合点がいった――みどりさんはカラスの一羽だったのだ。私は毛みどりさんの突然の来訪と毛夫妻の変わりようについて、モナに手短かに話した。

「エイコ、そのお友達はとても危険な立場にいるのかもしれない」とモナが言った。「この戦争の結果がどうなるかは、ますますわからなくなっている。もし――仮定の話よ――日本が戦争に負けたら、敗者を支持していた人々はそれに見合う結果を受け入れなければならない。［汪精衛の］南京政府に近かった人ほど厳しい結果になると思う。私は中国人どうしのことを言っているのよ。私たちもS・Pが聖ジョンズ大学で働いていることで不利な立場にいるわ。先日私を中傷した隣人との一件も、これから起きることとの予兆に過ぎないと思っているわ」

一〇月二六日　木曜日

今朝、瑞金医院に行くと、来客用のラウンジで、アグネスが知り合いの中国人の李氏《リ》と唐《タアン》博士の間に座り、三人で新聞を読んでいた。私を見つけた彼女は気遣うような表情を浮かべたあと、温かく手招きしてくれた。瞳に深い心配の色をたたえつつも、血色がよくなり前より元気になったようだった。

「エイコ、私たち、英字新聞の記事を読んでいたところよ」と、アグネスが私の手をとって言った。

唐教授は私に椅子を勧め、眼鏡を直しながら静かに言った。「すでにご存じかもしれませんが、読みますね」三人の深刻な表情を見て、教授が読みはじめる前から私の背筋に悪寒が走った。

「一九四四年一〇月二五日一〇時四五分、神風特攻隊の霧島連隊が、四艘の航空母艦を含む敵の機動部隊への夜襲攻撃に成功した」

私はショックを受ける前に呆然としてしまい、目をパチパチさせた。特攻隊の自滅行為がついに始まったのだ。血の気が引いた体がしびれて冷たくなっていくようだった。アグネスが優しく私を抱き寄せてくれた。

李氏が新聞をめくった。「こちらに記事の続きがあります――神風という言葉の説明が。一二八一年にフビライ・ハンが日本を征服しようとしたとき、神々が巨大な台風を起こし、侵略者であるモンゴル人が日本に上陸するのを阻止したそうです。神聖なる風という意味で神風だと。エイコさんはこの言葉を知っていますか？」

「ええ、日本人はみな子どものころから、神風が日本をモンゴル人の侵略から守ったと教えられます」と私はつぶやいた。だが、いくら人間のパイロットが日本を敗北から救うとしても、彼らは神聖な風ではない。私は、特攻隊に送りこまれる青年たちの母親のことを考えずにはいられなかった。太郎くんがもう少し大きければ、チーコさんもその一人になるのだ。そして、ヒロが作っている船。その船もこんな使命に使われなければならないのだろうか。

アグネスが再び私の手をとって言った。「ここにいる私たちで静かに座り、小さな祈りの集会を持ちましょう」たっぷり三〇分間ほど、私たちはともに座っていた。その間、誰も話さず、同じ祈りで結ばれていた。わが家への帰り道、クエーカー教徒たちがいるところで神風特別攻撃隊のことを初めて聞いた自分の幸運を思った。

一一月二日　木曜日

ホーリー・トリニティー教会でチーコさんと昼食をご一緒した。席につくなり彼女が言った。「英子さん、最近国のために命を捧げた特攻隊のパイロットたちが、いまや太郎のいちばんの英雄よ。特攻隊員が学校の朝礼で称賛され、生徒も先生も一日じゅう、彼らの勇敢さ、そして彼らがいかに日本に勝利をもたらすかについて話しているの」

「太郎の頭は理想ではちきれそうになっているわ——西洋の帝国主義からの解放、大東亜共栄圏、祖国、そして、天皇陛下」いつもは甲高いチーコさんの声がだいぶ低く聞こえた。

「私がいちばん心配なのは、英子さん、太郎のことじゃないの。太郎はまだ小さいもの。私の弟の修よ。弟がこれからどんな任務につくのか考えるとおそろしくなる」私は、日本の将来への希望を感じさせてくれた、貨物船の甲板に整列した若くてさっそうとした海軍兵学校生たちを思い出した。

私たちはしばらくの間、煮立ってシューシュー音を立てているうどんを食べるのに集中した。つゆをひと口飲んだチーコさんが言った。「完璧な味つけ。日本では「おふくろの味」って言うのよね——

若いパイロットたちはもう二度と味わえないのね」

頭をかしげたチーコさんが、疲れたような笑みを浮かべた。「神風を称揚することはそんなに悪いことじゃないと思うの。少なくとも母親たちは、息子が英雄として正義のために死んだと考えてなぐさめられる。そうとでも信じないと、こんなこと受け入れられない」

一一月八日　水曜日

カズの四歳の誕生日。中庭で遊んでいた子どもたちをわが家に招いた。息子たちも入れて全部で一〇人、子どもたちと母親たちの即席の集まりだった。ケーキやお菓子を食べるなんていまや滅多にない贅沢だし、最近の暗いニュースから気をそらしたかった——どちらにしても、お誕生日会は賑やかで楽しかった。子どもたちは家じゅうを走り回って大騒ぎし、母たちはおしゃべりに花を咲かせて笑い合った。喧噪と興奮で疲れ果てたけれど、その疲れが心地よい。

一一月一三日　月曜日

三日前、汪精衛が名古屋で亡くなった。情熱的な理想主義者だった若かりしころのハンサムな汪の話をモナから聞いていた私は、汪に好感を持つようになっていた。若いころの汪がなんとなく欣楚に似ていると思ったせいもあるだろう。汪に似ていると言われたら欣楚は嫌がるだろうから、これはちょっと皮肉なことだ。欣楚から見れば、汪は日本の操り人形で、お父さんとの不和の原因なのだから。環境と、おそらく見こみ違いの衝動のために、汪の夢は叶わなかった。彼が亡くなったことが悲しい。

汪精衛の死は日本にとってどんな意味があるのだろう。新聞を読んでもわからなさそうだ。

一一月一六日　木曜日

みどりさんから電話があり、これから英子さんの家に伺ってもいい？　と訊いてきた。もう黒いケープはまとっていなかったけれど、みどりさんが身につけている宝石は目立っていた。彼女が手袋を外すと、少なくとも三本の指に指輪が光り輝いていた。

みどりさんは大きなため息をつき、心配ごとを話しはじめた。「いま、汪精衛側の人たちは必死になっているわ。蒋介石側が戦争に勝ったら、汪側の人間はことごとく裏切り者とみなされる。皮肉なことに、人生が今日で終わりといわんばかりに、みんな猛烈な勢いでパーティーをしたりお酒を飲んだりギャンブルをしたりしている。その一方で、互いにだましあったり糾弾しあったり。文楚はこれまでいつも闘ってきたのに、欣楚がいなくなって目的を失ってしまった。戦争の勝敗も気にしていないかもしれないわ」

「どうしてそう思うの？」と訊いてみた。自信に満ちた毛文楚氏の姿が、いまも鮮明に私の印象に残っているのに。

みどりさんはとっさに顔を覆い、息を深く吸い込んだ。「主人に新しい愛人ができたと言ったでしょう。私はもちろん気に食わないし、ときには怒りではらわたが煮えくりかえりそうだった。それでも主人が幸せで喜んでいることもわかっていたの。ところがその若い女は、分離した国民党グループのスパイだったらしいの。女に夢中の文楚は何も疑わず、もう少しで手遅れになるところだった。彼女が罠を仕掛けたのよ」私は目を見開いた。みどりさんが話を続けた。

「文楚にとっては幸運なことに、おそらく主人を誘拐しようとしていた彼女の共犯者が約束の時間になってもレストランに姿を現さなかったことで、その女が取り乱したの。第六感が急に働いた文楚はトイレに行くと言って席を立ち、店の裏口から逃げたのよ」私は力が抜けて椅子にもたれかかり、目を閉じた。

「それで終わりじゃないの、英子さん。主人はすぐさま手を回してその女を消したの。ええ、殺させたのよ」私は口をあんぐり開けた。

「でも、文楚は悲しみや後悔をこれっぽっちも見せなかったわ。欣楚を失ったことで、あらゆる感情を失くしてしまったみたい」

言葉が出てこなかった。私たちは無言のまま黙って座っていた。

「ああ、英子さん、一緒に競馬場へ行ったころが懐かしいわね。内山書店で欣楚と過ごした日々のこともよく考える。日本人の友達に囲まれていたあのころが、いちばん楽しかったな」と最後に言った彼女の顔は、どうしようもなく悲しそうだった。

一一月一八日　土曜日

今晩、出張で上海に来る予定の六郎お兄さまをわが家にお招きしていた。夕食をご一緒しようと待っていたのに、二時間たってもいらっしゃらないので、もう食べよう、とヒロが言った。お兄さまがいま来ても、どのみち外出制限時刻までにホテルには戻れないからと。もう寝る時間になるのに、お兄さまから連絡がない。

一一月一九日　日曜日

お兄さまが一日遅れでわが家にいらした。南京からのブルートレイン急行が上海まで来るのに、通常七時間半のところ、一二時間もかかったそうだ。

「上海の手前で、長いこと列車が止められたんだ」とお兄さまが言った。「駅のプラットホームに列車に沿って配置された駅員たちが、客車の側面やドアの下を調べたり車体の下に潜りこんだりして落書きを探していた」

「落書き?」とヒロが訊ねた。

「中国の役人に聞いた話では、ゲリラ兵たちは遠方の仲間と連絡を取り合うために、秘密のメッセージを白いチョークで電車の車体に書くんだそうだ」とお兄さまが答えた。「そうやって彼らは計画した攻撃を実行するために協力する。つい最近も夜襲があったから、あんなにしつこく列車を調べていたんだろう」

「夜襲って何ですか?」と私が訊ねた。

「二週間前、同じブルートレインが、鎮江と南京の間の人里離れた場所で止められたんだ」とお兄さまがゆっくり言った。「列車を護衛していた日本の兵士たちが撃たれ、一等車に乗っていた乗客たちは列車を降ろされた」

「乗客たちはどうなったんですか?」とこわごわ訊ねてみた。

「さあ。もちろん新聞にはそんなこと書かれていなかった。僕も噂で聞いただけだ。夜襲をかけたのはおそらく共産党のゲリラ兵たちで、金品狙いだったんだろう。日本人の乗客は身代金と交換されたんじゃないかな。もしその中に重要人物がいれば手早く大金をつかめるから、ゲリラ兵にとっては幸運というわけだ。身代金を払ってもらえない日本の一般人は、おそらくつらい囚われの生活を送ることになるんだろう。共産党員たちは人質を殺さないと思う。彼らには信条があって規律正しいから」

「でも、その同じ信条と規律を、裏切り者とみなす人たちに対しても冷酷に適用する」と、お兄さまが続けた。「一等車に乗っていた中国人たちは、きっと汪体制側の人間だ。彼らはどこかに連れていかれて処刑されたと思う」

私は首を振り、頭に浮かんだおそろしいシナリオを振りはらった。毛氏が一等車の乗客で、欣楚が共産党員のゲリラ兵の一人。いや、いや、あの穏やかな欣楚がゲリラ兵になるはずがない。それでも、共産党の支部に逃げこむことは安全を意味しないばかりか、むしろ危険な闘争に深く関与することなのだということがわかった。

一一月二九日　水曜日

講演を聴きに教会へ行ったら、なんと中止になってしまった。「路面電車が止まるとは想定外でした」と、明さんは木製の大きな扉のそばに立ち、訪れた人たち全員に謝っていた。そして私にこう言った。「英子さん、来てくださったんですね。ちょっと待っていてください。訪問者が途切れたら、コーヒーを飲みにいきましょう」講演の間ずっと座っているよりも、明さんと過ごせるほうが私は嬉しかった。

二人でまたトリコロール・コーヒーハウスに行った。前と同じテーブルに座ったのに、カフェは二ヵ月で様変わりしていた――前よりずっと陰気で暗い。

「もうすぐ冬ですものね」と、私は着ていたジャンパーを体にしっかり巻きつけて言った。カフェの中まで冷気が入ってくるようだった。

「天気のせいだけではありませんよ、英子さん」と明さんが言った。「あのバスから突き出ている管をごらんなさい。あんなに黒い煙を吐き出して、いったい何で動かしているんでしょう。公共の交通機関はますますあてにならないから、これからは自転車を持っている人か、教会まで歩いて来られる人に講演をお願いしないといけません」明さんは、小さく折りたたまれたメニュー表を大きな両手で取り上げて熱心に見入った。

さすがにもうどきどきすることはないけれど、明さんと一緒にいられるのがすごく嬉しかった。彼といるとリラックスできるだけでなく、自分が特別な存在だと感じられる。

「英子さん、毎晩僕が何をしているかお話しするのは恥ずかしいんだけど」という、明さんのいわくありげな言葉に私が驚くと、彼が喜ぶのがわかった。「虹口で一人で生活するのはとても退屈です。それで僕は、憲兵隊と仕事をしている友人のところに行っています」おそれられているあの日本軍の警察と明さんが関わりを持っていると聞いて、私はあっけにとられた。

「久保は学生時代からの友人です。僕らは非常に仲が良く、職業の違いを越えて付き合ってきました」と明さんが言った。「彼は憲兵ではなく主計官なので、さまざまな将校クラブで毎晩開かれている憲兵隊のパーティーの手配をしなければなりません。彼の下宿にしじゅう出入りしている僕のことを門衛たちも覚えてくれて、彼が不在のときでも入れてもらえるんです。久保の部屋で彼の帰りを座って待っていると、誰かがやってきて、夕飯が欲しいかと聞いてくれるので、はいと答えると、また誰かがやってきて、よかったら入浴してよいぞと言ってくれるので、僕は風呂に入ります。そのあとで夕食が出てきます。その後、パーティーが終わって一〇時ごろ上機嫌で帰ってくる久保と二人で話すんです。僕はほとんど毎晩、彼のところへ行っています」

「まぁ、便利なお友達！」と私が言った。

「ええ、彼と一緒だと映画も無料で観られるんですよ。久保が憲兵隊の身分証明書を見せるだけで」

コーヒーをふた口ごくりと飲んだあと、明さんの顔つきが真面目になった。

「久保を悪名高い憲兵隊と結びつけて考えることはできません。彼はあくまで会計士です。でも、いまじっさいに起きていることを久保が教えてくれて、僕たちは二人とも、心底うんざりしています。飲酒や女遊び、強奪がますます横行していて、最近の将校たちはある種自暴自棄になっているようです」

窓の外を見やりながら明さんが言った。「『戦争と平和』の中で、トルストイがこんなことを書いています。敵が近くに迫ってくればくるほど、モスクワ市民は不真面目で軽薄になっていく。それは人々に大きな危険が差し迫っているときのつねなのだ、と」

『戦争と平和』を読んでいない私はその言葉を知らなかったけれど、明さんの言うことには心当たりがあった。汪政府の高官たちがまるで明日が来ないかのように狂気じみたパーティーをしている、とみどりさんが言っていた。カズの誕生日会だって、いつもより陽気で騒がしかった。危険が差し迫る中で将来が見通せないという思いを、誰もが抱いているのだろう。

20

一九四四年一二月一日　金曜日

最近は街のいたるところが凍っていて、気温も氷点下だ。今朝の朝刊で、命を落とした一〇人の神風特別攻撃隊のパイロットの写真を見て、気持ちがさらに凍えてしまった。そのうち七人が学生の新兵だった。写真の中の一人の顔を見て、私は心臓が止まるかと思った。その人はカズに驚くほど似ていて、一〇代のカズといってもおかしくないほどだった。記事は神風の英雄的行為を激賞し、アメリカが半分以上の兵力を失ったと報告していた。「日本の「質」が米国の「量」を凌駕」こんな記事が国民の士気を高めると思われているのだろうか。すべてがおそろしくて重苦しい。

一二月一二日　火曜日

日本食料品トラックでお餅――思いがけない掘りだし物――を買った帰りに、チーコさんのお宅に寄った。厚着した姿で自転車に乗って凍った道を行くのにあまりに苦労したので、チーコさんの家に着いたときには心の底からほっとした。チーコさんが出してくださったジャスミンティーと手作りのアーモンドクッキーがとにかくおいしかった。

「太郎くんと花子さんはお元気?」とチーコさんに訊いてみた。太郎くんの話はよく聞いていたけれど、ともすると元気のよい妹さんのことを忘れそうになる。

「元気よ。だけど学校の雰囲気はとても暗いみたい。きっと特攻隊の話のせいね。特攻隊が英雄として賞賛され、毎日毎日フィリピンでの勝利が報告されるけど、日本が自暴自棄になっているのではないかと子どもたちも感じているのよ。私もそのことは考えないようにしているの。そうしないと修のことが心配でたまらなくなるから。とにかく、戦争が早く終わりますようにと、お祈りしているわ」と、チーコさんがため息をついた。

「花子が先日、こんなことを言ったのよ。「お母さん、お料理とお裁縫を私に教えて。良子ちゃんがお母さんから教わったことを話してくれたの。戦争で家族が捕らえられたり離れ離れになったりしたときに備えて、私も自分のことは自分でできるようになりたいの」って。想像できる？　そんなことを子どもたちが話しているなんて！　花子のクラスの三分の一近い生徒が日本に帰国したそうよ。これも子どもたちの話題の一つ――中国に残るのか、日本に帰るのか。でもいまは大勢が帰国するには船が足りないし、それより上海から日本へ向かう航路には機雷が多くて危険すぎるわ！　だから迂回する人も多いらしいの――列車で南京か北京に行き、そこから朝鮮半島に出て、最後に船に乗るそうよ」

「でも、列車もそれほど安全じゃないわね」と、お兄さまに聞いた夜襲の話を思い出して私が言った。そんなに多くの人たちが日本に帰国しようとしているなんて知らなかった。

もし日本の戦況が本当に深刻だとしたら、完全勝利はもはや不可能なようだから、軍は野望を捨てて和平交渉を始めるだろう。そう、私は戦争の早い終結を望み、祈っている。

一二月二〇日　水曜日

昨日、上海の南と東の地域に大規模空襲があったという気の滅入るニュースを聞いて、クリスマスは息子たちのために明るくお祝いしようと決めた。ツリーを飾るのは無理でも、飾るものはある。私はアマと一緒に、家にあるありったけのガラスの花瓶に竹の小枝をさし、間に合わせのツリーを作った。小枝に小さな飾りを下げてライトを張り渡すと、それらしく見えた。昼間だったけれど灯火管制用のカーテンを閉め、ライトがつくかどうか試してみた。

うまくいった！　クリスマスツリーより素敵なくらい。ガラスの花瓶が飾りの色をとらえ、魔法のように光を輝かせて反射した。カズとタカは座ったまま驚きで目をきらめかせ、口をぽかんと開けて見とれていた。アマは「あー」と長い声を出し、床に膝をついた。

灯火管制下でも、これでクリスマス・シーズンには毎日光がきらめく瞬間を楽しめる。

一二月二四日　土曜日

年末年始を通してすべての会社と工場を休みなしとする、という記事が新聞に載っていた――「銃後の国民悉《ことごと》くが決戦々士となって決戦生活に突入しよう」

息子たちのためになんとかミニカーを買えた――カズとタカに一台ずつ、サンタクロースからのプレゼント。どんなことがあっても、クリスマスの日は子どもたちにとって特別な日にするのだ。

一二月二五日　日曜日

クリスマス。子どもたちはヒロが工場に出かける時間より早く起きてきた。カズがめざとくガラスの花瓶のそばに置いてあったプレゼントの包みを見つけた。私がクリスマスのライトをつけると、カズは飛び跳ねて喜び、タカもおむつで大きくなったお尻をふり動かして体を弾ませた。

兄弟へのプレゼントの大きさが同じで、本当によかった！　二人はこの「特別な日」に大興奮だった。三人で手をつないで小さな輪を作り、今日は私たちに喜びをもたらしてくださったイエス様のお誕生日で、自分たちが愛するすべての人たちのためにお祈りをしなければいけないのよ、と私は二人に話した。カズが「サチ！」と叫び、私が「お姉さま！」と言い、またカズが「美代！」と甲高い声を上げた。驚いたことに、生後一六ヵ月のタカもわかったみたいで、「アマ！」と喉を鳴らして言った。

ヒロが工場から戻るまでに、チョクゲツケンがクリスマス・ディナーを用意してくれた。中華風のご馳走――ローストチキン、芽キャベツの代わりに中国の青菜、じゃがいもの代わりにチャーハン、それに醤油ベースのグレービーソースの付け合わせ。これまででいちばんおいしいクリスマス・ディナーだ！　とヒロが言った。

戦争を忘れてリラックスできる完璧なクリスマスになるはずだった――子どもたちが寝たあと、ヒロと私はツリーのライトを見ながらコーヒーを片手にくつろぎ、ジェイジェイがヒロのそばに身を寄せていた。と突然、ジェイジェイの耳がぴんと立ち、廊下から重々しい足音が聞こえてきたかと思うと、こちらに近づいてきた。次の瞬間、わが家の玄関ドアをたたく大きな音が聞こえた。

ドアを開けた私は、すぐさま一歩後ろに退いた。二人の日本人憲兵が立っていて、首を伸ばして家の中の様子をうかがおうとしている。私は中を見られないように間に立ち、何かあったのですか、と礼儀正しく訊ねた。年長の憲兵が、制服に革紐で巻き付けられた短剣とピストルに軽く手を触れながら、見下すように私をにらんだ。

「カーテンの隙間から光が漏れていた。灯火管制の規則を知らないのか？　どんな小さな光の筋も敵機には見分けられるんだぞ。恥ずかしいと思え。今度同じことがあったら、家の電気を止めるからな」

二人の憲兵は長い間、不愉快そうに私をジロジロ見てから帰っていった。彼らがエレベーターに向かうとき、身につけていた武器がガチャガチャ音を立てた。私は目を閉じて早くなった心臓の鼓動を聞きながら、閉めたドアにもたれかかった。エレベーターが降りていく音を確認するまで、そこから動かなかった。

一九四五年一月一日　月曜日

今朝の新聞の見出しは、新年にあたって特別に日本人の士気を上げるべく書かれたものなのだろうか。

「ミンドロ沖　相次ぐ戦果」「五特攻隊　一〇機一〇艦船を屠《ほふ》る」「祖国に捧げられし尊い命　敵企図《きと》を叩《たた》き潰す」

日本が優勢なのは、神風特攻隊員を育て、戦争のためにすべてを喜んで犠牲にした日本の強い母親たちのおかげである、そして中国が弱いのは自己犠牲の精神が足りないからだ、と書いてあった。

私は士気が上がるどころか、重たい雲に押しつぶされたような気分になった。特攻隊員の母親のうち、いったいどれだけの人が息子の命が失われることを本当に喜んでいるだろう。私はカズとタカが特攻隊員になったら、と考えただけで体が震える。でも現実には、その試練に耐えなければならない母親たちがいるのだ。新聞は彼女たちのためにその犠牲を日本の強さの源として称賛し、そこに価値を見出さない私に罪の意識を抱かせるのだろうか。クエーカー教徒たちはこの悲惨な状況をどう考えるのだろう。どうか神様、新年が平和をもたらし、戦争によるあらゆる人たちの苦しみを終わらせますように。

一月一〇日　水曜日

新聞には真実が書かれていないとわかっていながら、現状を知りたくて新聞を読んでしまう。お姉さまとお兄さまが近くにいたら――二人なら、新聞の行間をどのように読むべきか教えてくれるのに。ヒロをそんなことで悩ませたくはない。ヒロの工場勤務はさらに長時間になり、夜の帰宅時には疲れきっている。

防空日設定一周年を祝う新聞の特集にざっと目をとおした。日本の勝利のために「空への闘魂」を高めるべく、上海の街のさまざまな場所で行われた一連の防空活動に多くの一般市民が参加したと書いてあった。一面の下のほうにあった、やや小さい見出しの短い記事は、マリアナ諸島を出発した六〇機のB29が東京や他の都市を爆撃し、軽微な損害があったことを報じていた。

日本の本土への爆撃についての記事を読んだのは、これが初めてだった。目を凝らして読んだらもっと多くの情報が得られるかのように、私はこの記事から目が離せなくなった。損害軽し、損害軽し、と見出しの言葉をつぶやいてみる。日本での生活は、ここ上海での生活よりはるかに厳しいのだ。上海でどれだけ物資が不足しているようでも、日本に比べればずっと豊富にある。国全体が軍事品の生産に舵を切り、武器を製造するために日本の人々が鍋やフライパンまで供出させられていると聞いたこともある。それでも、これまでは戦争はつねに本土の外で戦われていた。それがいまでは違うのだ。私は東京にいるお父さまやお兄さまたち、そして神戸にいる岸本家の人たちのことを考える。

一月三一日　水曜日

一日じゅう激しい雨が降った。新聞はとうとうフィリピンでの戦局があまり良くないことを認めた。フィリピンでの戦いに負けたら、戦場が日本の本土に近づくのだろうか。本土への爆撃のニュースがないかと隅から隅まで新聞を調べてみたが、見つからなかった。このままありませんように。

二月一日　木曜日

今朝、仕事に出かけた数分後に、ヒロがあわてて戻ってきた。「一階に通達が貼られている。この建物は陸軍に接収され、住民は一週間以内に部屋を明け渡さなければならなくなった」私はまばたきをして、その意味を理解しようとした。

私はエレベーターに乗りこむヒロについていった。「英子、この件は君に任せるよ。工場に遅れてcしまう」とヒロが言った。

下に行くと、壁にピンでとめられた通達の周りに住人たちが集まっていて、その中にシュミット夫妻もいた。二人は、信じられないというように頭を振りながら掲示を見つめていた。「キシモトさん、これはひどすぎます。上海の経済は混乱しています。どうやって住む場所を見つければいいのでしょう！」と、夫人が泣き叫んだ。鋼鉄のように動じないこれまでの彼女とはまるで別人のようだった。

私は家に戻り、計画的にこの状況に対処しようと決めた。まずチョクゲツケンとアマを呼び、状況を説明した。

「奥さま、心配しない。私たち、全部荷物まとめる。引っ越しの苦力呼ぶ。新しい場所、準備する。問題ない」と、チョクゲツケンが満面の笑みで言ってくれた。その横でアマが黙ってうなずいた。二人の明るい態度に背中を押され、すべてがそれほど簡単に進まないとしても、私は引っ越し先探しに専念しようと心を決めた。

驚くべきこの三年間を過ごした、居心地のよい美しいわが家を見回した。こんなに突然出ていかなければならないのが、とても悔しい。欣楚と語学レッスンをしたテーブルのほうへ行き、そこから中庭を見下ろした。寒い朝の中庭はひとけがなく寂しかった。

部屋に向き直った私は、記憶にとどめておくために、細かなところまですべてにゆっくりと目をやった。優雅で座り心地のよいソファー、アール・デコ調の暖炉、シャンデリア。突然思い出した、家具！家具は私たちのものではなく、一九四二年に帰国したアメリカ人のベイカー夫妻から借りていたものだった。私は大急ぎで寝室に行き、一番下の引き出しから賃貸契約の書類を探した。探しあてたとたん、一瞬めまいがして床に座りこんでしまった。一週間でやるべきことがあまりに多すぎる――住む場所を見つけるだけでなく、荷造りをして、倉庫に預けるものを選び、準備しなければならない。

私たちの次の住所に移動させるときに、ベイカー夫妻の家具を傷つけてしまうようなことが絶対にあってはならない。目の前に迫る厄介な仕事に心が散漫になったけれど、不思議と力がわいてきた。私は自分でも知らないうちに立ち上がり、コートを着て街へ出かけていった。最初の行き先は、倉庫会社の情報を教えてもらうために立ち寄る岸本商事だ。

ヒロが工場から戻るまでには、持ち物の半分の荷造りを終え、家具の引き取りと預かりの手配も整えておいた。あとは住む場所を見つけるだけだ。きっとよい場所が見つかると思う。うまくいきそうな気がしてきた。

21

一九四五年二月一日　木曜日　ピカルディー

フランス租界を南西に行ったところにあるピカルディー・アパートに落ち着き、快適に暮らしている。この一ヵ月間のどたばたが夢のようだ。汶林路《ルート・ウィンリン》と貝当路《アヴェニュー・ペタン》の交わる角に建つこのアパートにたどり着けたのは、じつに幸運だった。

子どもたちは、やすやすと新しい環境に慣れた。いまでは近くにある酪農場カルティィーズ・ミルクがお気に入りだ。グローヴナー・ハウスの中庭ほど便利ではないけれど、ほとんど毎日、アマが律義に二人に牛を見せに連れていってくれる。

引っ越しは、依然として希望の持てない戦局からのよい気晴らしになった。荷解きに忙しかったこの間、工業地帯への空襲がひどくなり、電気は五〇パーセント削減された。国外の状況も変化している。日本はフィリピンでの戦いに負け、戦場は硫黄島に移った。地元の徴兵も強化されている。新聞を読む時間ができたけれど、私はまだ引き出しにものを片づけていたい気分だ。

三月一五日　木曜日

明さんから電話があり、教会の仕事を手伝ってくれている篠田恵子さんが過労で入院したから、お見舞いに一緒に行ってくれませんか、と言われた。私は明さんと二人で出かけるチャンスに飛び上がって喜んだ——このところ、ちっとも彼に会えていなかった。

路面電車が動いておらず、通りはいつにも増して混雑していた。それでも、路面電車に押しこまれるよりは、フランス租界の広い歩道を歩くほうがずっと気持ちが良かった。ちょうどプラタナスが葉を広げる季節で、春の朝の空気が太陽に温められていた——とりわけ厳しかった冬のあとには、本当に嬉しくなる。

交差点にさしかかったとき、明さんが「見て」と言って、西洋風の純白のウェディングドレスに身を包んだ美しい中国人の花嫁さんを控えめに指さした。角にある小さな教会に行くために道路を渡ろうと、荷馬車や人力車が通り過ぎるのを待っていた花嫁さんは、ほれぼれするほど若くて初々しかった。おおかたの参列者たちは道路の向こう側にいて、花嫁さんに早く早く、と手を振っていた。明さんと私は歩くペースを緩め、雑踏の真ん中でこの幸せな光景に見とれていた。

花嫁さんが歩道から一歩踏み出したそのとき、明さんが私の腕をつかんで自分のほうへ引き寄せた。「勤務中」という腕章をつけた一人の日本兵が突進してきて、もう少しで私とぶつかるところだったのだ。その兵士は花嫁さんに駆け寄っていった。最初私は、道路を渡る花嫁さんを手伝うためか、何かの事故を防ぐために来たのかなと思った。

でも違った。彼は、その兵士は、花嫁さんに向かって忍び笑いをして行く手をふさぎ、人差し指で彼女の両頬を突いた。その場に凍りつきパニックで引きつった花嫁さんの顔を見て楽しむかのように、せせら笑っていた。それから、私たちが見ている目の前で、片手を下へと動かして彼女の胸と腹を愛撫し、その手をドレスの裾のほうへゆっくり進ませた。

私は体をこわばらせ、おそろしさに口を覆った。すでにそのとき、明さんは私のそばを離れて兵士の前に飛び出し、手を引っこめなさい、と言った。兵士は一瞬驚いたようだったが、明さんをにらみつけ、手を振り上げて殴りかかろうとした。明さんの反応はすばやく決定的だった。彼が兵士のみぞおちを一発殴ると、兵士の体が折れ曲がった。兵士はうめき声を上げて数歩よろめき、地面に倒れこみそうになった。

これで大丈夫と思った明さんが花嫁さんのほうに向き直った瞬間、かがんだ姿勢のままナイフを手にした兵士が明さんに突進してきた。明さんは痛みで体をくの字に曲げ、兵士はあわてて走り去った。ののしりの言葉を怒鳴りながら、驚いている群衆の中へ逃げていった。

明さんのふくらはぎから出血し、結婚式の参列客たちが通りを渡って駆けつけてきた。私はそのときまで、感覚が麻痺したようにただ見ているだけだった。でも明さんの血を見た瞬間、突然目覚めたかのように体が動いた。夢中で道路に身をかがめ、明さんのズボンの折り返しを引っ張り、傷口にきれいなハンカチを当てると、自分のスカーフを包帯にして彼の足に巻いた。血を止めようと必死で、「きつく」とつぶやいていた。

花嫁さんも道路にひざまづき、心配そうに明さんの顔を見ていた。結婚式の年配の参列者の一人が、近くにある自宅に来てくれ、と言い張った。

不幸中の幸いで、ナイフの刺し傷は小さく浅かったので、気つけのジャスミンティーを一杯いただくと、私たちはその家を失礼した。親切なその家のご主人たちは明さんに深く感謝し、彼の怪我を心配していたけれど、この出来事じたいについては機転をきかせてなにも言わなかった――明さんと私が日本人だと彼らはわかっていたのだ。あわただしくお礼やお祝いの言葉を交わしたあと、花嫁さんたちは再び急いで教会へ向かっていった。

病院までの短い道中、明さんと私はほとんど口をきかなかった。話すまでもなかった――私たちは言葉にできない感情を共有していた。同国人である日本兵に対する怒りと、彼を深く恥じる気持ちを。

三月一八日　日曜日

めずらしく仕事が休みのヒロの昼寝中、岸本商事から電話があった。私は心臓がどきどきした――どうして日曜の午後に会社が電話をしてくるのかしら。盗み聞きするつもりはなかったけれど、玄関ホールから聞こえてくるヒロの一言でも、あるいは声の調子でもとらえようと、耳をそばだててしまった。

でも聞こえてきたのは、沈黙の合間にヒロが何度か口にした「ああ、そうですか」という言葉と、電話に対するお礼の言葉だけだった。

居間に入ってきたヒロは、かなり動揺しているようだった。「神戸に大規模空襲があったんだが、家族は無事だ」と言った。

「二千人以上の死者が出たけれど、岸本家はみんな無事だそうだ。会社の従業員も全員無事。でも、倉庫に大きな被害があったらしい」

最悪の事態をおそれていた私は、気づくと安堵のため息をついていた。

三月一九日　月曜日

神戸空襲は、その前にあった東京大空襲に比べれば規模が小さかったことがわかった。新聞には、多数のアメリカのB29機が撃ち落とされたと書いてあるが、私は行間を読めていなかった――つまり、日本がこれまでにも空襲を受けていたということを。

それでも今日の新聞の見出しから、私にも状況の深刻さがわかった。「帝都戦災地御巡幸　有難きご下問を賜ふ」と誇らしげに書いてある――つまり、天皇その人が視察に出かけなければならないほど戦況が悪いことを、事実上認めているのだ。

唯一のなぐさめは、電話がかかってこないことだ。日本にいる家族に何かあれば、必ず連絡が来るはずだから。

新聞の紙面はすっかり減った――いまでは、たった一枚の紙を折りたたんだだけになった。何枚もあった数ヵ月前とは大違いだ。小さな見出しに「敵機動部隊　本土に近接」とあった――偽りのない記事のようだ。もはやこれ以上偽ることはできないということなのか。

三月二二日　木曜日

硫黄島が陥落した。私たちはここのところ三週間以上にわたって、アメリカ側に莫大な数の死者を出した日本兵の勇敢さについて繰り返し聞かされてきた。でも、ついに新聞は彼らと連絡が途絶えたことを認め、「戦史になき戦果残す硫黄島の忠魂」への賛辞で紙面を埋めた――その数、二万人以上。

三月三〇日　金曜日

思いがけなくキミーから電話があった。「エイコ、お久しぶり。二週間後に南京に引っ越すことになったから、その前にお会いしたいわ」と言ってきた。

キミーは相変わらず若々しくて快活だったけれど、その目には悲しみが浮かんでいるようだった。「南京への引っ越しは、突然の話だったの」と彼女が言った。「父はあまり詳しく話してくれないの。エイコ、あの活動的な父がときどき宙を見つめて自信を失くしているのを見るのはとてもつらいわ。木綿工場の経営が生きがいだった父は、この戦争ですべてを失うことになるとわかっているの」

私たちは、黄浦江を見晴らす場所にある陽の当たるベンチに腰を下ろした。黙ったまま、二人でもだった工場がある川向こうの浦東と虹口東岸を眺めた。キミーのお父さまの工場もその中にある。

「南京のどこに引っ越すのかも知らないの。でもきっと、英子さんのお姉さまに会えるわね。お姉さまのお話をよく伺っていたし、とくに母は新しい街で知り合いができるのを楽しみにしているのよ。ご存じのように、母は新しい環境になじむのが苦手なの。それでも、最近は熱心に戦争協力をしてきたわ」キミーはいつになく真面目な顔で私を見た。

「海軍航空兵になる訓練を受ける予科練〔海軍飛行予科練習生〕のことをご存じ？　まだ一六、七歳の男の子たち。東京近郊の霞ヶ浦にあった訓練所が、本土への空襲が激しくなったために上海の郊外に移されてきたそうなの。週末にボランティアで幼い彼らの世話をする日本人家庭の募集があってね。それへの応募が、母の戦争遂行への貢献。六、七人の練習生が毎週末、わが家にやってくるの」「少年たちをもてなしてお役に立つのはすばらしいことなんでしょう?」と訊いてみた。「ええ、いろんな意味で本当にやって良かった。でもエイコ、先週末は胸の張り裂けるような思いをしたあと、母が寝こんでしまったの」と彼女が言った。

立ち上がって歩きはじめると、キミーは私の腕をとり、落ち着いて話を続けようとした。「二〇歳くらいの練習生のリーダーが、翌日飛び立つ予定の四人の若者を連れてきていいでしょうか、と訊ねてきたの。最後の夜を清らかに過ごさせてやりたいと言って。はじめは何のことだかわからなかったんだけど、その四人は特攻隊員だったの」キミーはここで少し間を置き、私は息をのんだ。「少年たちは本当に幼かった、エイコ。彼らは一睡もできなくて、一人ずつ順番に母のところに話をしにいったわ。家を出る時間は午前四時。コックがとてもおいしい食事を作り、アップサイド・ダウン・ケーキ［薄切りの果物の上に生地を流して焼いたケーキ。上下を逆にして果物が上になるように食卓に出す］も焼いてくれたのよ。それから彼らは、特攻隊の任務へと出発していったわ」

私は野口夫人のことを思った。その高飛車な態度が最初は好きになれなかった。でも、夫人は軍への協力を惜しまず、兵士たちを励まそうとしてきたのだ。「少年たちのお母さまを喜ばせたいから」という夫人の言葉が、私の胸に響いた。

少年航空兵の母親たちは、息子が野口夫人のような親切な女性と最後の夜を過ごせたことを知ったら、きっとなぐさめられるだろう。少年たちの短い生涯の最後の数時間をともにしていると知りながら彼らをもてなす心の強さが、私にあるだろうか。想像もできないほど悲しい立場だ。

四月八日　日曜日

アマと子どもたちがカルティーズ・ミルクに向けて出発した数分後、階下でうろたえたような叫び声が上がるのが、開いた窓から聞こえてきた。

急いで下に降りていくと、泣きべそをかいているタカのそばにアマがいて、カズがジェイジェイのリードを手にふくれっ面で立っていた。タカは体を丸めてすすり泣き、一方の手で膝をしっかり押さえていた。私はタカの体に腕をかけ、優しく「タカ」と呼びかけた。

そばにいるのがアマでなく私だとわかったとたん、タカが体をこわばらせてすすり泣きをやめた。私が膝から彼の手をどけると、小さなひっかき傷にわずかに血がにじんでいた。タカがアマに芝居をしていたことが、私にはすぐわかった。私はタカの腕を強く引っ張って立ち上がらせ、彼をにらんだ。カズが勝ち誇ったような顔で少しずつ前へにじり寄ってきた。

アマは子どもたちが私に叱られるとわかり、身をすくませた。私が腰に両手をあてて断固とした態度で立つと、タカは上目遣いにおどおどと私を見て、そばに立つカズは心配そうに顔をしかめて唇をかんだ。二人のその表情が、私の心を急速に溶かしてしまった。

子どもたちがいてくれるおかげで、こんなときでもふだんどおりの生活を送れる。つくづく幸せなことだ。キミーの家を出発する幼いパイロットたちのイメージが、私の心から離れない。だからこそ、息子たちがこんなに小さいことに感謝せずにいられない。

四月一四日　土曜日

今日の新聞の大見出しは二つ。ルーズベルト大統領の死去と、沖縄近辺での海軍の大勝利。どちらも日本が歓迎すべきニュースらしいけれど、私の気持ちは沈んだ。沖縄についての記事を完全に信じることができないまま、戦争の真っただ中でのアメリカ大統領の死に思いをはせた。

誰にも言えないけれど、ロンドンに住んでいたころ、イギリスの新聞に掲載されるルーズベルト大統領の写真を見るのが好きだった——足が不自由でも、とても立派な風貌の持ち主。真珠湾攻撃以降、アメリカについて聞くこと読むことが否定的なことばかりで、私はどう考えていいのかわからなくなっていた。それでも、大統領の死が悲しい。

四月二三日　月曜日

ホーリー・トリニティー教会でチーコさんに遭遇した。彼女は、五月の李香蘭のコンサートのことで大興奮していた。

「これこそ私たちに必要なものよね、元気をくれるもの。楽しみなこと」とチーコさんが甲高い声で言った。

明さんは考えこんでいるようだった。「中華電影が李香蘭にコンサートを開かせるなんて妙ですね」と彼が言った。「日本人の好みに迎合していると思われないように細心の注意を払ってきたのに。李といえば、日本人の大のお気に入りじゃないですか」

「そこなのよ、池本さん」とチーコさんが言った。「中華電影は映画製作をやめたのよ。中国映画の大スターと仕事をしてきた張善琨《チャンシャンクン》というすばらしい中国人の映画監督がいたんだけど——行方不明になったの。いなくなってしまったの！　それで会社は解散して、残った日本人スタッフが李のコンサートを開催することに決めたの。張がいなくなったのは本当に残念。彼は蒋介石政府と関係していると憲兵隊から疑いをかけられていたらしいの。自分の身に危害が及ぶ前に、日本の支配が及んでいない地域へ逃げたんじゃないかと大助さんは考えているわ。なにせ最近では、離反だとか離反の疑いだとかで、多くの人が消されているから」

チーコさんの言っていることが、以前みどりさんが言っていたことと似ていて驚いた。チーコさんが政治に敏感なことをあらためて思い知る。

「張がいなくなったあと、日本の製作者たちが呼び出され、不必要なスタッフは日本に帰国するよう、会社の日本人トップの川喜多〔長政〕さんに言われたのよ」とチーコさんが続けた。「大助さんによると、川喜多さんは、李のコンサートが終わったら会社を北京に移すつもりらしいわ。アメリカが北京でなくて上海に侵攻してきそうだからって」

「チーコさん、あなたは驚くほど最新情報に詳しいですね」と明さんが言った。

「そうお？」と彼女は嬉しそうに言った。「私はただ、大助さんが言ったことを繰り返しているだけよ。彼はいつも中国人の劇場仲間と過ごしているから、ふつうの日本人が知らない情報が入ってくるのね。李香蘭のコンサート、一緒にいきましょうよ」と、李のテーマソング「支那《しな》の夜」のメロディーを口ずさみながら、チーコさんが言った。

「中国人歌手が日本の後援でコンサートを開くのは、とてつもなく大胆で勇気がいることです」と、明さんが言った。

「これまでも、李はじつは日本人だという噂があったじゃない」と、チーコさんが言った。「あるいは、中国人なんだけど、簡単に日本人の言うことを聞いてしまってコンサートを開くことにしたとかね。それとも、ファンを喜ばせたいだけかも。複雑な世界の中にいながらも、彼女はただ単純に無知なだけかもしれないわよ」

私は、つい李香蘭をみどりさんと結びつけてしまう。みどりさんは無知な人ではまったくないけれど、曖昧な属性——中国人なのか日本人なのか——を持ち、複雑な政治に巻きこまれているところが、李香蘭とよく似ている。

四月二六日　木曜日

朝食の直後、明さんが電話で、召集令状を受け取ったことを知らせてきた。私は何も言えなくなって、玄関ホールで立ちすくんだ。そんなことあるわけがない、昨日も一緒だったのに。血の気が引いていき、明さんよりも自分に同情した——また愛しい人と引き離されてしまう、と。

正也さんが徴兵されたとき、お姉さまはどうしていたかしら。お姉さまは正也さんの心のよりどころだった——そう、正也さんをクエーカーの集会に連れ出していた。お姉さまは自分の不運に泣き言を言ったりしなかった。

「準備でお手伝いできることがあれば、何でも言ってくださいね」と、私はやっとのことで明さんに伝えた。

四月三〇日　月曜日

明さんに頼まれていたゲートルを渡すため、どっちつかずの気持ちでホーリー・トリニティー教会へ行った。明さんに会いたい気持ちと、お別れの挨拶になってしまったら嫌だという気持ちが半分ずつ。

重たい気持ちで自転車をこいでいた私は、南京路に出るまで周りにほとんど注意を払っていなかった。突然、あたりが静寂になった――いつものような雑踏やたくさんの荷馬車、人力車がいない。大通りに何も走っていなかった。沈黙した中国人の群衆が、通り沿いに分厚い列を作って立っていた。私は自転車を降り、人間の壁のわずかな隙間から人々の視線の先を追った。

路面電車の長い列が、ゆっくりと外灘に向かって東へ進んでいた。武装した護衛兵が進路に沿って配置され、群衆が近づきすぎないよう牽制《けんせい》していた。電車の中を見ようとつま先立ちになった私は、黒髪の人がいないことに驚いた。中にいる人たちの髪は灰色か茶色か金色で、スカーフや帽子のリボンで頭を覆っている人もいた。

路面電車に乗っていたのは欧米人だった。チーコさんの家の近所でリー夫妻が収容された愚園路の収容所は、そこからすぐ西にある。収容されていた人たちが移動させられているのだとわかり、私は首を伸ばしてもっとよく見ようとした。女性と子どもしかいないようだった。ジョイスとアナ・メイを見つけようと、できるだけ多くの窓を見渡してみた。でも、無駄だった――ぎゅうぎゅうに詰めこまれていた人たちの頭も髪も窓に押しつけられて、はっきりわからなかったのだ。それにしても、男性たちはどこにいるのだろう。

電車の動きがあまりに遅いので、彼女らが外灘の終点に着く前に、私はホーリー・トリニティー教会に自転車で着いてしまいそうだった。明さんなら何が起きているのか教えてくれるだろう。私は裏道に回り、全速力で自転車をこいだ。

明さんに会うとすぐ、一緒に外灘へ急いだ。機関銃を身につけ、オートバイに乗った二〇人ほどの日本兵が警備に当たっていた。

私たちは、収容者たちが電車から降りてくるまで見ていた。彼女たちは乱暴に押されて列を作らされ、オートバイのエンジンが大きな発車音を出した。身なりのだらしない西洋人の女性たちと子どもたちが足を引きずりながらガーデン・ブリッジを渡る間、機関銃の先は彼女たちに向けられていた。どの人もひどく衰弱しているのを見て、私は心が潰れそうになった。

「何が起きているのでしょう?」と明さんに訊ねた。「わかりません、英子さん。でも、いくつか可能性が考えられます。僕が招集されたことと関係なくはないでしょう。人的資源が足りなくなった日本は、これ以上、男手を失いたくないんでしょう。向かっている方向からすると、彼女たちは日本軍が占拠していた工場地帯の建物に行かされるようです。それで、愚园路の収容所に兵士たちを入れるんです。そこのほうが、アメリカ軍の空襲から安全だから」私は両手で顔を覆った。ジョイスとアナ・メイを含む彼女たちは、さらに危険で劣悪な運命へと向かっているのだ。

と同時に、日本兵たちに空襲で死んでほしくないとも思う。数日のうちには、明さんも兵士になる。

「こんなことがまだまだ続くのかしら?」と、答えを期待せずに問いかけた。

明さんがゆっくり言った。「中国と太平洋の戦争についてはわかりません。ですが、ヨーロッパ戦線では劇的な進展があったようです。日本の新聞には載りませんが、どうもドイツが完全降伏したようです。YMCAのメンバーがソ連のラジオで聴いた話では、ソ連とアメリカとイギリスが「悪の根絶」を掲げて同盟を組んだそうです」

私は明さんの顔を見つめて言った。「それは日本にとってどういう意味ですか?」彼は弱々しくほほえんだ。

「中国での戦争を終わらせるために、アメリカが今後は日本との戦いに専念するということでしょう」そして、いつもと同じ顔いっぱいの笑みを見せた。「僕が戦争に参加するのがごく短期間ということかもしれません」

「ゲートルを探してきてくださって、ありがとうございました。これを脚に巻くたびに英子さんを思い出します――きっと毎日ですね！」と明さんが笑った。この言葉で私たちは立ち上がり、さようならを言った。YMCAの講演会のあとのような、とても自然で明るい別れだった。

いまになって、私はお腹に大きな衝撃を感じている。もう二度と明さんに会えないかもしれない。

22

一九四五年五月一一日　金曜日

まだ召集されていない日本人男性に一〇日間の軍事訓練を命じるという小さな通達記事が、朝刊に載っていた。私は工場勤務のヒロには関係ないのだろうと思っていた。けれど、帰宅したヒロの言葉で、それが間違いだとわかった。

「月曜の朝から任務につく」とヒロが言った。心配そうな私の様子を見て、彼はつけくわえた。「まだ召集されていない男性は全員行くんだよ。戦争に行くよりいいじゃないか」

でも、これは補充兵の演習とは違い、徴兵の前触れなのではないかと考えてしまう。万一の場合に備えて、心の準備をしておかなければ。

五月一三日　日曜日

ヒロが軍事訓練に出かける前日の今日は、待ちに待った李香蘭のコンサートの日だった。

コンサートは日本の歌といくつかの西洋の曲で幕を開けた。続けて、中国の流行歌の数々が流れると、中国人の観客は声を出して興奮していた。それからコンサートの目玉、「支那の夜」のさまざまなアレンジのメドレー。それは、暗い中、夜香花《ヤコウカ》［西インド諸島原産のナス科ケストルム属の常緑低木。夜に開く花が芳香を放つ］の香りを彷彿させるような、遠くから聞こえる「夜来香《イエライシャン》」という低い歌声で始まった。カーテンが上がると、不気味に照らされたステージが浮き上がり、体にぴったりした真っ白なサテンのチャイナドレスに身を包んだ李香蘭が神秘的に登場した。彼女は、最初の独唱部のコロラトゥーラ［華麗な技巧的装飾を施された音節］を、伴奏なしのカデンツァ［終止の前に挿入される、独唱者による即興歌唱］で歌った。この世のものとは思えない柔らかく美しい歌声に鳥肌が立った。

その後、オーケストラと李香蘭が追いかけっこをするように交互に演奏したり歌ったりしながら音量を上げていくと、観客の熱狂がどんどん高まっていった。

ナイトクラブで李香蘭と踊ったときのヒロの興奮を思い出した私は、横を向いて彼の表情をそっとうかがってみた。なんと、ヒロは周りの熱狂をものともせず、うたた寝をしていた。思わず笑ってしまった。でも、会場が暗かったし、たぶん工場での仕事で疲れていたのだろう。リラックスして満足そうだった。明日からヒロがいなくなるなんて想像できない。

帰り道、寝ていたヒロをからかった。

「目を閉じてた?」と、ヒロが恥ずかしそうに訊いてきた。「もしかしたら少しの間、閉じていたかもね。コンサートはちょっとやりすぎだった。日本の主催者が中国人の聴衆に媚びへつらって熱狂させようと、必死になって不快な音を出していた。それに、李香蘭は厚化粧でないときのほうが綺麗だよ」

じつをいうと、私も思っていたほどにはコンサートを楽しめなかったので、ヒロの正直な反応に納得した。

五月一八日　金曜日

ヒロが訓練に出かけてから四日、何の連絡もない。家族に知らせないまま戦場に送られることもあるのかしら。

不安でたまらない気持ちを紛らわせたくて、息子たちをカルティーズ・ミルクに連れて行った。酪農場で働く人たちを見ていると心が落ち着いた。私は牛のにおいを嗅ぎ、乳を絞っている人たちを見ていた――彼らは戦争があろうとなかろうと、日々の営みを続けている。タカは視界に入るあらゆるものに触ろうとして、どんなに小さい裂け目にも指を突っこんでいた。私は拾ってくるばい菌のことを考えてゾッとした。

もう帰ろうというときに、アイスクリームをねだる子どもたちのリクエストに応じてしまった。やめておけばよかった。夕方、カズが腹痛を訴えてお腹を下した。

五月二四日　木曜日

沖縄へ出発する五人の神風パイロットたちの大きな写真が新聞に載っていた――不安で胸が張り裂けそうになる。訓練を終えたはずのヒロが、まだ帰ってこない。

五月二五日　金曜日

ヒロの帰りを待つうちにだらだらと一日が過ぎ、不安がつのるばかりだった。怪我をして家に帰ってこられないのだろうか。私はすっかり考え事に浸っていたに違いない。ジェイジェイが短く吠え、玄関ドアに突進したのに気づかなかった。

突然、カズとタカが「パパ！」と声をそろえて叫び、ヒロが笑みを浮かべて、とぼとぼと疲れた足取りで家に入ってきた。歩兵の軍服は驚くほど汚れておらず、ゲートルさえ家を出たときと同じくらいきれいだった。でも、体全体から何かが腐ったような生ぐさいにおいがして、嗅ぎつけたタカが鼻をつまんで「パパ、お魚くさい！」と叫んだ。たしかに魚のにおいだった。

私はてっきりヒロがタカを叱ると思ったけれど、ヒロはそうしないで、バツが悪そうに笑った。「訓練初日の身体検査に合格しなかった——なんでも色覚異常らしい——それで結局、ずっと食堂でイカの皮をむいていたよ。夕食前にゆっくり風呂に入りたい」

ヒロがお風呂に入ると、ほっとした私は軍の食堂で働いているヒロの姿を想像して笑いが止まらなくなった。台所に足を踏み入れたこともほとんどなければ、お湯の沸かし方も知らない人なのに。そのヒロが、毎日ぬるぬるするイカと格闘していたなんて！　お姉さまがいたら、この意外な顚末《てんまつ》を一緒に笑ってくれただろうに。そのかわり、私が急に明るくなったのを感じとった息子たちが、私の周りで飛び跳ねたりスキップしたりしてくれた。

五月三一日　木曜日

いつもと違う深刻な顔つきで、チョクゲツケンが私のところにやってきた。「奥さま、前住んでたアパートの良くないニュースです。上の階のドイツ人夫婦、自殺しました」

聞き間違いであってほしかった。

「召使いが言った。ヒトラー死んでドイツが戦争負けてすぐ、二人、薬飲みました」

私は顔を両手にうずめた。チョクゲツケンが台所に駆けこみ、お茶をいれてきてくれた。

タカが生まれたあと、赤ちゃん用の柔らかな青い毛布の贈り物をたずさえて、ご夫妻でわが家を訪問してくれたことを思い出す。その毛布はいまでもタカのお気に入りだ。タカの泣き声が遠くで聞こえると、ドイツにいる孫娘を思い出すと言っていたお二人の優しい表情を憶えている。

上海からのこの悲しいニュースを、お子さんやお孫さんたちはどんなふうに受けとっているだろう。ドイツの降伏は、彼ら個人にとってそれほど大きなショックだったのだろうか。それとも、希望とプライドを失くしてしまったのだろうか。戦争の悲劇。お二人のご冥福を心から祈る。

六月六日　水曜日

いつもより帰宅が早かったヒロが、子どもたちに聞かれないように玄関ホールの隅に私を呼んだ。

「昨日、神戸で大空襲があった。両親は無事だが、家が焼け落ちた。いま、両親は遠い親戚の家に身を寄せている」と言って、信じられないというように頭を振った。

結婚式後にヒロと二人で住む貸家に移る前に私も住まわせてもらった、あの美しい家。さまざまな花を咲かせる日本の低木が植えられ、まとまりなく広がった建物のあらゆる部屋から、手入れの行き届いた庭を鑑賞できた。それが全部なくなってしまったなんて。私は思わず泣きそうになったけれど、ヒロに悪いと思い、ぐっとこらえた。

「父と母は、おそらく夙川にある屋敷に移ることになる」とヒロが言った。

「かつてファースト・ナショナル・シティ・バンク［現在のシティ・バンク］が所有していた西洋風の家

が三軒あるんだ。父と懇意にしていたアメリカ人頭取が、戦争勃発前にそこを買わないかと言ってきた。戦争が始まって日本における自分たちの財産を失うことを心配したんだね。僕が知る限り、アメリカ人たちが退去して以降は誰も住んでいないはずだから、その家が無事なら、両親は屋敷に移れると思う」

岸本のお父さまとお母さまを思って心が痛む。ヒロと私にとっても、帰る家がなくなってしまった。

六月七日　木曜日

これ以上悪いことはないだろうと思っていた矢先、日本軍のためにこの建物の部屋を明け渡さなければならないという通達に、また打ちのめされた。今回、私たちに与えられた時間は、たったの三日間だ。

六月二〇日　水曜日　富田さんの家

引っ越して快適に落ち着いたわけではないけれど、少なくとも私たちの頭の上には屋根がある。じっさい文句は言えない。神戸大空襲で多くの人が亡くなり、さらに多くの人が家を失ったことを考えれば。

私たちはいま、岸本商事の年配社員である富田さんのお宅に身を寄せている。彼はフランス租界にある自分の家を私たちに提供してくれた。奥さんを亡くして独り身の富田さんは、年老いた中国人のアマと二人で暮らしていたのだが、彼がこの取り決めを嫌がっていることは最初の日からわかった。でも、彼を責めることはできない。静かな暮らしに突然、幼い男の子二人を育てる若い家族が、アマとコック、それに犬を連れて侵入してきたのだから。

私たちは、ふだんは使われていないその家の最上階をあてがわれた。チョクゲツケンは下の台所を借りなくてすむように、持ち運び用木炭ストーブを運びこんで間に合わせの配膳室を作った。富田さんは仕事で不在の時間が長いので、私は彼の帰宅前に子どもたちを寝かしつけるようにした。なるべく邪魔にならないようにひっそり暮らし、富田さんと偶然顔を合わせたときには丁寧に敬意を表した。でも、そのたびに彼が私を嫌っていることを態度で示し、日ごとにそれがひどくなっていくようだ。

「富田さんは古い世代の人だから、てきぱきしている女性に慣れていないんだよ。英子が有能で魅力的だから、ちょっと気まずいのかもね」ヒロはそう言って善意に解釈するけれど、富田さんの反感の根は、もっと深いところにあるような気がする。

六月二六日　火曜日

今朝いちばんに、沖縄の陥落を知った。キーキー音を立てて日本からの長波放送を拾うラジオでニュースを聴いた富田さんが、神妙な顔つきで教えてくれた。私たちはうなだれた。沖縄に派遣された神風パイロットたちの新聞の写真を思い出し、失われた命を思って胸が痛んだ。

私はもう一度富田さんにお辞儀をして、沖縄のすべての犠牲者たちへの哀悼の意を示し、このような大きな敗北が和平調停のきっかけになるといいですね、と述べた。

「何を言っているんですか、奥さん、あんたは何もわかっていない！」と、富田さんが大声で言った。じっさい、彼は怒りで体を震わせてこう叫んだ。「沖縄でのアメリカの戦いぶりは汚い。戦いとは無関係の罪のない大勢の日本人の女性や子どもたちを殺害して。知的にも精神的にも優れている日本は、これまで戦争に負けたことがないし、これからも負けるはずがない。あんたは敗北という言葉を使って、天皇の名前に泥をなすりつけているんだぞ。自分の国にもっと敬意を払いなさい！」

日本に対して無礼な態度をとっていると解釈されるとは思ってもいなかったので、私のほうこそ辱《はずかし》められた気分だ。これまで私はキリスト教徒としての信条と、西洋、とりわけ生まれた国イギリスへの強い親近感に支えられた直観にしたがってきた。おそらくそれゆえに、そしてお兄さまやお姉さま、そしてヒロが日々受け取るニュースを鵜呑みにしなかったからこそ、現状を理解しようと努めることができた。それでも、私が何もわかっていないという富田さんの言葉は正しいのだろう。女性や子どもたちは、本当に意図的に殺されたのだろうか。日本人の多くも、富田さんと同じようにこの世界を見ているのだろうか。

謙虚にもう一度頭を下げた私に、富田さんはただうなずいて立ち去った。

七月一日　日曜日

夏の早い時期にしてはめずらしいくらいのうだるような暑さが突然やってきて、まるで上海が湯気を立てているかのようだ。子どもたちがマラリアにかからないように、午後じゅうアマと私で蚊帳《かや》を点検し、どんなに小さな裂け目も繕った。

私たちがたっぷりした薄い織物に囲まれて寝室の床に座っているのを見て、カズとタカは蚊帳の下を転げ回ったり蚊帳を頭にかぶったりして、大喜びで飛び跳ねた。二人があまりに喜ぶので、アマと私は針を脇に置き、大声で笑って騒ぐ子どもたちを眺めていた。

と、そのとき、富田さんが部屋の入り口に不服そうな顔をのぞかせた。

「奥さん、ちょっと」と彼が言い、私に階下についてくるよう手招きした。私は先生に叱られにいく女学生の気分だった。大きな声を出して富田さんを邪魔して申し訳なかったけれど、この不愉快な家主につねに監視されながら生活しなければならないのかと思うと、腹も立ってきた。

私が謝ろうとすると、富田さんがこう言った。「奥さん、おせっかいかもしれないが、中国人の召使いといるときは警戒しなくちゃいけないよ。あいつらは信用できないから、こちらのほうが立場が上だってことをふだんからわからせておかないと」私はあぜんとした。私がアマと一緒に笑っていたことが富田さんの気にさわったとは！

暗に私たちの召使いを悪く言う富田さんへの怒りがその場でわいてきて、頬が熱くなった。でもそのとき、私たちの食料の一部が消えたとチョクゲッケンが言っていたことを思い出した。富田さんには、中国人のアマを信用できない彼なりの理由があるのだろう。

私はお辞儀をして「わかりました」と言い、ゆっくりと二階へ上がった。

七月一二日　木曜日

耐えがたいほど暑い日が続いている。天気だけでなく、上海の街全体の雰囲気がおそろしく不快だ。日本の新聞の配達が不定期になり、外の世界の出来事を知るのが難しくなってきた。もうすぐ何かが起きそうだという大きな不安の感覚だけがある。でも、それが何なのか、いつなのか、私たちにはわからず、耐えられない暑さの中で毎日が続いていく。

混み合った道路を少し歩くだけでも衣服が体に張りつく。だから、アマと私はつねにカズとタカを追いかけて、冷たい水で絞ったタオルで二人の体を拭いている。その後、あせも予防にタルカムパウダーを体にたっぷりはたくと、二人はお互いを「雪だるま！　雪だるま！」と呼びながら金切り声をあげて笑う。ジェイジェイも吠えて一緒に楽しんでいる。言いようのない不安を感じているときには、いい気晴らしになる。

七月一八日　水曜日

日課のジェイジェイとの早朝の散歩から戻ったチョクゲツケンが、あわてて階段を上ってきた。「奥さま、奥さま、大きい爆弾が落ちた。虹口の難民地区」

私はすぐにイルマのことが心配になり、富田さんの許可をもらってフレンズ・センターに電話をかけた。応答がなく、呼び出し音を聞いて心配がますますつのった。

ほかに私にできるのは、指定地区に行くことだけだった。私は富田さんにお辞儀をし、空襲の被害にあったかもしれない友達の安否を確かめるために虹口に行きたい、と言った。

「奥さん、頭がおかしいんですか。あっちの道路はおそらく通れないし、また爆弾が落ちてくるかもしれないんですよ」相変わらずぶっきらぼうだったけれど、いつもほど批判的な厳しい口調ではなかった。私はすばやくもう一度お辞儀をして、出かける準備をするために二階へ駆け上がった。ズボンと長袖シャツを着て頭にスカーフを巻き、アマと子どもたちにあわただしく「行ってきます」と言った。

自転車に乗ったそのとき、富田さんが小さな包みを抱えて家から飛び出してきて、私を驚かせた。「奥さん、行くと決めたんなら、これを持っていくといい。包帯と消毒の軟膏と日本のお菓子、あんたの友達に」お礼を言う前に、富田さんは背を向けて家の中に入っていった。

息苦しいほどの暑さの中で自転車をこいでいると、大粒の汗が顔を流れ落ちた。突然、私は富田さんの考えていることがわかった。私は日本人の友達を助けようとしている、だからもう非愛国的ではないのだ、と！

気持ちが軽くなったのもつかの間で、指定地区に近づくにつれて、私の心は打ちのめされた。まず目に入ったのは、破壊された建物の間に散らばる瓦礫と土埃だった。破れた服を着た大勢の中国人が急ぎ足で辺りを歩きまわっている。

有恒路《ユーハン・ロード》と茂海路《ミューヘッド・ロード》の角で、軍服を着た外国人たちが亡くなった中国人たちを並べていた。腕章をつけた人たちが、一部の遺体を木製の手押し車に載せていた。私は自転車を降りて顔全体をスカーフで覆わなければならなかった。漂ってくるにおいにむかついて、ほとんど息ができなかった。遺体を直接見ないようにしたが、ぶら下がっている片手や道路に散らばった靴が目に入り、全身に悪寒が走った。とにかく、一刻も早くそこから出たかった。必死で自転車を押してイルマの家がある通りに向かった。

建物は残っていたものの、道はぐちゃぐちゃだった。小さな弾痕が道の真ん中にあり、爆発の衝撃でほとんどの店の正面が破壊されていた。瓦礫の中を自転車を押して縫うように進みながら、「奥さん、頭がおかしいんですか」という富田さんの言葉が耳に響いていた。

家族を探しているのか、失くしものを探しているのか、瓦礫をつついている周りの人々の輪郭が涙でぼやけた。と、突然、空襲警報が鳴り出し、私は体の芯からおののいた。

でも、通りにいる人たちはサイレンにほとんど注意を払わなかった。彼らにとって空襲警報は日常なのだ。それでも、サイレンが鋭く短い甲高い音に変わると、人々は大急ぎで建物の中に消えていった。私もとっさに自転車を壁に立てかけ、避難する人たちのあとについてコンクリートの建物に入った。自分をこんな危険にさらしたことへの恐怖と後悔にさいなまれながら。

誰かが私の腕を引っ張り、「こっちに来て」と英語で話しかけた。とまどいながら振り向くと、年配の小柄なユダヤ人男性がテーブルの下で身をかがめて寄り添う他の二人のところへ私を急き立てた。そこはタイルの壁と簡単な流し台が角にある台所らしかった。私たちが隠れているテーブルの上には、重たい鉄鍋がたくさん置いてあった。

「防空壕がないから、これで我慢しないとね。昨日もこれで生き延びたから、今日も大丈夫だ」男性は歯のない笑顔を見せた。男性と他の二人はすっかり落ち着いて、おそらくイディッシュ語で話しはじめ、ときどき冗談を言って笑っていた。彼らのふつうのやりとりを聞くと、極度に緊張していた私の神経も和らいでいった。会話を必死に聞くことで、外の飛行機や対空砲火、遠くの爆撃のおそろしい音をいくらか遮断できた。

けれど、時間の経つのがとてつもなく遅く、このどっちつかずの状態を終わらせるのは一発の大きな爆弾しかないのではないかというくらい不安になった。まだ爆撃があるかもしれないと富田さんが警告してくれたのに、それを振り切って家を出てきた私はなんて浅はかだったんだろう。カズとタカの顔が目に浮かび、胸の前で手を強く握った。無事に帰れることを祈り、願った。

もうこれ以上耐えられないと思ったそのとき、空が静かになり、その後、警報解除のサイレンが鳴った。男性たちは握手をし、机の下から這い出るときにそのうちの一人が口にした言葉に全員が心から笑った。他の男性たちが去っていくと、私を引っ張ってくれた人がさりげなく言った。「お嬢さんはどうしてこの区域に来たのかね。最高レベルの空襲警報が出ていた間、ずっとあんたを無視していたことを悪く思わないでほしい。ここにいた一人が日本人に警戒心を持っていたから、気をそらしたほうがいいと思ったんだ」

私は感謝して深くお辞儀した。これだけの恐怖と緊張を味わったあとで男性に親切にされて、わっと泣き出したくなったけれど、必死で我慢した。「フレンド会の衣料センターで働く友人イルマ・チェスカが昨日の爆撃で無事だったかどうかを確かめに来たんです」と言うのが精いっぱいだった。

男性は目を細めて満面の笑みを浮かべた。「ああ、イルマの友達なのか。わざわざ来るのは本当の友達だ！ 彼女は無事だ、元気だよ。怪我をしたり家をなくしたりした人たちのために駆けずり回っている」

「あら、イルマをご存じなんですね！」と叫んだ私は、彼女が無事だと知って安心し、その場で崩れそうになった。体を支えようとテーブルに寄りかかった私の腕を年配の難民がつかみ、しっかり立てるように助けてくれた。

「ほら」と彼が言った。「今日はもうじゅうぶんたいへんな思いをしたんだから、できるだけ早く家に帰ったほうがいい。イルマは指定地区のどこにだって出没するから、きっと見つからないよ。僕はイルマに会えると思う。いつものように彼女がハイム〔ユダヤ難民のための簡易宿泊所〕に寄ってくれれば、今夜にでも。あんたに会えたことを話しておくよ。自分を探しに来てくれたと知ったら、イルマが感激するよ」

男性の言うとおりだ。いまイルマを探しても無駄だ。彼女が無事だとわかったし、とにかく家に帰りたかった。私は彼の手を取り、ぎゅっと握手をして感謝と安堵の気持ちすべてを伝えようとした。もう一言も話せないほど疲れていた。

彼は建物の外まで私に付き添ってきてくれた。壁に立てかけたままになっている自転車を見つけた私は歓声を上げた。カゴに入っていた富田さんの荷物をそのまま新しい友達に渡した。自転車を押して歩きはじめると、彼が言った。「名前を聞いていなかった。あんたの様子を話せば、イルマはすぐにわかるんだろう。でも聞いておこうかな。僕はヤコブだ」

帰り道のことはほとんど記憶にない。家に着くなり、子どもたちに会う前にお風呂に入りたい、とアマに言った。体にべとつく土埃とにおいと恐怖を洗い流したくて、長い間湯船につかった。今日私が経験した恐怖は、当分誰にも話せそうにない、とくにヒロには。カズとタカを母なし子にしてしまうかもしれない危険を犯した私の浅はかさを、彼にはとても打ち明けられない。

七月二〇日　金曜日

今朝、イルマが電話をくれた。受話器を取って「もしもし」と言ったとたんに、イルマが「エイコ、あなたは、本当に本当にばか」と言った。

「あんな危険なときに指定地区に来るなんて、どんなにばかなことかわかっているの！　ここにいる人たちは仕方がないけど、はるかに安全なフランス租界からわざわざやってくるなんて、救いがたいおばかさん！」イルマは激しく息巻いていた。彼女が涙に濡れた顔の周りで白髪の増えた巻き毛を荒々しく振り乱しながら両手を振り回すのが目に浮かぶようだった。イルマの心配ごとを増やしてしまったのが申し訳なかった。

「ええ、イルマ、私は本当にばかだった。どんなことになるか、わかっていなかったの」と言った。

電話の向こうでイルマが黙り、鼻をすする音が聞こえた。「本当はね、エイコ、あなたがわざわざ来てくれたとヤコブが教えてくれたとき、言葉が出なくて感動して泣いてしまったの。一日じゅう地獄のような光景を見てひどい怪我をした人たちを助けて、私は心底疲れていた。家に帰る前に病人たちの様子を確認しようとハイムに寄ったら、ヤコブが廊下で私を呼び止めて、あなたが彼と一緒に爆撃の間、スープ・キッチン［常設の炊き出し所］のテーブルの下に隠れてたって言うじゃない！　エイコ、あなたが愛しくてありがたくて、心臓が張り裂けそうだった」

　私は目を閉じて壁にもたれた。指定地区に行ったのは無駄ではなかった！　イルマの心からの感謝で報われた気がした。

「でもエイコ、そんなにあわてて行動しちゃだめ。もっと慎重になってちょうだい」と、イルマがいつもの優しい調子に戻って言った。「これから空襲が増えるかもしれない。ここにいる多くの人たちは、アメリカ人が私たちのために勝利を勝ち取ってくれる前に、私たちがアメリカ人に殺されるのではないかと心配しているわ。だから、ここには来ないで。いい子だから、ご家族のそばにいてちょうだい。これからの数週間はきっとものすごく危険だから、気をつけないとだめよ」

　イルマが言うように、アメリカの激しい空襲は、アメリカの勝利による戦争終結が近いことを意味しているのだろうか。富田さんはそんな見方をしていなかった。空襲はアメリカの絶望と無能の表れであり、アメリカは間違って指定地区へ爆弾を落としている、と言っていた。どう考えたらいいのだろう。

七月二三日　月曜日

　ご主人から電話です、とチョクゲツケンが伝えに来たとき、心配で足が震えだした――きっと悪いニュースに違いない。また空襲があったのだろうか。チョクゲツケンも心配そうに、いつもは穏やかな顔をめずらしくくもらせていた。

「いま岸本商事から使いが来て、エンバンクメント・ハウス（河濱大楼）の空き部屋に週末までに移れるそうだ」ヒロはそれだけ言って電話を切った。

　自分たちの家に移れるのだ。それもヴィクター・サッスーンによって建てられたアパートのうち最大級のものとして知られるエンバンクメント・ハウスに。またサッスーンの建物に住めると思うと元気が出てきた。グローヴナー・ハウスにいたころのように幸せに暮らせますように。こんなに悲惨な時期に、これほどの幸運に恵まれたことが信じられない。

七月二七日　金曜日

今日は富田さんの仕事が休みだったので、彼の監視のもとで明日の引っ越しの準備をしなければならなかった。

最後の荷物の箱を玄関にきちんと積み上げたあと、引っ越し騒ぎを謝罪し、準備が完了したことを報告するために富田さんのところへ行った。私たちが出ていくのを喜んでいるに違いない。

富田さんが私の言葉に黙って一度うなずいて応えてくれたので、お辞儀をした。私が階段に向かおうとすると、富田さんが言った。「奥さん、働き者のあんたはしっかり家を切り盛りしている。あんたたちがいなくなると、この家は寂しくなるな」

私は、もう一度きちんと深いお辞儀をした。内心では、やった！　という気持ちだった。

頭を上げたとき、彼がこうつけくわえた。「日本が戦争に勝ったら、一緒にお祝いするために戻ってきなさいよ」私は絶句し、もう一度お辞儀をして二階へ駆け上がった。

七月二九日　日曜日　エンバンクメント・ハウス

これまでの二回のフランス租界内での引っ越しとは違い、昨日は共同租界を通り抜け、ガーデン・ブリッジを渡って蘇州江に沿って西に進み、やっとのことでエンバンクメント・ハウスにたどり着いた。

耐えがたい暑さの中、埃と汗にまみれながら人であふれかえった通りを進んでいくのは、おそろしく時間がかかった。それでも、居心地良く家具の整ったアパートに入ると元気が出てきた。

グローヴナー・ハウスほどではないものの、優雅なところが似ているエンバンクメント・ハウスに着いて、わが家に帰ったような気分になった。立派な玄関やエレベーター、高い天井、モダンな雰囲気に、上海に来たばかりのころを思い出して楽観的な気持ちになる。戦争が終わり、富田さんがいないこの快適な住まいでふつうの生活が送れたら、どんなにすばらしいだろう――蘇州江を見晴らすベランダがあり、別の階にチョクゲツケンとアマが住んでいる。

足を上げて座り、一日の終わりにとても幸せな気分に浸っていた。突然、その日が私の二四歳の誕生日だと気がついた――引っ越しのせいで、大事な日をすっかり忘れていた！　新しいアパートとは、なんという誕生日プレゼント！

八月三日　金曜日

緑の多いフランス租界とはまったく違う新しい環境にも慣れてきた。このあたりには街の商業区域の活気がある――商店が密集していて、中国人が経営するたくさんの小さい店をはさむように日本の大きな商店がある。行商人や手押し車、物乞いが通りにひしめいている。

チョクゲツケンは虹口マーケット［「三角マーケット」とも呼ばれた公設マーケット］が近いのを喜んでいる――日よけがあって入り口が暗い、三角形の形をした巨大な二階建てのコンクリートの建物だ。

子どもたちにとっては、ベランダが新しい楽しみになった。二人は手すりに顔をくっつけて蘇州江を見渡し、自分たちも船に乗っている気分で大きなはしけの行き来を眺めている。水上生活者の家族を載せているサンパン［中国南部や東南アジアで使用される、平底の木造船の一種。全長五メートル程度］がとくにお気に入りだ。「ママ、ママ、赤ちゃん、見て！」と、今朝タカが叫び、サンパンの端から端へ裸で走っている中国人の小さな男の子を指さした。私はタカが川に落ちるのではないかとヒヤヒヤした。

でも、もちろん私たちは早い時間から窓を閉め、灯火管制用のカーテンで覆わなければならない。蘇州江の夜の風景は想像するしかない。水泳プール——息苦しいこの暑さの中で想像するだけで楽しくなる——のように、蘇州江は火災時の緊急貯水地として汚れた水で満たされている。

八月六日　月曜日

新しいアパートに心地良く落ち着いたせいで、風向きが変わったと感じるのだろうか。青い空高くにウロコのような筋状の雲が浮かび、すでに初秋の気配だ。戦争の潮目も変わってきているようで、街の空気も以前よりゆったりしている。たしかに今朝、虹口マーケットにいた中国人たちは前より陽気に見えた。侵略してくるアメリカ軍との戦いに日本が勝利したと大本営のラジオ放送が伝えていた、とエンバンクメント・ハウスの日本人の隣人たちが話しているのを漏れ聞いた。戦争の終わりが近いのだろうか。とうとう和平交渉がうまくいったのだろうか。

八月九日　木曜日

昼食前、子どもたちがアマとベランダに出ていた。カズが「ママ、ママ、早く来て！」と興奮して私を呼んだ。早く来てというカズの言葉にもかかわらず、私はぐずぐずしていた——蘇州江の上でそんなに早く動くものはないのだから。

ガラス製の扉に近づくと、カズとタカとアマが身じろぎもせずに立ったまま、水の上ではなく空に顔を向けていた。外に出た瞬間、私も言葉を失い、見上げることしかできなかった。奇妙なオレンジ色に変わっていた空は美しくないともいえなかったが、心がかき乱されるような不気味さを感じた。苦しくなった私は、三人に中に入るように言い、扉をかたく閉じた。

夕方仕事から帰ってきたヒロが、上海のところどころでひょうが降って大荒れだったと言った。あの奇妙な現象は、気温が急降下したせいで起きたのだろうか。私の全身に悪寒が走り、円滑な戦争終結を期待する気持ちがスーッと引いていった。

八月一一日　土曜日

タカの誕生日プレゼントを買うために、自転車で南京路に出かけた。共同租界の大きな商業地域に行くのは、引っ越してから初めてだ。南京路は相変わらず多くの人でごった返していたが、いつもと何かが違っていた。自転車を降りると、店はどこも閉まっていて、いくつかの店先に青と白の中国国民党の旗［青天白日旗］がはためいていた。区域全体に意気揚々とした空気があった——群衆に浸透している陽気さ、それがいつもと違う雰囲気の正体だった。

突然、中国人たちが私をじっと見つめていることに気づき、私は自分が場違いな存在だと直感した。誰も私に何もせず、何も言わなかったが、彼らの視線が針のように肌につき刺さった。その場の人々が共有している喜びの感覚と、私の周辺の人々の冷淡さの対照が身に沁みた。私はできるだけ顔を見られないよう、頭を覆っているスカーフを引っ張り、全速力でペダルをこいで群衆をあとにした。

いったい何が起きているのだろう。日本人と中国人の関係が劇的に変わってしまったようだった。

でも、何のニュースもないし発表もない。顔を上げると、ホーリー・トリニティー教会が目の前にあり、背の高い赤い尖塔が私のほうへ影を投げかけていた。明さんがいてくれたら！　教会に駆けこんで明さんの笑顔を見て安心し、いま起きていることを理解するのをカフェで手助けしてもらいたかった。

虹口に戻り、日本の商店に入って最初に見つけたおもちゃを手に取った――明るい赤、青、緑で彩色された木製の船で、タカへのプレゼントにぴったりだ。でも、値段を見たとたんに目玉が飛び出そうになった。

「奥さん、昨日いらしたらよかったのに」と、店の主人が言った。「昨日から値段が倍になりましたよ。虹口マーケットで食料品の値段を見てごらんなさい！」

絶対何かが起きている。なのに、雲をつかむような感じだ――どうして情報がないのだろう。

八月一二日　日曜日

昨晩、ヒロが仕事から帰ってこなかった――昨日の朝出かけて以来、連絡がない。マーケットに行っていたチョクゲツケンが、たった二日前に五百元だった豚まんを四千元で買ってきた。「奥さま、いま買わないとダメ。値段上がる、どんどん」と言って、台所に大量の食料品を運びこんだ。

何が起きているかわからないまま家で座っているのは耐えられない。たとえ明さんがいなくても、教会に行けば、誰かが何か教えてくれるかもしれない。

カフェに入ると、テーブルの上のお茶を前に一人、背中を丸めて座るチーコさんの背中が見えた。なんて運がいいんだろうと思った私は駆け寄って、「チーコさん、チーコさん」と呼びかけた。

振り向いたチーコさんを見て、彼女が背を丸めて泣いていたことがわかった。訊くまでもなく、弟の修さんのことだ。私は椅子に座り、チーコさんの手をとった。

「もうすぐ戦争が終わるのに――あと少し、持ちこたえてくれていたら！」と、チーコさんがハンカチで目を押さえた。私は彼女の両手を握り、長い間、二人で黙って座っていた。

ついに彼女が顔を上げた。いつもの賑やかなチーコさんに戻ろうと決意したようだった。「集会もデモも禁じるという日本当局の貼り紙が愚园路のいたるところに掲示されていて、そこらじゅうに武装した日本兵がいるのよ。機関銃を持っている兵士もいるわ」チーコさんは、悲しみを追い払おうとするかのように早口で話した。

私は頭が混乱してしまった。「チーコさん、いったい何が起きているの？　昨日は南京路で中国人たちが歓喜にわいていたけれど、チーコさんは日本政府が管理を強めているとおっしゃるのね？」

「英子さん、あなただけじゃないのよ。誰にも確実なことはわからないの。でも、大助さんの中国人の友人が聞いたところでは、日本は戦争を終わらせる宣言［ポツダム宣言］を受諾したそうよ。昨晩、大助さんがナイトクラブに行ったら、いつものように暗かったんですって。でも一〇時ごろ、誰かが窓を全部開けはなって電気をつけると信じられないほど明るくなって、中国人たちが乾杯を始めたんですって。中国服を着ていた大助さんは周りの人にも中国人だと誤解されて、「乾杯《カンペイ》！」と声をかけられたって。それでも主人は不安になったそうよ、最近は中国人が日本人にあからさまに敵意を見せることが増えていたから。日本人の主婦がスイカの皮を投げつけられた話や中国人の召使いが日本人の雇い主に襲いかかった話を聞いたわ」

ナイトクラブでのお祝いムードは、日本兵によってただちに鎮圧されたそうだ。日本兵たちは電気を消し秩序を回復するよう、クラブの中国人支配人に大声で命じたという。

チーコさんが私の目をまっすぐに見た。「英子さん、敗北が明らかになっても、日本はすべてが順調だと偽り、勝利に向けて最後の戦いをしていると言うの。新しい特別な爆弾が六日に広島、そのあと長崎に落とされて、未曾有の破壊をもたらしたらしいわ。二発目の爆弾が落とされた九日、ソ連が日本に宣戦布告したのよ」

「特別な爆弾？」と訊ねた私は、ベランダから見た不気味なオレンジ色の空を思い出した。長崎と上海はとても近いので、あれはその二発目の爆弾と関係していたに違いない。

チーコさんは、また考えごとに戻っていった。「修の任務飛行があと数日遅ければ！　いまこの瞬間にも、命が無駄にされているのよ。なんて虚しいこと……」チーコさんが両手に顔をうずめた。

23

一九四五年八月一五日　水曜日

いまやすべてがはっきりした――日本は戦争に負けた。無条件降伏。

すべての日本人は日本時間の正午――上海時間の午前一一時――に放送される重要なラジオ声明を聴くように、との指示が昨日出された。ヒロは工場に出勤せず、私たちは大きなラジオのある家のドアを開けて集まっている隣人たちの一団に加わった。二〇人ほどいただろうか――男性、女性、年長の子どもたち――誰もがとても神妙な顔つきをして頭をうなだれ、両手をきちんと組んで立っていた。

私は早く放送を聴きたかった。何が起きているのかを知り、宙ぶらりんの状態を早く終わらせたかった。ラジオを調整して音量を上げるのを待つ数分間さえ永遠に続くように感じられてじれったかった。

ラジオから日本の国歌が聞こえてくると、みな体をかたくし、さらに低く頭をうなだれた。国歌が鳴りやみ、電波がパチパチ音を立てる中、奇妙な日本語をつかえながら独特のリズムで話す、思いもよらない甲高い声が聞こえてきた。意味がわからず面食らっていたら、周りの数人の男性が急に大声で泣き出し、たちまち現実に引き戻された。すばやくヒロを見ると、ヒロも驚いているようだった。ラジオの内容に驚いているのか、その場の男性たちの反応に驚いているのかわからなかった。

私も必死で集中し、短い声明が終わりに近づくころには、言葉を聞き取れるようになっていた。世界平和を願って「耐えがたきを耐え」る。そのとき初めて声の主が天皇陛下だとわかり、私は悲しみで心を締めつけられた。何年間にもわたって日本の国民が苦しんだこと、そしてこのか細い声を出す人が国家全体の悲しみを背負わなければならないことが悲しかった。

無条件降伏という現実を理解して泣き出す人やうめき声を出す人が増えていった。でも、その気持ちを共有しない私は、冷めた気持ちをぬぐえなかった。これまで一度もはっきり言葉にしなかったけれど、日本の降伏は必然的な結末だと心の奥では直感していた。私は戦争の終結を望んでいた。そしていま、それを手にしようとしている。安心しないわけがない。嬉しいといってもいい！　ただ、もっと早く終わってほしかった。国民にこれほどの苦労を強いた日本の指導者たちに対する怒りがこみあげてきた。

戦争遂行のために造船所で厳しい労働に従事しなければならなかったヒロは、どう受けとめたのだろう。家に入る前に彼にお辞儀をし、日本の敗北に対する遺憾の意とお国のために働いたヒロに感謝の気持ちを表した。そうすべきだと思った。

ヒロは眉を釣り上げて、丸い瞳をさらに丸くして驚いていた。「戦争に負けるとは思っていなかった。

つい二日前に陸海軍の司令部の声明が出て、「戦争の達成」のために戦うべく、工場が二四時間稼働になると伝えられたばかりだったのに」

わが家の入り口で私の背をそっと押しながら、ヒロが明るく言った。「天皇陛下の話の内容よりも、声に驚いたよ。ほとんど聞き取れなかった」ヒロなら敗北さえ平然と受け入れるだろうとわかっていた。けれど、戦争の行方については私のほうが正確に把握していたとわかり、ヒロを愛しく思うと同時に、ほんの少し満足感も味わった。

ヒロは、どちらかといえば独り言のよう話を続けた。「さあ、やることがたくさんあるぞ。チョクゲツケンとアマを辞めさせなければいけない。日本人のために働いていると、ほかの中国人たちに避けられて、二度と仕事が見つからなくなる」戦争に負けるとはどういうことかをよくわかっていたのは、やっぱりヒロのほうだった。

チョクゲツケンは昼食の準備で忙しく、カズとタカはアマと一緒にベランダに出ていた。駆け寄ってきたカズの顔が興奮で赤くなっていた。「パパ、ママ、お祭りだよ！」と、私を部屋の外へ引っ張っていった。たしかに蘇州江の上は夏祭りのようだった――はしけやサンパンが賑やかに汽笛を鳴らし、子どもたちが中国国民党の青天白日旗やアメリカ国旗、イギリス国旗を振っていた。蒋介石をほめたたえる竹製の勝利ののぼりが風になびき、いたるところで爆竹が鳴っていた。息子たちのはしゃぎぶりとは対照的に、アマはどうしていいかわからなくて困っているようだった。

ヒロがチョクゲツケンとアマを呼び、深いお辞儀をしてから、何年間も仕えてくれたことへのお礼を述べた。「君たちをこれ以上、わが家で働かせるわけにはいかない。日本人の家庭にいるとまずいことになる」と言った。

アマが泣き崩れ、チョクゲツケンは一瞬うつむいた。でも彼は、顔を上げるといつもと変わらない満面の笑顔になった。「ご主人さま、奥さま、座って、食事の時間。アマと私話す、あなたたち食べて」チョクゲツケンは焼きそばと春巻きの大皿を運んできてから、アマとともに台所に姿を消した。

子どもたちはいつもと何かが違うと感づいたようだった。カズは神妙な顔で昼食を食べ、タカは「アマ、どこ?」と、ひと口食べてはアマを探して台所のほうへ顔を向けた。

「奥さま、ご主人さま、決めました。私が出て行く、人力車で働く。でも、アマはここいます」とチョクゲツケンが明るく言った。

ヒロは首を振った。「アマも出て行かなければいけないよ。もっと安全な仕事についてほしい」でも、チョクゲツケンの決心は固かった。

「アマ小さい、誰も見ない。彼女、出て行かない言う。彼女、大丈夫」チョクゲツケンは顔いっぱいの笑顔で私たちに笑いかけ、アマは静かにその横に立っていた。私たちは義理がたい二人に深く感動した。タカは身をくねらせて幼児用椅子からアマのスカートに飛び移り、アマは喜びで顔も体もくしゃくしゃになった。辞めさせられるまで私たちと一緒にいる、と彼女は言った。

戦争が終わったという意味がわかったのは、夜になってからだった。蘇州江の向こうに太陽が沈みきるまで居間のカーテンを開けておき、子どもたちは部屋の明るさ――電気がつくだけでこんなに違うとは!――に大喜びで、夜まで部屋じゅうを走り回っていた。敗北はしたけれど、子どもたちの姿に希望をもらった私は、これからの日々に明るく輝く瞬間がたくさんありますようにと祈った。南京のお姉さまと日本にいるお父さまと話がしたいと痛切に思った。敗戦国になった日本にいる人たちはどうなるのだろう。そして、明さんはどこにいるのだろう。

八月一六日　木曜日

　これまでどおり工場に出ていくとヒロから聞いたとき、私は耳を疑った。戦争が終わったのに何の仕事があるのかしら。それに、敵意に満ちた中国人群衆が通りにあふれていて、何が起きるかわからない。難色を示す私にかまわず、ヒロが言った。「工場の閉鎖の段取りを考えなければいけないし、岸本商事の様子も見ておかないと」

　出がけにヒロが、引き出しからフェルトの小袋を取り出してきた。「英子、これを大切に持っていてほしい。戦争が終わったから、僕には収入がなくなる。ここに入っているものが生活を支えてくれるだろう」小袋の中をのぞくと、ピーナツのような小さな金塊が五つ入っていた。

　出かけたヒロがまもなく帰ってきた。

「通りでは中国人の敵対的な行為はなかったよ」と言った。「日本兵がまだいる。どうも蒋介石が、アメリカと国民党軍が引き継ぐまでの間、上海の管理を日本軍に依頼したようだ。岸本商事は閉鎖されていて、海軍は、中国人に工場を明け渡す前に特攻艇の証拠を燃やすのにかかりきりになっている。僕たちの船の製造が始まる前に戦争が終わってよかったよ」ヒロは、足元にすり寄ってきたジェイジェイを抱き上げて優しく撫でた。

八月一八日　土曜日

　宙ぶらりんの感覚はまだあるものの、戦争が終わっても私たちの生活はこれまでと変わらない。朝起きて子どもたちを起こし、アマと一緒に朝食を作る。ご飯を求めてジェイジェイが足元に寄ってくる。

子どもたちは何時間も飽きずにベランダで蘇州江上の船を眺める。

もちろん、変化もある――もう仕事に行かないヒロは朝も眠っていて、私の台所仕事が増えた。それでも何か変だ。日本にとって世界がひっくり返ったのに、以前と変わらない生活を送っているなんて。

八月二二日　水曜日　日本人居留区、虹口

敗北のあとの宙ぶらりん状態は、二日前に突然終わった。あれは本当にたった二日前だったのかしら。あまりに激しい変化だったので、何ヵ月も前だったような気がしてしまう。私たちはまた引っ越しをし、いまは虹口の中心部にいる。岸本商事の山際さんのお宅の二階が住まいになった。

私が使っているこの小さなテーブルは、居間と食堂と台所を兼ねた部屋にある。ヒロと子どもたちは隣の小部屋で寝ていて、そこが家族全員の寝室だ。私も体は疲れきっているけれど、一人きりの静かな時間を使って、この二日間を振り返っておきたい。

二〇日の朝、エンバンクメント・ハウスのロビーに、すべての住民は退去すべしという貼り紙が出された――この建物は、これからやってくるアメリカ人のために必要になるからだ。私たちには退去まで四時間しか与えられず、すでに配置についていたアメリカ軍の警官たちが、人々に急げ、と命令していた。彼らの大柄なことといったら！　栄養たっぷりの食事をとっている西洋人がどんなだったかを私は忘れかけていた。冷淡で思いやりのない彼らの態度は、私たちが敗戦の民であるという事実をつきつけ、想像もしていなかった屈辱を感じさせられた。

何百もの日本人家族が短時間で住居を明け渡さなければならなくなり、建物全体が騒乱状態におち

いった。どんなものでも持ち去ってしまうさもしいコソ泥の「ピセ」があちこちで出没した。

アメリカ軍の警官たちが、建物から持ち出されるすべての品物をチェックした。私が大きな寝具入れにはさみこんでいた武士の刀が検問所で騒ぎを引き起こした。この刀は先祖伝来の家宝であるという懇願も虚しく、結局手放さなければならなかっただけでなく、有効に使えた荷造りの貴重な時間を無駄にしてしまった。ほとんどの日本人家族が退去し、建物が空になりつつあった。警官たちにいらだちの目で見られて、こちらの不満も爆発しそうだった。

ちょうどそのとき、立派な風采の西洋人の紳士がエレベーターから降りてきて、警官たちの敬礼を受けた。出口に向かって歩いていた彼は私をじっと見て、唐突にこう言った。「キシモトさん！　キシモトさんではないですか？　こんなところでお目にかかるとは！」

私はびっくり仰天した。イギリス人の英語を聞いて嬉しくなった。彼の緑がかった灰色の瞳になんとなく見覚えがある気もしたけれど、果たしてどなただっただろう。

その紳士は片手をさしだして言った。「香港上海銀行のステイシーです。戦争が終わったので、上海に戻ってまいりました。ロクロウさんとタミコさんの友人です。彼らのお宅でほんの少しお目にかかりましたが、美しいあなたのことを忘れたことはありませんでした」ステイシーさんは優しい目で私を見た。「お役に立てることがあれば、何でもお申しつけください」気が狂うような必死の数時間を過ごしたあと、さらにアメリカ軍の警官との不愉快ないさかいもあったので、ステイシーさんの心からの温かい配慮に触れた私は、その場で崩れ落ちそうになった。

ずっと心に重くのしかかっていた二つの問題を解決するチャンスだと思った——グローヴナー・ハウスで引き継いでいまは倉庫に預けているベイカー夫妻の家具、そしてジェイジェイのこと。

ステイシーさんは、家具の保管に関する書類を受け取ってくれた。「キシモトさん、ベイカー夫妻が上海に戻ってきたら、四年間にわたる戦争のあとで日本人夫婦が家具を返してくれたことに、ただただ感動するでしょう」

「ジェイジェイは私が飼います」ジェイジェイを抱き上げるためにかがんだステイシーさんの目が輝いた。ジェイジェイはかわいがってくれる人の手に自分が委ねられたことがすぐわかり、ステイシーさんの顔を嬉しそうになめた。ジェイジェイは、私たちの前のご主人のイギリス人のアンとご主人を思い出したのだろう。でも、私たちにとっては悲しい別れだった。とくにジェイジェイがステイシーさんに抱かれているのを見たヒロは、とても寂しそうだった。ヒロは手を振って子どもたちを出口へうながし、ステイシーさんは感慨深げにエレベーターのほうへ戻っていった。

けれど、私たちの退去はそれで終わりではなかった。アマに別れを告げなければならなかったからだ。すでに涙にくれていたアマは、子どもたちのそばから離れなかった。「奥さま、田舎にもっとたくさん食べ物ある。坊ちゃんたち連れていきたい。アマ、坊ちゃんたちのこと、毎日考える」と、彼女が泣きじゃくって言った。その前日、餃子とデザートをたっぷり作ってタカの二歳の誕生日をお祝いしてくれたばかりだったのに。

そのときは、一夜にしてこれほど劇的に状況が変わるとは誰も思っていなかった。日本人居留区の食料不足を心配したアマは、自分と一緒に田舎に行けば子どもたちが食べ物に困らないだろうと真剣に考えてくれたのだ。私がいくらかお金を包もうとすると、彼女は拒んだ。「奥さま、あなたがお金必要。奥さまが持ってて」

アマはわずかな持ち物をまとめ、私たちより先に建物を出て歩いていった。タカはべそをかき、私はアマの小さな姿が水路の角の向こうに消えていくのを見ていた。つらく悲しい別れだった。

そしていま、私たちはこの小さなテラスハウスの二階で暮らしている。それぞれの階に部屋が二つずつあって、屋根裏には独身の中年女性が暮らしている。とにかく狭苦しい。一〇歳、七歳、五歳の三人のお子さんがいる山際さんは、とても気持ちのよいご家族で、富田さんと暮らすのとは大違いだ。富田さんはどうしているだろう。ドイツの敗北に絶望したシュミット夫妻のように、日本の敗北に押しつぶされていないといいけれど。

階段にかけてある大きなシーツが仕切り代わりになっていて、私は指定地区の人たちの暮らしを思い出す。ユダヤ難民と同じく、一〇万人近い日本人が街の狭い区域に集められて生活するのだから、似たようなものだ。イルマの生活を知っている私は心の準備ができていたかのように、ここでの新しい生活が初めてだという気がしない。

寝なくては。もう頭が働かない。

八月二五日　土曜日

スラム街と隣り合っている虹口中心部での生活にはとまどうことが多い。明け方、裏道をやってくる夜間屎尿汲み取りの二輪手押し車のゴロゴロいう音で起こされる。汲み取り人が近隣に声をかけると、女性たちがそれに応え、馬桶《モードン》［壺のおまる、便器］を持って外に出てくる。

ここ数日間の私自身の生活は、できるだけ節約しながら家族に食べさせることだけで終わっている。中国人の間で暮らしていると、目の前のことだけにとらわれずに物事を見られる。ほとんどの家には料理用コンロがないので、女性たちは小さな石炭ストーブで紙屑や木片を使って火を起こし、それから圧縮された石炭である煉炭を投げ入れる。スイッチを押せば火が入るガスストーブを持っている私が文句を言うわけにはいかない。

それに、嬉しいこともある。昨日の朝食に目玉焼きを作ったら、ヒロがこんなことを言ったのだ。「イギリス育ちだからかな、英子の作る卵料理は完璧だね。ケンブリッジのダイニング・ホールの朝食を思い出す」

でも、体はへとへとだ。家事がたいへんなだけでなく、つねに油断なく警戒しなければならないからだ。今朝は私の目の前で、貧しそうな日本人男性をピセがはり倒し、男性が持っていた袋を奪い去った。私は紐をばってんにしてカバンを胸に縛りつけ、しっかり体に密着させて守っている。

九月一日　土曜日

今朝、カズと二人で北四川路に出ると、大勢の中国人が道路沿いに並び、一斉に小さな青天白日旗を振っていた。群衆のわずかな隙間からのぞき見ていると、突然、叫び声と拍手喝采が沸き起こり、大きく立派なアメリカのトラックとジープがゆっくりと道路を進んできた。その後ろには、何列もの兵隊が染み一つないオリーブ色の軍服に身を包み、立派な機関銃をたずさえて行進していた。私たちは、重慶の国民革命軍の上海入りを目撃していたのだ。

群衆の興奮に刺激されたカズが、もっとよく見ようとしてぴょんぴょん飛び跳ねた。私に日本語で話しかけてこないうちにすばやくカズをつかまえ、「静かにしていてね」と耳打ちした。

でも、カズはもっとよく見えるところへ私が連れ出してくれる――めったにないご褒美――と思ったらしい。おとなしく私の首に腕を巻きつけて、静かにその場の光景を眺めていた。

カズがものすごく興奮しているのがわかった――あれほど壮麗な機械や兵士たちの力強い行進を目にしたら、どんな男の子だってそうなるだろう。私は悲しみや感傷は感じなかった――戦争に負けたことを物理的な現実として感じただけだ。目の前の光景と、ボロ切れのような軍服を着て竹製の簡易水筒をぶら下げてさまよい歩くやせ細った日本兵とが対照的だという現実。

九月五日　水曜日

ふだんは物静かで落ち着いている山際さんの奥さんが、バタバタとあわてて階段を上がってきた。

「奥さま！　奥さま！　お姉さまの多美子さんが南京から戻られましたよ！　ご一家はいま、横浜正金銀行にお勤めの方の蟠龍街《アーベリー・レーン》のお宅にいらっしゃるそうです。ここから歩いて一五分です」

中国人の路上生活者であふれる小さな路地を通って蟠龍街へ歩いていく途中、ずっと心臓がどきどきしていた。お姉さまがこんなに近くにいるなんて。どれほど寂しい思いをしてきたことか！　離れていた一八ヵ月間、いろいろなことがありすぎて、それよりはるかに長かった気がする。到着すると、お姉さまは滞在先の家の玄関から荷物をあわただしく運んでいた。やつれ果てて疲れたお姉さまのそばにその家の家主が立っていた。玄関先に私の姿を認めると、焦がれるような温かい表情がお姉さまの顔に一瞬浮かんだけれど、中へ誘ってくれる気配はなかった。

私の来訪を迷惑がっている家主が見ている前で、お姉さまがこちらに来て私を抱きしめ、耳元でささやいた。「英子、私とってても疲れているの。話したいことが山ほどあるのよ」私がお姉さまにもらおうと思っていたなぐさめが、お姉さまにも同じくらい必要なようだった。

私は早々に帰ってきた。すぐ近くにいるのだから、お姉さまと一緒に楽しく過ごせる日々が必ずまた来る、と自分をなぐさめた。

九月七日　金曜日

朝、山際さんのご主人が一〇歳のお嬢さんの由美子さんを連れて二階に上がってこられた。由美子さんは自分の弟妹と一緒に遊ぼうと、うちの子たちを誘いに来てくれたのだ。人目を引くその黒い瞳のせいか、カズとタカが喜んで駆け寄って手をつなぎたくなる何かが由美子さんにはある。子どもたちが階下に降りていくと、山際さんが言った。「湯恩伯《トウオンハク》が率いる国民革命軍が上海を支配しつつあり、私たち日本人はこれから日僑《にっきょう》［外国に在留している日本人。華僑になぞらえた語］と呼ばれます。保甲《ほこう》（パオ・チア）制度［宋代あるいは秦代に起源をもつ中国の行政機関の最末端組織］のもとで日僑の組織を作ります――一〇戸で一つの組織を作り、それをグループ長がまとめます。さらに一〇グループで大きな組織を作り、その長がまとめます」

イルマの話を聞いていた私にはおなじみの話だった。日本政府が指定地区の人たちを見張るために押しつけたやり方とまったく同じ。今度は私たちが押しつけられる番なのだ。

すべて同じだった――私たちは今後、外出の際には黄色い腕章をつねに身につけなくてはならず、上海の制限地区外に出てはならない。戦勝国の人間を雇ってはいけないし、戦勝国の国民が運転する乗り物に乗ってはいけない。つまり、チョクゲツケンの人力車にも乗れない。

帰ろうとする山際さんに、ヒロが冷静に言った。「教えてくださってありがとうございました。日本が完全に敗北したことを考えたら、妥当な措置ですね」

山際さんがうなずいた。「ええ。戦時中、中国人をひどく扱った日本人もいましたから」

大きな違いは、私たち日本人がこれから受けるのと同じ待遇を受けたユダヤ人は、日本人と違って誰にも何の危害も加えなかったことだ。

九月九日　日曜日

階下でお姉さまが私を呼ぶ声がして、私は転がるように階段を降りていった。お姉さまはまだやつれて疲れて見えたけれど、私をきつく抱きしめてこう言った。「自分たちだけの部屋が見つかったの。ロッキーが娘たちを見てくれていて、やっとあなたに会いに来られた」

私たちは互いの両手を握りしめて向かい合って立ち、しばらくじっと見つめ合った。

ひと息ついてから、お姉さまが話しはじめた。「戦争が終わってしばらくは、何も変わらなかった。でもある日、何の前触れもなく、日本人は全員収容所に行くのだ、と集められたの」と、ティーカップの中を見つめながらお姉さまが言った。「中国軍の護送トラックが敷地内に入ってきて、全員に乗れ、と軍人たちが叫びはじめた。サチがとても怖がって泣き叫び、朝子もつられて泣いてしまって。ロッキーは仕事でいないし。何も持ち出す暇がなく、ただ身に着けているものだけ――モンペを履いた女性と子どもばかり。トラックに乗りこんだちょうどそのとき、サチが道路を指さして突然、「パパ！　パパ！」と叫んだの。ロッキーが一枚の紙を振りかざしてこちらに走ってきていたのよ」

その紙は、山中家の収容所送りを免除する証明書だった。その書類には、以前行なった敵国の資産凍結を解除するために、お兄さまが横浜正金銀行を接収した中国銀行のために働くことになったと書いてあった。収容所へ行く代わりに、一家はただちに上海に戻るよう命じられた。

突然、お姉さまの声色と表情が、見たこともないほど暗くなった。

「英子、南京から上海への旅は、人生でいちばんおそろしい体験だった」と言ったお姉さまの手が震えていた。

「終戦前から中国人の敵意が強まっていたから、日本人だとばれないように、道中ずっと神経を張り詰めていた。収容所に送られたほうがましだったかもしれないと思ったほどよ」

お姉さまは、日本の外交官の奥さんから服を借りなければならなかった。モンペを履いていると、ひと目で日本人とわかってしまうからだ。真夜中に一頭立て軽装馬車に乗って鉄道の駅へ行き、上海への始発列車をベンチに座って待った。混雑した列車の中ではずっと寝たふりをし、どうしても必要なときだけ上海なまりの中国語を話したという。

「寝られないながらうとうとしてポケットを探ると、証明書がなかったの」と、お姉さまはほとんどうつろな声で話した。「大混乱のさなかにどこかで落としてきたに違いないと思うと、震えが止まらなかった。業務移行のためにロッキーが中国銀行で必要だと証明する書類がなければ、私たちにはどんなことだって起こりうる。娘たちがさらわれて売られてしまうと思って、私は娘たちを強く抱きしめたわ。上海に着いたときは、奇跡かと思った」すべてを話し終えたお姉さまは、自分の体内から恐怖を追いはらったようだった。

お姉さまが戻ってきてくれて、どんなに嬉しかったか！　物資に不自由しても大丈夫、と体の芯から実感した。私たちは無事で一緒にいて、住むところも食べるものもある。これ以上望むことはない！

九月一五日　土曜日

戦後の日本についての噂が広まりはじめた。広島と長崎だけで二〇万人以上が犠牲になり、東京の大部分がすっかりなくなってしまったという。どんな光景が広がっているのか、想像もつかない。日本に帰国したら、どんな生活が待っているのだろう。

お姉さまが近くにいてくれて、つらいとはとてもいえない上海での生活に、私はやましさを感じそうになる。今日は、サチがわが家に着くなりカズのところにやってきて、「おままごと」の続きをしよう、と言った。まるで前日の続きのように言っているのを聞くと、一年半も離れていたのが嘘みたいだ。

バラ色ほっぺの朝子とタカは、最初はお互いを警戒するようににらみあっていたけれど、サチがすかさず二人の世話を引き受けた。「お嬢ちゃん、お父さまにお茶を入れてちょうだい。坊ちゃん、このテーブルを動かすのを手伝って」と、サチがタカを引っ張ってきて命令した。指図されるのに慣れていないタカは頑としてゆずらず、その場を動かなかった。サチが「悪い子ね！ 部屋の隅で立ってなさい！」と叫びはじめた。

お姉さまが私にウィンクしたので、寝室のドアを閉めた。子どもたちだけで遊ばせている間、二人でお餅を食べながらおしゃべりに夢中になった。

突然、大きな泣き声が聞こえてきたと思ったら、朝子がお姉さまめがけて寝室から駆けこんできた。タカが勝ち誇ったような表情で入り口に立っていた。サチが部屋から頭をつきだして言った。「おばちゃま、タカが朝子の頭をたたいたの。「原爆！ 原爆！」って言って」

私はおろおろしてお姉さまの顔を見た。

「子どもは何でも覚えてしまうのね！」と、お姉さまはあきらめたように言い、朝子の頭を撫でた。

九月二〇日　木曜日

初秋の心地よい天気に誘われて、漢壁礼路《ハンベリー・ロード》に沿って虹口マーケットの先のほうの中国人が多く住む地域の路地を歩いていた。

突然、アメリカ軍兵士の一団が目の前に現れた。私を含めたみすぼらしい大勢の東洋人たちの中で、彼らの体の大きさと顔に浮かぶ健康的な輝きは、とんでもなく場違いに感じられた。

アメリカ兵たちの肩をいからせた歩き方やみなぎる自信を目にすると、その存在全体に「勝利」と書かれているようで、私は日本の敗北を再び肌で感じた。そして、引き裂かれるような思いを味わった。私はこれまでずっとアメリカ人に親近感を抱いてきたので、彼らを見ると本能的に嬉しく楽観的になる。けれど、いまの私はそうする立場にない。中国人、ユダヤ難民、あるいは強制収容所にいる人たちにとって、アメリカ人は真の救済者に見えるに違いない。でも私たち日本人は、彼らをどのように考えればよいのだろう。日本では、ここ上海よりももっとアメリカ兵士の存在感が大きいはずだ。彼らは日本人をどう扱うのだろう。

九月二五日　火曜日

階下に降りたヒロが、すぐに引き返してきた。「アマとチョクゲツケンが外にいる！」その言葉が終わらないうちに、タカが階段を転がるように降りていってアマに突進した。私も降りていくと、アマが涙を流してタカをかわいがっていた。

チョクゲツケンが、停めた人力車でアマを通りから隠し、周囲を見張るように立っていた。アマが持ってきたものを私に手渡すと、チョクゲツケンが人力車に乗るよう彼女をうながした。

出発する前に、彼は顔いっぱいの笑顔を見せてくれた。「奥さまの友達の唐奥さま、奥さまのこと聞く。私、奥さまのところ行くと言った」二人は雑踏の中へ消えていった。

アマがくれた袋をのぞきこんだヒロが、興奮して言った。「アーモンドクッキーとオレンジを買ってきてくれたんだ！」

でも、ヒロの表情がすぐにくもった。「国民革命軍の歩哨が歩きまわっている。チョクゲツケンは、大きな危険を犯してここまで来てくれたんだ」

チョクゲツケンの貴重な贈り物にちゃんとお礼を言って、唐モナのことや、彼女と知り合いになった経緯を訊きたかった。

九月二八日　金曜日

今朝、お姉さまが来たとき、何か悪いことがあったんだな、とピンときた。青白い顔のお姉さまが言葉をしぼりだした。「正也さんが七月半ばに戦死していたの。さっき聞いたの」

床に座りこまないよう、お互いを抱き合って支えた。正也さんを思うと、私は明さんのことを考える。私は明さんと自分の関係を、お姉さまと正也さんの関係——私が憧れうらやましいと思ってきた、友情で結ばれた関係——に似ていると思ってきた。明さんも戦争から戻ってこないのではないかと考えてしまう。悪い予感がして、お姉さまの体をさらに強く抱きしめた。

24

一九四五年一〇月三日　水曜日

お姉さまと二人で、正也さんの戦死をイルマに知らせに行くことにした。「もしイルマがいまでもあそこに住んでいるなら、日本人の往来が許可されている区域内よ」とお姉さまが言い、かつての指定地区をめざして二人で歩いていった。

あの大空襲以来、そこはほぼ何も変わっていなかった。道の真ん中の大きな穴はそのままで、破壊された建物はほとんど修理されていない。戦争が終わっても、人々の日常生活はさほど変わっていないようだ。イルマの部屋がある建物の入り口も、相変わらずみすぼらしかった。私がドンドンと大きくドアをたたき、お姉さまが通りの向かい側からイルマの名前を呼んだ。

さらに大きな音や声で呼びかけても反応がなく、もうあきらめようかと思ったそのとき、上の階から声が聞こえた。「あなたたち！　すごい！　キースがここにいることがどうしてわかったの？」お姉さまと私は、信じられない思いで顔を見合わせた——イルマだけでなく、キースもいるなんて。

いろんな意味で悲しい再会だった。正也さんの死を二人に伝えなければならなかっただけでなく、イルマとキースの変わりようを目の当たりにしたからだ。私がイルマに会ったのはそれほど前ではなかったのに、いま彼女は片足を引きずって歩き、髪の毛は真っ白になった。それにもまして、キースのひどい衰弱ぶりにショックを受けた。道で会ってもわからないほど、顔がやせこけていた。変わっていないのは、思いやりのある輝きをたたえた柔らかい茶色の瞳だけだった。

「いまも日中は収容所で過ごして、夜にフランス租界の自宅に戻ります。ジョイスとアナ・メイはしばらくの間、ドイツ人の友人宅に身を寄せています」と、キースが言った。

イルマがすばやくつけくわえた。「キースは行くところがない人たちを助けるために収容所に行っているの」

「クエーカー教徒の次のお仕事は何？」とお姉さまが訊ねた。

キースが口を開く前に、イルマが言った。「キース、私がここに何を持っているかわかる？　アメリカのフレンド会本部にあなたが送った手紙のコピー。タミコとエイコに見せるわよ」

イルマがポケットからくしゃくしゃになった一枚の紙を取り出し、テーブルの上に広げた。書いてあることを読もうとして、お姉さまと私は身をかがめた。

「収容所に入る前、あなた方に一通の手紙を送りました――受け取られたかどうかわかりませんが――戦後、できるだけ早い時期に、日本のクエーカー教徒を励ますために、また日本の状況を確かめるために日本を訪ねたいとその中でお伝えしました。先日ハーバートと話し合いましたが、彼も私とまったく同じように心配していました。軍部の方針に賛同していなかった人も含め、日本人は戦争の敗北を痛感しているに違いありません。精神的な苦しみを共有する心遣いと友情をすばやく示すことで、日本人がキリスト教徒の連帯感を強く感じながら、困難な時期を切り抜けるのを手助けできるでしょう」

クエーカー教徒たちは、日本人によって厳しい立場に追いやられたというのに、今度は日本人を助けようとしてくれている。お姉さまが感動して泣いているようだった。

一〇月八日　月曜日

施高塔路《スコット・ロード》と狄思威路《ディクスウェル・ロード》の辺りをヒロと散歩していたら、ある光景に遭遇してびっくり仰天した。食べ物やおもちゃから家具まで、日本のあらゆるものを扱う臨時の露店が出現していたのだ。

屋台を仕切っていたのはほとんどが男性で、若い人から年配の人までいたが、一様に元気がなく疲れていた――仕事を失くした男性たちが、生活のために必死になっていた。ヒロが失業者たちのものうげな態度と無縁なこと、そして私たちに小さなピーナツの金塊があることに感謝した。五つのうち四つを、私はまだ注意深く隠し持っている。

露店をあとにしようとしたとき、かすかに見覚えのある女性が、手を振りながら私たちに駆け寄ってきた。「英子さん！　廣さん！」

毛みどりさんだった。化粧っ気のない顔にモンペを履き、頭に手ぬぐいを巻いていた――前回彼女に会ったときと大違いだ。あのときのみどりさんは、体にぴったりしたチャイナドレスに宝石をたくさんつけていた。

疲れて見えたけれど、そのかすれた太い声と美しい容貌に、みどりさんの姿を思い出した。でも、それだけになんと言っていいのかわからなかった。

「ご主人はどうしていますか？」と、ヒロが単刀直入に訊ねた。

「ありがとう、廣さん、訊いてくださって」とみどりさんが言った。「ご存じのとおり、漢奸《ハンジェン》［かんかん。漢民族の裏切者・売国奴］裁判が始まり、裁判を控えた文楚は刑務所に入っています。見通しは良くありませんが、欣楚が家を出て以来、廃人同然になっていた文楚は、刑務所にいられるほうがかえって安心できるみたいです」

私は自分の激変する暮らしに適応するのに夢中で、ほかの人たちのたどっている運命をほとんど理解していなかった。

みどりさんは日僑用の長屋［日僑集中営］で、李香蘭の隣の部屋に住んでいるという。「当局にとっては、私たちのような「疑わしい」人物を一か所にまとめたほうが都合がいいみたい」と、みどりさんは疲れた笑顔で肩をすくめた。私は欣楚を思い出した。みどりさんは、私と彼をつなぐたった一人の人だから。戦争が終わったいま、欣楚はどんな生活を送っているのだろう。いったい彼はどこにいるのだろう。

一〇月一一日　木曜日

玄関に人の気配がした。外をのぞいても誰の姿もなかったけれど、ちょうどそのとき、チョクゲツケンが曲がり角から顔をつきだした。彼はいつもの笑顔でやってきて、封筒一通と子どもたちへのお土産がいっぱい詰まった袋を渡してくれた。

「奥さま、唐奥さまから手紙あります」と、チョクゲツケンは角を曲がる前に言った。「あそこで人力車待つ」

私はすぐに手紙を開けた。

「エイコ、変わってしまった世界であなたのことを考えています。私たちは元気よ。S・Pが聖ジョンズ大学で教えていたけれど、私の実家が国民党と懇意にしていたおかげで、反逆罪での逮捕は逃れていて、いまもフランス租界の自宅で快適に暮らしています。日本人の私有財産の没収が厳しくなると聞きました。それで、私から提案があるの。安全のために預かってほしいものがあれば、喜んで預かります。人力車に乗ったときに偶然知り合ったチョクゲツケンが密使になってくれるわ。彼はあなたに深い愛情を抱いています。愛を込めて、モナ」

すかさずヒロが言った。「モナの申し出に甘えよう。重慶から上海に戻ってくる国民党員たちにとって、日本人の私有財産は私腹を肥やす絶好の獲物だ。蔣介石による反逆者の迫害が激しくなる中、モナは危険を犯して言ってくれている。寛大な申し出だ」

私たちは、急いで貴重品——予備の時計と宝石をいくつか——を集め、古い革のハンドバッグに詰めこみ、それをさらに布袋に入れて、チョクゲツケンのもとへ走った。

チョクゲツケンは、いつもと同じように袋を人力車のカゴに入れて言った。「奥さま心配ない。私、唐奥さまへ持っていく。アマ、よろしく言います。アマ、坊ちゃんたちいない寂しいです」そして、彼は去っていった。

チョクゲツケンが人力車のペダルをこぐのを見送りながら、私の大事な指輪やブローチが手の届かないところに行ってしまうのではないかと不安になった。もちろん、モナやチョクゲツケンを信用しているけれど、何だって起こりうる——二人のうちどちらかがピセに襲われるとか、S・Pの境遇が変わるとか……

一〇月一六日　火曜日

野球の試合から帰ったヒロが、「英子、池本さんが戦争から戻ってきたよ」と言った。

いま聞いたことは確かなのか、と私はヒロの顔をまじまじと見つめた。正也さんの死の報に接して以来、私は最悪の事態への心の準備をしていた——亡くなっていないとしても、北部に送られてソ連の捕虜になる可能性だってある。じっさいそれは、行方不明になっている多くの兵士に起きたことではないかとおそれられていた。

「野球選手の一人が、YMCAの古参会員だったんだ。池本さんは一ヵ月近く前に上海に戻ってきて、マラリアで入院しているらしい」明さんが生きていてくれたことに、ただ感謝の気持ちがあふれた。

一〇月二八日　日曜日

朝、みどりさんがやってきた。すぐに彼女と連れ立って、お姉さまとお兄さまの家に向かった——お兄さまが中国当局に雇われているため、一家は快適な二部屋に住んでいる。その呉淞路《ウースン・ロード》までは歩いて一五分だ。

「文楚が軽い罪ですむとは思っていません。国民党員たちはとても狡猾ですから」と、みどりさんが言った。「漢奸裁判を見せしめにして、日本に抵抗したのは共産党ではなくて国民党だと世界に示したがっているんです」

お兄さまがうなずいた。「反逆者たちを逮捕することで、国民党はより大きな正当性を手にできます。でも、堕落した役人たちが個人の利益のために経済を骨抜きにしているせいで、多くの中国人が失業しています。これでは、よりよい生活を求める中国人たちが共産党に傾いたとしても不思議はありません。そうなると、国民党はさらに躍起になるでしょう」

「汪精衛政権と親密なだけでなく、共産党員の父親でもある文楚が、もっとも重い判決を受けるのではないかと心配です」とみどりさんが言った。「それから、欣楚が無事なのかどうか、心配でたまらない」突然優しくなった彼女の口調が、私の心に響いた。

遠くを見つめながらみどりさんは、日本人である自分が家族の中でいちばん幸運な立場にいるようなのが不思議でならない、と言った。「私は裁判にかけられないし、わずかながら配給を受け取り、日本に帰ることもできます。李香蘭は出生証明書を出さなければ、それができませんが」その先を聞きたくて、私たちはみどりさんを見た。

「もちろん、いまでは彼女が日本人だということを誰もが知っています」と、彼女が言った。「それでも、それを証明できなければ、日本の宣伝機械の一部とみなされ、最大級の中国の反逆者として裁判にかけられてしまいます。いま彼女は自宅軟禁状態で、満州にいるご両親と懸命に連絡を取ろうとしています。でも、ここは中国なんですよね」と、みどりさんが語気を強めて続けた。「中国人の中にも李のファンが大勢いて、自分の愛人になるなら守ってやるなどと言う国民党の幹部もいるんです」

お兄さまのふくれた鼻孔から怒りの吐息が出るのがわかるほどだった。「腐敗とはそういうことです！　いま起きていることは信じがたい。戦後の混乱に乗じて、誰もが自分の利益のことしか考えていない。会社だけでなく、個人宅も略奪の対象になっています」

工場や会社が適切に経営されずに資産を奪われれば中国産業は破滅してしまう、とお兄さまが眉間に深いしわを寄せて言った。「きっと深刻な問題になります。中国が自力で立ち上がって日本と友好関係を立て直すには、長い時間がかかるでしょう――僕は、その実現に向けて努力しているんです」

たとえすべてを理解できなくても、お兄さまの意見や理想に触れられるのは、本当に幸運なことだと思う。

一〇月三一日　水曜日

明さんに会った。野球場のそばを歩いていた私を、明さんが見つけてくれた。ベンチから立ち上がって私に手を振るのがやっとだったその男性は、まるで明さんの幽霊のようだった。人に安心感を与えるあの巨体は見る影もなく、骨と皮だけの背の高い枠のようだった。私は明さんに駆け寄っていき、少し離れたところで立った。二人で見つめ合ったまま、お互いの姿を確認しあった。

やや間があったあと、明さんが言った。「英子さん、ちっとも変わっていませんね。むしろ、ますます若く綺麗になられたようだ。僕は逆ですが」懐かしい彼の含み笑いに、私は長旅から故郷に戻ったような気持ちになった。

二人でベンチに腰を下ろした——明さんは立っているのも苦しかったのだ——低くなった秋の太陽の光を浴びながら。聞きたいことがありすぎて、どこから始めていいのかわからなかった。私は、「入院されていたんですってね」とだけ口にした。

「先週、退院しました——予想よりもずっと早く回復したんです。現代的な薬がある病院に入院できて幸運でした。戦争の最後の二ヵ月間、マラリアと赤痢に苦しめられて。もう少し長く戦争が続いていたら、僕はきっと戦場で死んでいました。それだけでなく、いろんな意味で運がよかったんです、英子さん。僕は非戦闘部隊に配属されたことを、心から神に感謝しています——戦うのが怖かったからではなく、ほとんど何も考えずに戦争に行ってしまったからです。中国の内陸部で五ヵ月間、馬を移動させながら、自分の所属する小隊が何をしているのかさえわかっていませんでした。馬を連れて千キロ以上の距離を、来る日も来る日も、焼けつくような太陽の下を歩きました。その間、いろんなことを考えました」

混乱した心の内を言葉にしなければならないとでもいうように、明さんの口から言葉があふれ出てきた。「上海で生活するうちに、戦争の雰囲気に麻痺させられて、僕は本当の意味では自分で決断せず、期待されることをするだけの自動人形になっていたことに気づきました。占領地の生活で、戦争の本当の意味を問う感覚、そして戦争を拒絶する情熱を失くしていたことに。僕は、何度も何度も自分に問いかけました。戦闘部隊に入って中国人を殺せと言われたらどうしていただろう、と」明さんは、苦悩にさいなまされたような光を目にたたえ、空を見つめた。「前もってこんな根本的なことを考えずに軽率に徴兵に応じたことを、深く恥じました。馬の世話をする歩兵でいるうちに戦争が終わったのは、単に運がよかっただけです」

その明さんの言葉が、まるで落雷のように私の体をつらぬいた。そのとき、私は直感的に理解した。正也さんが命を落としたのは、中国人を殺すことを拒否したからだということを。

正也さんは明さんとは違って、戦争に行く前に根本的な問題について考えていて、もし戦闘で中国人と一騎打ちになったらどうするか、心を決めていた。だから、上海を出るときにあんなに落ち着いていたのだ。絶対そうだ。

正也さんの運命を理解し、馬を移動させる任務で戦争を終えて生きて帰ってきた明さんが私のそばにいてくれることへの安堵と感謝で、私の気力は使い果たされてしまった。

明さんは、両肘を膝の上に乗せて前かがみになり、目の前の地面を見つめながら話した。

「もっと強く戦争を拒否しなかった自分の恥を告白するのは、英子さん、あなたが初めてです。良心的兵役拒否者になることさえ、僕には思いつかなかった。日本が中国に対して行なっている不当行為をつぐなうために、若いころ中国に来る決心をしたというのに」

「でも、いまあなたは無事に帰ってきて、生涯をかけたお仕事を続けられるじゃありませんか。きっと神さまもそれを望んでおられます」と私は言った。明さんと一緒にいると自然と出てくる私の言葉を、彼がそのまま受け入れてくれると確信できた。明さんが言いたいことが、私には正確にわかる。それほど哲学的でなく、洗練されていないとしても。

日本が敵国人たちに強いた苦しみを憎みつつも、日本人である私は、占領下の上海で快適な暮らしを楽しんできた。そのことに矛盾を感じなかっただろうか。戦争そのものに対する私の態度は、ずっと曖昧だった。私は、イギリス、アメリカや中国を真の敵と考えることができない一方で、日本人として日本に忠誠心を抱き、日本が世界の中でもっと高い地位を得る権利があると信じてきた。大きな問題に取り組むのは手にあまると思いこみ、良心にしたがって小さな選択をしながら、日々の生活を送るだけで精いっぱいだった。

「そうですね、英子さん」と、明さんが言った。雲が取り除かれたように、彼の表情が明るくなっていた。「後悔しても仕方がないから、将来自分がどのように役に立てるか、前を向いて考えてみます。ところで、持たせてくれたゲートルは、でこぼこ道を長時間歩くときにとても役に立ちました。もうすっかりぼろ布になってしまいましたけどね！」

明さんの笑顔を見て、嬉しくなった。笑うと目を隠してしまうほどたっぷりしていた顔の肉はもうないけれど。

一一月六日　火曜日

日本人コミュニティー全体に、落ち着かない空気が広がっている。気をつけていないと、自分もその雰囲気にのみこまれそうになる。すべてが色あせてぼんやり見えるのは、日が短くなったせいだろうか、それとも急に寒くなったせいだろうか。あるいは、引き揚げがいまにも始まるという噂のために、ここでの生活がますます宙ぶらりんに感じられるせいだろうか。

刻々と物価が上がっていて、一日を切り抜けるのも大仕事だ。配給されるわずかな米ではぜんぜん足りない。たとえお金を持っていても、手に入る食料を見つけるのは一日がかりの仕事になった。

施高塔路《スコット・ロード》の露店が消えたとヒロが言っていた。屋台の一つで売られていた自家製の醸造飲料を飲んだアメリカ兵一人と日本人二人が亡くなったことで、規制の対象になったそうだ。市場が閉鎖されると、稼ぐすべを失う人たちが出るだろう。誰もが引き揚げ船の話をしているのも無理はない。

一一月一三日　火曜日

市場に上海蟹が並びはじめた。私はヒロの驚く顔が見たくて、思わず小さい蟹を少しだけ買ってみた。完璧に調理するために、お姉さまにあらかじめレシピを聞いておいた。

湯気を立てている竹の籠を取り出したときにヒロが顔を輝かせたのを見て、狭い台所で奮闘した甲斐があったと思った。子どもたちと私は餃子を食べ、ヒロが蟹の肉を生姜入りの酢につけて上品に口の中に滑りこませるのを見て楽しんだ。「チョクゲツケンの蟹と同じくらいおいしい」と、ヒロが言った。

ところが、夕食が終わらないうちに、ヒロの全身に蕁麻疹が出てきた。唇まで、もとの形がわからないほど腫れてしまった。なんてこと！　私がもっと気をつけるべきだったのに。ばい菌がいっぱいの市場から蟹を買うなんて、我ながら何を考えていたのか。明日も蕁麻疹が治らなかったら、お医者さんに行かなければ。

一一月一四日　水曜日

ヒロの蕁麻疹について相談しようとお姉さまの家に行くと、イルマも来ていた。偶然、イルマは痛み止めをいくつか持ち合わせていて、その中に薬もあった。

「ヒロシさんは何を食べたの？　まさか上海蟹じゃないでしょうね？」とイルマに訊かれた私は、肩をすくめてうつむいた。「エイコ、今年は水質が悪いのよ。正統派のユダヤ教徒は賢明だから甲殻類を口にしないわ」イルマの温かいお説教に、お姉さまがクスッと笑った。

「ヒロシさんにこれを飲ませてあげて」と、イルマが小瓶から二粒の錠剤を取り出し、茶色い紙に包んでくれた。彼女はバッグに顔をつっこんで、フルーツの缶詰、粉ミルク、チョコレート――とんでもない贅沢品の数々――を取り出した。

「どうぞ――難民コミュニティーに流れてきたアメリカの救援物資よ」

お姉さまがイルマの両手をぎゅっと握り、「イルマ、こんなことをしたら、あなたの身が危ないわ」と言った。

「苦労していたときに私を助けてくれた大好きな日本人の友達にしてあげられる最低限のことよ！」とイルマが答えた。

「クエーカー教徒たちがしていることに比べたら、こんなの何でもない。いまキースは刑務所への訪問を計画していて、戦争犯罪で捕まった日本人収容者たちに物資を届けようとしているわ。自分も収容所にいたから、彼らが何を必要としているかわかると言うの。収容所でキースが最初にした仕事は、トイレ掃除だったそうよ。それでひどい赤痢にかかったの。食事は、一日の終わりにたった一杯のお粥だけ。あるとき、彼らは浄水場と発電所がある工場地帯のど真ん中の荒れ地に移動させられたの。戦争があのとき終わっていなければ、多くの人が収容所で亡くなっていたと思う」

「それなのに、キースは日本の戦争犯罪人を助けているの？」と、クエーカー教徒の考えを理解したくて私が訊ねた。自分たちを苦しめた当事者たちにすぐに救いの手を差し伸べる、そんなことがどうして考えられるのだろう。

「そうよ、エイコ、クエーカー教徒はあらゆる人を平等に扱うべきだと信じているの。ある意味で、とても単純なことよ。正しいと信じることをするだけなんだから。キースが言っていたわ。収容所に入って間もないころに『十二夜』［ウィリアム・シェイクスピア作の喜劇］を上演したら、それを見ていたく感動した日本人から聖書の勉強会をしてほしいと頼まれたんですって。キースはいま、刑務所でそれをしているの！」

お姉さまの口数は少なかったけれど、前かがみになってイルマの一言一言を夢中で聞いていたその目に、これまで見たことのない強い光を見たような気がした。

一一月一九日　月曜日

午前中の半ば、由美子さんが一階から上がってきて言った。「おばさん、子どものための新しい「学校」ができるそうです。ほんものの学校ではないのですが、日本人の子どもたちがお話を聞いたり遊んだりできるところです。弟と妹と一緒に、和雄くんと隆雄くんを連れていってもいいですか？」

カズとタカの面倒をしょっちゅう見てくれる由美子さんに甘えてきた私は、歳のわりにとても大人びているこの少女がどんなにすばらしいか、あらためて考えたことがなかった。カズとタカは由美子さんと一緒にいられるのが嬉しくて、早くもぴょんぴょん飛び跳ねていた。

「おばさんも学校を見たかったら、よかったら一緒に行きませんか」と由美子さんが私のこともその場で誘ってくれたので、ついていくことにした。

狭い裏路地を一〇分ほど縫うように進んでいくと、さびれた市民ホールのような特徴のない低層のコンクリートの建物に着いた。部屋の真ん中にはすでに二〇人くらいの日本人の子どもたちが輪になって座っていて、母親たちが端に立っていた。驚いたことに、その中にお姉さまがいた。「まあ、こんなところであなたに会うなんて！　内山のおじさんが企画したこの集まりのことを昨日聞いたの。チーコさんに偶然会って——彼女はいま、内山さんご夫婦と同居しているのよ」とお姉さまが言った。

「おじさんは、日替わりで虹口のすべての区画で読み聞かせの会を開くことにしたそうよ。引き揚げを待つ子どもたちのために日僑の自治体が一時的な学校を作るまでには時間がかかるからって」

お姉さまから情報を仕入れていると、内山さんが部屋に到着し、興奮してざわついている子どもたちに手を振りながら、足を引きずってゆっくりと部屋の真ん中へ歩いて行った。おじさんが座ると、子どもたちはピタッと静かになった。優しく温かい笑顔を絶やさないのに、おじさんはみんなの注目を意のままにする不思議な力を持っている。

「僕は、内山完造といいます」と、おじさんが話しはじめた。「今日は、みなさんにお話をするためにここに来ました」おじさんは偉そうな態度をとることなく、まるで大人に話しかけているようだった。子どもたちの目はおじさんに釘づけになっていた。

「私たちの国がたいへん困難な戦争を経験して、大勢の人が苦しんだことはみなさんも知っていますね。私たちは、これから力を合わせて働いて、日本が二度と再び戦争をしないようにしなければなりません。みなさんは、スイスという国を知っていますか？」

知っていると答える子どももいれば、首を振る子どももいた。おじさんは、子どもたちの答えに笑顔で応じた。

「スイスは、ほかの国どうしの争いが起きても、どちらか一方の味方はしません。だから、スイスの人たちは戦争中に小包や手紙やメッセージを送り、あらゆる人々を助けることができるのです。あなたたちが大きくなったとき、日本もスイスのような国になっていることを願いましょう。今日、私がお話しするのは、ハイジというスイスの少女の冒険の物語です」

子どもたちはおじさんの話に夢中になって、少しずつ前ににじり寄っていた。おじさんがちらっと目を上げ、大人たちに部屋を出てほしいという合図を送った。お姉さまが私に寄りかかってささやいた。

「どこかでお茶を飲みましょうよ」私はハイジの話を聞きたかったけれど。

一一月二四日　土曜日

階下で物音がしたとき、野球場へ出かけたばかりのヒロと子どもたちがもう戻ってきたのかしら、と思った。でも、階段を上がってくる足音は三人のものにしては重く、私は急に不安に襲われた。

大きく一度だけドアがノックされたと思うと、汚れた軍服姿の三人の中国軍将校が部屋に入ってきた。彼らは私がいるのもかまわず、狭い家のあちこちにすばやく散らばって、あらゆるめぼしいものを指でいじくり回した。そのとき私は、お兄さまが一般家庭に対する略奪について話していたことを思い出した。

私は必死で取り乱さないようにしながら、見つかったら絶対に接収される残り三粒の金のピーナツのことだけを心配していた。細心の注意を払って隠しておいた――ヒロもどこにあるか知らない――えんえんと続くかに思われた捜索の間、私は台所の隅に立って息をひそめていた。寝室の中までは見えなかったが、聞こえてくる物音から、彼らがタンスや棚を全部開けてベッドをひっくり返しているのがわかった。値打ちのあるものを見つけられずにイライラしながら寝室から出てきた彼らは、すごい勢いで台所の戸棚に突進していった。私のいちばんよい包丁だけを戦利品にした泥棒団のリーダーは、ぶうぶう言いながら顎をドアのほうへつきだし、三人で階段を降りていった。

玄関ドアがバタンと閉まり、三人が立ち去ったことが確信できるまで、私は台所の隅から動かなかった。彼らの表情から、金のピーナツが見つからなかったことはほぼ確実だった。それでもちゃんと確かめなければ。ぐちゃぐちゃに荒らされた寝室もそのままに、私はまっすぐ窓を目指した。窓を開けたとたんに一陣の冷たい風が吹きこんできて、ぶるっと震えた。

私は窓の外側の下枠に沿って、用心深く指を滑らせた。紐に触れた瞬間、勝った、と思った。金のピーナツは無事だった。それは窓の戸当たりに私が打ちこんだ釘からちゃんとぶら下がっていた。すぐに窓を閉めた私は、壁にもたれて安堵の長いため息をついた。

包丁一本をとられただけですんだのはじつに幸運だった！　家の中に貴重品がなかったのは、モナの先見の明と寛大な申し出のおかげだったのだと、そのとき私は気がついた。

一一月三〇日　金曜日

今朝、山際さんのご主人が二階に上がってきて、由美子さんに微熱があって具合が悪いので、うちの子たちを外へ連れていけないと伝えにいらした。「内山さんの次のお話会までにはよくなっていると思います」とご主人が笑った。

「ところで、最初の引き揚げ船が一二月初めに出港する予定だそうですよ」とご主人が言った。「今回はどうやら本当らしく、第一地区から第四地区の人たちが準備をするように言われました。これでも早いほうでしょう。お金を使い果たして売るものもなくなった人たちは、みな必死です」

待ち望んでいた引き揚げが、いよいよ始まる。

一二月四日　火曜日

マーケットでチーコさんに会った。

「いま私たち、田中美代さんと赤ちゃんの真理子ちゃんと一緒に、内山さんの家に住んでいるの」と、チーコさんが言った。

これまで自分の生活のことで手いっぱいだった私は、戦時中をともに過ごしたチーコさんや美代たちのことを考える余裕がほとんどなかった。

「美代さんと赤ちゃんは元気よ。だけど、田中さんが戦争から戻ってこなくて便りもないの」と、チーコさんが顔をくもらせた。「ソビエトの捕虜になったんじゃないかと心配しているの。でも、美代さんはすごいわ。いつも落ち着いていて頼りがいがあって、家のこともずいぶんやってくれるのよ。内山のおじさんは日僑の自治体を管理して子どもたちのためのお話会を運営しているから、どんなに忙しいかわかるでしょう。大助さんがおじさんを手伝っていて、学校がない太郎と花子も、食料配給のお手伝いをしているわ」

チーコさんは、最初の引き揚げ船の明優丸が今朝、四千人を乗せて日本へ向けて出港したことも教えてくれた。

一二月一六日　日曜日

今日は雨。暖房用の燃料がないから、家の中も寒い。この冷たい雨のせいで、由美子さんの回復が遅れているのだろうか。若い日本人の先生二人が最近立ち上げた新しい日曜学校に、由美子さんがうちの子たちを連れていってくれたらいいなあと考えていた。でも、山際さんの奥さんが疲れているのを見て、私が山際家の下のお子さん二人を、カズとタカと一緒に日曜学校に連れていった。

驚いたことに、日曜学校に明さんがいた。二人の先生のうちの一人が、ＹＭＣＡの常連だったそうだ。授業が始まると、明さんが外へ出よう、と私を誘った。「子どもたちをみてもらっている間、近況報告しましょう」

暗い雰囲気のカフェで味気ない紅茶を飲みながら、明さんが英会話学校を経営している話を聞いた。

「病後の体力をつけるために、そこらじゅうを歩き回っていたんです。そうしたらある日、捨てられていた英字新聞に、日本では連合軍の占領以来、英語を話せる人の需要がふくれ上がっているという小さな記事を見つけました。英語を話せる人はエンパイア・ステート・ビルほどの高さになるとてつもない大金を稼げると書いてあったんです！」明さんが笑うと、椅子ががたがた揺れた。

「僕は「これだ！」と思いました。金を稼ぐ方法を見つけないといけませんでしたから。帰国後に英語が役立つことを知った日本人が、英会話学校に殺到するだろうと考えたんです」私は声をあげて笑った。キリスト教徒としての信心と高い道徳心を持ちながらも如才ない明さんがほほえましかった。

「ＹＭＣＡの建物を教室にしていて、学生は百人ほどです。戦争がもっと早く終わっていれば……」

明さんは明るい顔つきを封印し、拳を握りしめた。「軍の指導者、それから天皇が、最後の最後まで戦争を長引かせたことに怒りを感じます。もっと早く和平交渉をしていたら、多くの人の命が助かったのに」

私たちはしばらく黙って、それぞれの思いにふけっていた。突然、明さんが腕時計を見て言った。

「英子さん、お子さんたちのお迎えの時間です！」

一二月二〇日　木曜日

午前中、激しい雨の中で、一斉調査のために外で立っていなければならなかった。カズを私のコートで、タカをヒロのコートで半分隠しながら、ずっと遠くから紙ばさみを手に、時間をかけて進んでくる中国人の警官が来るのをひたすら待っていた。調査の間、頭をうなだれておとなしく立っている何千人という日本人とは対照的に、中国人警官はとても尊大に見えた。

山際さん一家も家から出てきた。奥さんは両手に下の二人のお子さんの手をつないでいたが、ご主人が由美子さんを抱きかかえていたのを見て、私はショックを受けた。全身を毛布に包まれた由美子さんは、お父さんの肩に頭をもたれかけていた。少しだけ見えた顔は赤く、生気がなかった。こんなに具合が悪くなっていたとは。このところ数回お目にかかったご両親から、由美子さんが少しずつ良くなっていると聞いていたし、由美子さんをベビーシッター扱いしていると思われるのが嫌で、私はなるべく詮索しないようにしていたのだ。

私たちはうなずいて挨拶を交わした。ご主人が、疲れた笑顔で私に英語で話しかけてきた。「あまりありがたくないですね、この調査は。由美子はずいぶん体重が減ったのですが、それでも重たくて」何と答えていいかわからず、私はただうなずき、小さな手振りで同情と心配を伝えようとした。

ご主人が、由美子さんの頭に顔をすり寄せてささやいた。「こんな病気と闘って、由美子は本当にえらいぞ。父さんは自慢に思うよ」それから私のほうを向いて言った。「自家中毒症です。薬がないために、病原菌が全身に広がって免疫系統をさらに弱めてしまうんです」

幸いにも、ご主人はそれほど長く外で由美子さんを抱いていなくてもすんだ。警官が早めに私たちの調査を終えてくれたからだ。

一二月二四日　月曜日

お姉さまと一緒にイルマを訪ねた。日本人が住む虹口とユダヤ人地区——似たような中国人地区に隣接しているけれど——は、まったく雰囲気が違っていた。ユダヤ人地区は希望に満ちている。日本人がいる指定地区よりもたくさんいるアメリカ兵たちが、何人かかたまって通りをぶらぶら歩くユダヤ人の少女たちと陽気に話していた。それを見て、お姉さまが言った。「若い人たちが楽しんでいるのを見るのは嬉しいわね！」

イルマは、私たちをあの小さな屋根裏部屋に招き入れてくれた。部屋に行くには相変わらず危なっかしい梯子を上らないといけなかったけれど、いまではそこに木炭ストーブがあって、その上に載ったやかんにお湯が沸いていた。「あなたたち！　こんなに苦しい困難なときに会いに来てくれて、本当にありがとう」お姉さまと私は何と言っていいかわからず、顔を見合わせた。

「よいニュースがたくさんあるの。アメリカ兵と救援物資だけでなく、仕事のチャンスもやってきたのよ。アメリカ合衆国への入国許可を待っている間、たくさんのユダヤ難民が秘書として働いているわ」とイルマが言った。明るい見通しについて話しているのに、彼女の口調はいつもより暗かった。

話を続ける前に、イルマが喉をごくりとさせた。「ドイツからのニュース……スイスの赤十字経由で毎日届く公式の声明で、多くの難民が家族を亡くしたことを知るようになっているの。ガス室で亡くなった人たちのこと。そういう情報は、一枚の紙にたった数単語で書かれている。死亡推定日と死亡した強制収容所名が」お姉さまがイルマを腕に抱き、私は頭を垂れて祈りを捧げた。

しばらく三人で沈黙したあと、イルマは明るく優しい笑顔になり、私たちへのクリスマスプレゼントと言って、チョコレートやビスケット、紅茶をまとめはじめた。

そのとき由美子さんのことを思い出した私は、薬を持っていないかイルマに訊いてみた。「残念ながら抗生物質は持っていないの。だけど、この粉薬を飲んだら少し元気がでると思う」彼女は祝福の言葉とキスで見送ってくれた。

一二月二一日　月曜日

こんなに悲しい年の瀬はない。一〇歳の美しい少女のお葬式。由美子さんは、本当にがんばって病気と闘った。イルマがくれた薬をクリスマスに持っていくと、とってもかわいらしい笑顔を見せてくれた。その夜、ご主人が二階に上がっていらして、薬が効いたようで由美子さんが体を起こして座れるほど元気になり、家族そろってクリスマスケーキを食べて数週間ぶりに笑顔や笑い声に包まれたと知らせてくれた。そのニュースが、私にとっていちばん嬉しいクリスマスプレゼントだった。

でも、二日後に病気がぶり返した。それ以降、由美子さんが亡くなった昨日まで、ご両親が交代で由美子さんを看病している間、下のお子さん二人をわが家で預かった。

簡素で短いお葬式だった。由美子さんの死に顔は綺麗だった――その短い生涯に、たくさんの人の心を照らしてくれた女の子。

なんという一年だったんだろう。神様、待ち受ける困難に向き合う勇気をください。私の心がくじけないように、どうか見守っていてください。

25

一九四六年一月五日　土曜日

虹口マーケットに向かって歩いていたら、突然、英語で名前を呼ばれた。「エイコじゃない？　エイコ！」目の前に現れたのはキミーだった。私はその場で買い物袋の手を離し、キミーとひしと抱き合った。

「いつ南京から戻ったの？」と訊いた。

「二、三ヵ月前。戦争が終わったときは数日間、収容所に入れられたの。掃除用のバケツからひどいご飯を食べたわ。そのあと上海に戻ってきて、前の家からそう遠くない小さな家に、ほかの二家族と一緒に詰めこまれたの。あんな狭苦しいところで暮らすのは拷問のよう！　そうそう、私たちは次の引揚げ船、今月下旬に出港する江ノ島丸に乗るのよ」キミーの元気なお喋りを聞くのはやっぱり楽しい。

「ああ、エイコ、早く船に乗りたい。何もかも失ってしまった人たちと一緒に暮らすのは、精神的に良くないもの。もっと前に会いたかったわ。そしたらどこかでご一緒できたのに」

私も、もっと早く会いたかった。日本でまた会いましょう、とキミーと約束した。私たちにはいつ引き揚げの順番が回ってくるのだろう。

一月一三日　日曜日

今回は捜索ではなく、押しこみ強盗にあった。私はマーケットに出かけていて、ヒロが子どもたち二人を日曜学校に連れていっている間の出来事だった。最初、私は何も気づかなかった。でも、台所の戸棚を開けたとき、米がすっかりなくなっているのを発見した。

寝室の引き出しもほぼすべて開けられていたけれど、ぐちゃぐちゃにされてはいなかった。なくなったのは、ヒロの分厚いジャンパーだけ。最後の一粒のピーナツは窓の外にぶら下がっていて、ほっと胸をなでおろした。

以前の捜索のときのように侵害されたという感覚はなく、奇妙なあきらめの気持ちを感じた。米とジャンパーだけを盗んだ泥棒の必死さを思い、哀れみのため息をついてしまった。

一月一六日　水曜日

お姉さまの家に行き、ドアを何度かノックしても、誰も出てこなかった。すると、隣の部屋のドアが開き、立派な風采の中国人女性が顔を出して完璧な英語で聞いてきた。「何かご用ですか?」

「タミコさんはロクロウさんと出かけました。お嬢さんたちは近所の人が預かっています」と、彼女が言った。「タミコさんにメッセージをことづかりましょうか?」

私は女性にお礼を言い、その必要はありません、と言った。いったいお姉さまはどこに行ったのかしら。私はお姉さまに元気をもらいたかっただけだった。キミーと再会して以来、ますます早く日本に帰りたくなっている。引き揚げ船の話題に興味を示さないお姉さまに、私の熱を冷ましてもらいたかった。

一月二三日　水曜日

揚子江を越えたところで江ノ島丸が沈没したというニュースが、野火のように虹口じゅうに広まっている。でも、東シナ海で機雷に当たったということ以外の情報はない。キミーとご家族を含む四千人の乗客の安否もわからない。チーコさんなら何か知ってるかもしれないと思い、四〇分以上歩いて会いに行ったけれど、チーコさんも知らなかった。内山のおじさんは事故のあと、帰宅していないそうだ。

一月二六日　土曜日

野口家の人たちは無事で、わが家からそう遠くないところに住むご家庭に身を寄せていた。私はキミーに会いに行った。涙を流して二人で抱きあうと、救助後の混乱から逃れるために私の家に行きたい、とキミーが言った。

「見てちょうだい、エイコ！　これが江ノ島丸を生きのびた人のスタイル、新しいファッションよ」と、だぶだぶのねずみ色のズボンと日本の年配男性の家着みたいな中綿を詰めた上着を指さして、彼女が言った。「私たちを泊めてくれている年配のご夫婦が貸してくれたの。自分たちの持ち物は全部海に沈んでしまったわ。だけど、私は生きている！　あんな事故で犠牲者が二〇人ですんだのは驚くべきことよ。引き揚げ船は家畜の移送船みたいだった――甲板の下は寝台ベッドみたいに何層にもなっていて、一つの寝台に一家族が入るの。近くの寝台に学校の友達を見つけて、二人でずっと喋っていたの」と、彼女が語りはじめた。

「そしたら突然、ドカンと大きな音がして、乗客があちこちに投げ飛ばされ、明かりが消えた。小さな梯子からほかの人を振り落とすようにしながら、みなが甲板に出ようとして。友達がどこに行ったのか、両親がどこにいるのかもわからなかった。やっとたどり着いた甲板には人があふれていて、何人かの男の人たちが床板を外そうとしていた――筏《いかだ》として使うために。船が傾きはじめて警笛が鳴り響き、その音があまりに大きくて、ほかの音がまったく聞こえなかった。だけどエイコ、不思議なのよ。私は怖くなかったの。映画のワンシーンを見ているような気分だった」宙を見つめるキミーは、想像の中でもう一度、事故を体験しているかのようだった。

「時間が経つにつれて、人々のパニックが大きくなり、太陽が沈みはじめて暗く寒くなってきた。凍えるような冷たい海に投げ出されるのも時間の問題だと思ったわ」

あんなに楽しみにしていた日本への帰国が、こんな危険をはらんでいるとは。でも、こうしてキミーが教えてくれたとおりなのだ。「もう二度と両親に会えないだろうとか、私ももう死んでしまうとか考えて。おそろしいとは思わなかったけど、ものすごく悲しかった。人々が叫びはじめたとき、私は船が沈んでいるからだと思ったの。だけど、彼らは全速力で近づいてくるもう一隻の船を見て叫んでいたの。そうして私たちはアメリカ海軍の貨物船ブレバードに救出されたのよ」

上海に戻ったキミーは、住んでいた家に戻ろうとしたそうだ。「それがエイコ、とんでもなかったの！」と、だんだん元気になってきた彼女が言った。「重慶から大挙してやってきた国民党の人たちが、上海に住みはじめていたのよ。引き揚げ船が出港するかしないかのうちに、空になった建物に人が入っていたの。私はまる二日間、父と母に会えなかったわ！」

その後の半時間をかけて、私の洋服の中からキミーに似合うものを一緒に探した——二人であれこれ試していると、沈んだ船の恐怖体験を束の間でも忘れることができた。何着も選び出した洋服の中から、キミーはその場で、茶色いズボンとシンプルな白のブラウス、そして襟元と袖口に小さな花柄のついた、私のお気に入りのベージュ色のジャンパーに着がえた。

「こんなにゆずっていいただいて、本当にいいの？」と聞くキミーの目には喜びがあふれ、鏡に映った自分の姿にうっとりして花柄を上品に手で触っていた。キミーになら、もっとたくさんゆずってあげたいくらい。

一月三一日　木曜日

キミーの話にまだ動揺していた私は、なぐさめを求めてお姉さまのところに行った。今日はお姉さまは家にいた。詮索していると思われないように、先日お姉さまが留守だった理由を探ろうとした。

「ああ、そうそう、あなたが訪ねてきたことを呉《ウー》先生が教えてくれたわ」と、お姉さまが言った。「先生はすごい方でね。日本で勉強したお医者さまなの。戦争中もひそかに日本人の患者を見てくださって、国民党のスパイが反逆者を捕まえようとつねに見張っているいまでも、日本人を助けてくださっているの」

お姉さまは呉先生を崇拝しているようだ。「フレンド会の救急隊も熱心に病気の日本人を助けていて、彼らをおもにお医者さんや病院に運んでいるわ。日本の捕虜たちにしているのと同じように、とくに体が弱っている人たちを助けるために活動範囲を広げようとしている。私もできることを手伝って、活動に参加したいと考えているの」と言って、お姉さまは私の目をじっと見た。

お姉さまがしていたのはこれだった——フレンド会の活動について学ぶこと。それに没頭しすぎていて、自分の家族の引き揚げのことはほとんどお姉さまの眼中にないようだ。

「クエーカー教徒のお手伝いをしながら、日本に帰る準備ができそう?」と訊ねてみた。

「まだわからない、考えているところよ」とお姉さまが言った。

「もし慈善活動で忙しいなら、私がお嬢さんたちの面倒を見ながら荷造りするわよ——そういうことなら得意だから」と私が言った。私たちは同じ引き揚げ船に乗れるものと信じこんでいた。

「一緒に日本に戻れるのね。ああ、お姉さま、すばらしい!」

「あなたの話を聞いていると、まるでクルーズ船に乗るみたいね、英子!」とお姉さまが笑った。

「キミーから聞いたから、船の状況がどんなだかわかっているわ。でも、一緒ならきっと大丈夫」

不確実な状況の中で引き揚げ船を待つことも、これで完璧に耐えられそうな気がしてきた。

二月四日　月曜日

虹口マーケットから家の通りに戻ってきたところで、自転車の鋭いベル音が耳元で響いた。驚いて振り向くと、チョクゲツケンの人なつっこいまんまるな笑顔が見えた。「奥さま、嬉しい、あなた見つけた!」と言って、彼は人力車を降りた。

他の人に見られないように身をかがめ、チョクゲツケンは古い新聞で包んだ小さな荷物を私にさっと手渡した。「奥さま、唐奥さまが頼んだ、これ、あなたに渡す。唐奥さまの手紙あります」それから、道の端を指さして言った。「私あそこ待ってる。タバコ吸う。ゆっくりどうぞ」

二階に駆け上がってまず包みを開くと、中から札束が出てきた。モナからの手紙を開封した。

「エイコ、お断りしなかったけれど、腕時計と革のハンドバッグを売りました。物価が急上昇しているから、現金が必要かもしれないと思って。引き揚げはいつになりそう？　ほかの貴重品をどうしたらいいか、私にできることはないか、教えてね。愛をこめて、モナ」

私は札束をしっかり握りしめて座った。現金が残り少なくなってきていることが、どうしてモナにわかったのだろう。知的で美しい彼女の顔を思い出し、機転をきかせてすばやく決然と行動してくれたのだろうと想像する。感謝の気持ちがあふれてくるが、時間がない。チョクゲッケンが待っている。引き揚げの時期がはっきりしないいま、どうすればいいだろう。私の宝石も売ってもらうか、それとも返してもらったほうがいいのだろうか。結局、彼女の判断に任せることしか考えられなかった。

「親愛なるモナ、

あと少し、革のハンドバッグと靴をチョクゲッケンに預けます。数週間以内に売ってもらえたら助かります。引き揚げの時期がはっきりするまで、宝石はしばらく持っていてください。もし私たちが上海を発つまでに連絡が取れなかったら、残りの貴重品はあなたにゆだねます。良いように使ってください。

感謝の言葉もありません、愛をこめて、エイコ」

そうだ、モナならどうすればいいかわかるだろう。これからの数週間に何があるか私にわからなくても、モナがいればすべて何とかなると確信できた。

二月九日　土曜日

カズが発熱して具合が悪くなり、歯が痛いと訴えた。ただの歯痛だ。具合の悪い子どもがいると、家がよけいに狭く感じられる。カズがめそめそ泣いて私たちにかまってもらうのが気になって、タカもなかなか寝つけない。とうとうヒロが、タカを毛布でくるんで居間のベッドに寝かしつけ、ヒロもいつもより早く寝なければならなかった。私はカズを看病し、頬に当てる氷嚢《ひょうのう》を取り替える合間にこの日記を書いている。

二月一二日　火曜日

カズの歯痛の原因は、口内の骨髄炎だとわかった。

病気のことを書くだけで不安になる。私はほとんど寝ていない——カズがうわごとを言って回復の兆しが見えないのに、寝ずの看病をやめることなんてできない。

日曜の晩までにカズの熱が急に上がり、絶対これはただの歯痛ではないと思った。ヒロが何度も何度も魚屋へ行って氷をもらってきた。重たい足音が階段を行き来するのに気づいた山際さんのご主人が、何か必要なものはないですか、と遠慮がちに訊きにきてくれた。熱にうなされるカズの顔をひと目見て、ご主人は即座に言った。「すぐに医者に診せないと」

山際さんは階段を駆け降りていった。親切でそうしてくれるのがわかったけれど、その反射的な行動に驚いてしまった。なんといっても、ご主人は由美子さんの病気を経験している——だからこそカズの病状の深刻さがわかったのだろう。そのとき、私もカズを失うかもしれないという考えに襲われた。医者や薬が不足している上海では、あらゆる病気がはやっている。

しばらくしてご主人が階段を駆け上がってきて、二〇分ほど行ったところで一軒の歯科医院が診療中だと教えてくれた。温かい衣服と毛布でくるんだカズをヒロが背中におぶい、私がすぐ後ろからついていった。

歩いて二〇分の距離を行くのに、それよりはるかに長い時間がかかった。自力で動けない子どもの体の重たいこと！　私はカズを運ぶのをちょっとでも手伝いたかった。その気持ちがカズに通じて、少しでも元気になってもらいたかった。

やっと医院に着くと、もったいぶったところのない三〇代終わりくらいの痩せた歯医者さんが出てきて、すぐにカズを診察台に載せてくれた。先生はカズの口をのぞきこんでしばらく器具を使ってついていたが、静かに器具を置き、カズの毛布を顎のところまで引き上げた。そして、あきらめたような悲しげな目で私たちのほうに向き直った。私の心はずんと沈んだ。頭を下げて評決を待った。

「坊ちゃんの口の中には、骨髄の感染症が引き起こした膿瘍ができています。病状は重篤で、抗生物質がなければ治りません」先生はそこで言葉を切った。

「ああ、そうですか」と、ヒロがわかったということを伝える。先生の沈黙は、私にとってただ一つのことを意味していた――抗生物質が手に入らないのだ。由美子さんのときもそうだったように、私たちは病気と闘うようカズを元気づけ、困難を乗り越えて病気に打ち勝つことを願うしかないということだ。

私は涙をこらえ、深いお辞儀をして言った。「先生、こんな遅い時間に診察してくださり、本当にありがとうございました。和雄が感染症と闘う元気を出すために役立つなら、どんな薬でも結構ですので、いただけませんでしょうか」

先生はかなり長い間私をじっと見てから、こう言った。「奥さん、栄養が足りていない子どもは体力がないため、抗生物質を飲ませても、多くの子どもたちがこのところ病気で亡くなっています。私自身も、二ヵ月前に息子を亡くしました」先生の悲しい表情の理由がわかり、私は心を揺さぶられた。お辞儀をして、心から哀悼の意を示した。

先生が優しく言った。「ここに抗生物質の最後の一箱があります。これを大金で買おうとした保甲制度の傲慢なリーダーがいたのですが、彼が闇市でさらに高い値段で売るのがわかっていたので、渡しませんでした。それをあなたに喜んで差し上げます。坊ちゃんが生きのびることを願っています。骨髄炎にはもっと長い期間、抗生物質を投与する必要があります。この箱には一〇日分しか入っていないので、もしかしたら足りないかもしれません。でも、やってみましょう。僕の息子はこの子より少し年上でしたが、お子さんの命を救えるなら嬉しいことです」

私たちの返事を待たずに、先生は部屋の反対側にある戸棚のほうへ行き、小さな金庫のようなものをいじった。

ヒロと私は頭を下げたまま、上目遣いに先生を見ていた。ヒロが私と同じように感動し、感謝しているのがわかった。金庫から小瓶を取り出した歯医者さんはカズのほうへ戻り、毛布の上から彼を優しくたたいて起こした。それまでずっと寝入っていたカズが、そのとき目を開けた。先生は水差しから小さなコップに水を注いだあと、椅子にもたれたカズの身を起こし、がんばってお薬を飲んでごらん、と言った。カズは、ふらふらするのを振り払うように何度かまばたきをしてから、言われたとおりにした。椅子にもたれさせる前に、先生がカズの口に手際よくスプーン一杯のシロップを流しこんだ。

「一日三回、食後に一錠ずつ飲ませてください。熱が下がらなければ、四時間おきにシロップも」と言って、先生が二本の小瓶を手渡してくれた。「シロップは子どもも飲める穏やかな効き目のアスピリンです。がんばってください」先生は私たちにお辞儀をし、ヒロの背中にカズを載せるのを手伝おうとしたのだろう、カズを椅子から引き出そうと体の向きを変えた。そのとき、ヒロが先生を制した。「先生、お礼の印に、こちらを受け取って下さい」と、ヒロがコートのポケットから封筒を取り出した。カズの病状のことしか頭になかった私は、歯科医院で何があるか少しも考えていなかったのに、ヒロは私がカズを着替えさせている間にお金を準備してくれていたのだ。先を読んでくれていたことに感謝し、頼もしいヒロに勇気をもらった。それにしても、モナはなんとタイミングよく現金を届けてくれたんだろう！　帰りもカズの体は重たかったが、あんなに立派で親切な歯医者さんにめぐり会えたことで、私の足取りは行きよりも軽くなった。

でも、その後は依然として重たい心のままだ。カズが抗生物質を飲みはじめてまる二日になるのに、目に見える変化がほとんどない。シロップの効果が消えると熱がまた上がり、カズはほぼずっと眠っている。「抗生物質を使っても、子どもたちが病気で亡くなることがある」という先生の言葉が、何度も蘇ってきてしまう。カズは小さい頃から病弱だったし、このところ栄養のある食べ物を食べさせていないから、ますます弱っているのだろう。

山際さん、歯医者さん、そのほかたくさんの人たちが子どもを亡くしている。私は免れるだろうか。ああ、神さま、強い心と希望をください。

二月一四日　木曜日

いつの間にか次の日になり、時間の経つのがとてつもなく遅い。それでも、カズを歯医者さんに連れていってから四日経った。目立った病状の変化はほとんどない――カズの寝息が少し楽そうになったと思って期待すると、その後、熱で顔が赤らんできてしまう。

朝、お姉さまがタカを一日預かるために家に寄ってくれた――ここ三日間、毎日そうしてくれている。今日は、イルマからの贈り物を持ってきてくれた――病気がぶり返す前、クリスマスを楽しむ元気を由美子さんに与えたのと同じ粉薬だ。

「カズは絶対元気になるってイルマが言ってた。イルマが言うことは当たるのよ」

お姉さまはそう言うと、私の腕をぎゅっとつかんで励ましてくれた。気を強く持って信じ続けよう。

二月一八日　月曜日

ヒロがカズの看病を交代してくれている間、昨晩ほとんど眠れなかった私は、居間でうとうとしていた。肩をそっとつつかれていることにしばらく気づかなかったので、知らないうちに熟睡していたらしい。ヒロが耳元でこう言うのが聞こえた。「英子、起きて、起きて！」

はっと意識を取り戻した私は、取り乱して椅子から飛び上がった。ヒロの腕をつかみ、喉をごくりといわせて最悪の事態に備えた。

ヒロは私のとっさの反応に驚いたようだった。「どうしたの？　カズが英子を呼んでいるから呼びに来たんだよ。うとうとしていたら、突然、「ママ、ママ」という声が聞こえたんだ。カズが僕の顔を見て、お腹がすいたと言った。見てきてあげて」

ほっとして足から崩れそうになったが、そんなにうまくいくと信じるのが怖かった。何が起きるのか不安で、そーっと寝室に入っていった。ベッドに横たわったカズが、まん丸い目を大きく見開いて顔にほほえみを浮かべていた。

カズが「ママ、お腹すいた」と繰り返した――当然だ、この一〇日間、ほとんど何も口にしていないのだから。カズの両手を手で包んだ私は、カズが痩せこけてしまったことにあらためて気づき、彼の額に優しくキスをした。熱の下がった柔らかい額を唇で心地よく感じた。

「じゃあ、おじやを食べましょうか」と私が訊くと、カズはうんうんと喜んで笑顔になった。

カズの口の中にひと口、またひと口とおじやが消えていくのを見るのが、嬉しくてたまらなかった！　カズは金魚みたいに口をパクパク開け続けた。これで本当に病気が治るといいなと思う。回復力をつけるため、明日は薄粥に卵を落としてあげよう。

二月二八日　木曜日

昨夜は、カズの快復を祝ってお姉さまが食事会を開いてくれた。配給が底を尽きかけているので、自分たちの分の米を持ち寄った。お姉さまは、限られた材料で餃子、それに野菜と豆腐のすばらしい料理を手際よく準備してくれた。

カズはまだ少し顔色が悪く痩せてしまったままだけれど、ほんの一〇日前、あんなに具合が悪かったことが信じられない。カズが元気になって大喜びのタカは、カズのそばを離れたがらない。カズが具合の悪い間に幼いタカがどんなに寂しい思いをしていたか、私もわかっていなかった。

以前は心にのしかかっていた引き揚げのことさえ、カズの病気で吹き飛んでしまっていた。でも、お兄さまがそのことを思い出させてくれた。「大助くんから聞いたんだけど、李香蘭が日本人だという証明書を提出できたそうだ。彼女は、今日上海を出港した引き揚げ船に乗っている」と言った。

引き揚げ船が出港したことも知らなかった私は、順番がまだ回ってこなくて良かったと思った。具合が悪いカズを抱えて、どうすることができただろう。船内に病気の人がたくさんいると考えるとぞっとする。

「上海に残っている日本人の数はどんどん減っている」とお兄さまが続けた。「戦争に勝った中国人にとって状況が良くなるように思えるかもしれないが、経済は崩壊している。重慶から上海にやってきた国民党の役人たちは、手当たり次第になんでも自分のものにしようとしている。こんなことでは、じきに共産党の人気が出て、国民党との間の緊張が高まるだろう」

「僕たちの引き揚げも、まもなくだろうと思います」とヒロが言った。私はお姉さまを見た。「私たちは絶対同じ船に乗れるわね」と明るく言った私は、陽気な反応を期待していた。でも、お姉さまは悲しげにほほえんでこう言った。「英子、ロッキーの仕事は、まだもう少し時間がかかりそうなの。だから、私たちはあなたたちと一緒には上海を発てないと思う」その言葉をすぐには受け入れられなくて、私はお姉さまの顔をまじまじと見てしまった。

「内山さんとチーコさん、大助さんも、引き揚げが完了するまで上海に残るつもりだそうだから心強いわ」と、お姉さまがつけたした。元気をなくした私は、お姉さまの不可解な表情の意味を読みとろうとした。

お兄さまがまるで講演を始めるかのように両手をしっかりとテーブルにつき、寄りかかって体を支えた。「いつ上海を発つべきなのか、僕にはわからない」と言う声には力がこもっていた。

「中国と日本の間の戦争が終わり、今後は両国に橋をかけることを考えなければいけない。そうすることが、中国と日本の双方にとって、経済的にも文化的にもどれほど有益なことか、考えてみてほしい。僕にできることはたくさんあると思う」お兄さまがとても力強く話したので、ヒロも私も言葉が出なかった。

黒い雲に覆われた気分だった。お姉さまと私がこれから進む道が分かれていくようだ。そんなことを考えたことは、これまで一度もなかった。

三月四日　月曜日

次の引き揚げ船は、今月一七日に出港する。今回のリストにも私たちの名前はない。どうせお姉さまたちと同じ船で帰国できないなら、できるだけ長く一緒に過ごせるように順番が回ってこないといいなとさえ思うようになってきている。

ヒロが子どもたちと野球場に行ったので、私はお姉さまの家に行った。お姉さまは、チーコさんと二人で話しこんでいた。「ちょうどいま、毛みどりさんが次の引き揚げ船に乗って日本に帰ることを多美子さんに話していたのよ」とチーコさんが言った。

チーコさんは、めずらしく深刻な表情でつけくわえた。「先週、ご主人の毛さんの裁判があって、判決が下されたわ。昨日、毛さんが処刑されたの」

私は即座に欣楚のことを考えた。彼はお父さんの運命を知っているのだろうか。この大きな悲劇を聞いて、私は力なく立ちすくんだ。

「みどりさんって人は、驚くほど強いのね」と、チーコさんが言った。「もちろんショックを受けていたけれど、この結果にあわてふためくことなく、「これで主人もゆっくり休めます」と言ったのよ。これまでも自分は生きのびてきましたって。茶目っ気のある笑顔でこんなことも言ってらしたわ。「文楚に出会う前は、ナイトクラブのダンサーとして必死でがんばっていたんです。戦後の日本にはアメリカ兵が大勢いるから、きっと私の才能を生かすチャンスがたくさんあります！」ってね」

私にとってみどりさんは、これまでずっと少しミステリアスな存在だった——謎の多い過去、俗っぽさ、会うたびに変わる表向きの人格。でも、欣楚に対する彼女の愛はほんものだった。みどりさんと欣楚が、将来いつかどこかで、必ず再会できますように。

三月一〇日 日曜日

虹口マーケットで偶然、イルマを見かけた。間違えようがない。暴れたような白髪の巻き毛の外国人女性が、中国人群衆の中をアヒルのような足取りで歩いている。私は駆け寄っていき、後ろから彼女の肩をたたいた。

「エイコ！　まあ、びっくりした！」と叫んだイルマは、買い物かごを下に落とし、私を強く抱きしめた。「きっと神様が私たちを巡り合わせてくださったのね！　このところ、難民の仕事やクエーカーの活動でものすごく忙しくて、会えないままあなたが日本に引き揚げるんじゃないか、と気が気でなかった。もうすぐ上海を発つんでしょう。ロクロウさんが教えてくれたわ」

「そうなの?」と、私は彼女をじっと見つめた。イルマはいつお兄さまに会ったのかしら。

「ロクロウさんはいまやフレンズ・センターの常連よ、知ってるでしょう」と、イルマが言葉にならない私の問いに答えるように言った。

「会社が外灘にあるロクロウさんは日本人地区を出る通行証を持っているから、フレンズ・センターに来やすいのよ。最近はますますクエーカーの活動に関心を寄せてくれて、それはすばらしいの。いつも本を借りていかれるの！　キース・リーの家族が本国送還船でイギリスに帰る前、お別れの挨拶に、タミコとロクロウの家を訪ねたのよ。ジョイスとキース、それにアナ・メイが懐かしい！　そろそろ三人も故郷に到着するころね、とるべき休養をやっととれる」

イルマは優しく私の片手をとり、顔をのぞきこんで笑った。私は、ただただ驚いていた——いろんなことがあったのに、何一つ知らなかったなんて！　どうしてお姉さまは、キースに会ったことも、リー一家がイギリスへ帰国したことも、私に教えてくれなかったのだろう。

私のそんな気持ちをよそに、イルマが続けた。「エイコ、クエーカー教徒たちが勉強会を立ち上げるの。あなたが上海を発つ前に始まるから、ぜひ来てちょうだい。伝統的なクエーカーのやり方で、新たに上海に来たあらゆる人たちを集めようとしているの——収容所を出た人たち、中国内陸部から来た人たち——どこで間違いが起きたのか、どうしたら和解をもたらせるのか。書類の準備が整ったら、私はアメリカに行く。そして、あなたはまもなく日本に帰る。クエーカー教徒は上海で平和を促進する。すばらしいことじゃない！」

そう言って、イルマは私を強く抱きしめて頬にキスをした。

イルマが描く明るい未来像とは裏腹に、私は不安に襲われた——お姉さまを失う予感がする。最後に会ってから一週間にもならないのに、この短い間にお姉さまはどこへ行ってしまったのだろう。

三月一八日　月曜日

昨日、また引き揚げ船が出港した。そして今日、私たちは三月三一日に上海を出港する次の引き揚げ船の雲仙丸に乗ると知らされた——待ち望んでいた知らせ。けれど、じっさいに知らせを受けとってみると、いままでは私の一部になったこの街を去ることが寂しくてたまらなくなり、さらには日本で待ち受ける生活への不安でいっぱいになり、疲れてしまった。

上海に来たころを思い出す。ロンドンを彷彿させる西洋的な趣のあるこの街に心を躍らせ、お姉さまの近くにいられる喜びを感じていた。隆雄と朝子が生まれ、子どもたち四人がともに育った街、上海。それから、ここで出会った人たちの顔が心に浮かぶ。始まりと終わりは、いつもきまって欣楚の顔。上海を離れたら、欣楚からさらに遠ざかってしまう――彼は無事だろうか、また会えるだろうか。

でも、感傷に浸ってはいられない。帰国の準備をしなければ。出港当日は、午前六時に桟橋に集合、厳しい持ち物制限がある。リュックサックあるいはスーツケース一つ、一人につき一つの買い物袋、洗面用具一式、毛布一枚、羽ふとん一枚、冬の衣服三組、夏の衣服一組、コート一枚、靴三足、靴下三足、下着三枚、万年筆一本、腕時計一本、鉛筆一本。

持ち出し禁止品のリストはそれより長い――宝石、金、銀、芸術作品、双眼鏡、写真、書類、薬、そしてありとあらゆる不適切な「贅沢品」。これらは中国人の役人の私腹を肥やすために接収されるのだろうか。徹底的に破壊された日本では、すべての物資が不足している。できるだけ多くのものをひそかに日本に持ち帰る方法を工夫しなくては。

三月二二日　金曜日

チョクゲツケンがいつもの満面の笑みで戸口に現れた。「奥さま、アマから」と、お菓子でふくらんだ袋を私にさしだした。「アマ、坊っちゃんいなくて寂しい。彼女、毎日泣きます」でも、チョクゲツケンの明るい表情はちっともくもらなかった。ペダルをこいで雑踏の中へ消えていく前に、車夫の帽子をちょっと持ち上げて私に挨拶してくれたとき、その笑顔はさらに大きくなった。

チョクゲツケンが帰ったあとでわかった。彼は何が起きているかを正確に把握していて、引き揚げが近い私たちにお別れの挨拶に来たのだと。長々と別れの挨拶をせず、わざと短く切り上げたのだ。感謝の気持ちと悲しみで、私の胸は文字どおり張り裂けそうだった。

ある予感がして、お菓子が入った袋の底を探ると、ガサガサ音を立てるセロファン紙に紛れた柔らかいフェルトの小物入れを探り当てた。取り出してみるまでもなく、モナに預けた宝石の数々が入っているとわかった。

「親愛なるエイコ、日本に持ち帰れそうなものをいくつかお返しします。大きいものは将来のために取っておくわね。忠実なチョクゲツケンが、あなたの家族に必要なものを知らせてくれます。

愛をこめて、モナ」

思慮深いモナ。短い手紙だったけれど、彼女の言いたいことは明らかだった。これらを日本にこっそり持ち帰りなさい、残りの大きいものはお姉さまを助けるのに使えるでしょう。私は目を閉じ、感謝の黙祷を捧げた。

三月二五日　月曜日

あっという間に時間が経っていく。食料の買い出し、料理、家族の世話をして、寝る以外の残りの時間をすべて日本に持ち帰るものの準備に費やしている。つい最近、コットンのより糸を束にしてねじる紐作りを考えつき、それを夢中でやっていた――日本では裁縫道具も貴重らしい――が、休憩して明さんに会いに行くことにした。お別れの挨拶をしておきたかった。

ＹＭＣＡの建物の中は中国人の役人たちで混雑していて、明さんの英会話学校の授業はやっていないようだった。建物の周りを二周して、もうあきらめようかと思ったとき、裏口から出てくる明さんを見つけた。その姿に胸がときめいた私は、ホーリー・トリニティー教会での懐かしい日々を思い出した。戦争で失われた明さんの体重はそれ以来戻らず、もう昔の面影はない。それでも、私を見て浮かべる笑顔は変わらない。来て良かった。「近々、雲仙丸に乗って上海を離れます」と私が言った。

「僕は、その次の四月八日に出港する白竜丸に乗ります。二人とも引き揚げの最後になりましたね。日本人もあらかた帰ってしまったので、英語の授業は少し前に打ち切りました」と明さんが言った。彼は遠くを見つめながら、私にというより自分自身に向かってつぶやいた。「いろいろなことがあった中国を離れると思うと、複雑な気持ちです」

それから、明さんは私の正面に向き直り、深いお辞儀をして私を驚かせた。「英子さん、あなたと知り合えたことは、僕にとって上海でのもっともすばらしい経験の一つです。あなたの友情、あなたの心の広さと汚れのない考え方に、僕は何度も生きる勇気をもらいました」と、彼が言った。予想もしない明さんの言葉に、私は恥ずかしいほどとまどってしまい、頬にかっと血がのぼった。それを見て、明さんが反応した。

「ごめんなさい、大げさにするつもりはなかったんです」と、彼は思いやりにあふれた含み笑いをした。「中国で経験したことを、しみじみと振り返っていました。あなたに会わなかったら、僕はいまごろ、失意のうちに中国を離れていたと思います」私は再び赤面したが、彼は気にしないようにしていた。「どのくらいご自分で自覚していらっしゃるかわからないけど、英子さん、あなたはとても強い女性です」と言って明さんが温かく笑い、私は嬉しい当惑を味わった。

「真面目な話、以前も話しましたが、日本が中国に押しつけているあらゆる不正の埋め合わせをしたくて、僕は中国に来ました。けれどもじっさいには、その点に関して僕は何もできませんでした。中国に尽くしているとどれほど自分で考えていても、僕はつねに日本側の人間で、支配者の考え方から抜け出せませんでした。でも英子さん、あなたは違った。あなたはしっかりした道徳的な羅針盤を持っていて、自分の信念にしたがって行動しています。強いというのは、そういう意味です。あなたといると、正しいことをするのがたやすいことに思えます。これからも忘れません、あなたと一緒にいるときに感じたことを」明さんが私の片手をとってしっかり握ったので、私はその上にもう片方の手を重ね、彼の手を思いきり強く握った。

道徳的な信念を私に教えてくれたのは明さんであって、逆ではない。明さんが私の心を開き、私に自信を与えてくれたのだ。それでも彼は私が強いと信じてくれ、私自身の価値に気づかせてくれた。これ以上、貴いものはない——上海で培った友情という、一生の宝物。

三月二八日　木曜日

羽ふとんの中身を増やして宝石を縫いつけるのに忙しい——ヒロがタイで買ってきてくれたスターサファイアの指輪、ヒロからの二三歳の誕生日プレゼントの花びら型の金のブローチ——うちに寄ったお姉さまが、それらを見て目を輝かせた。

「英子、今日は荷造りもお裁縫もやめて、クエーカー救急隊の宿泊所に行きましょうよ。今日は一日、あなたと過ごしたいの。もう出発までチャンスがないかもしれないわ」お姉さまに抱きしめられて、私の中でいとしさと悲しみがせめぎ合った。

息子二人をヒロに任せ、暖かい日だったけれどお姉さまとぴったり寄り添って、北四川路を歩いていった。中国人たちがいつもと同じように活動している大通りは、ぱっと見たところ、何も変わっていなかった——行商人が商品名を連呼し、散髪屋が客の頭を剃り、人力車と屋台が場所取りで争っていた。でも、あちこちで閉まっている店がある。日本の商店はもうやっていない。じっさい、虹口の日本人街の目抜き通りである北四川路の現在の姿は、以前とは似て非なるものだ。すでにおじさんの手を離れた内山書店は、中国人のほかの店と見分けがつかなくなっていた。

私は思わず大きなため息をついた。「ああ、お姉さま、何もかも変わってしまった。もう私が知っている上海ではないわ。だから去りがたいと思わないのね」と、悲しみを抑えて言った。

お姉さまは私の体を引き寄せて言った。「でも英子、この変化には希望があるのよ！　戦争が終わったから、中国と日本の関係もまた新しくなる。できることがたくさんあるのよ、見ていてちょうだい」

「見ていてちょうだい」という言葉の意味は、クエーカーの集会に着くまでわからなかった。お兄さまはすでにそこにいて、さまざまな国から来た一二人ほどの人たちの一団の中に座っていた。髪の毛を後ろできっちりお団子にした威厳のあるまとめ役のイギリス人の中年女性が立ち上がって私たちに挨拶し、椅子を勧めてくれた。

「こんにちは、スザンナです。キースとジョイス・リーの仕事を引き継ぐため、先日、中国内陸部から上海に来ました」と、彼女が言った。「私たちは、日本人、中国人、ロシア人、アメリカ人、イギリス人、そしてほかの国の人たちが再び友好的に一堂に会し、神への賛美と感謝を捧げられる恵みについて、話し合っていたところです」

スザンナは集まった人々に向き直り、先ほどまでしていた仕事を続けた。「今日は四回目の木曜集会ですが、日本人の参加者が数名増えたことを歓迎します。ともに学び、フレンド派のメッセージと精神を探求することには、大いに価値があります——違う国からやってきた人たちと理解しあい、可能な限り、安心と互いへの奉仕によって結びつくこと」そこにいる人たちが一人残らずスザンナの言葉に聴き入っている様子には、全員で一つのエネルギーを作り出しているような強烈さがあった。

お兄さまは熱心なあまり、ほとんど椅子から立ち上がり、身を乗り出して話を聴いていた。その横で、お姉さまがゆったりと落ち着いて静かに座っていた。二人がたくさんの本を熱心に読み、ここにいる善良な人たちと議論に夢中になる姿が想像できた。

話し合いから礼拝集会に移ると、部屋全体が静けさに包まれた。キリストに倣って生活することで神の王国が現れるという圧倒的な信念、一つの集合的な精神の力が感じられた。そのとき、私にはわかった。お兄さまとお姉さまは天職を見つけたのだと。二人はこれからクエーカー教徒として生きていくと決めたのだ。

集会に参加して謙虚な気持ちになったけれど、私にはここが自分の居場所だとは思えなかったし、自分がそのような大きな理想の追求に没頭できないこともわかっていた。お姉さまと私が違う道を歩むという、予想もしていなかったことを悟った瞬間だった。集会が終わるとすぐ、私は悲しみにうちひしがれながら、上海の街へそっと抜け出した。

それでも、ほどなく私の足取りはいつもどおりになり、ヒロと子どもたちが待つわが家へ急いだ。そうだ、私は私らしいやり方で、自分にふさわしい世界で生きていく。とにかくいまは、差し迫った出発に向けて荷造りを終えなければ。

結び

一九四六年四月九日　火曜日　夙川、日本

窓の外に見える日本の春の朝の美しさに、ため息が出る。柔らかな日差しが新緑の葉に輝きを与え、まだらになった陰が砂地に優しく揺らめいている。私はいま、まだみなが寝ている早朝の静かな時間を楽しんでいる。日本に帰国し、夙川のなじみのないこの家にいるのが、本当に不思議な気がする。上海にいたのがずっと昔のことのように思えるけれど、あの大混乱の埠頭から船で出たのは、わずか一週間あまり前のことだった。

＊　＊　＊

まだ夜が明けないうちに、重たいリュックサックを背負ったほかの数家族とともに、アメリカ軍のトラックの荷台に乗せられて、黄浦江の埠頭へ向かった。運良く涼しい日だったので、できるだけたくさんの服を持ち帰ろうと必死だった私たちは、よそ行きの服をこれでもかというほど重ね着していた。荷物検査の列に並んだころには夜が明け、あたり一帯が灰色になっていた。私たちの気分を反映しているような天気だった上に、検査官の厳しい表情を見て、重苦しい空気にますます気持ちが沈んだ。一列に並んだ三人の中国軍の役人が、無言で乗船者の荷物を細かく調べていく。のろのろと列を進みながら、私は手のひらに汗をかいてきた。接収品の山に向かってほかの人の持ち物が投げ入れられると、胃がぎゅっと締めつけられた。私は抗生物質の小さな包みをバッグにしのばせていた。明さんが知り合いのお医者さんからもらったものを、ぜひ持っていくようにと渡してくれた。日本では絶対手に入らないから、万一の場合に備えて持っておくべきだと。

私たちの順番になり、最初にヒロのリュックサックが開けられた。荷造りを手伝った私は問題になるものは何もないと自信があった。ところが、検査官が腕を入れてリュックの中をかき回すと、なんと、ゴルフボールが二つ出てきた！　ヒロが最後の最後に押しこんだに違いない。検査官は即座にボールを接収し、こんな役立たないものを荷物に入れる大胆さに驚きあきれたのだろう、ヒロが着ていた美しいラクダのウールのコートをいきなり引っ張って脱がせた。その後、検査官は息子たちと私の荷物をぞんざいに見て、うんざりした顔で検査を終えた。

ヒロは、接収された品物の山の中に入れられたゴルフボールをじろじろ見ながら、ずっとふくれっ面だった。家族全員の検査が終わると、私はヒロを軽く押して歩み板［乗下船時に用いる板や橋］を上るようながした。乗船しているそばにも陰気な中国人兵士たちが並んでいたが、検査が終わって緊張が解けた私は、強烈な幸福感に包まれた。薬も宝石も無事だったし、タカの塗り絵本に紛れこませてリュックサックの底に入れたこの日記も、見つからずにすんだのだ。

ゴルフボールを見たときは、笑うべきか泣くべきかわからなかった。もしこんなに上首尾に検査が終わらなかったら、荷造りのあの苦労を思い出して泣いていただろう。でも、ヒロのコートを没収して満足した検査官は、それで残りの三人に対する興味を失った。つまり、常軌を逸したヒロの行いが、あの日の私たちを救ったのだ。私はヒロの純粋な楽観主義をいとしく思わずにいられない——戦争で荒廃した日本でゴルフができると思う、その考えに！

でも、幸福感は長くは続かなかった。乗船すると、気も狂わんばかりの場所取り合戦が待っていた——三千トンの貨物船である雲仙丸に五千人近い人が乗船したのだから、当然、熾烈《しれつ》な競争だった。甲板の下は四段の木の棚になっていて、それぞれの高さは一メートル強しかなく、それがさらに小さな寝室に分かれていた。巨大な体育館に二段ベッドが重なって何台も並んでいるような感じだ。

私たちが梯子の一つを降りようとすると、空いている寝棚はない、という声がした。幸運にも、まだ上の階で場所を探す時間があり、三人用の船室を見つけられた。別の四人家族と一緒だったけれど、比較的居心地がよい場所を確保できて感謝した。私たち八人に小さなベッドが三台ある環境は贅沢だ。

でも、権力を行使する日本の当局の人たちがいて、私たちがやっと子どもたちを落ち着かせたところで、この船室は病人のために必要になるから空けておくように、と指示された。命令を出していたのは口髭をたくわえた男性で、医者のように見えたが、私たちを急かして追い出す間、申し訳なさそうにしていた。ところが腹立たしいことに、船室を出た私たちがまだそばにいるうちに、その男性は奥さんと三人の子どもを船室に押しこみ、さっとドアを閉めたのだ。

そのころには、もうどこにもスペースが残っておらず、やっと見つけた場所はトイレ前の通路だった。私たちはそこに座り、人通りの絶えない中で昼も夜も過ごした。寝ていても、人々が私たちの頭上を「すみません、すみません」と言いながらまたいでいった。においが強烈だった。トイレの使用量が蓄積するにつれてますます耐えがたくなり、何度か吐きそうになった。ばい菌にさらされることも心配だった。トイレの床で濡れたたくさんの靴が、私たちの敷布団から数センチのところを通っていったのだから。

人通りの多い場所で過ごす利点が一つあるとすれば、予想外の出会いがあったことだ。虹口の狭い地区に閉じこめられていた日本人たちは、毎日を生きのびるのに精いっぱいだったから、知り合いの消息を把握できなくなっていた。カズは、グローヴナー・ハウスの中庭で知り合った男の子を見つけて大喜びだった。その子は、小さな両手でズボンの前を押さえてトイレに駆けこんでいった。「けんちゃん！」とカズが叫び、男の子はトイレを出たあと、しばらくカズと遊んでいった。

不愉快な一件のあった口髭の男性を除いて、船に乗っていた人たちは、みなとても親切だった。混雑した状況を乗りきるには、それしかすべがなかったのだろう。でも私は、みなで逆境を共有することで、生来規律正しく他人を思いやるという日本人の性格の最良の部分が引き出されたのだと思う。トイレに出入りする人々と軽く会釈しあいながら、奇妙なことだが、私は日本人の臨機応変の才と強さに希望を見ていた。

こうした気持ちのよい出会いを重ねるなかで、私は道徳的なジレンマにおちいることになった。二人の女性が話しこみながらトイレに近づいてきて、一人が私の足を誤って蹴ってしまった。その人は泣きそうになって、私に何度も頭を下げた。あまりの勢いに驚いて見上げた私に、もう一人の女性がすかさず言った。「ごめんなさいね。この方の一二歳の息子さんが病気で高熱を出していて、お母さんは気が気じゃないんです」よく聞いてみると、船医（口髭のないほんものの医者）に気管支の感染症だと診断されたものの、薬がないので治療できないと言われたそうだ。

とっさに私は、自分のバッグに入っている抗生物質のことを思った。薬を持っていますと言うべきだろうか。その場で決心できず、お大事にと言うことしかできなかった。その後の三時間、私はほかのことそっちのけで、じっくりそのことを考えていた。あまりに無口なので、ヒロが「具合悪いの？」と訊ねてきたほどだ。ヒロに打ち明けてみた。

「薬は僕たちに必要になるかもしれない。カズの感染症のとき、どんなに薬が欲しかったことか」とヒロが言った。奇妙なことだが、その言葉で私は薬をゆずろうと決めた。一二歳の少年のご家族は、喉から手が出るほど薬を必要としている！　思ったほど強硬にヒロが反対しなかったことも、私の決心を後押しした。

家族の食事をもらいに行ったとき――薄粥と、海水で調理されたらしい野菜が、「四人」という私の言葉に応えて四すくい鍋に入れられた――回り道をして船医のところに行き、先生に薬を手渡した。年配のお医者さんは、信じられないという表情で私を見た。「奥さん、本当にいいんですか。これがどれほど貴重なものか、おわかりですよね」私はうなずき、心変わりしないうちにすばやく後ろを向いた。先生はすぐに患者のもとへ駆けつけ、「これで、ほぼ確実に坊ちゃんは生きのびられます」とささやいた。薬を手放して嬉しかった。お姉さまだって、きっと同じことをしたと思う。

航海三日目までには、割り当て食料があまりに少なく寝不足の状態でトイレのそばで過ごす不快さに、この旅が永遠に続くように思えてきた。子どもたちは少しでも落ち着きを求めて私たちの体にもたれかかってくるし、ほんのひとときも気を抜けない私は、日中でも寝たふりをしなければならなかった。全体重をかけて寄りかかってくるタカをもう少し耐えやすい体勢で支えようと、私が頭を壁にもたせかけてもぞもぞ動いていると、耳元で声がしたので目を開けた。あの年配の船医が、私のそばにしゃがんでいた。

「奥さん、あなたのご家族がこんなところにいるべきではありません。私たちの部屋にいらしてください。混んでいますが、ここよりはましです」その言葉に甘えて荷物をまとめ、私たちは甲板の反対側へと先生のあとをついていった。先生の部屋は三畳ほどの広さの和室で、すでに七人の人がいた――三人家族と四人の大人。私たちをそこに入れてくれるのは、とてつもなく親切なことだ。私たちが加わったことで誰も足を伸ばせなくなり、全員座ったまま寝なければならなくなったのだから。翌日に博多に着く予定だった私たちは、それまでならどんなことにも耐えられる気がして、心からありがたいと思った。

そしてついに、博多に着いた。陸を見たときの嬉しさといったら！　早く立ち上がって体を伸ばしたかった。でも、先に甲板に上がった船医が急いで引き返してきて、あと四日間は上陸できない、と私たちに告げた。以前の引き揚げ船の中で天然痘患者が出て以来、すべての帰国者は上海を出てから七日間隔離されることになったそうだ。この最後の数日間が、本当の意味でいちばんきつかった――やっと日本に帰れたのに、船の中に閉じこめられている。私たちはみな茫然自失状態になり、カズとタカさえ話す気力をなくして不平も言わなかった。

陸地に足を踏み下ろすと、周りの世界が再び活気づいた。下船すると、そこらじゅうにアメリカ人の警官がいて、何人かの日本人の役人たちが動き回って進路の指示を出していた。ここでもまた持ち物検査があったが、ありがたいことに、今回は上海を出るときと比べたら簡単だった――彼らの関心事は、危険物が持ちこまれないかということだけのようだった。それから、私たちは殺虫剤を浴びせられた。頭の上から全身、化学物質のにおいがぷんぷんする真っ白な粉で覆われた。すでに汚れている肌や髪の上から消毒剤をまかれるのは、じつに気持ちが悪かった！

一連の作業の終わりに、私たちの腕に判が押された。最初はカズ、次がタカだったが、タカは判を押された瞬間、「侮辱だ！」と叫んだ。その声にたじろいだ日本の役人たちは、アメリカ人警官たちを見た。まだ三歳にもならないタカは、どこで「侮辱」という言葉を覚えたのだろう。ヒロと私はそっと目くばせをせずにはいられなかった――私たちは、ひそかに誇りに思い、喜んでいた――タカの怒りの爆発を。アメリカ人警官は感心した様子で、私とヒロの腕にこれ見よがしに丁寧に判を押した。

その後、厩《うまや》のような小屋をあてがわれた――家に帰る列車に乗る前の私たちの住まいだ。小屋の床は木がむき出しで、薄い藁の敷物が敷いてあった。いわゆるトイレは、一枚の板で間に合わせの仕切りを立てただけのものだった。それでも、上海を出て以来、初めて足を伸ばして寝られる。カズが「なんていいおうちなんだ！」と言いはなった。

その「いいおうち」での一日限りの滞在中の最大の出来事は、岸本商事の社員が私たちに小さなおにぎりを持ってきてくれたことだ。そんなことは予想もしていなかった。これまで食べた何よりもおいしいおにぎりだった。ヒロも、上海を出てから初めて満足そうな表情を浮かべた。

でも彼は同時に、大阪や東京から遠く離れた港町まで社員が来たことに当惑していた。「本社から連絡が来て、岸本さんが雲仙丸に乗って帰国されたことを確認するように言われました。ここから遠くない町に岸本商事の小さな支店があって、私はその町の出身なんです」と、その男性社員が言った。

「商品が不足しているため、大阪の本社では、戦地から復員した以前の社員をすべて正社員として雇えません。それに、焼け落ちた地域が多く、住宅問題も深刻です。それで、会社は多数の社員を故郷に戻し、どんな商売でもいいからできることをするようにという指示を出しました。私は、靴ひもと作業用の手袋を売っています」と、彼が穏やかに笑った。「どんな仕事をしてもよいと言ってくれる会社には感謝しています」

男性が帰ったあと、ヒロはめずらしく動揺しているようだった。「大阪は相当悲惨な状況なんだろう。岸本グループが日用雑貨を扱うほど落ちぶれてしまったなんて。父さんのことが心配だ。帰ったら、僕は何をするんだろうか？」

翌日の夕方早くに、私たちは家に帰る臨時便の特別長距離列車に詰めこまれた。髪もボサボサの二千人以上の私たち引き揚げ者が、それぞれ背中にリュックサックを背負い、列車の中で我先に場所を見つけようとした。博多から六百キロ近くを、夜通し一〇時間以上かけて移動するのだ。私たちはなんとか窓際の座席を取れた。私の膝にカズを、ヒロの膝にタカを抱え、荷物は足元とパンパンにふくらんだ頭上の荷物棚に押しこんだ。もうすぐ家に帰れると思うと、この最後の苦痛にも耐えられそうな気がした。

子どもたちは列車に乗れるので大喜びだった。とくに、下関海峡を渡るのにトンネルを通ると聞いて興奮したカズは、「まだ水の中じゃないの？」と何度も聞いてきた。とうとうトンネルに入ると、カズは窓を下げて開け、手を外につきだして叫んだ。「だけどママ、そんなはずないよ。手が濡れないもん！」

列車の動きに誘われ、私たちは一晩じゅううとうとしては起き、またうとうとするのを繰り返した。どの駅でもたくさんの人たちが下車したので、これで手足を伸ばす余裕ができると期待していると、不思議なことに、さらに多くの人たちが私たちより大きな荷物を抱えて乗りこんでくるようだった。乗りこんできた人に「これは引き揚げ者のための臨時列車だぞ」と誰かが叫ぶと、言われた人がこう言い返した。「列車の運行が乱れまくっているんだ。こっちだって、来た列車に乗るより仕方ないんだよ」

列車が広島駅に停車した。気のせいかもしれないが、列車内でひっきりなしに聞こえていた騒々しい声がぴたっと止み、耳にしていた悲惨な出来事が本当かどうか確かめようと、誰もが黙って暗闇に目をこらしていた。着いたのが夜でよかったと思う。暗くてほとんど何も見えなかったが、私はかろうじて建物の影を一つ、確認できただけだった。

大阪に着いたのは翌日の早朝で、そこから在来線に乗って夙川に向かった。車窓から見た風景は、荒涼たるものだった。かつてたくさんの家があった多くの地域が瓦礫と化していた。夙川に行くのは初めてなので、どうなっているのか私には想像もつかなかった。駅は川のそばにあり、私たちは岸本の両親の家が建つ丘へ向かって、土手を歩いていった。

堤防沿いの桜が満開だった。私たちを元気づけてくれる、最高に美しい光景だった。

とうとう家に着いた。同じ敷地に建つ三軒の家のうちいちばん大きい、とても立派な西洋風の館だ。敷地の真ん中にプールとテニスコートがあった——すべて岸本のお父さまの所有だ。最悪の生活環境を経験したあとの私には、こんな贅沢な環境はまるでおとぎ話のようだ。自分たちがひどく不潔な気がして、家の敷居をまたぐのも気が引けた。

お母さまは別れたときとほとんど変わっておらず、家から飛び出してきてカズを腕に抱き、それからしげしげとタカを見た。「活発そうな子やね！」とお母さまが笑いながら言った瞬間、この快活さと鋭い機転がずっと恋しかったのだとしみじみ思った。

お母さまが沸かしてくれたお風呂に入って、たっぷりの石鹸で体をゴシゴシ洗うと、やっと人間に戻ったような気がした。すっきりしてひと休みしてから居間に降りていくと、私たちの帰国を祝うために、両親がたくさんの親族を集めてくれたようだった。

ヒロが最初に居間に入り、まっすぐお父さまのところへ向かった。白髪が増えた岸本のお父さまは、歳をとって顔がやつれていた。それでも、ヒロが深くお辞儀をして私たちの無事の帰国を正式に報告し、みなが無事でいることへの感謝を述べると、お父さまはしっかりと立って優しく私たちを見つめてくれた。お父さまとお母さまもお辞儀を返してくれ、私たちはほかの人たちにも挨拶を始めた。

ヒロが弟の純雄さんの肩を優しくたたいた。私たちはずいぶん長く日本を離れていたものだ！　青年だった弟の純雄さんは立派な職業人になり、いまでは結婚している。真面目な顔をして奥さんを前にそっと押し出し、奥さんと男の子の赤ちゃんを私たちに紹介してくれた。ヒロの従妹もご主人と一緒にそこにいた――彼女もすでに結婚している。一〇代だったもう一人の従弟はひょろっとした背の高い大学生になっていて、きちんと制服を着ていた。

お父さまとお母さまは、カズとタカにみごとに魅了された。お母さまは、カズが大きく強くなったことが信じられないようだった――体が弱い赤ちゃんで、美代と一緒に上海に行かせるのも渋っていたのに。趣味よくしつらえられた部屋で興味を持ったあらゆる小さなものを触り、かたときもじっとしていないタカを見て、お父さまは心からおもしろがっていた。

夕食の席についてはじめて、私たちにも現実がわかってきた。まず食卓の上の食事が、敗戦後の上海での食事より少なかった。ご飯は以前のようなふっくらした白米ではなく、灰色がかったベージュ色で、小さな黒い粒が混じっていた――虫でなく小石であってほしいと思った。一人一尾ずつの魚の干物、それにお腹を満たすためのサツマイモ。「緑の野菜がなくてごめんなさいね」とお母さまが言った。「花壇にほうれん草を植えたんやけど、まだ食べられへんのよ。食べれるようになったころまで庭を使えてるかどうか、わからへんけど」とお母さまがつけくわえたので、ヒロと私はいぶかしげに顔を上げた。

純雄さんが眉間にしわを寄せ、さらに深刻な顔をして言った。「占領軍がこの家を接収しようとしてるんです。あとの二軒を接収して、次はここを狙っています。僕が連合軍最高司令官の当局に話をしに行ったけど、どうにもなりませんでした」

お母さまが、はた目にもわかるほど憤慨してきた。「純雄、あんたの言ったことをちっとも相手に伝えてくれへんかった横柄な通訳のこと、廣と英子さんに話してちょうだい！」と言ったお母さまは、純雄さんに口を開く間も与えず、自分でそのときの状況を説明しはじめた。

「私らみんな自宅を焼け出されて、他の二軒も接収されてしもうたから、三組の夫婦と幼い一郎が全員、この一軒に移らなあかんようになったと純雄が話したんや。ところが、通訳がアメリカ軍将校になんて言うたと思う？　岸本家は占領軍に家をゆずることを喜び、名誉なことだと思っている、やて！　純雄が英語をいくらか理解できるのを、通訳は知らんかったんよ」

この家に住めなくなるかもしれないと知らされる前から、私たちの帰国を祝って親戚たちが集まってくれたという考えがとんでもない見当違いだったことに気がついていた。全員がここに住んでいたのだ！　それでも、この七ヵ月間、上海の狭苦しい環境で生活してきた私たちにとっては、この広大な家は贅沢だ――期限つきだったにしても。

お母さまの怒りの爆発を静かに聞いていたお父さまが、穏やかに口を開いた。「廣、英子さん、見てのとおり、わしらはいままさに危機に直面している。どこでも住宅が不足しとるから、引っ越し先を見つけるのんは至難の業やと思う。対日占領司令軍の最高司令官は、そこまで分別がないわけやないやろうから、交渉の余地があるんとちゃうやろか」

お父さまが深く息を吸ってから、私のほうにまっすぐ向き直った。深い優しさをたたえた、でも切迫した目で私を見つめて、お父さまが言った。「英子さん、占領軍のところに行って話をしてきてくれへんやろか。英語が流暢で上品なあんたやったら、きっと岸本家のために最高の交渉役になってくれると思うんや」

私は責任の重さに圧倒されて、ただうなずくことしかできなかった。お父さまが私を信頼してくれたことに心を動かされた。ヒロが誇らしげに私を見ていた。

＊　＊　＊

真っ白なシーツを敷いたほんもののベッドで、記憶がないほどぐっすり眠った。朝、目覚めて洋服箪笥を開けたら、お母さまが私の洋服と靴をとっておいてくれたのを見つけて感激した！　いちばんのよそゆきの青いスーツを広げてみる。つま先が少し開いた中ヒールの履きやすい靴を合わせよう。ストッキングに足を通し、おしろいをはたいて口紅を塗ると思うと、こみあげる喜びを抑えられない。

さあ、連合国軍最高司令部第八軍の最高司令官に会いにいくのだ。

『わが上海』訳者解説

本書は、英語で執筆活動を行うイギリス在住の日本人歴史家・作家の伊藤恵子（Keiko Itoh）による二〇一五年出版のデビュー長編小説 *My Shanghai 1942-1946* の邦訳である。イギリスのルネッサンス・ブックスから出版された約三八〇ページの小説のオリジナル版を、翻訳版のために作者自身が四分の三ほどの分量に縮約した原稿を底本としている。縮約の際の削除部分については後述するが、タイトルは英語版をそのまま訳して、『わが上海 1942―1946』とした。

この解説では、作者の経歴、そして上海の関連書における日本人像について紹介したあと、イギリス文学、戦争文学などのコンテクストからこの小説のユニークな位置づけについて考えてみたい。

伊藤恵子は、一九五〇年、伊藤英吉と英子《ひでこ》の長女として兵庫県神戸市に生まれた。二人の兄、弟と妹がいる。恵子の父方の高祖父（祖父の祖父）は、大手総合商社の伊藤忠商事と丸紅を創業して伊藤忠財閥を築いた商人で実業家の初代伊藤忠兵衛である。父はケンブリッジ大学へ留学したあと伊藤忠商事に入社し、上海、ニューヨーク駐在を経て、常務、専務、副社長、会長を歴任した。一方、母方の祖父で銀行家、政治家の加納久朗《かのうひさあきら》子爵は、東京帝国大学卒業後、当時日本で唯一の国際為替銀行だった横浜正金銀行に入行し、ニューヨークやロンドンに赴任した。久朗の次女で恵子の母である英子が、『わが上海』の語り手で主人公の英子《えいこ》のモデルである。

伊藤は父のニューヨーク赴任にともない幼少期の五年間をかの地で過ごして帰国し、小林聖心女子学院高等学校を卒業後、生活の場をアメリカ、次いでイギリスに移した。アメリカのスワスモア大学を卒業し、さらにイエール大学大学院を修了、ニューヨークの国際連合日本政府代表部にて、日本初の女性国連公使・緒方貞子のアシスタントを三年半務めた。その後、国連本部広報局に一一年間勤めたあと、伊藤はイギリス人の夫の転勤にともない国際連合を退職し、ロンドンに居を移した。一九九二年から九五年に欧州復興開発銀行に勤務し、のちに世界銀行ロンドン事務所のメディア・コンサルタントを務めた。

グローバルな組織で公務員としてのキャリアを積んだ伊藤が歴史家として一歩を踏みだすのは、四〇代半ばのこのころである。彼女は一九九五年にロンドン・スクール・オブ・エコノミクスの経済史学部の大学院に進学し、第二次世界大戦前のイギリスにおける日本人社会の研究を開始した。恵子の祖父、加納久朗が属していたイギリスの日本人共同体は、文化外交、平和外交を率先して実践していた。しかし一九三〇年代に入ると、満州事変（一九三一年）、第一次上海事変（一九三二年）、日本の国際連盟脱退（一九三三年）により、その形勢は悪化の一途をたどり、一九四一年の太平洋戦争勃発によって解体した。その過程を追って完成させた博士論文は、単行本 *The Japanese Community in Pre-War Britain: From Integration to Disintegration*（『戦前英国の日本人共同体——統合から解体へ』）として、二〇〇一年にイギリスのラウトリッジ社から出版された。

つぎに伊藤は、太平洋戦争開戦直後から戦後にかけての四年あまりを両親が過ごした上海における日本人共同体の研究に取りかかった。一九四三年に一〇万人に達した上海の日本人居留民社会は、二千人だったロンドンの日本人社会とは比較にならないほど規模が大きく構成も複雑だったが、日本の歴史文献においては三つの階層に分けて論じられることが多かった。大手商社や銀行から派遣された役員などのエリートから成る「会社派」、上海で一旗揚げるべく身一つで日本を飛び出した「土着派」、そしてその両者の「中間層」のサラリーマンである。比較的安全なフランス租界に住み、列強勢力との協調を重視した富裕層の「会社派」と、中国人も多く住む虹口地域で日ごろから抗日感情にさらされる機会が多かった「土着派」とでは利害が一致せず、戦前ロンドンの日本人共同体のような結束は見られなかった。「会社派」が共同租界工部局や市参事会をとおした行政参加をもって日本の国際的な発言権の強化をめざした一方で、「土着派」はそのような大きな目的よりも中国ナショナリズムへの対抗策を優先し、排他的になる傾向にあった。日本の戦局が不利になると両者の歩み寄りもみられたが、上海における日本人居留民の生活というとき、「土着派」が大多数だった日本人街での閉鎖的な生活、あるいは中国の抗日・民族運動に共鳴した左翼活動家たちに焦点をあてられることが多かった。

一方、伊藤が研究対象に選んだのは、日本人居留民の三パーセントといわれ、その暮らしぶりが知られてこなかった「会社派」の中でも、英語を介してさまざまな出自の人たちと交流した日本人たち、つまり彼女自身の両親が属していたグループの人たちである。ロンドンや上海での思い出話を母から聞かされて育った戦後生まれの伊藤は、母がじつに楽しそうに語っていた話に引きこまれて歴史研究を志すようになったという。戦時中の苦労や困窮を上回るほどの楽しさとはどのようなものだったのか。日本支配の激動と混乱の中にあっても、当時の上海にはさまざまな出会いや交流があったのではないだろうか。そう考えた彼女は、日本の国会図書館や外交史料館、上海のフレンド派の図書館での資料調査、上海ゆかりの人たちへの聞き取り調査を重ねた。その結果、伊藤は学術論文ではなく日記小説を書くことによって、戦時下と戦後の上海に生きたコスモポリタンでリベラルな知られざる日本人たちの姿を想像し、現代に蘇らせたのである。

ここで、上海における日本人の歴史、そして上海の関連書に描かれる日本人像を簡単に振り返っておきたい。一九世紀半ばのアヘン戦争の結果、まずイギリス、続いてアメリカ、フランスが進出して、中国の五つの街に租界を設置し、経済活動だけでなく自国の建築や文化、暮らしを移設した。中でも最大規模だった上海租界は、日本人にとってはいちばん近い「西洋」かつ「西洋の植民地」であった（正確に言うと、租界は租借地であって植民地ではないが、当時の日本人の目にはそう映っただろう）。先進国の仲間入りを切望していた日本は、一八九五年の下関条約（日清戦争の講和条約）により、「条約列強」として欧米列強に約五〇年遅れて上海に乗りこみ、租界の川（蘇州江）向こうにあって地価の安い虹口地区に、日本をそのまま持ちこんだような日本人街（正式な「租界」ではない）を形成した。新参者の劣等感を抱きながら、日本人は共同租界やフランス租界が見せつける「西洋」の繁栄に強烈に憧れる一方で、「西洋の（半）植民地」に甘んじる東洋人の同朋を蔑み、支配を強めていった。

西洋への憧れと中国に対する同情と侮蔑は、上海を描いた大正、昭和期の文学において繰り返し表現され、この街のイメージ形成に大きな影響を与えてきた。高杉晋作ら幕末の日本人がそこではじめて「西洋」に遭遇し、列強に搾取される中国に衝撃を受けて以来、時期は異なれども、その大半——日中戦争中にあたる少女時代を長く上海で過ごした林京子の作品をのぞく、谷崎潤一郎、芥川龍之介をはじめ、火野葦平、武田泰淳、横光利一、堀田善衛、金子光晴などによる小説やエッセイ——においては、見聞のために一時期上海に滞在した「土着派」の日本人成人男性の視点から上海が描かれた。そこでは、退廃的で危険な「魔都」という裏の顔を持つ、きらびやかな「東洋のパリ」で快楽や支配欲に身を任せる日本人、あるいは日本を含めた列強に搾取される中国人の姿が、困惑と同情と軽蔑をまじえて活写された。

上海の日本人居留民についての歴史研究は、その内部あるいは少数の中国人との関係という観点からなされることが多く、「まるでそこには日本人居留民しかいなかったかのように」とらえられ、ほかの外国人との関係についてては「等閑視されて」きた（藤田拓之「「国際都市」上海における日本人居留民の位置――租界行政との関係を中心に」『立命館言語文化研究』第二二巻四号、二〇一〇、一二一）。海外で出版された上海の歴史書に目を転じてみても、日本人居留民について書かれたものはほとんどない。上海における日本人を扱った数少ない英語論文の一つに、ジョシュア・フォーゲルの「もう一つの日本人共同体――戦時下の上海における左翼的日本人たちの活動」がある（Joshua A. Fogel, "The Other Japanese Community: Leftwing Japanese Activities in Wartime Shanghai", *Wartime Shanghai*, edited by Wen-hsin Yeh, Routledge, 1998, 42-61.）。フォーゲルは、日中戦争下で非政治的な立場を貫いて両国の文化交流の架け橋となった「土着派」の一人、書店経営者の内山完造について、「英語圏ではまったく研究されてこなかった」（Fogel 56）と述べ、日本人居留民研究の盲点を指摘する。伊藤はまさにこの論文を読んで、会社派の中でも、両親たちのような特徴を持つ日本人たち――日本に忠誠心を抱きつつも、中国や欧米に対する理解や敬意を行動で示した数少ない日本人たち――に光を当てたいと考えたという。だが、先述したように、そのような日本人についての文献がないばかりか、伊藤の母もとくに記録を残してはいなかった。彼女は、母の記憶、そして歴史家としてみずから集めた記録や資料をもとに、これまでの歴史書には存在しなかった日本人を、英語文学にはじめて登場させたのである。

伊藤が執筆活動を行うイギリスでは、日中戦争、太平洋戦争下の上海を描いた小説として、J・G・バラードの『太陽の帝国』（一九八四）と、カズオ・イシグロの『わたしたちが孤児だったころ』（二〇〇〇）が知られており、両作品はアジアの戦争への関心が総じて低いイギリスの戦争小説の領域を広げたといえる。苛烈を極める日本の中国支配と中国の内戦という、敵味方の区別が難しい戦争の様相が語られるのは、どちらの小説においてもイギリス人男性の視点からである。イシグロの小説では、主人公の幼なじみの日本人が彼の記憶の中で重要な役割を果たすが、ほかの日本人居留民の影は薄い。アジアでの戦争、とりわけアジアの民間人が経験した戦争について知る機会がこれまで皆無に近かった英語圏の読者は、『わが上海』に描かれるフレンド派の活動、上海と（英子の父が拘留された）イギリス・マン島の敵性外国人収容所、ユダヤ難民などに高い関心を示し、新しい観点から第二次世界大戦を記録した歴史小説としてこの小説を評価する。

イギリス小説においてアジアの戦争や日本人が描かれてこなかった理由には、日本軍の連合軍捕虜への虐待行為に対するネガティブな感情が根強いことと、第二次世界大戦の悲劇といえば、まず第一にホロコーストを指すことがある。現代イギリス文学研究を牽引するマリーナ・マッケイは、ファシズムと闘う「正義の戦争」として、文学の中で神格化されてきた第二次世界大戦の表象に疑問を呈し、次のように述べる。「ドイツと日本に勝たなければならなかったからといって、その二つの国の国民が自分たちの引き起こした戦争によって苦しまなかったということにはならない。歴史は、ドイツ人と日本人が自分たちの戦争経験について長い間沈黙を守ってきたことを、非公式の償いと受けとるべきではない」（Marina MacKay, "Introduction", *The Cambridge Companion to the Literature of the World Wor II*, edited by Marina MacKay, Cambridge UP, 2009, 3）。つまり彼女は、これまで知られてこなかったドイツ人や日本人のリアルな戦争経験をも第二次世界大戦文学に含める必要性を主張する。『わが上海』は、イギリス文学において戦後七〇年以上守られてきた日本人の沈黙を破った。さらには、日本のアジア支配や捕虜への虐待という加害者性、あるいは原爆投下や占領の苦難という被害者性のステレオタイプには収まらない多様な日本人のリアリティーを描く点で、画期的な小説なのである。

『わが上海』の主人公で日記の書き手である岸本英子の夫・廣は岸本商事の創業家の出身で、夫婦は高級住宅街のフランス租界で優雅な生活を送る「会社派」に属する。キリスト教信仰に厚い家庭環境やロンドン生活の影響もあり、英子の思考は典型的な日本人のそれとは異なり、ほかの文化への興味と敬意に満ちている。英子は上海で、欧米列強によるアジア支配からの解放を謳いながら、中国の人々と文化を見下す日本政府の方針や軍の行為を目の当たりにし、世界の中での日本の立ち位置を見直すことになる。戦局の悪化にともない、フランス租界から共同租界へ、さらに虹口への転居を繰り返して窮乏していく生活にとまどいながらも、英子は新しい環境に適応し、家族の健康を守りながら、租界で生まれた友情——日本人、中国人、欧米列強出身の人たち、ユダヤ難民との絆——を大切にはぐくむ。

英子の周りの日本人たちを「会社派」「土着派」「中間層」と単純に分類することはできず、それぞれが自分の立場と心情の間で葛藤する。英子の姉の多美子の夫・六郎は横浜正金銀行のエリート社員で、敵性国民の資産凍結を統括する立場にありながら、中国を心から愛している。日本の勝利よりも世界平和を切望する彼は妻の多美子とともに、フレンド派と呼ばれるクエーカー教徒のキリスト教活動に傾倒していく。六郎の同僚・関根次郎の兄で元キリスト教聖職者である正也は、日本の海軍に属しながらユダヤ人問題に取り組むが、ドイツの強硬策に追従してユダヤ難民の自由を剥奪する日本政府に失望して精神を病み、職を辞す。彼はのちに出征し、おそらくは非戦の信念を貫いて戦死する。日本の大手紡績会社部長の大塚大助と美智子（チーコ）夫妻は中国文化を愛し、中国人と親しく交際するが、日本人学校で子どもたちが受ける軍国教育の影響に不安を募らせる。妻と書店を切り盛りする内山完造は、みずからを教養がないと謙遜するが、国籍や政治信条にかかわらず誰をも店に歓迎する真に知的な人である。そのほか、日本の政策に疑問を持たない国粋主義者から、有力な中国人ビジネスマンの第三夫人で元ダンサーの毛みどり、数々の国策映画に出演して日中両国の人気をさらった李香蘭まで、じつに多様な日本人が英子の人生と直接・間接に交わる。

英子と教養ある中国人――大学教授の妻でアメリカで教育を受けたキリスト教徒の唐モナ、中国人ビジネスマンの跡継ぎでのちに共産党員になる毛欣楚――との英語を介した友情が描かれるのも、本書ならではの魅力である。英子は二人との交際を通じて、日本による中国支配の本音と建前だけでなく、国民党対共産党という中国内部の分断の根深さ、そしてその渦中にいる中国人たちの祖国愛と葛藤を知って心を痛め、平和を願う。それは、日本人街の中にとどまっていては見えない中国の現実である。岸本家の使用人の中国人夫婦と英子の家族との、太い絆も印象深い。バラードの小説において、中国人の使用人は「家具」(J・G・バラード『太陽の帝国』高橋和久訳、国書刊行会、一九八七、一五)にたとえられ人格を否定されるが、この小説では支配国の人間と中国人使用人との間の画一的な主従関係とは異なる信頼関係が描かれる。

さらには、日本と同盟を組んでいたドイツ人の隣人とのややぎこちない交際や、敬虔なフレンド派のイギリス人やユダヤ人との心のこもった交流も描かれる。特定の国家に肩入れせず世界平和をめざすフレンド派のようなキリスト教組織やＹＭＣＡの戦中戦後の活動、日本政府による上海のユダヤ難民政策、そして戦後の混乱期における人々の暮らし、引き揚げの詳細などは、これまで日本でもあまり知られてこなかった上海の側面だが、その状況下の個人間の交流については、さらに知られてこなかった。史実だけではとうていすくえない、国を超えた人間どうしの等身大の交流が描かれるところが、『わが上海』の最大の特徴であり魅力である。

この小説は、成長していく女性の「楽しさ」が描かれたビルドゥングスロマン（教養小説）としても読めるだろう。小説冒頭で、豪華なキャセイ・ホテル上層階の部屋から蘇州江を見下ろし、日本の閉塞感から解放された喜びを綴る二〇歳の英子の頭の中は、これから始まる優雅な租界生活への期待でいっぱいだ。他方、小説の最後で描かれるのは、上海での数々の困難を乗り越えたあとに、さらなる試練が待ち受ける敗戦後の日本で、家族とともに生きていく決意をするたくましい英子の姿である。上海で生活した四年あまりの間に行動範囲と交友関係を広げた英子は、女性、主婦、母親として、そして人間として、大きく成長をとげる。英子が日本企業のエリート社員の妻という特権を手放すことはないが、さまざまな人たちとの出会いによって、彼女がその特権を客観視する視野と洞察力、判断力、そして行動力を培ったことは間違いないだろう。

とくに、多美子や佐夜子、チーコ、キミー、美代、イルマ、モナ、みどりといった、洞察力と勇気を持ちあわせた女性たちとの精神的連帯が英子に与える影響ははかりしれない。「贅沢は敵」と諭され、我慢を強いられる若い女性たちは、戦局から暮らしの知恵にいたるまで、情報だけでなく率直な意見と感情をやりとりしながら苦楽を分かち合う。とりわけ子どもの誕生を喜び、その成長を見守り、年若い兵士たちの活躍（死）に心を痛める女性たちの国を越えた共感が、息子を喜んで国家にさしだす母という作られた理想像と現実との乖離を浮き彫りにする。本書は、シスターフッドを通した女性の成長を描く反戦小説でもある。

伊藤の小説の強みが、その設定の新規性と史実の裏づけにあることは言うまでもないが、同時にそれは、繊細でありながら抑制された形式と内容にもあるだろう。英子の日記は心のうちをあますところなく表現しているようでいて、記述の間隔や内容には（削除部分を差し引いても）ときに余白が多い。たとえば、一九四五年一二月三一日の記述は、虹口での当時の隣人だった山際家の長女・由美子の葬儀後のものだが、由美子の回復を願うその直前の二四日の記述のあとで、一週間の間があいたわりには拍子抜けするほど淡々としており、それがかえって英子の受けた衝撃と悲しみの大きさを物語る。また、新年を迎えるタイミングで、それまでは章も英子の気持ちも一新されていたのが、一九四五年の新年はそうではないし、由美子の死の直後の一九四六年は元旦の記述じたいがない。日記の記述内容だけでなく、その余白からも英子の心情が読み取れるのである。

翻訳版のために伊藤が削除した部分についても触れておこう。日記の体裁をとったため、オリジナル版には、ややもすると物語の流れから逸脱した細々とした部分も多かった。そうした部分を削除して、日本の読者に読みやすくしてお届けしたいという作者の考えが、翻訳版の底本に反映されている。約四分の一の量にもなる削除箇所は全体にわたり、ある日付の記述がまるごと削除された箇所もあれば、部分的に削除された箇所もある。上海で最初にできた英子の友達で、キャセイ・ホテルの中国人コンシェルジュの徐《シュー》氏は、ことあるごとに彼女を励ましてくれる存在だが、翻訳版にはまったく登場しない。日本軍の支配下に入る前の上海を知る彼は、ヴィクター・サッスーンやハリウッドの有名俳優がホテルに出入りしたころの、租界がもっとも華やかだった時代を懐かしみ、その文化を破壊した日本軍への反感を隠さない。彼が初めて登場するのは冒頭に近い一九四二年一月一八日の日記だが、「日本軍がやってきて何もかも変わってしまった」と正直に嘆く彼の言葉に、英子はこう記す。「国籍に敏感になりすぎているのは、私だけなのかしら。日本人が支配者とされている街にいるのは、とても変な気分だ。なぜ私は「日本人」と耳にしただけで、針で刺されたように緊張してしまうのだろう」（Keiko Itoh *My Shanghai. 1942-1946* Renaissance Books, 9）。また、中国のいりくんだ国内事情を最初に英子に教えてくれるのも徐氏である。一九三〇年代にホテルで起きた銃撃事件について話す彼は、誰が誰を攻撃したのかという英子の問いにこう答える。「とても難しいです、奥さま。とても複雑です。地下活動が盛んに行われていました――秘密警察、中国の愛国者、犯罪組織、外国のスパイ。自分がどちら側についているのかわからない者もいました。あのころは、いたるところでおそろしい事件が起きていました。日本軍の占領で、その多くがなくなりましたが」(26)。率直で思いやりにあふれた徐氏の言葉は、これから始まる上海生活への覚悟を英子にうながす。

また、多美子やイルマが英子に解説する戦局、ユダヤ人問題、フレンド派の活動や、日本と中国の警察に関するエピソードも削除されている。たとえば、まるまる削除された一九四三年一二月一日の日記には、中国の若者について話す英子と多美子の会話が記される。中国の警察が中国人学生を追跡するのを目撃して不思議がる英子に対し、多美子は、教育のある裕福な中国人の学生たちは、租界が日本寄りの汪精衛政権の支配下に入ることを嫌うが、汪と敵対する蒋介石のことも嫌っていると指摘した上でこう述べる。「国際色豊かな上海で育った教養の高い学生たちの多くは、おそらく西洋にいちばん親近感を抱いているわ。でも、いま日本軍がその西洋を一掃しようとしている」(181)。このとき多美子は、その時点で行方がわからなくなっている欣楚が反日感情を強め、自分たちの国を作るべく共産党の政治活動に関与している背景を説明している。英子の夫の廣のように「おおらかで現実的なビジネスマン」にとって共産党は敵にほかならないが、「銀行の仕事に縛られた、しかめ面の理想主義者」(189)である義兄の六郎にとっては、平等な中国社会の樹立を目指す共産党員の活動は、むしろ共感の対象となる。

削除部分は少なくないが、英子の日記が内包する切実さと誠実さは変わらない。日本の警察が抗日思想を抱く中国人学生だけでなく、左翼思想に染まっているとおぼしき日本人を尋問したり家宅捜索したりする中、英子は英語で日記を書くことの危険性を察知しながらも、自分の気持ちを記さずにはいられない。

削除されていない一九四四年一〇月一三日の日記に英子は、「私はいま、日本人が使うべきではない敵国語である英語で日記を書いている。これも気にしなくてはいけないのだろうか」（本書236）と記し、日記を書くというプライベートな行為までもが捜索の対象となるかもしれない現状にいきどおる。

英子の日記は、第二次世界大戦中にナチス・ドイツの迫害から逃れ、オランダの隠れ家で日記をつけていたユダヤ人少女アンネ・フランクによる『アンネの日記』（一九四七）、あるいはイギリス人作家ジョージ・オーウェルのディストピア未来小説『一九八四年』（一九四九）の主人公ウィンストン・スミスが政府の思想警察の目を盗んでつけていた日記を想起させる。支配者側の人間として特権的な生活を送ったあとに敗戦国民となった英子の日記を、被支配者であり続けた彼／女らの日記と比較することに異論があるかもしれないが、英子も二人と同じく身を削るようにして、禁じられた言語で日記を書いた。異国で戦争を生きる英子にとって、戦争を憎み、世界平和を願う自分の気持ちを正直に記すことは、生きることにほかならなかった。

このように、『わが上海』は、イギリスと日本における上海の関連書、歴史小説、女性文学、戦争小説、日記文学が交わるところに位置する小説だといえるだろう。なお、史実に関しては訳者も適宜確認し、できる限り正確を期すよう心がけたが、不適切な解釈や訳があるとすれば、すべて訳者の責任である。創作なのでかならずしもそれぞれの史実を正確に反映しているわけではなく、興味を持ったことは読者に調べていただけたらいいという作者の考えを尊重し、註は最低限とし、文章中で内容を補ったりカッコ内で補足説明をするようにした。旧字体で書かれた新聞記事からの引用は、適宜新字体に直してある。

この小説の翻訳にあたっては、さまざまな方のお世話になった。まずは、翻訳をお勧めくださった慶應義塾大学名誉教授の巽孝之先生にお礼を申し上げたい。作者の伊藤と巽先生は、お祖父さまどうしが前後して横浜正金銀行ロンドン支店の支店長だった。この翻訳プロジェクトがグレイトブリテン・ササカワ財団から助成を受けられたのも、巽先生のご尽力のおかげである。財団の関係者にも感謝したい。

二〇一八年当時、『三田文學』の編集長だった慶應義塾大学名誉教授の河内恵子先生にも感謝申し上げたい。その年の春季号に掲載された、『わが上海』の導入編ともいえる伊藤の短編「ごきげんよう、ケンジントン公園」の解説において、河内先生は伊藤を「モダニズム作家に連なる繊細な表現力」(『三田文學』二〇一八年春季号、一七七)を持つ作家だと評したが、今回の翻訳でもそのことを再確認した。

作者の伊藤恵子さんにもお礼を申し上げる。訳者からのメールでの細かい質問にも真摯に向き合ってくださった。恵子さんのご家族の経験から生まれた物語を日本の読者に紹介できることを幸せに思う。

最後に、小鳥遊書房の高梨治さんに、心からのお礼を申し上げる。歩みの遅い私を忍耐強く待ち、絶妙なタイミングで、さりげなく的確なご助言をくださった。本当にありがとうございました。

二〇二一年一一月
麻生えりか

本訳書刊行にあたり、グレイトブリテン・ササカワ財団の助成を受けている。

【著者】

伊藤恵子

（イトウケイコ／Keiko Itoh）

ロンドン在住の作家、歴史家。1950年神戸生まれ。1970年に小林聖心高等学校を卒業後、米国へ留学。スワスモア大学、イエール大学大学院を経て、最初の就職先がニューヨーク日本国連代表部。当時、日本国連代表特命全権公使に任命された緒方貞子氏のアシスタントを3年半務める。緒方氏の帰国後、国連本部広報局に勤務。1991年に英国人の夫の転任にともない国連を退職、ロンドンへ引っ越す。欧州復興開発銀行に勤務（1992-95）のあと、世界銀行ロンドン・オフィスのメディア・コンサルタントを務めながら、自分の家族の背景に関する歴史研究に従事。2001年ロンドン・スクール・オブ・エコノミクスより博士号を取得。主著に博士論文がもととなった *The Japanese Community in Pre-War Britain: From Integration to Disintegration*（Routledge, 2001）、著者の母が若い主婦として戦時中の上海で過ごした4年あまりの体験をもとにした小説 *My Shanghai, 1942-1946*（Renaissance, 2015）など。

【訳者】

麻生えりか

（あそう　えりか）

青山学院大学教授。1968年ハンブルク（ドイツ）生まれ。慶應義塾大学大学院文学研究科英米文学専攻博士後期課程単位取得済退学。専門は現代イギリス小説。共編著に『戦争・文学・表象――試される英語圏作家たち』（音羽書房鶴見書店、2015）、『終わらないフェミニズム――「働く」女たちの言葉と欲望』（研究社、2016）、共著に『カズオ・イシグロと日本――幽霊から戦争責任まで』（水声社、2020）など。翻訳にジョナサン・バーカー『テロリズム――その論理と実態』（青土社、2004）など。

わが上海《しゃんはい》

1942−1946

2021年12月25日　第1刷発行

【著者】
伊藤恵子

【訳者】
麻生えりか

発行者：高梨 治
発行所：株式会社**小鳥遊書房《たかなし》**
〒102-0071　東京都千代田区富士見1-7-6-5F
電話03 (6265) 4910（代表）／FAX　03 (6265) 4902
http://www.tkns-shobou.co.jp

装幀　鳴田小夜子（KOGUMA OFFICE）
装画　中野止一
地図　デザインワークショップジン
印刷・製本　モリモト印刷株式会社

ISBN978-4-909812-73-5　C0097